W0315213

D

KURT PALM

MONSTER

Roman

Deuticke

Gefördert von der Kulturabteilung der Stadt Wien, Literatur,
und vom Land Oberösterreich.

Der Autor hat für die Arbeit an seinem Roman
ein Projektstipendium des Bundesministeriums für EU,
Kunst, Kultur und Medien erhalten.

1. Auflage 2019

ISBN 978-3-552-06394-5
© 2019 Deuticke in der Paul Zsolnay Verlag Ges.m.b.H., Wien
Umschlag: Anzinger und Rasp, München
Illustration © Francesco Bongiorni / Sepia
Satz: Greiner & Reichel, Köln
Druck und Bindung: GGP Media GmbH, Pößneck
Printed in Germany

MIX
Papier aus verantwortungsvollen Quellen
FSC® C014496

Für M wie Monster

Der Mensch ist eine ungeheure Sumpffläche.

FRANZ KAFKA

1.

Matthias Ablinger saß unter dem alten Apfelbaum und streichelte gedankenverloren die schwarze Katze, die neben ihm auf der Bank lag. Er spürte ihren regelmäßigen Atem und den schnellen Schlag ihres Herzens. Immer wieder zuckte die Katze im Schlaf zusammen und gab merkwürdige Laute von sich. Wahrscheinlich fing sie im Traum gerade eine Maus oder kämpfte mit einem Marder.

Am Hof war es ruhig, nur ab und zu knarrte das Scheunentor, das schief in den rostigen Angeln hing. Es roch nach frisch gemähtem Gras, und Ablinger dachte daran, dass sich die Flächen der Wiesen und Felder, die zum Hof gehörten, seit drei Generationen nicht geändert hatten. Um das Land nicht teilen zu müssen, waren die *weichenden Erben* stets ausbezahlt worden. Geld konnte man nicht aussäen, und mit Zinsen konnte man keine Kühe füttern.

Ein Julikäfer flog vorbei, drehte wieder um und setzte sich auf die Tischplatte. Er schien unschlüssig zu sein, in welche Richtung er fliegen sollte. Vielleicht war er aber auch nur müde. Ohne lange zu zögern, schlug ihn Ablinger tot. Er mochte die Julikäfer nicht, weil sie die Blätter seiner Obstbäume fraßen. Ablinger wischte sich die Hand mit den Überresten des toten Käfers an seiner Arbeitshose ab. Die Katze öffnete kurz die Augen, schlief aber gleich wieder weiter.

Seit mehr als fünf Jahren lebte die namenlose Katze am Hof. Hätte Ablinger geahnt, dass sie so lange bleiben würde, hätte er ihr vielleicht sogar einen Namen gegeben. Aber da Katzen kamen und gingen, wie es ihnen gefiel, hätte es wenig Sinn gehabt, sie

Schnurrli, Minki oder Stupsi zu nennen. Man gab ja auch Hühnern keine Namen, nur bei den Hähnen machte man eine Ausnahme. Ablingers Hahn hieß Nero, weil er schwarze Schwanzfedern hatte.

Bei den Kühen war es grundsätzlich anders. Die mussten, je nach Abstammungslinie, sogar Namen mit den gleichen Anfangsbuchstaben haben. Ablingers A-Tiere hießen Alma, Afra, Adriana und Agnes, die B-Tiere Beate, Begonia, Belinda und Britta. Zwanzig Milchkühe hatte er besessen. Die letzte Kuh, die er sich angeschafft hatte, hieß Exenia. Dann war Schluss. Er besaß noch alle Unterlagen über seine Kühe, sogar die Nummern der Ohrmarken hatte er sich aufgehoben. Kühe mussten ja auf beiden Ohren markiert sein, damit sie jederzeit identifiziert werden konnten. Eine Kuh ohne Ohrmarken war nichts wert, und keine Molkerei hätte Milch von einer Kuh genommen, die nicht registriert war. Sämtliche 535 000 Milchkühe in diesem Land waren mit Namen und Nummern in einem zentralen Register gespeichert.

Für Ablinger spielte das aber alles keine Rolle mehr, weil er seine Kühe vor drei Jahren verkauft hatte. Besser gesagt: verkaufen musste. Nach der Aufhebung der Milchkontingentierung hätte es gar keinen Sinn mehr gehabt, sich weiterhin für einen Hungerlohn abzurackern. Selbst die Landwirtschaftskammer hatte ihm vorgerechnet, dass er bei dem drastisch gesunkenen Milchpreis mit seinen zwanzig Milchkühen keinen Cent mehr verdienen würde. Also hatte er die Kühe um einen Spottpreis an den Schlachthof verkauft und seine Wiesen und Äcker an einen cleveren Jungbauern verpachtet, der wusste, wie man an die nötigen Subventionen herankam. Ablinger musste noch froh sein, dass er für die Verpachtung wenigstens fünfhundert Euro im Jahr bekam.

Das aufgeregte Gegacker der Hühner drang an Ablingers Ohr. Wahrscheinlich hatte Nero gerade Futter für sie gefunden. Ablinger hörte aber gar nicht hin, weil er mit seinen Gedanken ganz woanders war. Er atmete tief durch und strich sich mit seinen rissigen Fingern über sein stoppeliges Kinn. Immer noch lag die Zeitung aufgeschlagen vor ihm, aber er traute sich nicht, den Artikel zu lesen. Stattdessen sah er zu den beiden toten Eschen, die am Wiesenrand standen. Die Krähen auf den kahlen Ästen schienen Ablinger zu beobachten. Und als hätten die Vögel geahnt, wie dem alten Mann zumute war, begannen sie zu schreien. Ihre Schreie klangen wie schadenfrohes Gelächter.

Das langsame Sterben der Eschen hatte vor drei Jahren begonnen. Als die ersten Äste verdorrten, hatte sich Ablinger noch nicht viel dabei gedacht. Erst als im darauffolgenden Frühjahr die Bäume binnen weniger Tage sämtliche Blätter verloren, war klar, dass die Eschen krank waren. *Falsches Weißes Stängelbecherchen* hieß der Pilz, der die Bäume binnen kürzester Zeit tötete. Aus Japan soll der Pilz eingeschleppt worden sein, hieß es in einem Rundschreiben der Gemeinde, aber Ablinger konnte mit dieser Information nichts anfangen; viel schlimmer war, dass man ihn aufgefordert hatte, die Eschen zu fällen und zu verbrennen. Natürlich waren die Bäume nichts mehr wert, aber da er sie im Sommer 1945, kurz nach seiner Rückkehr vom Volkssturm, eigenhändig gepflanzt hatte, hing er irgendwie an ihnen.

Ein Lachen riss Ablinger aus seinen Gedanken. Es kam aus dem Zimmer seiner Enkelin, die wieder einmal telefonierte. Eigentlich sollte Franziska ja an ihrer Diplomarbeit schreiben, aber in letzter Zeit nutzte sie jede Gelegenheit, um sich abzulenken. Ablinger war froh, dass Franziska die Ferien bei ihm auf dem Hof verbrachte und er jemanden zum Reden hatte. Sonst unterhielt er sich meistens mit sich selbst oder mit seinen

Hühnern. Oder er dachte über sein Leben nach; Zeit genug hatte er ja.

Ablinger holte seine Brille aus der Brusttasche seines fleckigen Hemds und merkte, wie seine Hände zitterten. Zögernd griff er nach der Zeitung. *Mord in den Natternbergen: Noch immer keine Spur von den Tätern.* Eine andere Schlagzeile lautete: *Kult-Regisseur George Romero dreht Horrorfilm am Rottensee.* Aber diese Geschichten interessierten Ablinger nicht. Ihn interessierte vielmehr der Beitrag zu den bevorstehenden Feierlichkeiten zum neunzigsten Geburtstag von Prof. Dr. Gernot Flachberger. Beim Anblick von Flachbergers Porträt lief es Ablinger kalt über den Rücken. Eine Fliege setzte sich auf das Foto, das einen alten Mann mit stechenden Augen und schmalen Lippen zeigte. In seinem Gesicht waren keine menschlichen Züge zu erkennen, es sah aus wie eine Maske. Ablinger schob die Zeitung beiseite und griff nach dem Wasserglas. Das Wasser schmeckte abgestanden, trotzdem schluckte er es hinunter. Wie so vieles in seinem Leben.

Die Katze wachte auf und machte einen Buckel. Sie rieb ihren Kopf am Oberschenkel des alten Mannes, weil sie gestreichelt werden wollte. «Lass mich in Ruhe, verschwinde.» Mit einer schwachen Handbewegung verscheuchte Ablinger die Katze, die aber neben ihm sitzen blieb und sich das Gesicht putzte. Ablinger fragte sich, ob die Katze wusste, dass er zweimal ihren Wurf getötet hatte. Heute würde er es nicht mehr tun, aber vor ein paar Jahren hatte er keine Zeit gehabt, sich um junge Katzen zu kümmern. Also hatte er die blinden Kätzchen einfach in einen Plastiksack gesteckt und oben am Waldrand bei den Brombeersträuchern verscharrt. Jetzt taten ihm die kleinen Kätzchen leid, aber was geschehen war, war geschehen.

In der Ferne glitzerte der See, in dem sich das Blau des Himmels spiegelte. Trotz seiner schwachen Augen konnte Ablinger die weißen Dreiecke der Segelboote erkennen, die sich wie in Zeitlupe auf dem Wasser bewegten. Wenn er einen Blick durch seinen Feldstecher geworfen hätte, hätte er am gegenüberliegenden Ufer die Häuser von Schwarzbach sehen können. Aber er wollte diese Häuser gar nicht sehen, ihm genügte, dass er wusste, dass Flachberger dort wohnte – als geachteter Bürger, der es im Laufe seines langen Lebens zu Ansehen und Wohlstand gebracht hatte.

Auch die Kirche auf dem Ochsenberg hätte Ablinger durch den Feldstecher sehen können, und die Schwarze Wand, die bedrohlich aus dem Wasser ragte. Nicht sehen hätte er den Steinbruch können, der hinter dem Friedhof von Schwarzbach vor vielen Jahrzehnten wie eine tiefe Wunde in die Landschaft geschlagen worden war. 1939 hatte Flachbergers Vater das Gelände gekauft und dort während des Krieges KZ-Häftlinge und Zwangsarbeiter als billige Arbeitskräfte eingesetzt. Nach Kriegsende wurde der Steinbruch vom selben Besitzer unter einem anderen Namen weitergeführt, und erst als in den sechziger Jahren einige Arbeiter auf spektakuläre Weise ums Leben gekommen waren, musste der Betrieb eingestellt werden. Es gab Gerüchte, dass durch Sprengungen ein Krater entstanden war, der die Arbeiter verschluckt hätte. Vermutet wurde, dass sich unterhalb des Steinbruchs eine mit Wasser gefüllte Höhle befand, die direkt mit dem See verbunden war. Die genauen Hintergründe der Todesfälle wurden aber nie geklärt.

Ende der zwanziger Jahre war auf dem Gelände des späteren Steinbruchs ein Waisenhaus errichtet worden, in dem sich Rosa Weismann um jene Kinder kümmerte, die wegen ihrer Behinderungen von den Bauern einfach weggegeben wurden. 1940 wurde das Gebäude abgerissen, nachdem es kurz nach Kriegsbeginn geräumt worden war. Anfang Oktober 1939 war ein Autobus mit schwarzen Scheiben vorgefahren, um die Kinder abzuholen und in ein *Ferienheim* zu bringen. Aber Rosa Weismann wusste es besser. Vergeblich hatte sie versucht, den Abtransport ihrer Schützlinge zu verhindern, und als das letzte Kind im Bus verschwunden war und sie ihr Spiegelbild in einer der schwarzen Scheiben sah, brach für sie eine Welt zusammen. Wenige Stunden später hatte sich Rosa Weismann in der Waschküche des Waisenhauses erhängt.

Natürlich wussten die Leute im Ort, was mit den Kindern passiert war und weshalb Rosa Weismann Selbstmord begangen hatte, aber niemand wagte es, darüber zu sprechen. Nach dem Krieg waren sämtliche Unterlagen über das Waisenhaus aus dem Gemeindearchiv verschwunden, und so konnte man guten Gewissens einen Mantel des Schweigens über das Haus und seine Bewohner breiten.

Ablinger schloss die Augen, und wieder tauchten Bilder auf, von denen er dachte, dass er sie längst vergessen hätte. Er war noch nicht einmal zehn Jahre alt gewesen, als am Hof etwas vorgefallen war, worüber nur im Flüsterton gesprochen wurde. Es hatte etwas mit seinem Vater und einer Dienstmagd zu tun. Und einem Kind, das anscheinend *schwachsinnig* zur Welt gekommen war. Er hatte das Kind nie zu Gesicht bekommen, aber Ablinger erinnerte sich dunkel, dass von einem Waisenhaus die Rede war, wohin das Kind gebracht werden sollte. Ablinger hatte keine Fragen gestellt, und wenig später war der Krieg ausgebrochen, und sein Vater war aus Polen nicht mehr nach Hause zurückgekehrt.

Ablinger drehte sich um, weil Franziskas Stimme lauter geworden war. Sie saß jetzt auf der Fensterbank ihres Zimmers im ersten Stock und hatte immer noch ihr Handy am Ohr. Als sie ihren Großvater sah, winkte sie ihm kurz zu. Ablinger erwiderte den Gruß mit einem Kopfnicken. Die schwarze Katze hatte sich in der Zwischenzeit unter den Baum gelegt und beobachtete einen Schwarm Wespen, die einen verfaulten Apfel umschwirrten. Ablinger wollte gerade aufstehen, als sein Blick erneut auf Flachbergers Foto fiel. Er hielt inne und sah zur schwarzen Katze. Der Gedanke, der ihn soeben wie ein Blitz getroffen hatte, wühlte ihn dermaßen auf, dass ihm schwindlig wurde. Er wartete, bis der Anfall vorbei war, dann erhob er sich und hielt sich sein schmerzendes Kreuz. Langsam ging er zum Haus zurück.

Vor dem Schlafzimmer blieb er stehen. Nach einem Moment der Unentschlossenheit öffnete er die Tür und stellte einen Schemel vor den massiven Kleiderschrank mit der dunkelbraunen Maserung. Vorsichtig stieg er auf den Hocker und schob zwei ordentlich zusammengelegte Stöße mit Leintüchern zur Seite. Seit siebzig Jahren hatte er die kleine Holzschachtel nicht mehr angerührt. Die Schachtel war so klein, dass er sie mit einer Hand umfassen konnte. Er blies die Überreste eines vertrockneten Spinnennetzes vom Deckel, und als er vom Schemel stieg, musste er sich am Schrank festhalten, weil seine Knie zitterten.

Ablinger ging in die Küche und setzte sich an den Tisch. Lange saß er da und starrte auf die Schachtel. Dann gab er sich einen Ruck und hob den Deckel an. Die beiden Erkennungsmarken, die an einer Kugelkette hingen, sahen aus wie neu. Sie waren lediglich von einer feinen Staubschicht überzogen. Er holte sein fadenscheiniges Stofftaschentuch aus der Hosentasche und wischte damit über die Plättchen. Dann fuhr er mit dem Zeigefinger über die leicht erhabenen Buchstaben. Ohne dass er es wollte, begann Ablinger zu weinen. Er vergrub sein Gesicht in den Händen und hoffte, dass ihn seine Enkelin nicht hörte.

Zum letzten Mal geweint hatte er, als seine Frau gestorben

war, das war vor mehr als zehn Jahren gewesen. Ablinger ärgerte sich über seinen Gefühlsausbruch und schnäuzte sich in sein Taschentuch mit den eingestickten Initialen M. A. Es war das Hochzeitsgeschenk seiner Mutter gewesen. Nachdem er das Taschentuch ordentlich zusammengelegt hatte, setzte er seine Brille auf. Erst jetzt konnte er lesen, was auf den beiden identen Erkennungsmarken stand.

ANDREW P LESTER
13717 375 T43 44B
MARGRET LESTER
84 HICKORY
SELMA, AL C

Nach kurzem Zögern stand Ablinger auf und öffnete die Küchentür. «Franzi!», rief er nach oben. «Franzi, hast du einen Augenblick Zeit?» Er hörte, wie seine Enkelin ihr Telefongespräch unterbrach.

«Was gibt es denn, Opa?» Franziska tauchte am oberen Ende der Treppe auf. Ihr Mobiltelefon hielt sie in der Hand.

«Ich wollte dich etwas fragen, kannst du kurz herunterkommen?»

Franziska runzelte die Stirn. «Ja, ich bin gleich bei dir.»

Ablinger hörte, wie sich Franziska von jemandem verabschiedete und dabei laut lachte.

Er holte die Erkennungsmarken aus der Küche und ging damit nach draußen. Er brauchte jetzt frische Luft. Unter dem Apfelbaum legte er die beiden Marken neben der aufgeschlagenen Zeitung auf den Tisch.

2.

«Anikulapo, komm her, und hilf mir beim Tomatenschneiden.» Abayomi Nkwongu sah auf die Uhr, die an der vergilbten Tapetenwand hing, und deren lautes Ticken ihn immer noch irritierte. Die Uhr ging falsch, er wusste nur nicht, ob vor oder nach. Auf seiner Flucht hatte er in Libyen einen Ägypter getroffen, der ihm kurz vor der Überfahrt nach Lampedusa einen Spruch mit auf den Weg gab: *Alles fürchtet sich vor der Zeit, aber die Zeit fürchtet sich vor den Pyramiden.* An diese Worte musste er denken, als er seinen Sohn zur Eile antrieb. «In zwei Stunden müssen wir fertig sein.»

Anikulapo war gerade dabei, sein Hemd zuzuknöpfen, das er von Barbara Thaler, der Leiterin des Flüchtlingsheims, bekommen hatte. Auch eine kurze Hose hatte sie ihm gegeben. Es waren gebrauchte Kleider, die von Wohlmeinenden in der Nacht vor die Tür des ehemaligen Gasthofs *Zum braunen Bären* gelegt wurden. Die Menschen wollten nicht gesehen werden, wenn sie ihre alten Kleider auf diese Weise entsorgten. «Em nau», sagte Anikulapo und ging zum Tisch. Er musste sich auf die Zehenspitzen stellen, um das Schneidebrett überhaupt erreichen zu können.

Seine Schwester Ayesha stand unterdessen vor der Fensterscheibe, die sie als Spiegel benutzte, und flocht sich Zöpfchen. «Ngilla», sagte Nkwongu anerkennend. Dann legte sich Ayesha die Kette aus Kupferdrahtringen um den Hals, die sie von ihrer Mutter geschenkt bekommen hatte. «Diese Kette wird dich beschützen, mein Kind», hatte die Mutter gesagt, kurz bevor sie verschwand.

Nkwongu hätte jetzt gerne seine Kinder in den Arm genommen, aber er musste sich konzentrieren. Vor ihm auf dem Tisch lagen die Zutaten für die Egusi Soup, und er hoffte, dass ihn das Fleisch der Bisamratten nicht verriet. Lange hatte er überlegt, durch welches Tier er die Buschratte ersetzen sollte, die unbedingt in diese Suppe gehörte, bis er auf die Bisamratten gestoßen war. Bei den Ausflügen mit seinen Kindern an den nahe gelegenen Fluss hatte er diese Tiere oft gesehen, und da er ein geübter Jäger war, war es für ihn ein Leichtes gewesen, diese Ratten zu erlegen. Sollte man ihn fragen, welches Fleisch er für die Egusi Soup verwendete, würde er sagen: Ziegenfleisch, Rindfleisch und Geflügel. Kein Mensch würde auf die Idee kommen, dass in der Egusi Soup neben Reis, Erbsen, Tomaten, Paprika, Mais und Yamswurzeln auch das Fleisch von zwei Bisamratten mitgekocht wurde.

Als er getrocknete Melonenkerne in eine Schüssel leerte, begann Ayesha plötzlich zu weinen. Sie setzte sich auf den Boden und verbarg ihr Gesicht in den Händen. «Was ist denn los?», fragte Nkwongu, obwohl er die Antwort längst kannte.

«Wegen Yi», schluchzte das Mädchen. «Sie hat ja immer die Melonenkerne in die Suppe getan.»

Nkwongu seufzte und hob das Mädchen auf. «Wo ist die Mama jetzt?», fragte Ayesha mit tränenerstickter Stimme. «Du hast gesagt, dass sie bald zu uns kommen wird.»

Anikulapo stand neben dem Tisch und beobachtete die Szene mit gespannter Aufmerksamkeit.

Beim Anblick seiner beiden Kinder krampfte sich Nkwongus Herz zusammen. «Sie ist noch zu Hause, aber ich verspreche euch, dass wir sie bald wiedersehen werden.»

«Wann?», fragte Ayesha trotzig.

Noch bevor Nkwongu etwas sagen konnte, betrat Barbara Thaler die Küche. «Wie weit sind Sie mit den Vorbereitungen?» Nervös zupfte sie an ihrer frisch gebügelten Bluse. Sie hoffte inständig, dass die Innenministerin keine Vegetarierin war. Aber das hätte ihr deren Pressesprecher sicher gesagt.

Abayomi Nkwongu deutete auf den Tisch. «Es alles gut», sagte er in seinem kaum verständlichen Deutsch.

«Was ist das für ein Fleisch?» Barbara Thaler rümpfte die Nase.

«Goat, Ziege», antwortete Nkwongu.

«Ziege? Hm.» Barbara Thaler warf Ayesha einen besorgten Blick zu. «Das Mädchen soll lachen, wenn die Ministerin kommt, nicht weinen.»

«Nicht Problem.» Nkwongu strich seiner Tochter beruhigend über ihren Kopf.

«Und der Bub soll bitte andere Schuhe anziehen.»

Anikulapo warf seinem Vater einen fragenden Blick zu. Die schwarzen Sandalen aus alten Autoreifen waren Anikulapos ganzer Stolz, und während der Flucht hatte er stets darauf geachtet, dass sie nicht kaputtgingen. Reifen gab es auf der Mülldeponie in der Nähe des Dorfes Zaghawa mehr als genug, und er und seine Freunde hatten daraus nicht nur Spielzeug, sondern auch Sandalen gebastelt. Im Dorf wurden die Autoreifen sogar verbrannt, um über dem Feuer Ziegenfleisch zu braten. An den fürchterlichen Gestank, der dabei entstand, hatten sich die Menschen längst gewöhnt.

Nkwongu schüttelte den Kopf. «Schuhe gut.»

Barbara Thaler machte eine abwehrende Geste. «Ich bringe neue Schuhe. Später kann er ja wieder seine Sandalen tragen.»

Nachdem Barbara Thaler die Küche verlassen hatte, versuchte Nkwongu seinem Sohn zu erklären, weshalb er für ein paar Stunden andere Schuhe anziehen müsse. Anikulapo verzog das Gesicht. «Aber nur für kurze Zeit», sagte er trotzig.

Nkwongu lächelte erleichtert und wandte sich wieder der Egusi Soup zu. Sobald die ersten Zutaten im Topf waren, setzte er sich an den Tisch und versuchte die Wörter zu entziffern, die ihm sein Landsmann Chukwuma auf einen Zettel geschrieben hatte: *Allein essen ist wie allein sterben.* Immer wieder las er dieses nigerianische Sprichwort. Aber es fiel ihm schwer, sich die Wörter zu merken. Die deutsche Sprache war ihm genauso fremd wie die ägyptischen Hieroglyphen. Zur Not würde er den Zettel zur Hand nehmen, wenn die Innenministerin mit ihm und seinen Kindern Egusi Soup aß. Ayesha stand neben ihm und beobachtete ihren Vater dabei, wie er mit dem Finger die Wörter entlangfuhr. Anikulapo saß am Boden und versuchte mit einem Bleistift Buchstaben auf die Haut seines Beins zu kratzen. Nkwongu glaubte, das Wort Yi – für Mutter – zu erkennen.

Er hatte seinem Sohn den Namen Anikulapo gegeben, weil er ein großer Bewunderer des nigerianischen Musikers Fela Anikulapo Kuti war. Wenn er daran dachte, wie er zu Hause in Zaghawa mit seiner Frau Boulama diese Musik gehört hatte, stiegen ihm fast die Tränen in die Augen. Aber Nkwongu musste stark sein. Er griff nach seinem Amulett, das an einem Lederband um seinen Hals hing, und dachte nach. In dem Beutel, den er wie seinen Augapfel hütete, befanden sich die Pfote einer Meerkatze, getrocknete Bambara-Erdnüsse, ein Stück Schlangenhaut, Yam-Bohnen und zwei Krallen eines Flughundes.

Nkwongu leerte den Inhalt des Beutels auf den Tisch und betrachtete eingehend die Fetische. Er schloss die Augen und murmelte eine Beschwörungsformel. Seine Kinder hörten die Worte *Sorumbulu* und *Kadschajanga.* Bei den Kanuri hieß das Neujahrsfest *Sorumbulu,* das *Fest des vollen Bauchs*, und einen vollen Bauch wünschte er auch seinen Kindern von ganzem Herzen. Und *Kadschajanga* war eine fieberhafte Entzündung des Rachens und des Kehlkopfes, an der seine Frau gerade erkrankt war, als sie von Boko-Haram-Kämpfern entführt wurde.

Wenn es ihm gelänge, die magischen Kräfte des Flughundes auf sich zu übertragen, dann würde er womöglich in der Lage sein, jene bösen Geister zu vertreiben, die ihn und seine Familie schon so lange quälten. Nkwongu hätte auch beten können, aber die Traditionen seines Clans und die Verbindung zu seinen Ahnen waren ihm wichtiger als die christliche Glaubenslehre.

Als sie auf ihrer Odyssee in der Stadt Agadez gestrandet waren, wo sie drei Wochen lang mit fünfzehn anderen Flüchtlingen drei Zimmer teilen mussten, hatten einige Frauen den ganzen Tag gebetet, nachdem sie auf der Flucht von ihren Ehemännern getrennt worden waren. Sie hofften, durch ihre Gebete Gott gnädig zu stimmen, aber Gott ließ sich nicht gnädig stimmen, und keiner der Ehemänner war je wieder aufgetaucht. Die Frauen hatten dann ihre Reise ohne sie fortsetzen müssen. Was aus ihnen geworden war, wusste Nkwongu nicht, aber nach allem, was er in Niger und vor allem in Libyen gehört hatte, wollte er es auch gar nicht wissen.

Nkwongu zögerte kurz, ehe er die Krallen des Flughundes in den Topf mit der Egusi Soup gab. Dabei passierte ihm das Missgeschick, dass auch die winzige Pfote der Meerkatze in den Topf fiel. Da die Meerkatze aber zu den zwölf himmlischen Zeichen des Tierkreises gehörte und ein göttliches Wesen darstellte, würden er und seine Kinder von der Egusi Soup nichts essen dürfen. Was für Nkwongu insofern ein Glück war, als sich auf den Krallen des Flughundes noch getrocknete Fleischreste befanden, in denen Millionen von Ebola-Viren nur darauf warteten, endlich zum Leben erweckt zu werden.

3.

Otto Kerschbaumer stand in seiner Zille und holte mit geübten Griffen das Saiblingsnetz ein, das er tief gesetzt hatte. Bei beginnendem Vollmond tauchten die Fische ab, und es hätte gar keinen Sinn gehabt, die Netze höher zu hängen. An der rechten Hand fehlte Kerschbaumer der halbe Zeigefinger, den er sich als Kind im Boot seines Vaters abgerissen hatte. Auch wenn er damals fast verblutet wäre, hatte ihn diese Verletzung nicht davon abhalten können, die Familientradition der Netzfischerei fortzuführen.

Kerschbaumer war achtundsiebzig Jahre alt, und während er das Netz Meter für Meter in die Höhe zog, dachte er zurück an die Zeit, als es im Rottensee tatsächlich noch Fische gab. Aber die Zeiten, in denen man Seeforellen oder Hechte mit zwanzig Kilo fing, waren endgültig vorbei, und auch das Laubenstanzen oder das aufregende Fischen auf den Hecht mit Legeschnüren gehörten längst der Vergangenheit an. Mit seinem Gewerbe ging es unaufhaltsam bergab, und heutzutage musste man schon froh sein, wenn sich ein paar Saiblinge im Netz verfingen. Ein Schwarm schwarzer Kormorane flog in keilförmiger Formation mit langsamem Flügelschlag Richtung Norden, und Kerschbaumer fragte sich, auf welche Fische die Vögel wohl Jagd machten.

Dass Kerschbaumer überhaupt noch hinausfuhr, erstaunte nicht nur seine Familienangehörigen, sondern auch seine Berufskollegen. Jeder andere hätte nach einem ähnlichen Schicksalsschlag seine Netze längst an den Nagel gehängt. Aber Kerschbaumer war unnachgiebig und wollte sich von diesem verdammten See nicht unterkriegen lassen. Von dem See, den er hasste, weil er ihm seinen Sohn genommen hatte.

Fünfzehn Jahre war es her, seit Christians Boot während

eines Sturms gekentert war. Das Boot hatte man gefunden, aber nicht die Leiche seines Sohnes. Jetzt, wo der See ruhig vor ihm lag, konnte sich Kerschbaumer einen solchen Sturm gar nicht vorstellen. Aber der See war heimtückisch, das wusste er aus jahrzehntelanger Erfahrung. Besonders der Nordwind mit seiner zerstörerischen Kraft war gefährlich. Deshalb musste man ständig auf der Hut sein und den Wind, die Wolken und die Farbe des Wassers richtig deuten können. Du musst den See lesen können, hatte ihm sein Vater von klein auf eingetrichtert. Und weil er ihn lesen konnte, bereitete ihm jetzt die Farbe des Wassers Kopfzerbrechen. Sie war nämlich anders als sonst um diese Jahreszeit. Ihm schien, als hätten sich unter die von den umliegenden Bergen eingewaschenen Kalkpartikel giftgrüne Staubkörner gemischt. Wollte ihn der See wieder einmal in die Irre führen?

Viele Jahre, nachdem sein Sohn verschwunden war, hatte Kerschbaumer an einem warmen Septembertag seine tief gesetzten Saiblingsnetze eingeholt, als er einen eigenartigen Widerstand spürte. Waren endlich wieder einmal große Seeforellen oder gar Hechte ins Netz gegangen? Aber irgendetwas stimmte nicht mit dem Fang, weil der Widerstand viel zu hart war. Kerschbaumer zog und zog, und irgendwann sah er, dass sich eine Statue im Netz verfangen hatte. Er hatte keine Ahnung, wie diese Statue in den See gekommen war, bis er ihr ins Gesicht blickte und vor Schreck erstarrte. Das Gesicht war das seines Sohnes. Wie es Kerschbaumer geschafft hatte, die versteinerte Leiche ins Boot zu hieven, wusste er nicht mehr, aber der Arzt hatte später gemeint, dass es wohl eine typische Schockreaktion gewesen sei. Untersuchungen der Leiche hatten ergeben, dass die konservierende Wirkung des meterdicken Faulschlamms zu ihrer Versteinerung geführt hatte.

Während Kerschbaumer seinen Gedanken nachhing, hielt er plötzlich inne. Er ließ das Netz fallen und rieb sich die Augen, weil er dachte, Opfer eines Trugbilds geworden zu sein. Aber es war kein Trugbild, was er da sah. Direkt neben seiner Zille glitt ein dunkler Schatten vorüber, der nur von einem Fisch stammen konnte. Die Form, die Bewegungen, alles deutete darauf hin, dass es sich bei dem Lebewesen um einen Fisch handeln musste. Was aber gleichzeitig ein Ding der Unmöglichkeit war, weil der Fisch fast so groß war wie seine Zille, und die war acht Meter lang.

Kerschbaumer erinnerte sich an den drei Meter langen Wels, den er vor dreißig Jahren einmal gefangen hatte. Damals hatte ihm die als Kräuterhexe verschriene Rossleiten-Bäuerin von dem Aberglauben erzählt, dass der Fischer, der einen großen Wels fängt, bald sterben würde. Kerschbaumer hatte die alte Hexe nur ausgelacht, aber Jahre später, als ihm der See seinen Sohn genommen hatte, war ihm das Lachen vergangen.

Kerschbaumer starrte mit offenem Mund ins Wasser und merkte, wie er am ganzen Körper zu zittern begann. Hilfesuchend blickte er sich um, weil er hoffte, dass jemand in seiner Nähe war, der ihm bestätigen konnte, was er soeben gesehen hatte. Aber es war niemand in seiner Nähe. Kerschbaumers Mund wurde trocken, und er musste sich auf den kleinen Holzschemel setzen, weil er sonst umgekippt wäre. Etwas krampfte sich in seinem Magen zusammen. «Heilige Maria, Mutter Gottes», begann er zu beten. Was war das? Vorsichtig beugte er sich über die Planke, dabei sah er sein Spiegelbild, das durch die Wellenbewegungen leicht verzerrt wurde. «Bitte für uns Sünder, jetzt und in der Stunde …» Irgendetwas bewegte sich da unten, etwas mit zwei grün leuchtenden Augen. Schock und Panik breiteten sich in Kerschbaumers Körper aus. Sein Gehirn versuchte, eine vernünftige Entscheidung zu treffen, aber es war zu spät. Für den Bruchteil einer Sekunde strömte ihm ein widerlicher Geruch nach Aas und Fäulnis entgegen, gleichzeitig spürte er einen weißglühenden Schmerz, der seinen Körper durchraste und ihn in absolute Dunkelheit hüllte.

4.

Maschenka und Anastasia hießen in Wirklichkeit Rayana und Samira. Sie waren auch keine Russinnen, sondern Tschetscheninnen. Sie stammten aus der Kleinstadt Argun und waren als Mitglieder der Kommunistischen Jugend aktiv am Widerstand gegen den Marionetten-Präsidenten Ramsan Kadyrow und seine paramilitärische Sicherheitstruppe *Kadyrowzy* beteiligt. Und jetzt lagen sie eng umschlungen in ihrem Zelt am Rottensee und hofften, dass sie bald frisches Blut zu trinken bekämen. Rayana und Samira waren unzertrennlich und mieden die geselligen Zusammenkünfte der Komparsen. Wahrscheinlich hatte sich auch deshalb das Gerücht verbreitet, die beiden wären lesbisch.

«Ach, Rayana», flüsterte Samira, «wie gerne würde ich wieder ein Leben führen wie früher.»

«Ich weiß, vozlyublennaya.» Rayana fuhr mit der Hand unter Samiras T-Shirt und streichelte ihre kaum vorhandenen Brüste. Rayana konnte sich nur noch vage daran erinnern, wie sich Samiras Körper anfühlte, als das Blut in ihren Adern noch warm war. Aber das änderte nichts an der Tatsache, dass sie Samira liebte. Die beiden Mädchen küssten einander leidenschaftlich und lagen bald nackt nebeneinander. «Du darfst nicht schreien», sagte Rayana und begann, Samiras Körper zu liebkosen. Sie fuhr mit der Zunge über die auffällige Narbe auf Samiras linker

Hüfte und streichelte die hervorstehenden Beckenknochen, die sich über ihre weiße Haut spannten. Rayana glitt nach unten und leckte ihre Freundin, bis diese zu zittern begann. Um ihre Schreie zu unterdrücken, biss sich Samira in die Hand, wo ihre Zähne tiefe Abdrücke hinterließen. «Komm zu mir», flüsterte sie und streckte ihre Hand nach Rayana aus.

Rayana setzte sich neben Samira und merkte, wie sie innerlich immer unruhiger wurde.

«Möchtest du auch?», fragte Samira und lehnte ihren Kopf an Rayanas Schulter.

«Nein, jetzt nicht.» Rayana dachte an die Einladung des Filmproduzenten. An seinem Blick hatte sie sofort erkannt, was er mit ihnen vorhatte, und natürlich war ihr nicht entgangen, dass sie und Samira die einzigen Komparsinnen waren, die er zu sich nach Hause eingeladen hatte. «Kannst du noch warten, bis wir im Haus des Produzenten sind?», fragte Rayana.

«Ja, ich glaube schon.»

Fast beschwörend sagte Rayana zu Samira: «Erinnere dich, was Karl Marx im *Kapital* geschrieben hat: *Das Kapital ist verstorbene Arbeit, die sich nur vampirmäßig belebt durch Einsaugung lebendiger Arbeit und umso mehr lebt, je mehr sie davon einsaugt.* Wir drehen das um und saugen das Kapital aus, verstehst du.»

Samira wurde unruhig. Sie fuhr sich mit der Zunge über ihre blassen Lippen. «Aber ist das Risiko nicht viel zu groß? Bei Achmat Sadulajew hatten wir Glück, weil er ja nicht damit rechnen konnte, dass wir hier auftauchen würden. Dass er unter falschem Namen am Rottensee in einer Villa lebte, wusste ja niemand. Außerdem dachte er, dass ich längst tot sei.»

«Ich weiß, und ich bin froh, dass wir dieses Schwein erledigt haben.»

«Wenn ich bedenke, welche Verbrechen er begangen hat. Dabei hatte ich noch Glück, weil er mit mir noch nicht fertig war. Nach der ersten Niere …» Samira konnte nicht mehr weitersprechen.

«Ist ja gut.» Rayana versuchte Samira zu beruhigen.

«Nichts ist gut», sagte Samira niedergeschlagen. «Sieh mich an. Alles ist kalt in mir. Mein weißer Körper – blutleer. Meine Venen – leer und tot. Dieser Körper ist ein Gefängnis, aus dem es kein Entrinnen mehr gibt.»

«Ebendarum müssen wir etwas unternehmen, Samira. Du darfst jetzt nicht aufgeben. Denke an die Narts, die Riesinnen des Nordkaukasus, und an Satanya, die Mutter aller Narts, die gegen ihre Feinde gekämpft haben. Sie waren Rebellinnen wie wir.»

Samira schloss die Augen und beugte ihren Kopf nach hinten. Ihre Hände verkrampften sich, und aus ihrem Mund kamen gurgelnde Laute. Rayana drückte Samiras Kopf gegen ihre Schulter, damit keine Geräusche nach draußen drangen. Samira kratzte mit ihren spitzen Fingernägeln an ihrer Narbe, aber es floss kein Blut heraus. «Ruhig, vozlyublennaya, ruhig, alles wird gut», flüsterte Rayana, während sie Samiras Hände auf den Boden presste.

«Ich brauche Blut, frisches Blut», stöhnte Samira.

Rayana streichelte über Samiras Stirn, die von Schweißperlen übersät war. «Ja, du bekommst frisches Blut. Halte durch.»

Samira nickte schwach. «Ich muss jetzt schlafen.»

«Ja, das wird dir guttun.» Rayana deckte Samira mit einem Tuch zu.

Nachdem Samira eingeschlafen war, schob Rayana vorsichtig die Oberlippe ihrer Geliebten nach oben. Es war, wie sie vermutet hatte: Samiras Eckzähne waren wieder länger und spitzer geworden. Ein Zeichen dafür, dass sie dringend frisches Blut brauchte. Sie selbst würde es noch ein paar Tage länger aushalten, weil ihr Körper nicht so geschwächt war. Rayana schmiegte sich an Samira und hätte am liebsten gleich wieder mit ihr geschlafen. Sie konnte es sich nicht erklären, weshalb Samira immer noch eine so starke Anziehung auf sie ausübte.

Als sie Samira bei einem illegalen Treffen der Kommunistischen Jugend in Argun zum ersten Mal gesehen hatte, war sie wie elektrisiert gewesen. Es hatte einige Monate gedauert, bis Samira Rayanas Annäherungsversuche überhaupt duldete, und noch einmal einige Monate, bis Samira bereit war, mit Rayana ins Bett zu gehen. Natürlich mussten sie ihre Beziehung geheim halten, denn selbst innerhalb der Kommunistischen Partei hätten sie als lesbisches Paar auf keinerlei Verständnis hoffen können. Gleichgeschlechtliche Liebe war in der von patriarchalen Clans dominierten tschetschenischen Gesellschaft absolut tabu.

Mit Schaudern erinnerte sich Rayana an den Tag, als Samira von Mitgliedern der *Kadyrowzy* in das Krankenhaus von Argun, wo Rayana als OP-Schwester arbeitete, gebracht wurde. Samira war bewusstlos gewesen, weil sie sich der Verhaftung durch die Schlägertruppe des Präsidenten Kadyrow widersetzt hatte. Rayana war derart unter Schock gestanden, dass es ihr im wahrsten Sinn des Wortes die Sprache verschlagen hatte, was sich im Nachhinein als großes Glück erwies. Erst während der Operation war Rayana bewusst geworden, dass Samira im Auftrag eines gewissen Achmat Sadulajew Nieren und Herz entnommen werden sollten. Dass tschetschenische Clans in den internationalen Organhandel verwickelt waren, war allgemein bekannt, aber es war das erste Mal, dass Rayana direkt mit einem solchen Verbrechen konfrontiert war.

Rayana war verzweifelt, und ihr war klar, dass ihr nicht mehr viel Zeit blieb, um ihre Geliebte vor dem sicheren Tod zu retten. Noch während sie hin und her überlegte, was sie tun sollte, und die Ärzte Samira bereits die erste Niere entnommen hatten, tauchten vor dem Operationssaal plötzlich Mitglieder der Bande des berüchtigten Paten Suleiman Mamakayev auf und verkündeten, dass Achmat Sadulajew ihrem Boss in die Quere gekommen war und deshalb gesucht werde. Daraufhin wurde die Operation abgebrochen und Samira in ein Krankenzimmer verlegt, bevor über ihr weiteres Schicksal entschieden werden sollte.

Sobald sich Samiras Zustand gebessert hatte, flüchtete sie mit Rayana aus dem Krankenhaus. Auf ihrer abenteuerlichen Flucht übernachteten sie in Wäldern und in Scheunen, um nicht der Polizei oder einer Miliz in die Hände zu fallen. Im Süden Inguschetiens geschah dann das Unglück: Als sie eine Nacht in einem verfallenen Turm verbrachten, wurden sie von einem Schwarm riesiger Flughunde angefallen und gebissen. Tagelang lagen Rayana und Samira im Fieberwahn, bis sie von einem alten Schäfer gefunden wurden, der sie gemeinsam mit seiner Frau so weit gesund pflegte, dass sie ihren Weg Richtung Georgien fortsetzen konnten.

Bereits damals waren Rayana und Samira überzeugt gewesen, dass die Flughunde sie mit einer mysteriösen Krankheit infiziert hatten. Mit jedem Tag wurden sie empfindlicher gegen Sonnenlicht, und außer blutigem Fleisch wollten sie nichts mehr essen. Als Rayana dann eines Nachts sah, dass Samiras Eckzähne immer länger wurden, sobald sie im Delirium nach Blut verlangte, war ihr endgültig klar geworden, dass sie sich durch die Bisse der Flughunde in vampirähnliche Wesen verwandelt hatten. Das Erstaunliche aber war, dass die beiden jungen Frauen trotz dieser schrecklichen Erkenntnis ihre neue Existenz als Befreiung empfanden. Ja, die Transformation hatte sie sogar noch stärker gemacht, als sie es in ihrem früheren Leben waren.

Außerdem hatten sie ein klares Ziel vor Augen, und dieses Ziel hieß, den Verbrecher Achmat Sadulajew zur Strecke zu bringen. Als sie im Südosten der Türkei mit Kämpferinnen der kurdischen Volksverteidigungseinheit YPG in Kontakt traten, war es Rayana gelungen, eine Verbindung zu tschetschenischen Kommunisten in der Stadt Batman herzustellen. Diese wiederum hatten von einem bei den *Kadyrowzy* eingeschleusten Spitzel erfahren, dass sich Achmat Sadulajew unter falschem Namen ins Ausland abgesetzt hatte.

Rayana legte ihre Hand auf Samiras Narbe und schloss die Augen. Samira träumte, dass sich ihre Narbe öffnete. Aber statt Blut schossen glühend heiße Flammen aus der Wunde. Samira glaubte, sie müsse sterben, und erst als die Riesin Satanya ihre Hand auf die Wunde legte, fühlte sich Samira beschützt und aufgehoben. Im Traum küsste Satanya Samiras Stirn, und statt Schmerzen und Qualen breitete sich vollkommener Frieden in Samiras Körper aus.

5.

«Magst du etwas trinken?» Franziska stand am offenen Küchenfenster und rief nach draußen. «Ich mache mir einen Hollersaft.»

Ablinger nickte. «Ja, nimm mir auch einen mit. Aber mit Leitungswasser, nicht mit Mineralwasser.»

Franziska kam mit zwei großen Gläsern in den Obstgarten, aber kaum hatte sie die Gläser abgestellt, tauchten auch schon die ersten Wespen auf. «Die sind heuer wirklich eine Plage.» Sie verscheuchte die Insekten und setzte sich ihrem Großvater gegenüber. «Was ist das?»

Ablinger schob die Marken in die Mitte des Tischs. Seine Enkelin hob eine der Marken in die Höhe: «Andrew P. Lester. Wer ist Andrew P. Lester?» Sie griff nach der zweiten Marke. «Andrew P. Lester. Da steht ja das Gleiche drauf. Wer ist Andrew P. Lester?»

«Franzi, ich muss dir etwas erzählen, was ich noch keinem Menschen erzählt habe. Nicht einmal deiner Oma.»

Franziska warf ihrem Großvater einen fragenden Blick zu. «Ich verstehe nicht …»

«Es ist auch schwer zu verstehen, und ich weiß gar nicht, wo ich anfangen soll.»

«Ist es wegen dem Hof? Du weißt, dass ich mit dem neuen Mann von der Mama zerstritten bin, weil er ein Trottel ist. Außerdem fühle ich mich hier sehr wohl.»

Ablinger verjagte eine Wespe. «Nein, nein, es geht nicht um den Hof, es geht um etwas ganz anderes.»

Ablingers Tochter Christine hatte vor ein paar Jahren einen Immobilienmakler kennengelernt und sich kurz darauf von ihrem Mann scheiden lassen. Ablinger hatte in den letzten zwanzig Jahren kaum Kontakt zu seiner Tochter gehabt und diesen gänzlich abgebrochen, als er mitbekommen hatte, dass ihr neuer Mann bereits Pläne für eine Komplettrenovierung des Hofs gemacht hatte. In ein *Seminarhotel für gehobene Ansprüche* sollte der Hof umgebaut werden, und seinen Besitzer, also Ablinger, wollte man in ein Altenheim für betreutes Wohnen stecken. Bevor ich in ein Heim für betreutes Wohnen gehe, greife ich lieber zum Strick, hatte Ablinger geantwortet. Von denen gab es noch eine ganze Menge in der Scheune. Oft bedauerte Ablinger, dass er seinen Schlachtschussapparat nicht mehr besaß. Aber den hatte er verkauft, nachdem sie die letzte Sau abgeholt hatten, weil sein Hof nicht mehr den von der EU geforderten hygienischen Ansprüchen entsprach. Dabei ging es in Wahrheit doch nur darum, die Kleinbauern zu ruinieren, um die riesigen Schlachtbetriebe umso großzügiger unterstützen zu können.

«Weißt du, dass ich in den letzten Kriegsmonaten noch zum Volkssturm eingezogen worden bin?»

«Hä?» Franziska hatte keine Ahnung, was ihr Großvater im Krieg gemacht hatte.

«Im Frühjahr 1945 sind ein paar fanatische Nazis auf den Hof gekommen und haben gefragt, wer von den Männern abkömmlich ist. Da außer meiner Mutter, einer Magd und zwei polnischen Fremdarbeitern nur noch ich hier gearbeitet habe, haben sie mich mitgenommen. Meine Mutter hat zwar dagegen protestiert, aber der Anführer von den Nazis hat gesagt, sie soll sich hüten, weil er sonst eine Meldung an den Eigruber macht.»

«Eigruber?»

«Das war der Gauleiter von Oberdonau. Später ist er von den Amerikanern wegen Kriegsverbrechen hingerichtet worden. Ich war damals gerade einmal fünfzehn Jahre alt, und nach dem Tod meines Vaters war ich froh, dass sie mich nicht auch noch an die Front geschickt haben. Zuerst wurde ich nach Kattern geschickt, wo ich den Bunker bewachen musste, in dem sie die V2-Raketen getestet haben. Erst nach dem Krieg habe ich erfahren, dass der Wernher von Braun, der später für die Amerikaner den ersten Flug zum Mond organisiert hat, diesen Bunker mehrmals besucht hat. Dem Wachpersonal vom Volkssturm war es allerdings strengstens verboten, den Bunker zu betreten. Wenn das große Tor geöffnet wurde, um irgendwelche Maschinen zu verladen, konnten wir ab und zu einen Blick ins Innere werfen, aber gesehen haben wir nicht viel. Wir mussten dann den Transport bis zum nahe gelegenen Bahnhof begleiten. Anfang April 1945 wurde ich nach Schattenwang zum Schutz des dortigen Bahnhofs abkommandiert. Dort habe ich die fürchterlichen Bombenangriffe der Amerikaner miterlebt.»

Ablinger unterbrach seine Erzählung und nahm einen Schluck Hollersaft. «Stundenlang haben die Angriffe gedauert, ein Flugzeug nach dem anderen hat seine Bomben abgeworfen, es war die Hölle. Siebenhundert Leute sind bei den Bombardements gestorben, die meisten davon Flüchtlinge, die in den Zügen auf den Weitertransport gewartet haben. Obwohl die Lage aussichtslos war, wurden weiterhin Durchhalteparolen ausgegeben, und jedem, der auch nur den geringsten Zweifel an der Sinnhaftigkeit des Krieges äußerte, wurde mit der sofortigen Erschießung gedroht. Im Radio wurden die Amerikaner als die größten Verbrecher bezeichnet, und dann …»

Franziskas Handy klingelte. Ablinger sah seine Enkelin an. «Es ist nicht so wichtig», sagte sie. «Erzähl weiter.»

«Ja, und dann ist etwas passiert, womit keiner mehr gerechnet hat: Als die Bombenangriffe nämlich schon fast vorbei waren, ist es der Flak doch noch gelungen, ein amerikanisches Flugzeug abzuschießen. Der NSDAP-Ortsgruppenleiter hat in seinem Wagen ein paar junge Männer vom Volkssturm zur Absturzstelle mitgenommen. Ich hatte ziemliche Angst, weil ich ja nicht wusste, was uns dort erwartet. Ich hatte noch nie auf einen Menschen geschossen, und ich betete zu Gott, dass ich nicht in irgendwelche Kampfhandlungen verwickelt werden würde. Eigentlich wollte ich nur nach Hause auf den Hof, aber das konnte ich natürlich niemandem sagen. Von den zehn Besatzungsmitgliedern des amerikanischen Flugzeugs sind zwei gestorben, die restlichen acht konnten sich mit dem Fallschirm retten. Aber wir haben nicht schlecht gestaunt, als wir gesehen haben, dass es sich bei den amerikanischen Soldaten um lauter Neger gehandelt hat. Die sind in der Nähe ihres ausgebrannten

Flugzeugs gestanden und haben mit erhobenen Händen auf uns gewartet. Ich war heilfroh, dass sie keine Gegenwehr geleistet haben.»

Franziska überlegte, ob sie ihrem Großvater sagen sollte, dass das Wort *Neger* längst verpönt war. Da eine solche Diskussion aber wahrscheinlich nichts gebracht hätte, ließ sie es bleiben. Dunkel konnte sie sich erinnern, dass die Bombardierung des Bahnhofs von Schattenwang einmal im Geschichtsunterricht erwähnt wurde, dass dabei aber siebenhundert Menschen ums Leben kamen, hatte sie nicht gewusst. Auch dass über Schattenwang ein amerikanisches Flugzeug abgeschossen wurde, war ihr neu. Sie warf einen Blick auf die Erkennungsmarken. «Und einer dieser Soldaten war …»

«Ja.» Ablinger nickte, ohne seine Enkelin anzusehen.

Langsam dämmerte Franziska, worauf ihr Großvater hinauswollte. «Aber, wie bist du zu diesen Marken gekommen?»

«Der Ortsgruppenleiter hat vom Feldtelefon aus in Linz angerufen und gefragt, was mit den Gefangenen geschehen soll. Wir haben daraufhin die acht Gefangenen zu einer Baracke gebracht, wo wir sie eingesperrt haben. Die beiden Leichen hat man abgeholt, wohin sie gebracht wurden, weiß ich nicht. Ich war ja komplett durcheinander. Zuerst die fürchterlichen Bombardierungen, dann die Gefangennahme der Neger, das war einfach zu viel für mich. Natürlich sind immer wieder Nachrichten durchgesickert, dass der Krieg längst verloren ist, aber wir vom Volkssturm mussten kämpfen bis zum bitteren Ende. So hat man es uns eingetrichtert. Außerdem hatten wir jetzt ein paar von den Soldaten erwischt, die für die Bombardierungen verantwortlich waren.»

Ablinger machte eine Pause. Das Reden strengte ihn mehr an, als er gedacht hatte. Er wusste, dass er jetzt an einem Punkt angelangt war, an dem er Farbe bekennen musste. Natürlich hätte er seine Erzählung an dieser Stelle auch abbrechen können, aber dann hätte er sich nicht mehr in den Spiegel schauen können. «Am nächsten Tag sind ein paar Fahrzeuge gekommen und haben sieben der acht Gefangenen mitgenommen. Einen haben sie aber dagelassen, und zwar den Colonel. Warum, haben wir erst zwei Tage später erfahren, als ein SS-Hauptmann aufgetaucht ist, der auf Befehl Eigrubers ein Exempel statuieren sollte. Der SS-Hauptmann hieß Gernot Flachberger und war ein fanatischer Nazi. Es war an einem Sonntag um die Mittagszeit, als aus den umliegenden Häusern die Leute zusammengetrommelt wurden und am zerbombten Bahnhofsvorplatz Aufstellung nehmen mussten. Flachberger kletterte auf einen Schutthaufen und erzählte den Leuten etwas vom deutschen Endsieg und dass man endlich einen der Schuldigen des Bombenterrors seiner gerechten Strafe zuführen werde. Ich stand mit einigen anderen jungen Burschen vom Volkssturm vor der Baracke, in der der Colonel gefangen war. Ich habe überhaupt nicht verstanden, worauf das Ganze hinauslaufen soll, bis Flachberger plötzlich einen Strick in der Hand hielt. Auf seinen Befehl hin musste ein Soldat den Strick über eine Eisentraverse werfen, die aus einer der zerbombten Mauern herausragte. Ja, und auf einmal hat es geheißen, wir müssen den Colonel aus der Baracke holen.»

Franziska merkte, wie sich ihr Magen verkrampfte. Sie nahm einen Schluck Hollersaft, der allerdings schal schmeckte.

«Der Neger hat uns etwas gefragt, aber wir haben ihn nicht verstanden, weil er ja nur Englisch geredet hat. Ich habe nur gesehen, dass er Angst hatte. Mit seinen großen Augen hat er mich hilfesuchend angeschaut, aber ich habe nicht gewusst, was ich sagen soll. ‹Her mit dem Mörder!›, hat der Flachberger geschrien, und wir mussten dem Neger die Hände auf den Rücken binden. Da ist mir dann klar geworden, was als Nächstes passieren wird, und mir ist so schlecht geworden, dass ich mich fast übergeben hätte. Ein Soldat hat dem Colonel ein Schild aus Pappkarton um den Hals gehängt, auf dem gestanden ist: WIR WEHREN UNS! Der Flachberger hat dann noch eine Brandrede gehalten, und fünf Minuten später hat er höchstpersönlich dem amerikanischen Soldaten den Strick um den Hals gelegt. Und mit dem Heil-Hitler-Ruf hat er den Betonbrocken, auf dem der amerikanische Soldat gestanden ist, mit dem Fuß weggetreten. Es war grauenhaft, wie der da gehangen ist und noch fünf Minuten lang geröchelt und gestrampelt hat.»

Ablinger starrte auf ein Astloch in der Tischplatte; er wagte nicht, seiner Enkelin in die Augen zu sehen. Siebzig Jahre waren seit diesem Lynchmord vergangen, und siebzig Jahre hatte Ablinger vergeblich versucht, dieses grauenhafte Ereignis zu verdrängen. Es hatte Zeiten gegeben, in denen er dachte, es geschafft zu haben, aber irgendwann war dann doch alles wieder hochgekommen. In solchen Augenblicken spürte er tief im Inneren, dass er seinen Seelenfrieden nur finden würde, wenn er mit jemandem über dieses Verbrechen, an dem er beteiligt war, reden konnte. Er hatte gehofft, dass er sich nach seinem Bekenntnis besser fühlen würde, aber das Gegenteil war der Fall: Ablinger fühlte sich noch elender als zuvor. Er hörte, wie Franziska tief ein- und ausatmete. Ohne ein Wort zu sagen, schob er ihr die Zeitung hin.

«Wer ist das?», fragte sie.

Nach einer kurzen Pause sagte Ablinger: «Der da auf dem Foto, das ist der Flachberger.»

Auf Franziskas Gesicht machte sich ungläubiges Staunen breit. «Was? Der lebt noch?»

«Ja.»

Franziska griff nach der Zeitung und überflog den Artikel. «Mitglied des Kameradschaftsbundes; Mitglied der Katholischen Männerbewegung; Mitglied des Männergesangsvereins Franz Schubert; Mitglied der Freiwilligen Feuerwehr; Ehrenmitglied der Wandergruppe Berg Heil; Konsulent; Großes Goldenes Ehrenzeichen. Was? Der Landeshauptmann kommt auch? Das gibt es ja alles gar nicht. Der Flachberger ist nie belangt worden in dieser Sache?»

«Von wem denn?», fragte Ablinger voll Bitterkeit. «Wie ein paar Tage später die Amerikaner gekommen sind, ist der Flachberger sofort zur ÖVP gegangen, und kein Mensch hat je gefragt, was er am Ende des Krieges gemacht hat.»

«Ja, aber die Leute, die bei dieser Hinrichtung dabei waren? Hat von denen nie jemand etwas gesagt?»

«Wer denn? Das hat doch niemanden interessiert. Ich habe mir überlegt, ob ich etwas unternehmen soll. Aber ich war fünfzehn Jahre alt. Hätte ich sagen sollen, ich habe den Piloten aus der Baracke geholt und zum Galgen geführt? Dann hätten sie am Ende mich eingesperrt, der Flachberger war ja sofort bei der Partei und in allen möglichen Vereinen. Du hast ja gelesen, wo der überall Mitglied ist.»

Auf Franziskas Stirn bildeten sich tiefe Falten. «Hast *du* ihn jemals zur Rede gestellt?»

Ablinger machte eine hilflose Geste. «Nein. Ein einziges Mal bin ich nach Schwarzbach hinübergefahren, das war Anfang der fünfziger Jahre, wie er zum Bürgermeister gewählt worden ist. Aber wie ich da die Musikkapelle und die Goldhauben gesehen habe, und wie der Chor zu singen begonnen hat, da habe ich gewusst, dass es sinnlos ist. Ich bin seitdem kein einziges Mal mehr auf der anderen Seite des Sees gewesen.»

«Was willst du jetzt machen?», fragte Franziska, die von der Erzählung ihres Großvaters sichtlich mitgenommen war.

Ablinger zuckte mit den Schultern. «Ich habe mir gedacht, ob du vielleicht in deinem Computer nachschauen könntest, ob es noch Angehörige von diesem Lester gibt, damit wir ihnen wenigstens seine Erkennungsmarken schicken können.»

Franziska strich sich eine Haarsträhne aus dem Gesicht. «Wo ist der Lester eigentlich begraben?»

«Das weiß ich nicht. Wir sind ja nach der Hinrichtung nach Steinegg gebracht worden, wo wir dann nach ein paar Tagen erfahren haben, dass die Amerikaner im Anmarsch sind. Ich habe mich sofort auf den Weg nach Hause gemacht und war heilfroh, dass ich bei der Kapitulation wieder bei meiner Mutter am Hof sein konnte. Dann habe ich nur noch versucht, alles zu vergessen.»

6.

«Und Sie glauben wirklich, dass es eine gute Idee ist, wenn ich mich mit diesem – wie heißt er noch einmal?»

«Abayomi Nkwongu.»

«Wie?», fragte die Innenministerin.

«Abayomi Nkwongu», wiederholte ihr Pressesprecher bereits leicht genervt.

«Schreiben Sie mir den Namen auf. Den kann sich doch kein Mensch merken. Ich soll mich also tatsächlich mit diesem Nigerianer fotografieren lassen?»

«Ja, Frau Ministerin.» Magister Besendorfer-Kronreif räusperte sich und nestelte an seinem Sicherheitsgurt herum. Bereits seit den frühen Morgenstunden rumorte es in seinem

Bauch, weil ihm seine Frau Friedrun wieder einmal diesen Brei vorgesetzt hatte, den sie konsequent nach den Grundsätzen der *Traditionellen Chinesischen Medizin* zubereitete. Also samt Chia-Samen, getrockneten Goji-Beeren und Flohsamenschalen. Schalen von Flohsamen! Das muss man sich einmal vorstellen! Perverser geht es wohl nicht mehr! Dazu musste Besi, wie er von seiner Ehefrau liebevoll genannt wurde, Lindenblütentee trinken, obwohl er viel lieber einen Instant-Kaffee gehabt hätte. Mit Kondensmilch und zwei Löffeln weißem Kristallzucker. Und eine Semmel mit Krakauerwurst, Ketchup und Gurkerl, herrlich. Was war denn so schlimm an einem Instant-Kaffee und einer Krakauersemmel zum Frühstück? Da hatte man wenigstens etwas im Magen. Beim Gedanken an eine ordentliche Wurstsemmel lief ihm sofort das Wasser im Mund zusammen.

Kurz, nachdem Besendorfer-Kronreif seine Frau kennengelernt hatte, musste er über einen Zeitraum von zwei Wochen eine Liste mit den von ihm konsumierten Speisen und Getränken erstellen. Friedrun war nämlich der festen Überzeugung gewesen, dass sich Besi falsch ernährte. Da sie ihm für den Fall, dass er seine Ernährungsgewohnheiten nicht ändere, mit Sexentzug drohte, erklärte sich Besendorfer-Kronreif schweren Herzens bereit, das geforderte Protokoll anzulegen. Dieses sah dann so aus:

Montag

8 Uhr:	1 Krakauersemmel
	1 Spiegelei mit Speck
	1 Toastbrot mit Marmelade
	1 Kanne Instant-Kaffee mit Milch und Zucker
10 Uhr:	1 Banane

12 Uhr:	1 Döner
15 Uhr:	2 Marmelade-Palatschinken
	1 Tasse Instant-Kaffee mit Milch und Zucker
21 Uhr:	2 Schweinskoteletts mit Bratkartoffeln
	3 Bier
	2 Schnäpse

Dienstag

9 Uhr:	1 Brot mit Extrawurst
	3 Toastbrote mit Marmelade
	1 Kanne Instant-Kaffee mit Milch und Zucker
13 Uhr:	1 Schinken-Käse-Toast mit Ketchup
	1 Bier
14 Uhr:	1 Topfengolatsche
	1 Tasse Instant-Kaffee mit Milch und Zucker
15 Uhr:	1 Packerl Erdnüsse
18 Uhr:	1 Tafel Schokolade
21 Uhr:	1 Pizza mit Schinken, Käse und Tomaten
	2 Bier
	3/8 Rotwein

Nachdem Friedrun diese Liste studiert hatte, wäre sie fast in Ohnmacht gefallen. Besendorfer-Kronreif wurde sofort zu einer Diätologin geschickt, die für ihn einen neuen Ernährungsplan zusammenstellte. Seither hatte Besendorfer-Kronreif das Gefühl, ein anderer zu sein.

Als ihm Friedrun auch noch einreden wollte, den Tag mit dem gemeinsamen Sonnengruß zu beginnen, hatte es ihm endgültig gereicht. Aber Friedrun war hart geblieben: «Diese Übung wirkt belebend auf Körper, Geist und Seele und bringt die Ehrfurcht vor der Sonne zum Ausdruck.»

«Ehrfurcht vor der Sonne? Nicht mit mir», hatte Besi geantwortet, aber gleich wieder einen Rückzieher gemacht, weil Friedrun erneut mit Sexentzug gedroht hatte. Ein Druckmittel, das immer noch wirkte, obwohl Besendorfer-Kronreif viel lieber mit anderen Frauen geschlafen hätte. Also hatte er den Tag mit dem Sonnengruß begonnen und war sich dabei vorgekommen wie der größte Depp.

Jetzt saß er im Fond des Dienstwagens neben der Innenministerin, die im Profil wie ein Vogel aussah, der lange nichts zu essen bekommen hatte. Besendorfer-Kronreif räusperte sich, schließlich hatte er ja eine wichtige Mission zu erfüllen. «Glauben Sie mir», sagte er beflissen, «das wird Ihnen viel Sympathie einbringen. Ich habe mit der Leiterin des Flüchtlingsheims bereits alles abgesprochen. Sie wird die beiden Kinder des Nigerianers so herrichten, dass wir ein richtig schönes Foto zusammenbringen. Ich stelle mir so eine Art Familienfoto vor, wo Sie quasi die Mutterrolle übernehmen.» Beim Wort *Mutterrolle* zuckte die Innenministerin kurz zusammen. «Wie bei der Heiligen Familie. Die Frau von diesem Nkwongu ist ja von Boko-Haram-Kämpfern entführt worden, weil sie sich geweigert hatte, zum Islam überzutreten. Also musste ihr Mann mit den beiden Kindern fliehen, um wenigstens die Gschrappen zu retten. Bei dieser Geschichte werden sogar die Herzen der *Kronen-Zeitung*-Leser höher schlagen. Der Chefredakteur hat mir übrigens versprochen, dass das Foto am Samstag auf die Titelseite kommt. Und auf Facebook werden wir die Story so aufbereiten, dass alle Daumen nach oben zeigen. Selbstverständlich werden wir auch auf Instagram, Twitter, Pinterest und Tumblr coole Sachen posten. Wir schöpfen das gesamte PR-Potential aus.» Besendorfer-Kronreif spulte sein Programm herunter wie ein Roboter.

«Na ja, aber warum ausgerechnet ein Nigerianer?»

«Dieser Nkwongu ist der perfekte Vorzeige-Flüchtling. Er ist mit seinen beiden Kindern vor den Islamisten geflüchtet und war ein ganzes Jahr lang unterwegs, um im katholischen Österreich Schutz zu suchen. Außerdem hat er in Nigeria als Lehrer gearbeitet. Das ist keine undurchsichtige Figur wie dieser Tschetschene, der in den Natternbergen grausam ermordet wurde.»

Die Innenministerin hob abwehrend die Hände. «Hören Sie mir mit diesem Mord auf. Der darf vor der Presse auf keinen Fall zur Sprache kommen. Mir steht ohnehin schon das Wasser bis zum Hals.»

«Nein, nein. Das ist ja auch der Grund, weshalb wir diesen Nkwongu als positives Beispiel präsentieren wollen.»

«Als positives Beispiel wofür?» Die Innenministerin verstand nicht, worauf ihr Pressesprecher hinauswollte.

«Na ja, für Integration halt. Oder so.»

«Integration? Aber dieser Nigerianer hat doch noch nicht einmal Asyl bekommen. Wieso soll er sich dann integrieren?»

«Na ja, trotzdem», antwortete Besendorfer-Kronreif etwas nebulös. Er war nicht ganz bei der Sache, weil er das Gefühl hatte, bald furzen zu müssen. Dieser Friedrun-Brei! Er zwickte die Arschbacken zusammen und hoffte, dass nichts passierte. Auch wenn am Rückspiegel ein Duftbaum hing, wäre es definitiv keine gute Idee gewesen, in Anwesenheit der Innenministerin zu furzen. Vom Duftbaum ging zwar ein unangenehm süßlicher Geruch aus, ob der aber seinen Furz duftmäßig neutralisiert hätte, war mehr als fraglich.

«Was ist eigentlich mit dem Dubliner Abkommen?» Die Innenministerin war hörbar gereizt. «Warum ist dieser Nigerianer nicht schon längst nach Italien oder Spanien abgeschoben worden?»

Magister Besendorfer-Kronreif warf einen Blick in seine Unterlagen. «Aus dem Akt geht hervor, dass Nkwongu bisher nur in Österreich um Asyl angesucht hat. Er hat ausgesagt, dass er sich mit seinen Kindern tagsüber versteckt hielt und ausschließlich in der Nacht unterwegs war. Aus diesem Grund sind sie wahrscheinlich auch nicht entdeckt worden.» Besendorfer-Kronreif hielt kurz inne. «Die drei sind ja schwarz wie die Nacht …»

Die Innenministerin schüttelte den Kopf. «Wenn ich so etwas sage, heißt es gleich wieder, die Breitfurtner-Brandstätter ist eine Rassistin.»

Besendorfer-Kronreif machte eine entschuldigende Geste. «Aber schrecken Sie sich bitte nicht, der Nigerianer ist nämlich wirklich schwarz. Und zwar pechschwarz. Ich sag's ja nur.»

Die Innenministerin sah beim Fenster ihres Dienstwagens hinaus und war sich noch immer nicht sicher, ob sie die richtige Entscheidung getroffen hatte. Stinken hieß die Ausfahrt, an der sie gerade vorbeifuhren, und sie fragte sich, weshalb solche Orte im Interesse des Fremdenverkehrs nicht einfach umbenannt wurden. In Schinken, zum Beispiel. Ihr war heiß, außerdem hatte sie Wallungen. *Zeit für den Wechsel* hatte ihre Partei bei den letzten Wahlen im ganzen Land plakatieren lassen. So einen Slogan konnten sich auch nur Männer ausdenken, die keine Ahnung von den weiblichen Hormonen hatten. Habe ich überhaupt Binden dabei? Seit ein paar Tagen hatte sie einen merkwürdigen Ausfluss. Nervös kaute sie an ihren Fingernägeln. Sie warf einen Blick in den Handspiegel und betrachtete mit einem gewissen Unbehagen ihr Gesicht. Sie war in einem Alter, in dem die Halsketten immer opulenter, die Ohrringe immer größer und die Haut immer schlaffer wurden. Vielleicht sollte ich mir meine schmalen Lippen doch noch aufspritzen lassen? Und wieder fiel ihr ein, was sie kürzlich auf der Toilette des Ministeriums gehört hatte. «Diese verhärmte Spinatwachtel hat ihren Job ja auch nur bekommen, weil sie ein Protektionskind vom Kim Jong Un aus Radlbrunn ist.» Sie war so perplex gewesen, dass sie sich zehn Minuten lang nicht aus dem WC herausgetraut hatte.

Besendorfer-Kronreif reichte ihr den Zettel mit dem unaussprechlichen Namen. Widerwillig griff sie danach. Warum konnte der Mann nicht einen normalen Namen haben? Wie zum Beispiel Dietlinde Breitfurtner-Brandstätter, den konnte sich jeder Idiot merken.

«Der Ablauf sieht also folgendermaßen aus», riss Besendorfer-Kronreif die Ministerin aus ihren Gedanken. «Zuerst werden Sie noch auf dem Parkplatz mit einigen Flüchtlingen zusammentreffen, da sind die Flüchtlinge aber nur Staffage.»

«Aber keine Afghanen, Iraker oder Marokkaner. Die kann ich nämlich nicht ausstehen. Außerdem sind das ja lauter Wüstlinge.»

Besendorfer-Kronreif räusperte sich. «Nein, nein, wir haben ein paar Frauen und Kinder aus Somalia organisiert, die sehen irgendwie niedlich aus. Und ein paar Jugendliche aus Äthiopien. Die sind so dünn und …»

«Die sollen mir halt nicht zu nahe kommen. Man weiß ja nie, was für Krankheiten die haben. Zika, Cholera, Syphilis und wie das ganze Zeug heißt. Haben Sie übrigens das Desinfektionsmittel dabei?»

«Ja, natürlich.» Besendorfer-Kronreif holte aus seiner Laptop-Tasche eine kleine Spraydose, die er der Innenministerin überreichte. Sofort sprühte sie einen Strahl auf die linke Handfläche und rieb ihre Hände aneinander.

«I can't get no desinfection», sang Besendorfer-Kronreif kaum hörbar.

«Was?»

«Ach nichts. Ich habe nur an einen Song der *Rolling Stones* denken müssen.»

«Die *Rolling Stones* kann ich auch nicht ausstehen. Das sind ja auch lauter Wüstlinge. Also, wie geht es weiter?»

Besendorfer-Kronreif atmete langsam aus. «Das eigentliche Treffen mit Nkwongu und seinen beiden Kindern findet anschließend im Beisein ausgewählter Medienvertreter in der Küche statt.»

«In der Küche? Warum ausgerechnet in der Küche?» Der Ministerin schwante Übles.

«Na ja, Nkwongu möchte unbedingt eine nigerianische Spezialität für Sie zubereiten. Das bringt noch ein paar zusätzliche Pluspunkte. Vergessen Sie nicht, dass die Leute ganz verrückt nach Kochshows sind. Kaum kann heute jemand ein weiches Ei kochen, das nach drei Minuten nicht hart ist, bekommt er schon eine eigene Fernsehsendung.»

«Um Gottes willen, muss ich das Zeug von diesem Nigerianer auch noch essen?» Der Innenministerin wurde jetzt schon übel, wenn sie daran dachte, dass sie die Leibspeise eines nigerianischen Flüchtlings verzehren musste. Und das womöglich noch vor laufenden Kameras. Sie bevorzugte österreichische Hausmannskost und hielt nicht viel von kulinarischen Experimenten. Gut, ab und zu aß sie eine Pizza oder einen Döner, aber das war's dann auch schon wieder mit diesem ganzen Multikulti-Unsinn.

«Was kocht er denn, dieser …» Sie sah auf den Zettel und buchstabierte: «Abayomi Nkwongu.»

«Ein traditionelles Eintopfgericht aus Nigeria. Es nennt sich Egusi Soup, ist aber keine Suppe im herkömmlichen Sinn.»

«Aha.» Die Ministerin warf ihrem Pressesprecher einen skeptischen Blick zu. «Und wann sind wir mit diesem ganzen Tam-

tam fertig? Vergessen Sie nicht, dass ich am Abend noch einen wichtigen Termin beim Prix in Schwarzbach habe.»

Besendorfer-Kronreif verzog das Gesicht. Dass die Ministerin in der Villa des Investors Prix zum Abendessen eingeladen war, während er mit dem Zug nach Wien zurückfahren musste, kränkte ihn zutiefst. «Das geht sich alles aus, keine Angst», murmelte er beleidigt. Er überlegte sich ernsthaft, aus Rache einen lauten Furz zu lassen, traute sich aber nicht.

7.

George Romero stand am Ufer des Rottensees und überlegte, ob er die letzte Szene seines Films *Resurrection of the Dead* vor der Schwarzen Wand oder doch lieber am See drehen sollte. Er nahm seine große Brille ab und strich sich nachdenklich über seinen Bart. Romero ließ sich Zeit mit der Entscheidung, weil er wusste, dass für die finale Schlacht zwischen Zombies und Vampiren der richtige Schauplatz von größter Bedeutung war.

Während er seine Gedanken schweifen ließ, spürte er plötzlich wieder diesen heftigen Schmerz in der Magengegend, der sich wie der Stich einer spitzen Nadel anfühlte. Romero atmete ein paar Mal tief durch und setzte seine Brille wieder auf. «Ich muss mich auf meinen Film konzentrieren.» Er redete sich ein, dass es ihm nach Beendigung der Dreharbeiten wieder besser gehen würde. Gerade in Augenblicken wie diesen sehnte er sich nach seiner Frau Susan. Trotzdem breitete sich in ihm ein Angstgefühl aus, das wie die Ahnung von etwas Dunklem war.

Eigentlich wollte Romero seinen Film ja in Pennsylvania drehen, aber seine italienischen Co-Produzenten, die Brüder Dario und Claudio Argento, hatten über drei Ecken den Kontakt zu einem jungen Investor namens Alexander Prix hergestellt, der sein Geld einmal in ein wirklich ausgefallenes Projekt stecken wollte. Hochhäuser, Shopping-Malls und Hotels besaß Prix bereits zur Genüge, und totes Kapital ausgerechnet in einen Horrorfilm zu investieren, fand der junge Mann irgendwie originell. Seine Berater hatten ihm zwar dringend von diesem Filmprojekt abgeraten, aber in diesem Fall ignorierte Prix ihre Ratschläge. Außerdem war Prix ein Fan von Gorefilmen, in denen Menschen reihenweise abgeschlachtet wurden und das Blut nur so spritzte. Was lag also näher, als den Großmeister der Zombiefilme, George Romero, mit seinem neuesten Filmprojekt an den Rottensee zu holen?

Was das Blut betraf, würde der Investor bei *Resurrection of the Dead* voll auf seine Rechnung kommen, denn bereits die Eröffnungsszene des Films, in dem der Kampf eines Vampirs gegen einen neunköpfigen Drachen gezeigt wurde, war genau der Stoff, den Gorefans so sehr liebten:

Einem Drachen, der im Gebirge hauste, musste täglich ein Mensch geopfert werden, der aus der Bevölkerung ausgelost wurde. Als eines Tages das Los auf die Königstochter fiel, versprach der König demjenigen, der den Drachen tötete, nicht nur seine Tochter, sondern auch die Königskrone. Ein Vampir, der mit seinem vieräugigen Hund im Wald lebte, hörte von diesem Versprechen und eilte zur Drachenhöhle. Dort hetzte er seinen Hund auf den Drachen, und während der Hund mit dem Drachen kämpfte, schlug der Vampir dem Ungeheuer alle neun Köpfe ab. Er schnitt die Zungen heraus und überreichte sie dem König als Beweis für den Tod des Drachens. Daraufhin bekam der Vampir die Krone und, wie versprochen, die Königstochter zur Frau, die noch in der Hochzeitsnacht durch den dunklen Kuss *in einen Vampir verwandelt wurde.*

Mit *Resurrection of the Dead* wollte Romero aber auch ein politisches Statement abgeben, weil in seinen Augen Zombies und Vampire jene natürlich-animalischen Kräfte verkörperten, die die bürgerliche Gesellschaft ständig zu verdrängen versuchte und dadurch krank wurde. Aus diesem Grund gab es auch in *Resurrection of the Dead* kein Happy End, weil Romero davon überzeugt war, dass ein glückliches Ende eine Illusion war: *Nothing turns out well for anybody in the end.*

Resurrection of the Dead sollte Romeros Reihe der Zombiefilme abschließen, die 1968 mit *Night of the Living Dead* so erfolgreich begonnen hatte. Aber wie oft hatte sich Romero schon vorgenommen, endlich andere Stoffe in Angriff zu nehmen? Jetzt war er fünfundsiebzig, und er wusste, dass ihm nicht mehr viel Zeit blieb. Wenn er die Verfilmung der Romane seines Lieblingsautors Richard Yates tatsächlich noch realisieren wollte, musste er sich beeilen. So gesehen, hatte dieses Projekt immerhin den Vorteil, dass damit die Finanzierung der Verfilmung von *Young Hearts Crying* gesichert war.

Ein großer Fisch schwamm vorbei, und Romero erinnerte sich an einen Besuch in Haiti, wo ihm ein Voodoo-Priester die Eierstöcke eines *Fou-fou* gezeigt hatte, die das hochgiftige Tetrodotoxin enthielten. Der Priester hatte ihm erzählt, dass der Verzehr der Eierstöcke dieses Kugelfischs zur Zombifikation eines Menschen führen könne. Romero gefiel diese Geschichte, weil sie der Beweis dafür war, dass der Zombiemythos reale Wurzeln hatte.

Nachdem der Fisch wieder abgetaucht war, warf Romero einen Stein in das türkisblaue Wasser. Die Wellen, die sich in konzentrischen Wellen langsam ausbreiteten, verzerrten die Spiegelbilder der gegenüberliegenden Berge, und wieder musste Romero an die beiden russischen Statistinnen denken.

Nach dem Abschluss des Castings waren sie plötzlich aufgetaucht und hatten in einer Mischung aus Englisch und Russisch erklärt, dass sie von weit her gekommen seien, um in Romeros neuem Film mitzuspielen. Sie erzählten von ihrer Begeisterung für *Dawn of the Dead*, den Romero 1978 gedreht hatte, und dass sie Dario Argento bewunderten. Obwohl ihm seine Casting-Agentin und auch sein Produktionsleiter abgeraten hatten, die beiden Mädchen zu engagieren, hatte sie Romero genommen. Irgendetwas an ihnen faszinierte ihn, auch wenn er anfangs nicht genau wusste, was es war. In der Zwischenzeit glaubte er, zumindest eine Ahnung davon zu haben. Eine Ahnung, die ihm ziemliche Angst einjagte.

Maschenka und Anastasia, so hießen die Mädchen, waren extrem dünn, und ihre Haut war von einer ungesunden Farbe, die er schwer beschreiben konnte. Er erinnerte sich, wie er kurz zusammengezuckt war, als er ihnen das erste Mal die Hand gegeben hatte. Aber die Ausstrahlung der beiden Mädchen vor der Kamera war unvergleichlich, und immer, wenn er Nahaufnahmen von weiblichen Vampiren brauchte, entschied er sich für Maschenka und Anastasia. Ihnen genügten ein paar Anweisungen, und sie machten instinktiv das Richtige. Maschenka und Anastasia waren als Anführerinnen der Vampire so überzeugend, dass niemand an ihrem Sieg über die Zombies zweifelte. Die endgültige Vernichtung der Zombies sollte es Romero unmöglich machen, in ein paar Jahren einen weiteren Zombiefilm zu drehen. So gesehen, war dieser Film auch eine Art Selbstschutz.

Die Dreharbeiten waren bisher ohne nennenswerte Zwischenfälle verlaufen, nur einmal musste ein Dreh verschoben werden, weil die beiden Russinnen einen Tag lang wie vom Erdboden verschluckt waren. Seither beschäftigte ihn ein Gedanke, der ihm kalte Schauer über den Rücken jagte. Romero wusste nämlich, dass selbst der schlimmste Horrorfilm harmlos war, verglichen mit dem Horror des Lebens.

Romero sah hinaus auf den See, wo sich ein Schwimmer wie in Zeitlupe bewegte. Nach jeder Vorwärtsbewegung tauchte er mit dem Kopf kurz unter, um gleich darauf wieder Luft zu holen. Wenige Meter hinter ihm bewegte sich etwas im Wasser, was Romero nicht genau erkennen konnte. Er nahm seine Brille ab und verengte die Augen zu schmalen Schlitzen. Jetzt war das Ding wieder verschwunden. Wahrscheinlich war es ein Stück Holz.

In Gedanken ging Romero noch einmal die Szenen des bevorstehenden Nachtdrehs durch. Die ausstehenden Innenaufnahmen würden sie in der kommenden Woche in den Studios von Cinecittà in Rom machen. Er freute sich auf das Wiedersehen mit seiner Frau Susan und auf das Zusammentreffen mit Dario und Claudio Argento. Er setzte seine Brille wieder auf und hielt Ausschau nach dem Schwimmer. Aber der Schwimmer war nicht mehr zu sehen. Irgendetwas stimmte nicht da draußen am See.

8.

«Mir ist es vollkommen egal, was irgendein Beamter sagt. Das ist meine Yacht, und ich kann damit machen, was ich will. Und selbstverständlich gilt für mich das nächtliche Fahrverbot am See nicht. Ich fahre am See so lange herum, wie es mir passt. Sagen Sie das dem Beamten und richten Sie ihm schöne Grüße von mir aus. Sonst noch etwas?»

Nachdem Prix das Telefonat mit seiner Assistentin beendet hatte, dachte er an die beiden Russinnen, die ihm am Vortag bei seinem Besuch am Filmset sofort aufgefallen waren. Er hatte sie zu sich nach Hause eingeladen, und bei dem Gedanken, wie er die beiden durchficken würde, wurde ihm ganz warm ums Herz. Für seinen Geschmack waren sie zwar ein bisschen zu dünn, aber gerade das konnte ja auch seine besonderen Reize haben. Das Koks lag bereit, und wenn sie wollten, könnten sie sich auf dem Riesenbildschirm im Schlafzimmer *Mondo Cannibale* oder *Cannibal Holocaust* ansehen, zwei wirklich kranke Filme, in denen das Blut wie in einem Schlachthof spritzte. Später könnten sie noch eine kleine Seerundfahrt auf seiner Yacht machen.

Alexander Prix öffnete die Terrassentür. Er sah hinaus auf den See und tat sich schwer, der Postkartenidylle etwas Positives abzugewinnen. Mit der Natur konnte er nicht viel anfangen. Vielleicht war das auch der Grund, weshalb er erst zwei- oder dreimal hier gewesen war, obwohl er die Villa bereits vor einem Jahr gekauft hatte. Oder vor zwei Jahren? Sein Problem war, dass er so viele Wohnungen und Häuser besaß, dass er längst den Überblick verloren hatte. Übermorgen würde er nach Mallorca fliegen, um sich dort eine Finca anzusehen, die ihm einer seiner Portfoliomanager dringend zum Kauf empfohlen hatte. Prix hielt sich am Terrassengeländer fest und schloss die Augen. Er atmete tief durch, konnte sich aber nicht entspannen. Erneut wählte er die Nummer seiner Assistentin. Sie meldete sich sofort nach dem ersten Läuten, so, wie er es von ihr erwartete. «Sagen Sie, wie viele Container möchte das Innenministerium von mir kaufen?»

«Einen Augenblick, bitte.»

Prix klopfte mit den Fingern ungeduldig auf das Terrassengeländer.

«Es geht um ein Auftragsvolumen von etwa fünftausend Einheiten», antwortete die Sekretärin beflissen.

«Bestens», sagte er aufgeräumt. Er strich über das Display seines Smartphones und schüttelte den Kopf. Irgendwie konnte er es nicht fassen, wie gut die Geschäfte liefen. Er schlenderte zurück ins Haus und setzte sich auf die Couch. Dann legte er auf dem Glastisch eine Straße und zog das Koks mit einem goldenen Röhrchen in die Nase.

9.

Nachdem der Riesenfisch seine Beute geschnappt hatte, tauchte er ab in die Tiefe. Mit seinen langen, rasiermesserscharfen Zähnen, die in mehreren Reihen in seinem Maul standen, hielt er den zuckenden Körper so lange fest, bis er sich nicht mehr rührte. Der Fisch drehte sich mehrmals um die eigene Achse, um aus dem Körper möglichst große Fleischstücke herauszureißen. Kaum hatte der Fisch seine Beute verschlungen, verschwand er in seiner Höhle.

Der Riesenfisch hatte in einem Teil des Sees gejagt, den er bisher gemieden hatte. Sein angestammtes Revier war das labyrinthartige Höhlensystem unter der mächtigen Schwarzen Wand. Dort hatte er in den letzten Jahrzehnten ein weitgehend autonomes Leben geführt und sich in erster Linie von Höhlenfischen ernährt, die vor etwa 20 000 Jahren in den Rottensee eingewandert waren und hier einen idealen Lebensraum fanden. Niemand wusste etwas von der Existenz dieser Fische, die wegen der in der Tiefe herrschenden Dunkelheit blind waren.

Auch der Monsterfisch war fast blind, was aber kein wirklicher Nachteil für ihn war. Mithilfe der Sinneszellen an den Seitenlinien konnte er nämlich elektromagnetische Signale empfangen und damit in einem Umkreis von fünfzig Metern jedes Lebewesen lokalisieren. In seinen toten Augen hatten sich Parasiten eingenistet, die im Dunkeln grün leuchteten. Seine Haut war von Moos und Algen bedeckt, und die vielen Narben zeugten von den Kämpfen, die der Monsterfisch im Laufe seines langen Lebens ausgetragen hatte. Aber stets war er als Sieger hervorgegangen, weil er das Töten bereits im Mutterleib gelernt hatte. Bei den ungeborenen Fischen wuchsen die Zähne schneller als alle anderen Körperteile, weshalb die Fische noch im Mutterleib zu Kannibalen wurden. Um zu überleben, mussten sie sich gegenseitig auffressen, und nur der stärkste Fisch wurde als Einzelfisch geboren.

Wegen des reichen Futterangebots war der Monsterfisch nie gezwungen gewesen, in die höheren Regionen des Sees aufzusteigen. Als vor einigen Tagen aber plötzlich alle Höhlenfische verschwanden, musste er sich notgedrungen neue Jagdreviere suchen. Unterhalb der Höhle waren Gesteinsmassen in Bewegung geraten, die zu Rissen im Boden führten, durch die das Wasser – und mit ihm die Fische – in die entstandenen Hohlräume gesaugt wurden.

10.

Franziska gingen die Schilderungen ihres Großvaters nicht mehr aus dem Kopf. Sie fragte sich, ob sie im Netz Informationen zu diesem Vorfall finden würde. Also schlug sie ihren Laptop auf und begann zu recherchieren.

Eine Stunde später hatte sie zwar nichts über einen Lynchmord an einem amerikanischen Soldaten im Frühjahr 1945 in Schattenwang gefunden, dafür aber einen Bericht über Kriegsgefangene, die dort im Dienste der *Deutschen Reichsbahn* Zwangsarbeit leisten mussten:

Die Kriegsgefangenen gehören nicht zur Betriebsgemeinschaft. Sie haben als Soldaten ihres Landes gegen Deutschland gekämpft und sind daher unsere Feinde. Kriegsgefangene müssen so behandelt werden, dass dem Werk die volle Leistung erbracht wird. Betonte Menschenfreundlichkeit gerade an Kriegsgefangenen zu beweisen, wäre vollkommen fehl am Platz.

Der Kriegsgefangene darf nicht im Besitze deutschen Geldes sein; er wird mit Lagergeld bezahlt, womit in den zugelassenen Geschäften die notwendigen Einkäufe besorgt werden können. Es ist strengstens verboten, Kriegsgefangenen deutsches Geld zu vermitteln. Jedes Entgegenkommen ihnen gegenüber erleichtert dem Feind die Spionage und Sabotage und richtet sich damit gegen unser Volk.

Deutsche Frauen, die in Beziehungen zu Kriegsgefangenen treten, schließen sich von selbst aus der Volksgemeinschaft aus und erhalten ihre gerechte Bestrafung. Selbst der Schein einer Annäherung muss vermieden werden. Es ist untersagt, mit Kriegsgefangenen politische Gespräche zu führen oder ihnen Mitteilungen über die Kriegslage zu machen.

Das stand im April 1943 in der *Werkszeitschrift des Reichsbahn-Ausbesserungswerkes* in Schattenwang, und Franziska fragte sich, wie die *gerechte Bestrafung* jener Frauen wohl ausgesehen haben mochte, die in Beziehungen zu Gefangenen getreten waren.

Sie erinnerte sich vage an eine Erzählung über einen polnischen Zwangsarbeiter auf einem Bauernhof, der wegen seiner Beziehung zu einer Magd kurzerhand im Wald aufgehängt wurde. Sogar Schulkinder hatten bei der Hinrichtung zusehen müssen. Nach dem Krieg konnte sich im Ort natürlich niemand mehr an dieses Verbrechen erinnern.

Wirklich schockiert war Franziska aber, als sie den Bericht eines KZ-Häftlings aus Mauthausen über das Schicksal von Widerstandskämpfern aus dem Eisenbahnermilieu las:

Sofort, nachdem wir ankamen, begann ein unfassbares entsetzliches Schauspiel. Einer nach dem anderen wurden die sechs Kameraden, die offenbar von der Gestapo als die aktivsten Mitarbeiter unserer Widerstandsorganisation ausgesucht worden waren, aufgerufen und mussten nackt eine Strecke von etwa 100 Metern im Laufschritt zurücklegen.

Gleichzeitig hetzten die SS-Offiziere die beiden Doggen des Schutzhaftlagerführers Bachmayer auf sie. Unsere armen geschwächten Kameraden stolperten, fielen und rafften sich wieder auf, während sie von den auf Menschen dressierten Doggen angefallen und ihnen schwerste Wunden zugefügt wurden.

Am schwersten wurde Otto Wehofschitz zugerichtet. Von seinen Armen hingen die zerfetzten Muskeln und Sehnen, und blutüberströmt konnte er sich kaum aufrecht halten. Dem Kameraden Vogelsang hatte ein Biss die Geschlechtsteile zerrissen. Wir, die wir zusehen mussten, wie man unsere vor Schmerz und Verzweiflung brüllenden Kameraden folterte, waren am Ende unserer Kräfte.

Wenige Minuten später krachten Schüsse, und ein Handwagen, von Häftlingen gezogen, zugedeckt mit Papiersäcken, war das Letzte, was wir von ihnen sahen. Von dem Handwagen hing seitlich eine blutige Hand herab.

Franziska gab den Namen Georg Bachmayer in das Suchfeld ein:

Georg Bachmayer galt als extrem sadistisch und war aufgrund seiner Brutalität bei den Häftlingen gefürchtet. Er besaß zwei abgerichtete doggenartige Bluthunde, die er auf Gefangene hetzte und diese zerfleischen ließ, was in der KZ-Sprache als ‹am Kuss des Hundes gestorben› bezeichnet wurde. Es gibt eine Vielzahl von

Einzelberichten, nach denen Bachmayer eigenhändig Personen umgebracht oder gequält hat. Er soll neu angekommenen Häftlingen beim Eintreffen im Lager mitgeteilt haben, dass Mauthausen noch niemals jemand lebend verlassen habe und dass der einzige Weg von dort nur durch den Kamin führe.

Am 8. Mai 1945 tötete Georg Bachmayer seine Frau und seine beiden Kinder und verübte anschließend Selbstmord.

Franziska klappte den Laptop wieder zu und öffnete das Fenster. Die Sonne schien, die Vögel zwitscherten, und von den Nachbarfeldern hörte sie das Rattern der Traktoren.

11.

Mit einem mulmigen Gefühl im Bauch betrachtete Alfons Stallinger den Globus, der vor ihm auf dem Schreibtisch stand. Er hatte ihn nach links und nach rechts gedreht, aber es nützte nichts: Wohin er auch blickte, überall sah er nur Wasser. Afrika war umgeben von Meeren, die an den dunkelblauen Stellen bis zu zehntausend Meter tief waren. Stallinger fröstelte. Wenn er den Globus nach links drehte, schoben sich Indien, Südostasien und China in sein Blickfeld. Aber Stallinger sah nur die Ozeane, die diese Länder zu verschlingen drohten.

Stallinger fragte sich, weshalb der Planet eigentlich Erde hieß, wenn siebzig Prozent seiner Oberfläche mit Wasser bedeckt waren. *Wasser* wäre zweifellos der passendere Name gewesen. *Alfons Stallinger, Bewohner des Planeten Wasser.* Stallinger merkte, wie sich sein Pulsschlag beschleunigte. Siebzig Prozent, und jeden Tag hörte er in den Nachrichten, dass der Meeresspiegel stieg und stieg und dass die ersten Inseln bereits in den Ozeanen versanken. Stallinger war siebenundvierzig Jahre alt und froh, dass er den endgültigen Triumph des Wassers nicht mehr erleben musste.

Gott sprach zu Noah: «Mit der Menschheit geht es zu Ende. Bald wird die große Flut über sie hereinbrechen.»

Vierzig Tage und Nächte regnete es aus schwarzen Wolken in Strömen, und auch aus der Erde brachen Wasserschwälle hervor. Die große Flut stieg höher und höher und raffte sie alle dahin. Nur noch die Gipfel der Berge ragten als Inseln aus dem Wasser. Dann versanken auch sie. Jetzt trieb das Schiff Noahs einsam auf der endlosen Wasserfläche.

Diese Passage aus dem Alten Testament hatte sich seit Ministrantentagen in sein Hirn eingebrannt, aber Stallinger wusste, dass bei einer neuen Flut die Menschheit kein zweites Mal die Chance bekommen würde, eine Arche zu bauen. Und das war wahrscheinlich auch gut so.

Stallingers Tochter Martina tat ihm angesichts dieser Perspektiven leid, aber wenn er mit ihr über das Wasser reden wollte, erntete er nur ein verständnisloses Kopfschütteln. Oder ein mitleidiges Lächeln. Manchmal sogar beides. Auch seine Frau Helga verstand seine Angst vor dem Wasser nicht, wo doch der Rottensee so schön war.

Aber der Rottensee war nicht schön. Ganz im Gegenteil, er war hässlich und hinterhältig. Als Siebenjähriger hatte Stallinger in den Sommerferien mit ein paar Freunden in Ufernähe nach besonders schönen Steinen getaucht. Dabei war er mit der Badehose an einem Ast hängen geblieben, der sich zwischen zwei Felsblöcken verfangen hatte. Das Wasser war ganz klar gewesen, und die Sonnenstrahlen hatten die Steine in ein helles, schimmerndes Licht getaucht. Er hatte mit den Füßen gestrampelt, aber es hatte nichts genützt. Als er in seinem Brustkorb einen stechenden Schmerz spürte und Wasser in seine Lungen drang, breitete sich Panik in ihm aus. Wo war sein Vater, um ihn zu retten? Wo seine Mutter? Alfons wurde fast ohnmächtig, und er war sich in diesem Augenblick sicher, dass er sterben würde. Aber er wollte nicht sterben, und so mobilisierte er noch einmal all seine Kräfte. In letzter Sekunde gelang es ihm, sich von dem Ast zu befreien, indem er aus seiner Badehose schlüpfte.

Als er auf allen vieren ans Ufer kroch, hatte er bereits so viel Wasser geschluckt, dass er immer noch das Gefühl hatte, ersticken zu müssen. Es dauerte ein paar Minuten, bis er wieder zu sich kam, und erst jetzt realisierte er, dass er die ganze Zeit nackt am Boden gelegen war. Dass sich nicht nur die Buben, sondern auch die Mädchen über sein im kalten Wasser geschrumpftes Zumpferl lustig machten, hatte ihn zwar tief getroffen, aber noch schlimmer waren die Albträume, die er nach diesem grauenhaften Erlebnis hatte. Oft drohte er in seinen Träumen zu ertrinken, oder er wurde ins Wasser gestoßen und ging unter wie ein Stein. Weil ihn seine Freunde als Feigling verspotteten, war er am Ende der Ferien trotz seiner panischen Angst noch einmal an den Ort des Schreckens zurückgekehrt. Als er aber merkte, dass ihm das Wasser den Atem raubte und er nicht mehr schwimmen konnte, war er Hals über Kopf nach Hause gerannt. Im Laufe der Jahre war aus Stallingers Angst vor dem Wasser schließlich eine regelrechte Aquaphobie geworden.

Während seiner Polizeiausbildung hatte er einmal mit einem Arzt über seine Angst gesprochen. Der Arzt hatte Stallinger vorgeschlagen, es doch einmal mit Wasser-Shiatsu oder Wassergymnastik zu versuchen; und zur Not könnte er beim Baden ja Schwimmflügerln tragen. Damit war für den Arzt die Angelegenheit erledigt, aber bei der Vorstellung, mit Schwimmflügerln Wassergymnastik zu betreiben, wurde Stallingers Abneigung gegen das Wasser nur noch größer.

Mit dem Wasser aus der Leitung hatte Stallinger keine Probleme, und auch eine kurze Dusche schaffte er gerade noch mit Müh und Not. Sobald er aber in die Nähe eines Flusses oder eines Sees kam, musste er alle Kräfte mobilisieren, um nicht auch noch die letzten Reste seines Verstandes über Bord zu werfen. So gesehen, war es nicht gerade von Vorteil, dass Stallinger ausgerechnet in Bitterwasser am Rottensee als Polizeiinspektor arbeitete.

Hunderte Orte hätte es gegeben, wo es weit und breit kein Wasser gab. Aber nein, nach Bitterwasser musste man ihn versetzen, wo ihm der Rottensee als permanente Bedrohung das Leben zur Hölle machte.

Als sein Bruder, der Gendarmerieinspektor Arthur Stallinger, bei einer Naturkatastrophe in Bad Fucking ums Leben gekommen war, hatte sich Stallinger zum ersten Mal gefragt, ob es nicht klüger wäre, seinen Job an den Nagel zu hängen. Aber da er aus einer alten Schantingerdynastie stammte, wäre das ein schwerer Verstoß gegen die Familientradition gewesen.

Wie sein Urgroßvater hatte auch sein Großvater den Gendarmerieberuf ausgeübt, bevor er 1940 zu einer Spezialeinheit nach Litauen abkommandiert wurde. Was sein Großvater in Litauen gemacht hatte, wusste Stallinger nicht. In der Familie wurde darüber nicht gesprochen. Nur so viel wusste er, dass er als Kriegsbeute eine junge Frau mit nach Hause brachte, die zwar kein Wort Deutsch sprach, dafür aber einen Sohn gebar, bei dessen Geburt sie starb. Dieser Sohn war Stallingers Vater, der im Sommer 1990 – Stallinger war damals zweiundzwanzig Jahre alt – bei der Verfolgung von ein paar Wilderern in den Natternbergen tödlich verunglückte.

Wenn er aus seinem Bürofenster blickte, sah Stallinger am Ende des kleinen Parks den Yachthafen und rechts davon den

See in seiner ganzen gefährlichen Pracht. Und wenn er einen Blick auf den Globus warf, sah er nur Wasser. Vor seinem geistigen Auge spielten sich grauenhafte Szenen ab: Er sah Millionen von Menschen, die in den Meeren qualvoll ertranken, er sah Tausende Schiffe, die von Orkanen, Tornados oder Zyklonen zum Kentern gebracht wurden – und plötzlich sah er sich selbst als Schiffbrüchigen inmitten eines gigantischen Ozeans, um ihn herum nur Wasser und keine Hoffnung. Stallinger bekam einen Schweißausbruch, und er wusste, dass in solchen Momenten nur eines half: Stricken.

Er öffnete den Weidenkorb neben seinem Schreibtisch und holte mit zitternden Fingern sein Strickzeug heraus. Er wartete, bis die beiden Nadeln ruhig in seinen Händen lagen, und strickte weiter an dem unförmigen Socken, den er vor zwei Tagen begonnen hatte. Nach ein paar Minuten bewegten sich die Nadeln in schnellen, unharmonischen Rhythmen, so als würde er ein Zwölftonstück von Anton Webern dirigieren und nicht eine Symphonie von Mozart. Aber Stallinger war es ohnehin egal, was bei der Strickerei herauskam, Hauptsache, er wurde von seinen trüben Wasser-Gedanken abgelenkt. Während er die Maschen von der linken auf die rechte Nadel hob, bewegte sich das bunte Wollknäuel am Tisch ruckartig hin und her. Das Knäuel sah aus, als wollte es den *Moonwalk* von Michael Jackson tanzen.

Stallinger strickte nur Socken, Hauben und Schals, freilich ohne dafür Abnehmer zu finden. Einmal hatte er einen Haufen Stricksachen für einen Kirchenbazar gespendet, aber kein einziges Stück war verkauft worden. Aus diesem Grund trennte er nach einer gewissen Zeit alles wieder auf und begann von vorne. Er machte es ähnlich wie Penelope in der *Odyssee,* aber während Penelope das am Tag gewebte Leichentuch für ihren Mann

Odysseus in der Nacht wieder auftrennte, um Zeit zu gewinnen, trennte Stallinger seine Socken, Hauben und Schals wieder auf, weil sie niemand haben wollte und sie sonst von den Motten zerfressen worden wären. Natürlich waren seine Stricksachen nicht besonders ansehnlich, und sie waren in den meisten Fällen auch untragbar, trotzdem ärgerte es ihn, dass weder seine Tochter noch seine Frau bereit waren, seine Socken oder Hauben zu tragen. Nur am Anfang hatte seine Frau, wahrscheinlich aus Mitleid, einmal ein Paar Stutzen als Geschenk angenommen. Und sie hatte ihm versprochen, die Stutzen nicht wegzuwerfen.

Zu Stallingers Leidwesen winkten auch seine Kollegen stets dankend ab, wenn er ihnen zum Geburtstag oder zu Weihnachten etwas Gestricktes schenken wollte. «Das Zeug ist ja komplett misslungen», war der häufigste Kommentar, den er bei diesen Gelegenheiten zu hören bekam.

Stallinger betrachtete den Socken und musste leider feststellen, dass er wieder einmal den Übergang vom Rist zum Schienbein nicht richtig erwischt hatte. Das Gebilde sah aus wie ein Wollschlauch mit einem Knick. Ja, er musste noch viel üben.

«Fonsi», hörte er seinen Kollegen Andreas Wegleitner durch die offene Tür aus dem Nebenraum rufen.

Widerwillig legte Stallinger das Strickzeug zur Seite. «Was gibt es denn?»

«Im Yachtclub hat es eine Schlägerei gegeben, weil einer mit einer Zitronenphobie gehänselt worden ist und sich zur Wehr gesetzt hat.»

«Bitte was?» Stallinger verstand kein Wort.

«Ein Betrunkener hat eine halbe Zitrone ausgeschlürft, obwohl er gewusst hat, dass einer der Anwesenden an einer Zitronenphobie leidet. Und der mit der Phobie hat dem Besoffenen dann einen Kinnhaken versetzt.»

Stallinger seufzte. «Die sind schon zu Mittag besoffen?»

Wegleitner zuckte mit den Schultern. «Segler, weißt eh. Die saufen praktisch immer.»

«Und was sollen wir jetzt machen?»

«Na ja, den Fall aufnehmen. Freuen tut es mich zwar nicht, aber schließlich sind wir ja die Polizei.»

«Wo sind denn der Kreuzhuber und der Wolf?», fragte Stallinger.

«Die sind auf Streife. Und um die Mittagszeit müssen sie beim Flüchtlingsheim in Stockham Stellung beziehen, weil die Innenministerin einen Lokalaugenschein vornehmen will.»

«Ach so, das hab ich ganz vergessen. Hast du eigentlich etwas Neues vom Wischenbart und vom Stocker gehört?»

«Nein. Die werden ihren Krankenstand hinauszögern, so lange es geht.»

«Das wäre mir ja egal, wenn man uns wenigstens Ersatzpersonal schicken würde. Aber immer, wenn ich beim Landespolizeikommando anrufe, heißt es, dass es einen akuten Personalmangel gibt.»

«Ja, weil die meisten Bewerber bei der Aufnahmeprüfung durchfallen. Ein Jammer.»

Die beiden Polizisten Wischenbart und Stocker waren bereits seit vier Wochen im Krankenstand. Wischenbart, weil er sich im Rausch den Fuß gebrochen hatte, aber der *besoffenen Stiege* die Schuld gab. Und Stocker, weil er wegen eines *Burn-outs* arbeitsunfähig war. Warum Stocker ein *Burn-out* hatte, konnte sich Stallinger beim besten Willen nicht vorstellen. Überarbeitung kam als Grund dafür jedenfalls nicht in Frage.

Sobald Wegleitner den Raum verlassen hatte, widmete sich Stallinger wieder seinem Stricksocken. Dazu klickte er das YouTube-Video *Die schönsten Vogelstimmen unserer Heimat* an.

Eigentlich hätte er ja lieber eine Schallplatte mit Vogelstimmen aufgelegt, aber seine Vorgesetzten hatten ihm das Aufstellen eines Plattenspielers im Dienstzimmer bei Androhung eines Disziplinarverfahrens strengstens verboten. «Wo kämen wir denn da hin», hatte es geheißen.

12.

Als der Dienstwagen der Innenministerin auf den Parkplatz des Flüchtlingsheims einbog, bereute sie endgültig, dass sie dem Vorschlag ihres Pressesprechers gefolgt war. Auf dem Gehsteig standen nämlich ein paar Mitglieder der FPÖ, die Flugblätter verteilten. Der Bezirksparteiobmann der FPÖ, Tassilo Reichberger – von Freunden auch *Heim-ins-Reich-Berger* genannt –, zeigte seinen fetten Bierbauch, auf den der Wahlspruch der SS *Meine Ehre heißt Treue* tätowiert war. Als in einer Zeitung über diese offenkundige Sympathiebezeugung Reichbergers mit der SS berichtet wurde, verteidigte sich dieser mit dem Hinweis, dass er nicht gewusst hätte, dass es sich dabei um einen Spruch der SS handelte. Außerdem sei an Werten wie Ehre und Treue ja nichts auszusetzen, SS hin oder her.

Rückendeckung erhielt Reichberger selbstverständlich vom Landesparteiobmann der FPÖ, der sich einmal mehr über *die Hetzjagd linker Medien auf einen tüchtigen und anständigen Bürger* beklagte. Um welche linken Medien es sich genau handelte, sagte der Landesparteiobmann nicht. Aber seine Reaktion war verständlich, war doch auch er ein Nazi durch und durch. Als bei den letzten Wahlen einige aufmüpfige Jugendliche Plakate mit dem Porträt des Landesparteiobmanns mit einem Hitlerbärtchen verzierten, dachten tatsächlich viele, dass Hitler wieder von den Toten auferstanden wäre. Natürlich bekam der Landesparteiobmann mehr Stimmen als je zuvor.

Man hatte sich ja auch längst damit abgefunden, dass der Landesparteiobmann Mitglied einer deutschnationalen Burschenschaft war, die ihre Versammlungen in einem Gasthaus abhielt, das in einschlägigen Kreisen *Führerhauptquartier* genannt wurde. In der Wirtsstube hing ein Landschaftsgemälde, das bei bestimmten Treffen umgedreht wurde, weil sich auf der Rückseite ein Hitler-Porträt befand. Selbstverständlich wurden bei diesen Zusammenkünften auch Lieder der SS gesungen, und wenn der Alkohol besonders reichlich floss, gaben sich die Burschenschafter Kosenamen wie Mengele, Kaltenbrunner oder Eichmann. Was war denn schon dabei? Mengele war schließlich ein bayerischer Landmaschinenhersteller, und Kaltenbrunner oder Eichmann waren durchaus gebräuchliche Familiennamen in Österreich. Natürlich kam im *Führerhauptquartier* am 20. April auch Hitlers Lieblingsspeise, Eiernockerl mit grünem Salat, auf den Tisch, weil man damit einen Beitrag zur gesunden Ernährung leisten wollte.

Das also war die Welt des Tassilo Reichberger, der am Parkplatz des Flüchtlingsheims Flugblätter verteilte.

Von den knapp zweihundert Flüchtlingen, die im ehemaligen Gasthof *Zum braunen Bären* untergebracht waren, beobachteten etwa fünfzig die Szene. Einige standen in Gruppen zusammen und versuchten, den Text des Flugblatts zu entziffern. Obwohl viele einen Deutschkurs besucht hatten, taten sie sich beim Lesen des Flugblatts schwer:

Wir haben zu viele Ausländer im Bezirk!

Auch wenn es einige noch immer nicht wahrhaben wollen, aber die Ausländer machen nur Probleme, und anstatt sie hier ins Gefängnis zu stecken, sollte man sie sofort abschieben!

Einmal wollten ein paar Einheimische in Pehamberg in eine neu eröffnete Disco gehen. An der Kassa haben sie noch kassiert, und dann dachten sie sich schon, dass es hier so komisch riecht, nur Ausländer. Als sie eine Runde drehten, schrien schon die ersten: Raus, ihr Scheißösterreicher!

Oder in Hungerdorf, wo die Flüchtlinge überall einbrechen gehen. Die Chinesen grapschen die Verkäuferinnen an usw. Oder die Afghanen, die im Winter aus den Vogelhäusern die Sonnenblumenkerne stehlen, weil sie sich keine leisten können.

In Stockham nimmt der braune Bär die Flüchtlinge von Afrika ja auch nur auf, weil er vom Staat dafür Geld bekommt. Oder in Semmelhof das Waldcafé, wo die Flüchtlinge den ganzen Tag faul auf der Bierbank sitzen und nur durch die Luft schauen. Kriegen alles zugesteckt, Essen, Kleidung, Unterkunft … Das alleine in unserem Bezirk!

Aber man darf ja nichts sagen, weil es sind ja sooo arme Ausländer. Dabei könnte man die notgeilen Muslime ja auch kastrieren. Wir von der FPÖ sagen es ganz offen: Stockham darf nicht Köln werden!

Und in Wien, Frau Minister, ist es ganz besonders schlimm. Am Naschmarkt, nur Inder! Man könnte noch mehr erzählen, z. B. von einer 48-Jährigen aus Kuttelbach, die einen Neger nur geheiratet hat, damit er hierbleiben kann. Die beiden haben dann ihren Nachbarn das Leben zur Hölle gemacht, nur weil die Nachbarn zwei Pitbulls haben, die halt keine Neger mögen!

Wir haben einfach zu viele Ausländer im Bezirk. Deshalb wählt FPÖ. Wir lösen diese Probleme.

Natürlich hatten sich die Fernsehleute und Fotografen so postiert, dass sie die Innenministerin gemeinsam mit den Flugblattverteilern ins Bild bekamen. Die Flüchtlinge im Hintergrund gaben die perfekten Statisten ab.

«Und, was jetzt?», fragte Dietlinde Breitfurtner-Brandstätter vorwurfsvoll.

Magister Besendorfer-Kronreif überlegte fieberhaft. «Wichtig ist, dass Sie immer lächeln. Nehmen Sie ein Flugblatt zur Hand und sagen Sie, dass Sie es sich gerne durchlesen werden, sich jetzt aber um wichtigere Dinge kümmern müssen. Betonen Sie, dass es Ihnen um die Menschen geht.»

«Mir bleibt auch nichts erspart», seufzte die Innenministerin und öffnete mit einem breit aufgesetzten Lächeln die Autotür. Die beiden Streifenpolizisten Manfred Kreuzhuber und Bernhard Wolf nahmen neben dem Dienstwagen Aufstellung und salutierten. Die Innenministerin erwiderte den Gruß mit einem Kopfnicken, dann griff sie nach dem Flugblatt, das ihr Reichberger provokant entgegenhielt. Mit ernster Miene überflog sie den Text, bevor sie ihren Spruch aufsagte. Dann überquerte sie mit schnellen Schritten den Parkplatz und war froh, als sich die Haustüre des Flüchtlingsheims hinter ihr schloss.

Dass in der Zwischenzeit die Egusi Soup zu köcheln begonnen hatte, konnte die Innenministerin natürlich nicht wissen.

13.

Franziska deutete auf das Blatt Papier, das vor ihr auf dem Tisch lag. «Also, auf die Schnelle habe ich Folgendes herausgefunden: Im Zweiten Weltkrieg gab es in der US-Armee einen eigenen Fliegerverband, dem aufgrund der damals gültigen Rassengesetze nur Schwarze angehören durften. Der Fliegerverband hieß *Tuskegee Airmen*, und ich nehme an, dass die Soldaten, die über Schattenwang abgeschossen wurden, diesem Verband angehörten. Was die Erkennungsmarke betrifft, sind die Angaben ziemlich klar. Andrew P. Lester ist der Name des Soldaten. In der zweiten Zeile steht seine Sozialversicherungsnummer, wobei 13717 wahrscheinlich bedeutet, dass Lester am 13. Juli 1917 geboren ist. T 43 44 heißt, dass er die letzten Tetanus-Impfungen 1943 und 1944 bekommen hat. B ist seine Blutgruppe. Margret Lester ist entweder seine Frau oder seine Mutter oder sonst eine nahe Verwandte, die im Falle seines Todes verständigt werden sollte. 84 Hickory ist die Hausnummer und die Straße in Selma, wo diese Margret Lester gewohnt hat. Selma ist eine Stadt in Alabama, und das C steht für Katholik.»

Ablinger schüttelte ungläubig den Kopf. «Und das hast du alles in deinem Computer herausgefunden?»

«Diese Erkennungsmarken sind im Internet gut dokumentiert. Dort steht auch, weshalb es zwei idente Marken gab: Eine sollte im Todesfall beim Leichnam bleiben, und die zweite sollte an die Armee zurückgegeben werden. Wahrscheinlich ist das heute auch noch so.»

«Und was ist mit den Angehörigen? Ich möchte die Erkennungsmarken lieber an seine Angehörigen schicken als an die Armee.»

«Es gibt in Selma tatsächlich noch ein paar Leute, die Lester heißen, eine Margret habe ich allerdings nicht gefunden. Aber, und das ist kurios: Als ich die beiden Begriffe Lester und US Army in die Suchmaschine eingegeben habe …»

«Suchmaschine?»

«Ja, Google, egal. Also, wie ich diese Begriffe eingegeben habe, bin ich auf einen Soldaten namens William S. Lester gestoßen, der auf dem amerikanischen Stützpunkt in Ramstein in Rheinland-Pfalz arbeitet. Es kann natürlich reiner Zufall sein, aber wenn du willst, kann ich versuchen, ihn zu kontaktieren. Vielleicht ist er ja tatsächlich ein Verwandter von diesem Andrew P. Lester.» Franziska beschloss, ihrem Großvater nichts über die Behandlung von Kriegsgefangenen im Reichsbahn-Ausbesserungswerk in Schattenwang und über das grausame Schicksal der Widerstandskämpfer aus dem Eisenbahnermilieu in Mauthausen zu erzählen.

Ablinger runzelte die Stirn. «Wenn Lester 1917 geboren wurde, dann war er bei seinem Tod – warte einmal –, dann war er achtundzwanzig Jahre alt, als er starb. Vielleicht war er ja bereits verheiratet und hatte Kinder, dann könnte das theoretisch ein Enkel oder ein Urenkel von ihm sein.» Ablinger griff nach seinem Glas mit dem Hollersaft. Er war aufgeregt, und seine Hände zitterten.

Franziska warf einen Blick auf ihre Notizen. «Ich habe übrigens auch ein bisschen über Flachberger recherchiert. Viel habe ich nicht herausgefunden, aber eine Sache ist ziemlich arg. In der Zeitung steht ja, dass er Mitglied dieses Männergesangsvereins ist. Diesen Verein hat man 1960 aus Anlass des einhundertsten Geburtstags von Gustav Mahler nach ihm benannt. Und zwar mit der Begründung, dass sich Mahler mehrmals am Rottensee aufgehalten hat. Ein paar Jahre später ist der Gesangsverein aber wieder in Franz Schubert umbenannt worden.»

«Das verstehe ich jetzt nicht.» Ablinger war sichtlich verwirrt. «Wer war dieser Maler? Meinst du den Titus Pichler?»

«Nein, ich meine nicht den Titus Pichler. Ich meine den Gustav Mahler. Das war kein Maler, sondern ein Komponist. Mahler mit h. Aber der Grund für die Umbenennung war ein anderer: Gustav Mahler war Jude, und Flachberger wollte nicht Mitglied in einem Verein sein, der nach einem Juden benannt ist.»

«Das hat er gesagt?»

«Nicht direkt, aber so ähnlich. Er hat sich auf die Traditionen des deutschen Liedguts berufen, dem der Gesangsverein verpflichtet wäre.»

«Ach so.» Ablinger verstand nicht genau, worauf seine Enkelin hinauswollte. Außerdem interessierte ihn nicht, was 1960 passiert war. «Kannst du nachschauen, was es mit diesem Enkel oder Urenkel vom Lester auf sich hat?»

Franziska nickte. «Aber das muss ich drinnen machen, weil hier im Garten das Internet zu langsam ist.» Franziska hielt kurz inne. «Sag einmal, sollen wir das mit dem Flachberger nicht in irgendeiner Form an die Öffentlichkeit bringen? Ich finde das total arg, dass das so lange verschwiegen wurde.»

Ablinger winkte resigniert ab. «Wie stellst du dir das denn vor? Ich habe ja keine Beweise.»

In diesem Augenblick klingelte Franziskas Handy. Sie sah auf das Display. «Entschuldige bitte.» Franziska stand auf und wischte über das Display. «Halli, hallo», sagte sie gut gelaunt. Sie entfernte sich vom Tisch und blieb in der Wiese stehen. Erwartungsvoll hörte sie zu. «Oh, das wäre toll. – Ja, klar. – In Ordnung. – Schwarzbach Nummer siebzehn? Ja, das werde ich schon finden.» Franziska legte auf und strahlte über das ganze Gesicht.

«Wer hat denn angerufen?»

«Gloria Seiler, eine Freundin. Sie verbringt drüben in Schwarzbach gerade ihre Ferien im Haus ihrer Eltern.»

Beim Wort *Schwarzbach* verfinsterte sich Ablingers Miene.

Fast ein bisschen wehmütig fügte Franziska hinzu: «Eigentlich lebt sie ja in Berlin, wo sie als Polizeitaucherin arbeitet. Aber bei einem ihrer letzten Einsätze in einem der verdreckten Berliner Kanäle hat sie sich eine Infektion mit Blastomykose zugezogen und darf nicht mehr tauchen, bis die Infektion ausgeheilt ist.»

«In Berlin kann man tauchen?», fragte Ablinger erstaunt.

«Ja, in Berlin gibt es angeblich mehr Kanäle als in Venedig. Habe ich irgendwo gelesen. Aber ich weiß nicht, ob das stimmt.»

«Ich war in meinem ganzen Leben noch nie in Berlin», sagte Ablinger. «Und in Venedig auch nicht.»

Franziska steckte ihr Handy ein. «Es kann sein, dass ich zum Abendessen nicht da bin. Ich schaue aber, dass ich bis morgen Näheres über diesen Lester herausfinde. Und ich denke auch darüber nach, was wir wegen Flachberger unternehmen könnten. Irgendwie lässt mir das keine Ruhe. Hast du etwas zu essen, oder soll ich dir eine Kleinigkeit herrichten?»

Ablinger schüttelte den Kopf. «Nein, nein, das ist schon in Ordnung. Ich esse eine kalte Jause. Speck habe ich ja genug.» Er stand auf und hielt sich sein Kreuz. Dann ging er gemeinsam mit Franziska zurück zum Haus. Dort saß die Katze neben zwei toten Mäusen. Sie sah Ablinger erwartungsvoll an.

«Grauslich», sagte Franziska und verschwand im Haus.

«Gut hast du das gemacht», lobte Ablinger die Katze. Schnurrend schmiegte sie sich an seine Beine. Er wollte sie streicheln, schaffte es aber nicht, sich zu bücken. Einen Moment lang überlegte er, der Katze den Namen Lester zu geben.

14.

Neptun weckt Ihre Sehnsucht nach einer prickelnden, frischen Brise, die Ihrem Liebesleben Schwung verleiht. Erotikplanet Mars und Liebesplanet Venus kommen Ihrem Wunsch gerne nach. Mit Ihrer sexy Erscheinung haben Sie leichtes Spiel, einem attraktiven Mann Fesseln anzulegen. Die Liebe ist Ihr Lebenselixier, und Ihr Charme ist umwerfend. Auch sollten Sie …

«Mama, schau, was schwimmt denn da im Wasser?»

Gertrude Pixner sah von ihrer Zeitschrift auf. «Robert, was ist denn jetzt schon wieder los?» Widerwillig schob sie ihre Sonnenbrille nach oben. «Kann ich nicht für zwei Minuten in Ruhe meine Zeitschrift lesen?»

«Ja, aber da ist ein Fuß mit einem Schuh dran. Der schaut ziemlich grauslich aus.»

Gertrude Pixner erhob sich mit einem Seufzer von ihrer Decke; sie warf einen prüfenden Blick auf ihren Bauch. Mit ihrer Figur konnte sie eigentlich ganz zufrieden sein, das Einzige, was sie ein bisschen störte, waren die Mastfalten an ihren Oberschenkeln. Aber die würde sie beim nächsten Parship-Date geschickt unter ihrem neuen Rock verbergen. Allerdings hoffte sie, dass der neue Kandidat nicht so langweilig war wie der letzte, der das Treffen offenbar mit einem Speed-Dating für Senioren verwechselt hatte. Der Typ hatte Gertrude nicht nur eine Packung mit abgelaufenen Pralinen mitgebracht, sondern auch einen Strauß Chrysanthemen. Sie war sich vorgekommen wie auf ihrer eigenen Beerdigung.

Robert stand bis zu den Knien im Wasser und deutete aufgeregt auf eine Stelle, die seine Mutter vom Ufer aus nicht einsehen konnte. «Hier, im Schilf hat er sich verfangen.» Seine Stimme überschlug sich fast.

«Wer hat sich verfangen?» Gertrude Pixner hatte sich gezielt einen Platz am äußersten Rand des Strandbads gesucht, um in Ruhe ihre Zeitschriften lesen zu können. Aber damit war es jetzt wohl vorbei. «Wenn du mich zum Narren hältst, kannst du dir dein Eis in die Haare schmieren, das sage ich dir.» Gertrude Pixner stieg ins Wasser, musste wegen des rutschigen Untergrunds aber aufpassen, nicht den Halt unter den Füßen zu verlieren. «Also, was genau willst du mir zeigen.» Ihr Tonfall verhieß in Bezug auf das Eis nichts Gutes.

«Hier!»

Gertrude Pixner watete langsam zu ihrem Sohn, wo sie abrupt stehen blieb. «Das gibt es ja gar nicht … Das ist ja …» Sie biss sich auf die Unterlippe und überlegte, was sie tun sollte. Um sicherzugehen, dass sie keiner Täuschung aufsaß, beugte sie sich vor, um das Fundstück genauer in Augenschein zu nehmen. Aber es bestand kein Zweifel: Was sich da im Schilf verfangen hatte, war tatsächlich ein menschlicher Fuß. Und zwar ein Fuß in einem hellen Socken, der in einem weißen Tennisschuh steckte. Der Größe nach zu schließen, schien es sich um den Fuß einer Frau zu handeln. Wo das Bein oberhalb des Knöchels abgetrennt war, hingen Hautfetzen, Muskeln und Sehnen herunter, auch ein paar Knochensplitter ragten aus der Wunde.

«Wir müssen sofort die Polizei rufen.» Gertrude Pixner merkte, wie sie weiche Knie bekam. «Robert, du rührst dich nicht von der Stelle.» Sie hastete zurück ans Ufer und rutschte prompt auf den glitschigen Steinen aus. «Scheiße», fluchte sie, während sie sich wieder hochrappelte. Notdürftig trocknete sie sich mit dem Gratis-Badetuch vom *Let's-do-it-Fachmarkt Krautschneider und Eberhard* ab und wählte mit zitternden Fingern die Servicenummer der Polizei. Durch die Wahl dieser Nummer wurde sie automatisch mit der nächstgelegenen Polizeidienststelle verbunden. Nach dem dritten Klingelton meldete sich eine männliche Stimme. «Polizeiinspektion Bitterwasser, Stallinger am Apparat.» Die Stimme klang nicht sehr freundlich.

«Ja, äh, Pixner, also ich rufe vom Strandbad in Sonnleiten an, weil mein Sohn, der Robert, im Wasser einen Fuß gefunden hat, der in einem Tennisschuh und einem weißen Socken steckt. Er hat sich im Schilf verfangen. Also der Fuß, nicht mein Sohn. Ich glaube, dass es der Fuß von einer Frau ist, bin mir aber nicht sicher. Es könnte auch der Fuß von einem Kind sein.»

«Moment, Moment, alles der Reihe nach. Wie ist Ihr Name, und von wo aus rufen Sie an?»

«Das habe ich Ihnen doch schon gesagt: Pixner ist mein Name, und ich rufe vom Strandbad in Sonnleiten an, wo mein Sohn Robert im Wasser einen Fuß mit einem Schuh gefunden hat.»

«Sind Sie sich ganz sicher, dass es sich nicht um einen ...» Stallinger machte eine Pause. «... äh, um einen künstlichen Fuß handelt?»

«Um einen künstlichen Fuß? Was soll denn ein künstlicher Fuß sein?»

In der Zwischenzeit waren einige Badegäste auf das Gespräch aufmerksam geworden.

«Na ja, vielleicht von einer Auslagenpuppe.»

Gertrude Pixner schüttelte energisch den Kopf. «Nein, bestimmt nicht. Bei einer Auslagenpuppe würden ja keine Hautfetzen herunterhängen. Und man würde auch keine Knochenreste sehen.»

«Und Sie sind sich ganz sicher, dass es sich um einen menschlichen Fuß handelt?»

«Ja!» Gertrude Pixner drückte das Handy ganz dicht an ihr Ohr, weil sie nichts mehr hörte. Wahrscheinlich dachte der Polizist gerade nach. Es dauerte eine ganze Weile, bis er wieder etwas sagte. «Na gut, wo genau befinden Sie sich jetzt?»

«Ganz hinten im Strandbad. Dort, wo das viele Schilf am Ufer wächst.»

«Sie rühren sich nicht von der Stelle und warten, bis wir kommen. Verstanden?»

«Ja», antwortete Gertrude Pixner und verbeugte sich reflexartig. Dann wischte sie über das Display ihres Handys.

«Mama», rief Robert aufgeregt, «Mama, ich habe noch etwas gefunden. Schau her, ich glaube, das ist der Haxen von einem Hund.»

Im Nu rotteten sich ein paar Badegäste zusammen, die interessiert ihre Hälse reckten. «Was hast du gefunden?», fragte ein Mann, dessen fetter Bauch bedrohlich über seine Badehose hing. «Den Fuß von einer Frau?»

«Nein, den Haxen von einem Hund», rief Robert.

«Das wird wieder so ein riesiger Hecht gewesen sein, der da zugebissen hat.» Der Dicke warf einen triumphierenden Blick in die Runde.

«Ein Hecht?», mischte sich ein junger Bursch ein, «so ein Blödsinn. Ein Hecht kann doch keinen Fuß abbeißen.» Nachdenklich betrachtete er die neuen Tattoos auf seinen Unterschenkeln und hoffte, dass sich der Mann irrte. Es wäre nämlich ewig schade um diese Tattoos gewesen, die ihm bei *Tattoo-Charly* immerhin die Hälfte seines monatlichen Arbeitslosengeldes gekostet hatten. *BABBY GIRL* stand auf dem einen Bein und *TWITTER* auf dem anderen. Bei der Motivauswahl hatte er *Tattoo-Charly* freie Hand gelassen, und der ließ sich nicht zweimal bitten.

«Aber in der Zeitung ist doch gestanden, dass ein Hecht ein Kind verletzt hat. Angeblich war das sogar ein Alligatorhecht, den sie aus Japan eingeschleppt haben. Die werden bis zu drei Meter lang. Richtige Monster sind das. Hast du das nicht gelesen? In Burgstetten ist das passiert.» Der Dicke strich sich über seinen Bauch, von dem eine ganze Alligatorhechtfamilie satt geworden wäre.

«In Burgstetten?», fragte der Tätowierte. «Wo soll das denn sein.»

Der Dicke zuckte mit den Achseln. «Das weiß ich auch nicht, aber in der Zeitung ist es gestanden. Das Kind, das vom Hecht gebissen worden ist, hat sogar Schmerzensgeld bekommen. Ich glaube, es waren zwanzigtausend Euro.»

«Zwanzigtausend Euro?», fragte der tätowierte Arbeitslose und rechnete sich aus, dass er mit diesem Geld ein Jahr lang jedes Zeltfest in der näheren und ferneren Umgebung besuchen könnte, ohne sich Sorgen um sein Konto machen zu müssen. Also ging er ins Wasser, um einen Blick auf den mysteriösen Fund zu werfen. Vielleicht kam ja zufällig ein Hecht vorbei und zwickte ihn in die Wade. Zwanzigtausend Euro! Als er im Wasser aber ein paar kleine Lauben vorbeischwimmen sah, drehte er gleich wieder um, weil er plötzlich Angst hatte, dass tatsächlich ein Hecht Gefallen an seinen Tattoos finden könnte. Eine Angst, die allerdings völlig unbegründet war.

«Was ist, Mama? Kommst du endlich!», rief Robert aufgeregt.

Widerwillig stieg Gertrude Pixner erneut ins Wasser. Robert ließ die von ihm entdeckten Objekte nicht aus den Augen. «Da schau, Mama, der war zuerst unter der Wasseroberfläche, darum haben wir ihn nicht gesehen.»

Roberts Mutter wandte sich angeekelt ab. «Pfui Teufel, das ist ja grauslich.» Was sie sah, war das Bein eines Hundes samt einer halben Hüfte. Der Größe und dem Aussehen nach zu schließen, musste es sich dabei um die Überreste eines Schäferhunds handeln. Gertrude Pixner fand, dass dieses Teil noch unappetitlicher aussah als der Fuß der Frau. «Hoffentlich kommt bald die Polizei», sagte sie kopfschüttelnd.

«Mama, bring mir mein Handy, ich muss die Fotos von den beiden Haxen unbedingt sofort auf meine Facebookseite stellen. Was glaubst du, wie viele Likes ich da bekomme. Außerdem werde ich jetzt sicher vom Fernsehen interviewt. Vielleicht sogar vom Lokalfernsehen. Da sieht mich dann die …»

«Kommt gar nicht in Frage!», sagte seine Mutter energisch.

«Wieso nicht?», protestierte Robert. «Schließlich habe *ich* diese Sachen gefunden.» So schnell konnte seine Mutter gar nicht schauen, watete Robert schon ans Ufer und kramte im Rucksack nach seinem Smartphone. Allen mütterlichen Einwänden zum Trotz ging er zurück und machte von den Fundstücken Dutzende Fotos. Er konnte es kaum erwarten, sie auf seine Facebookseite zu stellen. In seinem Freundeskreis würde er in nächster Zeit der absolute Star sein, und vielleicht erklärte sich Gabi jetzt endlich bereit, mit ihm ein paar Runden auf dem Skateboard zu drehen. Einen Menschen- und einen Hundefuß fand man ja schließlich nicht jeden Tag.

15.

Der Investor Alexander Prix war eine Drecksau vor dem Herrn. Geldgierig, skrupellos und korrupt. Diese Eigenschaften hatte er von seinem Vater geerbt, der mit dem Bau von Schiliften, Hotelanlagen und Golfplätzen ein Vermögen verdient hatte. Der junge Prix hatte also von klein auf gelernt, wie die Bestechung von Lokalpolitikern funktionierte und was man tun musste, um günstig an landwirtschaftliche Gründe heranzukommen, die möglichst rasch in Bauland umgewidmet wurden. Zu seinem zwanzigsten Geburtstag hatte ihm sein Vater fünf Millionen Euro als Spielgeld geschenkt, und Prix war clever genug gewesen, dieses Geld in lukrative Immobiliengeschäfte zu investieren. Bereits drei Jahre später hatte er die *Hydra Holding GmbH* gegründet, deren Name durchaus programmatisch zu verstehen war. Wurde der schlangenähnlichen Hydra nämlich ein Kopf abgeschlagen, wuchsen ihr zwei neue Köpfe nach. Jeder Versuch, die Hydra zu vernichten, führte also unweigerlich dazu, dass sie nur noch stärker wurde.

Für Prix war das Hydra-Prinzip gleichbedeutend mit Expansion. Heute verfügte die *Hydra Holding GmbH* über ein Immobilienvermögen von etwa sieben Milliarden Euro, ein Vermögen, das vor allem Prix' aggressiven Akquisitionen in den besten Innenstadtlagen Europas zu verdanken war. Kein Wunder, dass sich Bankmanager, Wirtschaftsanwälte und ehemalige Politiker darum rissen, in den Aufsichtsrat der *Hydra Holding GmbH* berufen zu werden. Heute saß dort auch ein ehemaliger Bundeskanzler, der seine politische Karriere ausschließlich dazu benutzt hatte, um daraus das größtmögliche Kapital – im wahrsten Sinn des Wortes – zu schlagen. Dabei war es diesem Opportunisten par excellence vollkommen egal, ob er sein Geld als Vorstand in einem Unternehmen verdiente, das tschechische AKWs ausbaute, oder als Berater eines kanadischen Konzerns, der in Rumänien durch Goldabbau ganze Landstriche verwüstete. Dieser Mann würde für Geld sogar seine Mutter verkaufen, von seiner Großmutter ganz zu schweigen.

Nach außen hin war Prix der smarte, dynamische Unternehmer, der natürlich auch eine soziale Ader besaß, und dessen Stiftung nicht nur einen Preis für Menschenwürde verlieh, sondern auch begabte Kinder aus sozial benachteiligten Familien auf ihrem Weg zur Hochschulreife förderte. Wenn es allerdings ums Geschäft ging, war Schluss mit jeder Form von Gefühlsduselei. Kaufte er beispielsweise in Wien ein Zinshaus, in dem Mieter mit Altverträgen nicht freiwillig ausziehen wollten, dann machte er ihnen das Leben zur Hölle. Dabei scheute er weder vor Einschüchterungen noch vor dem Einsatz von Schlägertrupps zurück. Und wenn auch das nichts nützte, ließ er die Exekutive aufmarschieren, die für ihn die Drecksarbeit erledigte. Und das Tollste an der Sache war, dass ihn das keinen Cent kostete, weil die vom Gericht angeordneten Räumungsklagen vom Staat exekutiert werden mussten.

Über die Beteuerungen von Politikern, dass sie sich für die Rechte von Mietern einsetzten, konnte Prix nur lachen. Soweit er sich erinnern konnte, hatte ihm bei seinen Projekten noch nie ein Politiker auch nur den kleinsten Stein in den Weg gelegt, egal, welcher Partei er auch angehörte. Die Geschäfte liefen jedenfalls wie geschmiert, und seine Kuverts wurden überall gerne angenommen. Selbstverständlich zahlte er in Österreich auch kaum Steuern, weil er in der Slowakei, in Rumänien und in Bulgarien ein paar marode Firmen aufgekauft hatte, die für ordentliche Verluste in seinen Bilanzen sorgten. Nicht umsonst wurde Prix von seinen Freunden in Anlehnung an den *Grand Prix* auch *Der große Prix* genannt. *Der kleine Prix* war etwas für Waschlappen und Muttersöhnchen, die Alexander Prix zutiefst verachtete und für die er nur ein müdes Lächeln übrighatte.

Er liebte die Steuergesetze in der EU, und immer, wenn sich ein Finanzminister für mehr Steuergerechtigkeit einsetzte, schmiss er eine wilde Party. Als in Österreich die Registrierkassenpflicht für Kleinunternehmer eingeführt wurde, bestellte er für sich und seine Freunde ein paar blutjunge Ungarinnen in seine Villa in Hietzing, um diese finanztechnische Meisterleistung gebührend zu feiern. Früher war er ja mehr auf Huren aus Polen gestanden, aber seitdem die Ungarinnen die Szene aufgemischt hatten, nahm er nur noch deren Dienste in Anspruch. Wenn die Ungarinnen nämlich einen *tabulosen Topservice* versprachen, dann konnte man sich darauf verlassen, dass sie ihr Versprechen auch hielten. Bei ihnen gab es kein Herumgezicke wie bei den Polinnen, die vor jedem Fick am liebsten noch ein *Vaterunser* gebetet hätten, so katholisch wie sie waren.

16.

«Ja, also, sehr geehrte Frau Innenministerin. Ich freue mich sehr, dass ich Sie heute hier bei uns in Stockham begrüßen darf. Ganz besonders freue ich mich, dass Sie sich bereiterklärt haben, gemeinsam mit Herrn Abayomi Nkwongu und seinen beiden Kindern Ayesha und Anikulapo zu speisen. Herr Nkwongu hat für Sie extra eine Spezialität aus seiner Heimat Nigeria zubereitet.»

Das hätte er nicht tun müssen, dachte die Innenministerin verzagt und rang sich ein Lächeln ab.

Barbara Thaler nickte Abayomi Nkwongu zu, der sich räusperte, bevor er sagte: «Alleinessenistwiealleinsterben.» Nkwongu wartete auf eine Reaktion, aber nachdem niemand etwas sagte, wiederholte er den Satz, den er in mühevoller Arbeit auswendig gelernt hatte: «Alleinessenistwiealleinsterben.»

«Herr Nkwongu, wir verstehen Sie leider nicht», sagte Barbara Thaler entschuldigend.

Nkwongu holte einen Zettel hervor und reichte ihn der Leiterin des Flüchtlingsheims.

«Ach so, er wollte sagen: *Allein essen ist wie allein sterben.*»

«Proverb from Nigeria», ergänzte Nkwongu.

«Ein nigerianisches Sprichwort», übersetzte Barbara Thaler.

«Na dann», lautete der knappe Kommentar der Innenministerin.

Ayesha und Anikulapo saßen links und rechts von ihrem Vater und beobachteten aufmerksam das Geschehen.

«Egusi Soup from Nigeria. Spezialitat», sagte Nkwongu und griff nach einem Schöpflöffel.

Barbara Thaler stand auf. «Einen Augenblick, bitte, ich hole jetzt die Pressevertreter.»

Die Innenministerin warf ihrem Pressesprecher einen unglücklichen Blick zu. «Wissen Sie, was das für ein Fraß ist?», fragte sie flüsternd.

Besendorfer-Kronreif zuckte mit den Schultern. Seinem Blick nach zu schließen, schien sein Vertrauen in die nigerianische Küche ebenfalls begrenzt zu sein.

Sobald die Presseleute Aufstellung genommen hatten, setzte Dietlinde Breitfurtner-Brandstätter ihr professionelles Lächeln auf und streichelte Ayesha über die Haare. Hoffentlich hat die Kleine keine Läuse, dachte sie besorgt.

Barbara Thaler gab Nkwongu ein Zeichen, der daraufhin den Teller der Innenministerin füllte. Dietlinde Breitfurtner-Brandstätter machte gute Miene zum bösen Spiel. Was tat man nicht alles für die Karriere. «Welche Zutaten in Suppe?», fragte sie, während sie den Löffel zum Mund führte und es ihr gleichzeitig kalt den Rücken hinunterlief. Die Idioten sollen endlich ihre Fotos machen, dachte sie genervt.

Noch bevor Nkwongu antworten konnte, ergriff Barbara Thaler das Wort. «Herr Nkwongu hat mir gesagt, dass er Rindfleisch und Geflügel in die Suppe gegeben hat. Alles bio natürlich.»

«Aha.» Die Innenministerin biss in ein Stück Fleisch, dessen Geschmack sie nicht einordnen konnte. Das Fleisch schmeckte weder nach Rind noch nach Geflügel. Außerdem war das keine Suppe, sondern ein klumpiger Brei. Und Brei hatte Dietlinde Breitfurtner-Brandstätter schon als Kind gehasst.

«Bitte noch einmal!», rief einer der Fotografen, der vor ihr in die Hocke ging.

Widerwillig kostete sie noch einmal von der Egusi Soup, während sie ihrem Pressesprecher einen bösen Blick zuwarf.

«Danke, meine Damen und Herren», sagte Besendorfer-Kronreif.

Barbara Thaler öffnete die Tür und bat die Pressevertreter, die Küche wieder zu verlassen.

Besendorfer-Kronreif hielt sein Handy in die Höhe. «Und jetzt noch ein paar Fotos für unsere Facebookseite.» Er machte Nahaufnahmen von der Egusi Soup und bat die Innenministerin, der kleinen Ayesha noch einmal über die Haare zu streichen.

«Und Sie möchten nichts essen?», fragte die Innenministerin scharf. Irgendwie passte es ihr gar nicht, dass sich ihr Pressesprecher vor dem nigerianischen Essen drückte.

Besendorfer-Kronreif machte eine entschuldigende Geste. «Mir ist leider nicht gut.»

«Kosten Sie, diese Suppe schmeckt wirklich hervorragend.»

Besendorfer-Kronreif zögerte, aber da er eine Auseinandersetzung mit seiner Vorgesetzten vermeiden wollte, führte er den Löffel zum Mund und schluckte den Brei hinunter.

Nkwongu hoffte, dass Besendorfer-Kronreif nicht auf die Pfote der Meerkatze biss.

«Herr Nkwongu und seine beiden Kinder haben sich schon sehr gut in Österreich integriert», sagte Barbara Thaler, um endlich das Thema zu wechseln.

Ohne Vorankündigung holte Nkwongu einen Zettel hervor und las in kaum verständlichem Deutsch vor: «In Nigeria brachen alte Stammesfehden wieder aus, die auch das Militär spalteten. Die Haussa im Norden massakrierten die Igbo im Osten. Etwa 30 000 Menschen fanden den Tod, etwa eine Million flüchtete.»

Die Innenministerin warf Barbara Thaler einen irritierten Blick zu. Nkwongu las weiter:

«Nigeria sah ungezählte Tragödien. Mitleid war hier ein unbekanntes Wort. Die Menschen wurden gejagt, erschlagen, verkauft – jahrhundertelang, zu Millionen. Von Sklavenhändlern,

Kolonialherren und den eigenen Häuptlingen. Endlich sind die Bewohner frei. Aber wie sieht diese Freiheit aus?» Nkwongu nickte und legte den Zettel vor sich auf den Tisch.

Barbara Thaler machte eine entschuldigende Geste: «Mit der deutschen Sprache hapert es noch ein bisschen, aber das liegt in erster Linie daran, dass es für Flüchtlinge zu wenig Deutschlehrer gibt.»

«Oder zu viele Flüchtlinge», antwortete die Innenministerin mit schneidender Stimme. In Augenblicken wie diesen hasste sie ihren Job. Da sitze ich mit einem Nigerianer und seinen Kindern in der Küche eines ehemaligen Gasthauses und muss einen afrikanischen Fraß hinunterwürgen, nur damit ich auf Facebook und in der *Kronen Zeitung* halbwegs gut wegkomme. Und dann muss ich mir auch noch dieses Gestottere anhören. Ihr einziger Trost war, dass sie am Abend bei Alexander Prix zum Essen eingeladen war.

Noch bevor sich Barbara Thaler rechtfertigen konnte, klingelte Besendorfer-Kronreifs Handy. Reflexartig sprang er auf, drehte sich um die eigene Achse, und während er aufmerksam zuhörte, wischte er geistesabwesend mit der Hand über das staubige Fensterbrett. «Menschenhändler?», fragte er und betrachtete seine Finger. «Wie bitte?» Ungläubiges Staunen machte sich auf seinem Gesicht breit. «Was? Auch das noch. – Ja, ja. – Ja, natürlich.»

«Was ist denn los?», fragte die Innenministerin ungehalten.

«Können wir kurz draußen reden?»

Widerwillig folgte sie Besendorfer-Kronreif in den Flur. «Was ist denn los? Verdammt noch einmal.»

«Es geht um die Leiche von diesem tschetschenischen Flüchtling, die man vor ein paar Tagen in den Natternbergen gefunden hat.»

«Ja, und?»

«Der war erstens unter einem falschen Namen eingereist, zweitens war er Menschenhändler, und drittens war er in Tschetschenien nachweislich in den illegalen Organhandel verwickelt. Und Flüchtling war er auch keiner.»

Die Innenministerin strich sich nervös über ihr spitzes Kinn. «Das ist ja fürchterlich. Wer ist denn dafür verantwortlich, dass ein tschetschenischer Organhändler Asyl in Österreich bekommt? Und unter falschem Namen einreist? Diese Informationen dürfen auf keinen Fall an die Öffentlichkeit gelangen.»

Besendorfer-Kronreif überlegte fieberhaft, was er sagen sollte, ohne sich selbst in Gefahr zu bringen. «Na ja, der Corvin-Seitz hat gemeint ...»

«Was? Der Corvin-Seitz hat bei dieser Sache seine Hände im Spiel?»

«Na ja», druckste Besendorfer-Kronreif herum, «der Corvin-Seitz hat aufgrund der Faktenlage entschieden, dass dem Tschetschenen wegen Gefahr in Verzug sofort Asyl zu gewähren sei.» Dass Corvin-Seitz für seine Intervention zugunsten Achmat Sadulajews 150 000 Euro kassiert hatte, sagte Besendorfer-Kronreif natürlich nicht. Auch nicht, dass ihm, Besendorfer-Kronreif, für ein paar Gefälligkeiten in dieser Angelegenheit in einem Kuvert 30 000 Euro überreicht wurden. Um die Innenministerin auf keine falschen Gedanken zu bringen, sagte er: «Die Leute vom BKA vermuten übrigens, dass es sich bei dem Verbrechen um einen Ritualmord handelt.»

«Was? Ein Ritualmord? Wie kommt das BKA denn auf diese Idee?»

«Man hat am Hals merkwürdige Bissspuren entdeckt, und außerdem hat man dem Opfer Nieren und Herz entnommen.»

«Um Gottes willen.» Dietlinde Breitfurtner-Brandstätter verzog angewidert das Gesicht. Wenn Besendorfer-Kronreif jetzt noch weiter ins Detail ging, konnte es sein, dass ihr der nigerianische Brei gleich wieder hochkam. «Also, die Angelegenheit muss intern erledigt werden. Ich verlasse mich da ganz auf Sie.» Die Innenministerin verschwand in der Toilette, wo sie sich die Hände gründlich mit Seife wusch.

17.

Als Professor für Ichthyologie an der Universität München war Dr. Maximilian Hüttner 1938 von der Auslandsorganisation der NSDAP nach Uruguay geschickt worden, um dort mit einigen anderen Wissenschaftlern eine nationalsozialistische Kolonie aufzubauen. Ähnliche Projekte, die allesamt nicht besonders erfolgreich waren, gab es bereits in Argentinien, Brasilien und Paraguay. Meist scheiterten die Vorhaben der Nazis aber schlicht und einfach an der mangelnden Kooperationsbereitschaft der indigenen Bevölkerung, die der nationalsozialistischen Ideologie wenig abgewinnen konnte.

In Uruguay hatte man den Ort Fray Bentos am Rio Uruguay für die Errichtung einer solchen Kolonie ausgewählt. *Fluss der bunten Vögel* hieß der Rio Uruguay in der Sprache der dort lebenden Volksgruppe der Guarani. In Fray Bentos war seit etwa 1860 nach dem Verfahren des deutschen Chemikers Justus von Liebig in großen Mengen Fleischextrakt hergestellt worden. Mitte der 1930er Jahre hatte Fray Bentos allerdings seine Bedeutung als Zentrum der Fleischindustrie wieder verloren, weshalb die deutschen Wissenschaftler die leerstehenden Gebäude für ihre Experimente nutzen konnten.

Die spärlichen Berichte, die aus Fray Bentos an die für Südamerika zuständige Abteilung der NSDAP/AO und deren Leiter,

Ernst Wilhelm Bohle, nach Berlin geschickt wurden, beschränkten sich im Wesentlichen auf Forschungsergebnisse des Fischkundlers Dr. Hüttner und des Biologen Dr. Jahn.

Dr. Hüttner war im Zuge seiner Forschungen auf einen Süßwasserfisch gestoßen, dem er den Großteil seiner Untersuchungen widmete. Der Fisch hieß Trahira und wurde von den Guarani als *Fisch mit dem Teufelsgesicht* bezeichnet. Der Trahira war ein Raubfisch, der viel fraß und schneller wuchs als alle anderen vergleichbaren Fische. Er hatte einen blau schimmernden Rücken und auf den Längsseiten schwarze Streifen; seine Flossen waren gelb oder blutrot gefärbt.

Die Bezeichnung *Fisch mit dem Teufelsgesicht* hatte der Trahira seinem furchterregenden Maul mit dem vorstehenden Unterkiefer zu verdanken, das mit einer Reihe von langen, spitz zulaufenden Zähnen ausgestattet war. Wenn man einen großen Trahira an der Angel hatte und beim Anlanden nicht aufpasste, konnte es sein, dass sich seine Zähne tief ins Fleisch bohrten und große Schmerzen verursachten. Mit einem Gewicht von bis zu zehn Kilogramm war dieser ausgezeichnete Speisefisch nicht nur bei den Guarani, sondern auch bei den deutschen Kolonisten äußerst begehrt.

Als sich im Sommer 1944 die Versorgungslage in Deutschland dramatisch verschlechterte und die Nazis verzweifelt nach Auswegen aus der Krise suchten, war ein Mitarbeiter der NSDAP/AO auf die Berichte aus Uruguay gestoßen. Der Fischkundler Dr. Hüttner und der Biologe Dr. Jahn wurden daraufhin sofort mit dem Auftrag nach Deutschland zurückbeordert, den Trahira als Süßwasserfisch in heimischen Gewässern zu züchten, um auf diese Weise einen Beitrag zur Versorgung der Zivilbevölkerung zu leisten.

Wie bei der Wunderwaffe V2, an der neben Peenemünde auch

in Kattern gearbeitet wurde, hatte Hitler darauf bestanden, dass die Versuche mit den Fischen in der Nähe des Obersalzbergs durchgeführt wurden. Hitler selbst hatte den Königssee, den Chiemsee und den Rottensee dafür als Standorte ausgewählt. Noch im Spätsommer 1944 hatten in Schwarzbach Häftlinge des KZ-Nebenlagers Schacha mit dem Bau einer Anlage begonnen, die als *Kraftfahrtechnische Versuchsanstalt* getarnt wurde. Auch wenn diese Versuchsanstalt dem einen oder anderen im Ort merkwürdig vorkam, hatte es niemand gewagt, Fragen zu stellen. Dr. Hüttner und Dr. Jahn wurde ein Team von Wissenschaftlern zur Seite gestellt, und bereits im Oktober 1944 konnte man am Rottensee mit den Experimenten beginnen.

Wie widerstandsfähig der Trahira war, zeigte sich auch daran, dass von den zweihundert in Spezialbecken nach Österreich transportierten Fischen lediglich zwanzig verendeten. Im Winter 1944 hatten Dr. Hüttner und Dr. Jahn schließlich die Idee geboren, den Trahira mit dem heimischen Wels zu kreuzen, um auf diese Weise die Fischzucht zu revolutionieren. Ihr Ziel war es, spätestens im Frühjahr 1945 Fische zu züchten, die in sechs Monaten zwanzig Kilo wogen.

Dass man sich für den Wels als Kreuzungsfisch entschieden hatte, hatte mehrere Gründe: Zum einen war er anspruchslos und konnte auch in Gewässern mit wenig Sauerstoff problemlos überleben. Zum anderen konnte er unter optimalen Bedingungen eine Länge von bis zu zwei Meter fünfzig und ein Gewicht von bis zu hundert Kilogramm erreichen. Außerdem wurden Welse bis zu einhundert Jahre alt, was im Hinblick auf die langfristige Versorgung der Bevölkerung ein wichtiger Faktor war. Der Nachteil seines langsamen Wachstums sollte durch die Kreuzung mit dem Trahira aufgehoben werden.

Die Arbeit in der Versuchsanstalt ging gut voran, weil sich das

Erbgut der beiden Fische recht einfach manipulieren ließ. Dank eines eingeschleusten Gens schütteten die gekreuzten Fische mehr Wachstumshormone aus als normale Fische und wuchsen noch schneller als der Trahira in seiner natürlichen Umgebung im Rio Uruguay. Das Erfolgsgeheimnis lag im Appetit der Fische, die alles fraßen, was ihnen vors Maul kam.

Als sich Ende April 1945 Einheiten der US-Armee dem Rottensee näherten, erhielten Dr. Hüttner und Dr. Jahn von Gauleiter Eigruber den Befehl, die Anlage komplett zu zerstören. Bevor Wehrmachtssoldaten in den Morgenstunden des 29. April 1945 die *Kraftfahrtechnische Versuchsanstalt* Schwarzbach in die Luft sprengten, hatten Dr. Hüttner und Dr. Jahn schweren Herzens noch alle Versuchsbecken geöffnet und sämtliche Fische in den Rottensee entlassen.

18.

Stallingers Ankunft im Strandbad von Sonnleiten war natürlich nicht unbemerkt geblieben. Kaum hatte er die sogenannte *Fleischwiese* betreten, folgte ihm schon ein Rattenschwanz von neugierigen Kindern. Einige von ihnen hatten frecherweise ihre Smartphones auf den Inspektor gerichtet. «Da gibt es nichts zu sehen, verschwindet», brummte er. «Und wehe, ich finde ein Foto von mir auf Facebook, dann könnt ihr was erleben.» Dass er sich um Facebook einen Dreck scherte, mussten die ungezogenen Fratzen ja nicht wissen.

Sonnenölverschmierte Körper lagen dicht an dicht auf ihren Decken mit Anna- und Elsa-Motiven und glotzten in ihre Handys, weil sie der festen Überzeugung waren, dass irgendwann einmal die erlösende Nachricht kommen würde. Aber die App, die ihnen die Frage nach dem Sinn ihres Lebens beantwortete, war noch nicht erfunden.

An einem heißen Sommertag wie diesem eine Amtshandlung unter lauter Halbnackten durchführen zu müssen, empfand Stallinger als besondere Zumutung. Und nicht einmal eine Zulage gab es dafür, dass man sich diese Zerrbilder des Grauens ansehen musste. Schweinerei. Wenn ihn nicht alles täuschte, hatte er bereits die Worte *CSI Bitterwasser* – samt blödem Gelächter – gehört. Stallinger schaute weder nach links noch nach rechts und hoffte inständig, dass sich die Frau am Telefon geirrt hatte. Am liebsten hätte er sich sofort wieder in sein klimatisiertes Büro zurückgezogen und weiter an seinem Socken gestrickt. Wenn sich die Anruferin allerdings nicht geirrt hatte, bedeutete das eine Menge Arbeit, und er musste notgedrungen seinen Kollegen Wegleitner zur Unterstützung anfordern.

Im hintersten Winkel des Strandbads winkte ihm eine Frau zu, die mit einem knappen Bikini bekleidet war. Auch das noch, dachte Stallinger schlecht gelaunt. In der Nähe der Frau standen einige Männer im Kreis, die angeregt miteinander diskutierten. Diese selbst ernannten Experten, die sich instinktiv zusammenrotteten, sobald etwas passierte, gingen Stallinger besonders auf die Nerven.

Noch bevor er sein Ziel erreicht hatte, hörte er die Frau schon rufen: «Herr Inspektor, Herr Inspektor, ich habe mit Ihnen telefoniert. Kommen Sie her, mein Sohn hat die beiden Füße entdeckt. Er hat aufgepasst, dass nichts passiert, er steht dort im Wasser.»

«Moment, Moment. Alles der Reihe nach.» Stallinger hasste es, wenn ihn die Leute mit Informationen bombardierten, mit denen er nichts anfangen konnte. «Was genau haben Sie gesehen? Und wie heißen Sie überhaupt?»

«Pixner Gertrude. Das habe ich Ihnen ja schon gesagt.»

Stallinger schob seine Dienstmütze nach hinten und suchte verzweifelt nach einem Ausweg aus seiner misslichen Lage. Der See lag ruhig da, aber Stallinger wusste, dass er diesem falschen Hund nicht trauen durfte. Mit jeder Faser seines Körpers spürte er die destruktive Energie dieser vier Milliarden Kubikmeter Wasser.

«Da, die beiden Haxen, die haben sich im Schilf verfangen», rief Robert aufgeregt. «Sie müssen aber ins Wasser kommen, sonst können Sie sie ja nicht sehen.»

Stallinger blies langsam Luft aus, weil er wusste, dass es jetzt für ihn lebensgefährlich werden konnte. Er überlegte, ob er die Wasserpolizei verständigen sollte, aber die Kollegen würden ihn nur auslachen, wenn er ihnen erzählte, dass ein Bub im Schilf angeblich einen Frauenfuß und einen Hundehaxen gefunden hatte. «Also, was genau ist passiert?» Noch immer hoffte Stallinger, dass sich die ganze Geschichte als Irrtum herausstellte. Eine blau schimmernde Libelle setzte sich auf einen der goldenen Knöpfe seiner Uniformjacke. Sie schwirrte mit den Flügeln und tastete mit ihren Fühlern die Oberfläche des Knopfs ab. Stallinger sah gebannt auf das Insekt, das den Knopf mit einer Blume verwechselt haben musste. Mit einer vorsichtigen Handbewegung verscheuchte er die Libelle, der er gerne noch länger zugesehen hätte.

«Das habe ich Ihnen doch schon erzählt», antwortete Gertrude Pixner aufgewühlt.

«Wahrscheinlich ein Mord», hörte Stallinger einen Mann murmeln.

Robert stand bis zu den Knien im Wasser und starrte gebannt auf eine Stelle, die Stallinger nicht einsehen konnte. «Ein Fuß in einem Turnschuh und ein Hundehaxen», rief Robert.

Stallinger schätzte die Tiefe des Wassers im Uferbereich auf maximal fünfzig Zentimeter. Eigentlich konnte da nicht viel passieren. Außer man litt an Aquaphobie. Er wusste, dass er sich vor den gaffenden Badegästen keine Blöße geben durfte. «Also gut», sagte er resigniert. Wie in Trance zog er Schuhe und Socken aus. Er krempelte die Hosenbeine hoch, die sich wegen seiner stark entwickelten Waden aber nur ein paar Zentimeter nach oben schieben ließen. Stallinger warf einen prüfenden Blick zu dem Jungen im Wasser und begann am ganzen Körper zu zittern.

«Ist Ihnen nicht gut?», fragte Gertrude Pixner mit einem besorgten Blick. «Möchten Sie ein Glas Wasser?»

«Nein, nein, es geht schon.» Stallinger wischte sich den Schweiß von der Stirn. «Es ist nur wegen der Hitze.» Dass seine Hose nass werden würde, war das kleinere Problem. Stallinger hielt die Luft an und merkte, dass ihn alle anstarrten. Da er wusste, dass es kein Zurück mehr gab, stieg er ins Wasser. Er blieb stehen und war sich sicher, dass er gleich in Ohnmacht fallen würde. Aber er fiel nicht in Ohnmacht, sondern bemerkte, wie sich ein paar Krautköpfe langsam in seine Richtung bewegten. Die Krautköpfe gehörten Schwimmern, die auf ihn aufmerksam geworden waren und ihn jetzt neugierig beobachteten.

Stallinger spürte die glitschigen Steine am Boden und betete zu Gott, dass er nicht ausrutschte. Diese Katastrophe hätte er nicht überlebt. Nach den ersten Schritten war seine Hose bereits bis zu den Knien nass, und er ärgerte sich maßlos, dass er die Angelegenheit nicht seinem Kollegen übergeben hatte. Breitbeinig bewegte er sich tapsig wie ein Kind, das sich gerade in die Hosen gemacht hatte.

«Da liegen sie.» Robert deutete Richtung Schilf.

Stallinger wollte gerade losschimpfen, als er die beiden Objekte entdeckte. «Ach du Scheiße.» Mehr fiel ihm im Augenblick nicht ein. Er fuhr sich nervös über sein unrasiertes Kinn und dachte angestrengt nach, was er als Nächstes tun sollte. Einerseits musste er die Objekte sichern, andererseits musste er so schnell wie möglich raus aus dem Wasser. Als er einen zweiten Blick auf die Fundstücke warf, schoss ihm plötzlich ein Gedanke durch den Kopf. Stallinger holte sein Handy hervor und wählte eine Nummer. «Du, Andi, wir haben hier einen ganz brenzligen Fall», flüsterte er. «Du musst sofort herkommen und die Spurensicherung verständigen. Ich rufe vom Strandbad in Sonnleiten an, wo sie einen menschlichen Fuß, wahrscheinlich von einer Frau, und den Schenkel von einem ziemlich großen Hund gefunden haben. Ruf den Gstöttner an und frag ihn noch einmal, wo seine Frau heute in der Früh spazieren gegangen ist und ob sie einen Schäferhund – ach so, das wissen wir schon. Na, dann befürchte ich das Schlimmste.» Stallinger steckte sein Handy wieder ein und watete zurück zum Ufer. Als er wieder festen Boden unter den Füßen spürte, atmete er erleichtert auf. «Los, du kommst mit», sagte er zu Robert. «Du musst mir jetzt helfen.»

Robert watete Richtung Ufer. «Was muss ich denn tun? Bin ich jetzt sowas wie ein Hilfssheriff?»

«Wir müssen diesen Bereich hier absperren.» Er machte eine unwirsche Handbewegung in Richtung der Neugierigen. «Verschwinden Sie von hier, das ist eine Amtshandlung.»

«Ja, genau», sagte Robert mit stolzgeschwellter Brust.

«Was ist denn passiert? War das ein Hecht?», fragte einer aus der Menge. «Da hat einer erzählt, dass ein Hecht einer Frau den Fuß abgebissen hat.»

Stallinger schüttelte den Kopf. «Es war kein Hecht, und weitere Auskünfte gibt es nicht. Verschwinden Sie jetzt von hier.» Er wandte sich an den Jungen. «Wie heißt du?»

«Robert.»

Stallinger deutete auf das Smartphone des Jungen. «Robert, hast du vielleicht Fotos von den beiden Objekten gemacht?»

Robert druckste herum und antwortete kleinlaut: «Ja, aber nur fürs Facebook.»

«Ist ja in Ordnung, zeig her. Wenn sie gut sind, brauche ich nicht mehr ins Wasser zu gehen.»

Der Junge wischte über das Display und hielt Stallinger das Smartphone vor die Nase. Der Polizist schirmte seine Augen ab und nickte zufrieden. «Ja, die sind gut geworden, die schickst du mir gleich an meine E-Mail-Adresse.» Stallinger buchstabierte die Adresse.

«Sind schon unterwegs», sagte Robert. Seine Mutter stand daneben und nickte anerkennend.

«So, und jetzt läufst du zum Stützpunkt der Wasserrettung und holst ein Absperrband. Sag, dass es für die Polizei ist.»

Sofort rannte Robert los. Stallinger schaute an seiner Hose hinunter und wählte noch einmal Wegleitners Nummer. «Du, Andi, du musst mir meine Reserve-Uniformhose mitnehmen, die hängt im Spind. Meine ist ganz nass, ich habe nämlich ins Wasser gehen müssen. – Das ist mir egal, dann musst du halt noch einmal umdrehen.» Stallinger verstaute sein Handy in der Brusttasche seiner Uniformjacke und wandte sich an Roberts Mutter. «Ich muss noch ein paar Daten von Ihnen aufnehmen, und dann wollte ich Sie um ein Handtuch bitten. Ich muss nämlich die beiden Objekte sicherstellen. Aber das kann ich erst machen, wenn Ihr Sohn wieder da ist. Der muss sie nämlich aus dem Wasser herausholen.»

Anschließend rief Stallinger den Leiter der Wasserrettung, Erich Baldinger, an und informierte ihn über den Fund. Er bat ihn, ohne großes Aufsehen den See im Bereich des Strandbads nach einer weiblichen Leiche und dem Kadaver eines Schäferhundes abzusuchen und, wenn möglich, auch Taucher einzusetzen.

«Alfons, du hast Glück», sagte Baldinger, «weil wir wegen der Seeüberquerung nämlich gerade eine Übung abhalten.»

Bei der Vorstellung, dass bald wieder ein paar Hundert Schwimmerinnen und Schwimmer freiwillig den See überqueren würden, bekam Stallinger einen weiteren Schweißausbruch.

19.

Oliver Kainrath saß an seinem Schreibtisch und hatte den Blick starr auf das Blatt Papier gerichtet, das vor ihm lag. Sein Gesicht war gerötet, und unter den Achseln hatten sich große Schweißflecken gebildet. Seine Haltung war genauso verkrampft wie der Text, den er vorlas: «Natürlich ist die Chance, dass der Asteroid *2001 MP15* auf dem Meer aufprallt, doppelt so groß wie ein Einschlag auf dem Festland. Trotzdem hätte Letzterer aufgrund der sich mit Überschallgeschwindigkeit ausbreitenden atmosphärischen Druckwellen verheerendere Folgen als der schlimmste Tsunami. Wobei im Falle von *2001 MP15* der Ort des Einschlags gleichgültig wäre, weil ein Asteroid mit einem Durchmesser von zehn Kilometern die Hälfte der Menschheit sofort vernichten würde. Die andere Hälfte würde sich aufgrund der veränderten Umweltbedingungen im Kampf ums nackte Überleben gegenseitig umbringen.»

Katharina Landsteiner schüttelte ungläubig den Kopf. «Oliver, du irrst dich. Du hast doch die Studie der ESA gelesen. Die Leute um Ernest White haben sämtliche Asteroiden auf ihre potentielle Gefährlichkeit hin untersucht. Und du weißt, was dabei herausgekommen ist.» Katharina öffnete ihren Laptop. «Hier steht es: *Die großen Asteroiden haben wir alle im Blickfeld. Von ihnen ist in den nächsten einhunderttausend Jahren kein Einschlag zu erwarten.*» Katharina klappte ihren Laptop wieder zu. «Und was den *global killer* betrifft, so ist doch bekannt, dass ein Asteroid mit einem Durchmesser von zehn Kilometern im Durchschnitt nur alle einhundert Millionen Jahre vorkommt. Der KT-Impakt ereignete sich vor fünfundsechzig Millionen Jahren, also bleiben uns noch fünfunddreißig Millionen Jahre. Bis dahin können wir uns doch erfreulicheren Dingen zuwenden, glaubst du nicht auch?» Sie versuchte zu lächeln, was ihr aber nicht gelang.

Oliver grübelte in sich hinein. Die Klimaanlage brummte und sorgte für ein einigermaßen erträgliches Raumklima. Durch das Panoramafenster des Büros konnte Katharina die flimmernde Luft über den roten Steinen sehen; die verkrüppelten Drachenbäume zitterten wie bei einer Fata Morgana und schienen über dem Boden zu schweben.

«Aber ich habe die Bahn des Asteroiden berechnet. Er ist nur noch etwas mehr als eine Milliarde Kilometer von der Erde entfernt. Er rast mit 260 000 Stundenkilometern durchs All, was bedeutet, dass er in exakt sechs Monaten mit der Erde kollidieren wird.»

Seit einem Jahr arbeitete Oliver Kainrath als Astronom am *Observatorio del Teide* auf Teneriffa. Sein Aufgabengebiet umfasste die Suche nach extrasolaren Planeten mit dem hypermodernen Nachtteleskop *STARE*. Da sein Forschungsprojekt auf zwei Jahre begrenzt war, hatte sich seine Frau Astrid entschieden, in Wien zu bleiben, wo sie am *Institut für Hochenergiephysik der Österreichischen Akademie der Wissenschaften* die Arbeitsgruppe *Dunkle Materie* leitete. Wenn Oliver Kainrath allein war und durch das Nachtteleskop das Chaos im Weltall betrachtete, wünschte er sich oft, in eines der Schwarzen Löcher zu fallen, die es da draußen zuhauf gab.

Katharina atmete tief durch. Sie öffnete erneut ihren Laptop und klickte die Seite mit der ESA-Studie an. «*In der ersten Hälfte des Jahres 2029 wird der 270 Meter große Asteroid* 99 942 Apophis *die Erde in einer Entfernung von etwa 30 000 Kilometern passieren. Laut einer Untersuchung der Universität von Michigan kommt ein solches Ereignis nur alle 1300 Jahre vor.*

Der Asteroid (29 075) 1950 DA *mit einem Durchmesser von 1,1 Kilometern wird der Erde im Jahr 2880 sehr nahe kommen, auch die Möglichkeit einer Kollision besteht. Die Wahrscheinlichkeit dafür liegt aber nur bei 0,33 Prozent.*» Katharina stand auf. «Oliver, du kennst doch diese Studien. Du bist einer der besten Astronomen und erzählst mir irgendeinen Unsinn über einen Asteroiden, der in sechs Monaten die halbe Menschheit ausrotten wird. Aber warum hat diesen Asteroiden außer dir noch niemand gesehen?»

«Weil er sich tarnt. Der Asteroid bewegt sich im Schatten des abgestreiften Gasschweifs einer Spiralgalaxie. Er will unerkannt bleiben.»

«Er will unerkannt bleiben? Du meinst, er spielt Verstecken mit uns?» Katharina hatte die Bemerkung scherzhaft gemeint, aber Oliver reagierte nicht darauf. Stattdessen sagte er: «Wenn du dir überlegst, dass die Sonne für den Umlauf um das Zentrum des Milchstraßensystems 230 Millionen Jahre benötigt, ist doch völlig klar, dass es dabei zu Ereignissen kommen kann, von denen wir nicht die geringste Ahnung haben.»

«Ja, und? Was hat das jetzt mit deinem Asteroiden zu tun?»

Oliver Kainrath zuckte bloß mit den Schultern. Er sah aus wie ein bockiges Kind. Nach einer kurzen Nachdenkpause sagte er:

«Aber wenn er sich von der Sonnenseite nähert, ist er für Teleskope unsichtbar.»

«Ja, aber nur etwa fünfzehn bis zwanzig Prozent der erdnahen Objekte nähern sich von der Sonnenseite. Und dabei handelt es sich um kleine Meteoriten und keine Asteroiden mit einem Durchmesser von zehn Kilometern.»

Katharina Landsteiner war Astronomin und beschäftigte sich mit den Magnetfeldern der Sonne, die sie mit dem Sonnenteleskop *THEMIS* erforschte. Sie wusste also, wovon sie sprach.

Nach einem Moment der Stille räusperte sich Oliver und sah Katharina mit einem sonderbaren Ausdruck an. «Weißt du eigentlich, dass sich die meisten Menschen, die in ihrer Kindheit sexuell missbraucht wurden, erhängen, wenn sie Selbstmord begehen?»

Katharina kniff die Augen zusammen. Aber nicht, weil sie das Sonnenlicht geblendet hätte, sondern weil sie sich schön langsam Sorgen machte. «Was soll denn das jetzt wieder heißen? Ich verstehe kein Wort.»

«Na ja, der Hollywood-Schauspieler, der sich kürzlich erhängt hat, hat doch in einem Interview gesagt, dass er in seiner Kindheit von Freunden seiner Eltern mehrmals sexuell missbraucht worden ist.»

«Welcher Schauspieler? Wovon sprichst du überhaupt?» Katharina merkte, wie sie immer unruhiger wurde.

«Mir fällt sein Name jetzt nicht ein. Aber mir leuchtet das ein. Mir schnürt es den Hals zu, wenn ich nur daran denke.»

«Wenn du woran denkst? Oliver, sprich mit mir. Bitte.»

Aber Oliver zog es vor, zu schweigen und sich in die Schutzzone der Unverbindlichkeit zurückzuziehen.

«Wie kommst du jetzt überhaupt auf dieses Thema? Willst du damit sagen, dass du als Kind …?»

Oliver schüttelte vehement den Kopf. «Nein, nein, ich will nur sagen, dass wir uns darauf vorbereiten sollten, dass es in einem halben Jahr ordentlich kracht und dass die Chancen, dass wir beide bei diesem Impakt sterben, sehr, sehr hoch sind. Ich würde sagen, sie liegen bei siebzig Prozent.»

Katharina schlug die Hände über dem Kopf zusammen. «Bist du jetzt vollkommen übergeschnappt? Oder ist das deine neue Strategie, dich vor deiner Verantwortung zu drücken?» Katharina kochte innerlich vor Wut, versuchte aber, ruhig zu bleiben. «Oliver, ich bin im vierten Monat schwanger. Und du hast es bis heute nicht geschafft, mit deiner Frau darüber zu reden. Vor zwei Wochen warst du in Wien, aber du warst offenbar zu feige, deiner Frau die Wahrheit zu sagen. Merkst du nicht, dass mit jedem Tag alles nur noch schlimmer wird?»

Oliver zuckte zusammen und zog die Schultern hoch. Es sah so aus, als würde er sich am liebsten in sich selbst zurückziehen. «Aber, wenn ich das meiner Frau erzähle, wird sie so verzweifeln, dass sie … Du weißt doch, dass sie keine Kinder bekommen kann, und wenn ich ihr jetzt sage, dass ich mit einer anderen – also, ich meine, dass ich mit dir – ein Kind bekomme, dann weiß ich nicht, was passieren wird.»

«Oliver, bitte.» Katharina klang jetzt so, als würde sie auf ein kleines Kind einreden. «Wir leben im 21. Jahrhundert, deine Frau hat einen guten Job bei der Akademie der Wissenschaften, du arbeitest seit einem Jahr hier in Teneriffa als Astronom. Die Dinge ändern sich.» Katharina hatte den Faden verloren und wusste nicht mehr, was sie eigentlich sagen wollte. Ihr war aufgefallen, dass sie in letzter Zeit oft unkonzentriert war.

«Ja, aber wenn ich ihr das sage, lässt sie sich wahrscheinlich sofort von mir scheiden.»

Katharina war sprachlos. Mechanisch streichelte sie in kreisförmigen Bewegungen über ihren Bauch, um das Ungeborene zu beruhigen. Sie war so wütend, dass sie am liebsten laut losgebrüllt hätte. Sie griff nach dem Wasserglas und trank es in einem Zug aus. Es war lauwarm und schmeckte nach Chlor. Aber wenigstens wusste sie jetzt wieder, was sie sagen wollte: «Oliver, es geht nicht um deine Frau. Es geht um uns. Und um unser gemeinsames Kind. Das Kind in meinem Bauch ist eine Tatsache, vor der du die Augen nicht verschließen kannst. Verstehst du das endlich?»

Oliver starrte auf Katharinas Bauch, als würde sich dort die Antwort verbergen. Was ja gewissermaßen auch stimmte. «Aber der Asteroid ...» Plötzlich hielt er inne. «Glaubst du, dass es zwischen dem Asteroiden und Astrid einen Zusammenhang gibt?»

Katharina stand mit offenem Mund da; sie hätte beinahe zu atmen vergessen. «Willst du mich verarschen? Wieso soll es zwischen dem Asteroiden und deiner Frau einen Zusammenhang geben?»

«Ich meine ja nur. Wegen der Ähnlichkeit der Namen. Asteroid – Astrid.»

«Weißt du was», Katharina hatte das Gefühl, in einem unentwirrbaren Durcheinander gefangen zu sein, «ich werde morgen deine Frau anrufen und ihr reinen Wein einschenken. Wenn *du* es nicht machst, dann mache *ich* es. Das ist auch mein Kind, das da heranwächst, und ich möchte nicht, dass es sich bereits im Mutterbauch zu einem Neurotiker entwickelt.»

Oliver sah Katharina überrascht an: «Wird es ein Bub?»

«Ich weiß nicht, ob es ein Bub oder ein Mädchen wird. Dann korrigiere ich mich halt: Ich möchte nicht, dass sich unser Kind bereits im Mutterbauch zu einem Neurotiker oder einer Neurotikerin entwickelt. Bist du jetzt zufrieden?»

Olivers Antwort bestand aus einem Murmeln, dabei trommelte er nervös mit den Fingern auf die Tischplatte.

Katharina wurde immer ungehaltener. «Und was ist mit unserem Plan, das kleine Häuschen in Candelaria zu mieten, das wir uns kürzlich angesehen haben? Der Besitzer hat mir heute eine Mail geschickt und gefragt, ob wir noch daran interessiert sind.»

Oliver starrte Katharina an, als hätte er von diesem Plan zum ersten Mal gehört. Beim Gedanken an den Gesichtsausdruck seiner Frau, wenn er ihr erzählte, dass eine andere von ihm schwanger war, breitete sich Panik in ihm aus. Er bemühte sich, einen sachlichen Ton anzuschlagen. «Vielleicht sollten wir noch ein bisschen warten. Der Weg von hier nach Candelaria ist weit. Und der Höhenunterschied zwischen dem Observatorium und dem Ort beträgt 2400 Meter. Das solltest du nicht vergessen. Vor allem wegen dem Kind.»

Ohne ein Wort zu sagen, verließ Katharina Landsteiner das Büro und ließ die Tür mit einem lauten Knall ins Schloss fallen.

Oliver Kainrath musste an die Anfangsszene des Films *Melancholia* von Lars von Trier denken, in der die Erde zur bombastischen Musik aus *Tristan und Isolde* vom Riesenplaneten *Melancholia* einfach verschluckt wird. Und nichts mehr im Universum deutete darauf hin, dass der Planet Erde je existiert hätte. Alle menschlichen Spuren waren für immer ausgelöscht, und der ganze Dreck, den die Menschheit seit ihrem Bestehen hinterlassen hatte, war mit einem Schlag verschwunden. Oliver Kainrath fand diesen Gedanken irgendwie tröstlich.

20.

Mit klopfendem Herzen stand Franziska vor der Haustüre des Sommerhäuschens in Schwarzbach. Sie drückte den Klingelknopf, unter dem auf einem ausgebleichten Schild der Name *Kainrath* stand. Gloria hieß mit Familiennamen Seiler, was verschiedene Gründe haben konnte. Franziska war wegen des Namens ein wenig verunsichert, wollte sich aber nicht irgendwelchen Spekulationen hingeben.

«Komm rein», hörte sie Gloria rufen.

Franziska öffnete die Türe, im Haus roch es muffig, wie in einem Gebäude, in dem lange nicht gelüftet worden war. Der Geruch erinnerte Franziska an einen feuchten Putzlappen.

Das altmodische Häuschen war in den fünfziger Jahren erbaut worden und bestand aus einem geschmacklos eingerichteten Wohnzimmer, zwei kleinen Schlafzimmern, einer Küche, einem Bad und einem WC. Im Wohnzimmer hingen Familienfotos und Kunstdrucke an den Wänden; neben einem Bücherregal stand ein Fernrohr. Von der Terrasse führten Stufen zu einer Wiese, von der aus man einen direkten Zugang zum See hatte. Links und rechts begrenzten Bäume und dichtes Gebüsch das Grundstück.

Gloria küsste Franziska auf die Wange. «Schön, dass du gekommen bist. Möchtest du etwas trinken?» Gloria hatte nasse Haare, ihre Haut duftete nach Sonnencreme. Franziska fühlte sich zurückversetzt in die Sommer ihrer Kindheit. «Vielleicht ein Glas Wasser. Aber bitte kalt, wenn es geht.»

«Klar.» Gloria holte eine Mineralwasserflasche aus dem Kühlschrank und füllte zwei Gläser. «Komm, setzen wir uns raus.» Sie deutete auf eine bunte Decke in der Wiese. Gloria trug ein T-Shirt mit dem – wie Franziska fand – nicht sehr originellen

Aufdruck *Ich bin eine 100 % original Berliner Göre* und eine Sporthose. Ihr Badeanzug hing über der Lehne der Bank, die am Ufer stand.

Franziska blieb auf der Terrasse stehen. «Was für ein toller Ausblick.» Ihr Herz klopfte immer noch vor Aufregung.

Gloria ging die Stufen hinunter und deutete Franziska, neben ihr Platz zu nehmen. Franziska zog ihre Sandalen aus; sie bedauerte, dass sie keine Badesachen mitgenommen hatte. Zur Not könnte ich ja mit dem Slip ins Wasser gehen, dachte sie. Franziska setzte sich neben Gloria auf die Decke und ließ den Blick über den See schweifen. Von hier aus sah der See fremd aus. Sie kniff die Augen zusammen und deutete vage in Richtung des anderen Ufers. «Dort oben müsste irgendwo der Hof meines Großvaters liegen. Mit einem Gucker würde man vielleicht sogar das Haus sehen können. Ganz sicher bin ich mir aber nicht.»

Gloria lachte. «Das Wort Gucker habe ich auch schon lange nicht mehr gehört. In Berlin würden mich die Leute fragen, was das überhaupt sei. Dort müsste ich Feldstecher sagen. Die verstehen ja nicht einmal Sessel oder Kasten.»

Franziska wurde sofort hellhörig. Wollte Gloria damit sagen, dass es ihr in Berlin besser gefiel als hier? Trug sie auch deshalb das T-Shirt? Also fragte sie: «Lebst du eigentlich gern in Berlin?» Sie wusste, dass es kindisch war, aber irgendwie war sie auf Berlin eifersüchtig.

Gloria zuckte mit den Schultern. «Na ja, beruflich ist es toll, auch wenn die Kanäle dort keine Trinkwasserqualität haben wie der Rottensee. Hier hätte ich mir diese depperte Blastomykose sicher nicht eingefangen.» Sie lachte. «Siehst du, in Berlin würden sie beim Wort deppert gleich deppert schauen. Die würden doof sagen oder albern.»

«Mir gefällt deppert aber besser als doof oder albern.» Franziskas Antwort klang fast ein bisschen trotzig. «Doof oder albern finde ich einfach nur doof.» Jetzt lachten beide Frauen.

«Und weißt du, was mir auch noch aufgefallen ist?», fragte Gloria, um gleich selbst die Antwort zu geben: «Wenn ein Österreicher jemanden trifft, fragt er: *Wie geht's?* Oder noch schlimmer: *Wie steht's?* Der Deutsche hingegen fragt: *Wie läuft's?*»

Franziska überlegte. «Hm, stimmt, ist mir noch gar nicht so aufgefallen.»

«Und wenn du einen Österreicher fragst, wie ihm ein Film gefallen hat, dann sagt er: *War eh nicht so schlecht.* Der Berliner aber antwortet: *Der Film war klasse.* Der Österreicher drückt also seine Zustimmung mit einer doppelten Verneinung aus. Irgendwie schon eigenartig.»

«Hm», murmelte Franziska. Sie war mit ihren Gedanken ganz woanders. Ahnt Gloria etwas von meinen Gefühlen für sie?, fragte sie sich. Ich hätte mir einen Fahrplan zurechtlegen sollen; im selben Augenblick fand sie die Idee aber idiotisch.

Es folgte eine peinliche Stille. Man hörte nur das leise Plätschern des Wassers, ein paar ferne Stimmen und ab und zu ein vorbeifahrendes Auto. Spürte jetzt auch Gloria, dass etwas Unausgesprochenes in der Luft lag?

Franziska hatte Gloria eine Woche zuvor auf einem Flohmarkt kennengelernt, als sich beide für eine Retro-Sonnenbrille aus den sechziger Jahren interessierten. Die Brille hatten sie nicht gekauft, weil sie viel zu teuer war, dafür waren sie anschließend in ein Kaffeehaus gegangen und hatten sich über dieses und jenes unterhalten. Und jedes Mal, wenn Franziska Gloria in die Augen schaute, spürte sie ein eigenartiges Kribbeln im Bauch. Noch während des Gesprächs wurde Franziska bewusst, dass sie von Gloria mehr wollte, als bloß über Belanglosigkeiten zu sprechen. Durch ein paar eingestreute Fragen hatte sie herausgefunden, dass Gloria gerade solo war, was ihr Herz gleich noch höher schlagen ließ.

Dass Franziska lieber mit Frauen als mit Männern zusammen war, hatte sie sich lange nicht eingestehen wollen. Aber nachdem ihre Beziehungen zu Männern allesamt kläglich gescheitert waren und sie einmal eher durch Zufall mit einer Frau geschlafen hatte, war ihr klar geworden, dass sie mit Männern – zumindest im Bett – nicht viel anfangen konnte.

Soll ich mich trauen oder nicht? Franziska überlegte, ob sie Glorias Hand *zufällig* berühren sollte; sie kam sich vor wie eine Teenagerin beim ersten Rendezvous. Gloria hatte sich auf der Decke abgestützt, und es wäre für Franziska ein Leichtes gewesen, ihre Hand zu berühren. Aber da sie Angst hatte, sich zu blamieren, ließ sie es lieber sein.

Auch Gloria schien zu überlegen, wie sie die Stille überwinden könnte. «Mich hat zuvor ein Bekannter von der Wasserrettung angerufen und mir erzählt, dass sie drüben beim Freibad in Sonnleiten nach der Leiche einer Frau und dem Kadaver eines Hundes suchen.»

«Warum das denn? Sind sie ertrunken?»

«Nein, nein. Badegäste haben den Fuß einer Frau und den Haxen eines Hundes gefunden.» Sie hielt kurz inne und lachte. «Haxen würden die Berliner übrigens auch nicht verstehen. Außer vielleicht Schweinshaxen.»

«Wie? Man hat den Fuß einer Frau gefunden? Und den Haxen eines Hundes?»

«Ja, und mein Bekannter hat mich sogar gefragt, ob ich nicht Lust hätte, mich an der Suche zu beteiligen. Aber ich habe natürlich abgelehnt. Ich bin ja schließlich im Krankenstand.»

Franziska wurde hellhörig, weil sie plötzlich befürchtete, dass der Typ von der Wasserrettung ein Verhältnis mit Gloria haben könnte. Wunder wäre es keines gewesen, schließlich sah Gloria nicht nur gut aus, sondern hatte in Berlin auch einen tollen Job als Polizeitaucherin. Und sicher gab es am Rottensee genug Wasserretter, die nichts lieber getan hätten, als mit einer Polizeitaucherin aus Berlin ins Bett zu gehen. Diese Arschlöcher, dachte Franziska. Aber sie wusste, dass sie kein Recht hatte, eifersüchtig zu sein. «Ich verstehe nicht ganz: Sie haben den Fuß einer Frau und den Haxen eines Hundes gefunden und suchen nach deren Leichen? Aber was ist, wenn sich die Leichen gar nicht im Wasser befinden und der Mörder die beiden Teile lediglich im Wasser entsorgt hat?»

«Du solltest Detektivin werden», antwortete Gloria. «Details weiß ich auch nicht, aber unter den Badegästen wurde gleich das Gerücht ausgestreut, dass möglicherweise ein riesiger Hecht für die Attacken verantwortlich sein könnte.»

Franziska machte große Augen. «Ein Hecht? Hast du im See jemals einen so großen Fisch gesehen, der einem Menschen einen Fuß abbeißen könnte?»

Gloria schüttelte den Kopf. «Natürlich nicht. Aale, Hechte und Aalrutten habe ich einige gesehen, aber die waren nicht besonders groß. Einmal bin ich einem Hecht begegnet, der war vielleicht einen Meter groß, aber sonst – nein.»

«Aalrutten?»

«Ja, die stehen bei der Schwarzen Wand in den Felsspalten. Sie sind schwarz-gelb marmoriert und sehen ziemlich exotisch aus, echt schöne Tiere.» Gloria stand auf. «Aber warte, ich zeige dir etwas.» Gloria verschwand im Haus und kam mit einem Buch zurück. Es war ein altes Buch mit einem Ledereinband. «Hier.»

Franziska las den Titel: «Conrad Gessner. *Historia animalium. De Piscibus et Aquatilibus.*» Sie schlug willkürlich eine Seite auf. «Was ist denn das für ein Monster? De Hyaena Cetacea. – Ein Hyänenwal?» Das Tier hatte einen vorstehenden Unterkiefer mit Hauern wie ein Wildschwein. «Den könnte glatt Hieronymus Bosch gezeichnet haben.» Sie blätterte weiter. «De Siluro. Der sieht aus wie ein Fisch mit einem menschlichen Kopf. – Und schau dir dieses Vieh an, ein behaartes Seeschwein mit vier Drachenfüßen und zwei Augen auf jeder Seite. Dieser Gessner muss ja eine ziemlich wilde Phantasie gehabt haben.»

Gloria nahm das Buch und suchte nach einer bestimmten Abbildung. «Hier, das ist mein Liebling. De Ceto Capillato. Eine Mischung aus langhaarigem Mann und Delphin. Also, wenn ich dem im Rottensee begegne, den würde ich glatt auslachen.»

«Trotzdem ziemlich gruselig. Warum hat dieser Gessner harmlose Meerestiere wie Wale oder Delphine als Monster gezeichnet?»

«Wahrscheinlich hat er Erzählungen von Seefahrern für bare Münze genommen und dann seiner Phantasie freien Lauf gelassen.» Gloria lachte. «Aber wer weiß, welche Monster sich im Rottensee herumtreiben. Denke nur an das Ungeheuer von Loch Ness. Ein solches Ungeheuer beißt locker einer Frau den Fuß ab.»

Franziska nickte, obwohl sie sich mit Gloria lieber über etwas anderes unterhalten hätte. Zum Beispiel darüber, dass sie in sie verliebt war. Aber wie hätte sie das anstellen sollen?

Gloria stand auf. «Ich muss kurz auf die Toilette.»

«Ich hole mir noch ein Glas Wasser.» Franziska stand ebenfalls auf.

«Kannst du das Buch bitte ins Regal zurückstellen?»

«Ja, klar.» Im Wohnzimmer las Franziska einige Titel der Bücher, die ungeordnet im Regal standen. *Handbuch für Sporttaucher; Kletter- und Rankpflanzen; Chanel, die Geschichte einer*

Mode; Ernährungsratgeber für Schwimmer und Taucher; Sternstunden der Physik; 24 Tauchplätze, die jeder Taucher gesehen haben muss. Franziska griff nach dem *Handbuch für Sporttaucher* und überflog das Inhaltsverzeichnis:

Taucherphysiologie
Ventilübersichten
Oberflächen-Dekompressionstabellen
Sauerstoffbehandlungstabellen
Boyle-Mariotte-Gesetz
Dalton-Gesetz
Neue Wege des Tieftauchens
Hyperbare Sauerstofftherapie
Taucherunfälle (Diagnostik, Therapie, Spätfolgen)
Dekompressionskrankheit
Dekompressionstoleranz bei Wiederholungstauchgängen

Sie schlug die Seite auf, die mit einem Lesezeichen markiert war: *Bei Tauchern, die in große Tiefen vordringen, kann es zu Ausfallerscheinungen des Nervensystems kommen. Sie werden müde und können sogar kurz einschlafen. Symptome wie Kopfschmerzen, Übelkeit, Schweißausbrüche oder generelles Unwohlsein können in der Tiefe lebensbedrohlich sein.*

Vielleicht lebt Gloria ja in einer eigenen Welt, zu der ich gar keinen Zutritt habe, dachte Franziska betrübt.

Gloria kam von der Toilette zurück; die beiden Frauen gingen wieder nach draußen und setzten sich auf die Decke. «Ich habe einmal gelesen, dass im Rottensee tote Taucher liegen, die nie gefunden wurden. Stimmt das?» Franziska wollte Gloria signalisieren, dass sie sich für das Tauchen interessierte, auch wenn das in Wirklichkeit gar nicht der Fall war.

Gloria nickte. «Ja, einige.»

«Warum holt man die nicht heraus?»

«Weil der See ziemlich tief ist. An der tiefsten Stelle fast einhundertneunzig Meter. Und wenn da unten ein Taucher verschwindet, ist es aufgrund der Sichtverhältnisse praktisch unmöglich, ihn zu finden. Dort unten ist es stockdunkel, außerdem darf man die Strömung nicht unterschätzen. Und sobald eine Leiche abgetrieben wird, ist es sinnlos, nach ihr zu suchen.»

«Und die Fische fressen die Taucher nicht?»

«Nein. Erstens leben da unten wegen des geringen Sauerstoffgehalts kaum Fische. Die Sättigung mit Sauerstoff am Grund beträgt etwa dreißig Prozent, da können Fische zwar überleben, aber sehr angenehm ist es nicht für sie. Und außerdem fressen Fische nicht gerne Neopren.»

«Puh.» Franziska deutete auf den See. «Das heißt, dass da draußen noch ein paar Leichen liegen?»

«Ich würde sagen: Dutzende.»

«Dutzende?»

Gloria lachte. «Keine Angst, die liegen so tief unten im Schlamm, dass sie nur durch einen Zufall wieder auftauchen würden. Außerdem sind sie ja durch den Neoprenanzug zusätzlich vor Verwesung geschützt.»

«Und ich dachte immer, der Rottensee hätte Trinkwasserqualität.»

«Hat er ja auch.»

«Ich weiß nicht.» Franziska strich sich nachdenklich über ihr Kinn. «Warum sterben eigentlich so viele Taucher im Rottensee? Man liest ständig darüber.»

«Na ja, wenn du im Rottensee tauchen willst, brauchst du weder einen Schein noch sonst eine Ausbildung. Das ist auch der Grund, weshalb aus dem Ausland so viele Taucher herkommen. Die glauben, sie können einfach ins Wasser springen, und fertig. Und obwohl die empfohlene Grenze für Sporttaucher vierzig

Meter beträgt, tauchen diese Wahnsinnigen bis zu einhundert Meter hinunter und wundern sich dann, wenn ihre Luftventile vereisen oder sie einen Tiefenrausch bekommen. Dabei ist der Druck bereits zehn Meter unter Wasser doppelt so hoch wie an der Oberfläche.»

«Wie tief bist du denn schon getaucht im Rottensee?»

Gloria dachte nach. «Ich glaube, es werden so an die einhundert Meter gewesen sein. Aber so tief hätte ich eigentlich gar nicht tauchen dürfen. Na ja, wir waren jung und dumm.»

Das Wort *wir* gefiel Franziska ganz und gar nicht.

«Sagt dir der Name Natalja Moltschanowa etwas?», fragte Gloria.

«Moltschanowa?» Franziska schüttelte den Kopf. «Nie gehört. Wer ist das?»

«Das ist die weltbeste Freitaucherin, oder besser gesagt, war die weltbeste Freitaucherin. Sie ist vor ein paar Tagen im Mittelmeer bei einem Tauchgang vor der Baleareninsel Formentera einfach verschwunden. Was völlig absurd ist, weil Moltschanowa einundvierzig Weltrekorde im Apnoetauchen hielt und …»

«Apnoetauchen?»

«Da taucht man ohne jede Atemhilfe. Die Moltschanowa konnte neun Minuten lang ohne Sauerstoffflasche unter Wasser bleiben. Das musst du dir einmal vorstellen. Und sie konnte mit ganz normalen Flossen bis auf eine Tiefe von einhundert Metern tauchen. Ein Wahnsinn. Und weißt du, was das Ärgste ist? Sie war mit Freunden nur zum Spaß tauchen. Wahrscheinlich ist sie von einer starken Unterwasserströmung abgetrieben worden. Ein schrecklicher Tod.»

«Also, tauchen wäre nichts für mich.» Franziska warf einen besorgten Blick in Richtung See.

«Ich würde gerne wieder einmal bei der Schwarzen Wand

einen Tauchgang unternehmen. Ist schon verdammt lange her, seit ich das letzte Mal dort unten war.»

«Was sagen eigentlich die Ärzte wegen deiner Entzündung?»

Gloria winkte ab. «Mir geht es schon wieder gut. Im See zu tauchen wäre sicher kein Problem. Da draußen habe ich als Kind übrigens das Tauchen gelernt. Das Haus haben meine Großeltern in den fünfziger Jahren als Sommerhäuschen gebaut, das war damals noch etwas Ungewöhnliches. Für mich war das hier das Paradies. Ich weiß nicht, warum, aber ich war schon als Kind fasziniert von der Welt unter Wasser. Im Gegensatz zu meinem Bruder, der immer nur in den Himmel geschaut hat. Ich war die Wasserratte, er der Hans Guckindieluft. Ich glaube, ich war zehn, als ich die ersten Objekte aus dem See herausgetaucht habe. Einmal habe ich ein Mikroskop im Schlamm gefunden, es war natürlich nicht mehr zu gebrauchen, aber es war für mich eine kleine Sensation.»

«Ein Mikroskop?»

«Ja, mit einem Hakenkreuz auf der Unterseite. Keine Ahnung, wie das in den See gekommen ist. Später haben wir nach Schätzen gesucht, aber nichts wirklich Großartiges gefunden. Die Kiste mit dem Titus-Pichler-Gemälde haben wir jedenfalls nicht gefunden.»

«Was für eine Kiste? Und was für ein Pichler-Gemälde?»

Gloria deutete auf ein Gebäude, von dem nur das Dach zu sehen war. «Dort, in dieser Villa hat meine Urgroßmutter ein paar Jahre als Dienstmädchen gearbeitet. Die Villa hat einer jüdischen Familie aus Wien gehört, und die hatten – das behauptete jedenfalls meine Urgroßmutter – im Wohnzimmer ein großes Ölgemälde von Titus Pichler hängen. Auf dem Bild war der Rottensee mit den Natternbergen zu sehen. 1939 musste die Familie Österreich verlassen, aber vor ihrer Flucht sind sie noch einmal hergekommen, und der Besitzer hat das Gemälde in einen Eisenbehälter einschweißen lassen. Angeblich hat er den Behälter im See versenkt, um ihn nach seiner Rückkehr wieder herauszuholen. Wie gesagt, das weiß ich nur von meiner Großmutter, die es von ihrer Mutter gehört hat. Die Villa ist dann arisiert worden, wem sie heute gehört, weiß ich gar nicht. Angeblich hat sie irgendein Investor gekauft, aber gesehen habe ich noch nie jemanden. Ab und zu arbeitet jemand im Garten, aber das ist sicher nicht der Besitzer. Es interessiert mich auch nicht wirklich, wenn ich ehrlich bin.»

«Klingt wie ein Krimi», sagte Franziska. «Fehlt nur noch, dass ein Seeungeheuer den Eisenbehälter bewacht.» Franziska lachte. Gloria lachte ebenfalls, und plötzlich sagte Franziska: «Gloria, ich habe mich in dich verliebt.» Sie errötete und wäre am liebsten im Erdboden versunken.

Gloria schluckte und sagte eine Zeitlang gar nichts. Dann legte sie ihre Hand auf Franziskas Arm. «Ich habe mir schon so etwas Ähnliches gedacht, Franzi.»

Franzi? Franzi sagten nur ganz wenige Leute zu ihr, zum Beispiel ihr Großvater. «Ist es schlimm?» Ihre Frage war kaum zu hören.

«Das, was du gesagt hast?» Gloria schüttelte den Kopf. «Nein, ich weiß nur nicht, was ich darauf sagen soll. Ich bin ein paar Jahre älter als du, und außerdem arbeite ich in Berlin.»

«Ich will dich ja nicht gleich heiraten.» Franziska versuchte die Flucht nach vorne. «Ich habe mir nur gedacht, dass es besser ist, wenn ich ehrlich zu dir bin.»

«Das ist ja auch in Ordnung, Franziska, aber ich … Ich weiß nicht, wie ich es ausdrücken soll … Ich habe überhaupt keine Erfahrungen mit … Ich habe bisher immer nur Beziehungen zu Männern gehabt.»

«Ist es dir lieber, wenn ich gehe?» Franziskas Stimme zitterte.

«Nein, Blödsinn, warum solltest du gehen? Du hast mich ja weder beschimpft noch bedroht.» Gloria rang sich ein Lächeln ab. «Seit wann bist du denn …»

«Du meinst lesbisch?»

«Ja.»

«Das kann ich gar nicht so genau sagen. Irgendwann ist mir klar geworden, dass mich die schwanzwedelnden Männer einfach nicht mehr interessieren.»

Gloria lächelte. «Schwanzwedelnde Männer klingt gut. Das muss ich mir merken.»

Franziska schloss die Augen und hielt ihr Gesicht in die Sonne. «Es ist so schön hier, ich an deiner Stelle würde jeden Sommer hier verbringen.»

Gloria atmete hörbar aus. Sie war verwirrt. Franziska hatte in ihr unbewusst einen Gedanken ausgelöst, der sie ins Grübeln brachte. Aber Gloria hatte Angst, diesen Gedanken weiterzuverfolgen. «Siehst du die beiden Boote dort?», fragte sie stattdessen.

«Wo?»

«Dort. Die suchen nach Überresten von Pfahlbausiedlungen.»

«Tatsächlich?» Franziska war froh, dass Gloria das Thema gewechselt hatte. «Und finden die noch irgendwas?

Gloria zuckte mit den Achseln. «Kommt darauf an, welchen Aufwand sie betreiben und wie tief sie graben.»

«Na, hoffentlich finden sie nicht das Bild von Titus Pichler.»

«Was?» Gloria hielt inne. Sie fuhr sich über die Stirn. «Du hast mich auf eine Idee gebracht.»

«Was für eine Idee?»

«Die erzähle ich dir später beim Abendessen.»

Beim Abendessen? Franziska hätte vor Freude fast einen Luftsprung gemacht.

21.

Hans Gstöttner stand in seiner Jägertracht vor dem Gratis-Badetuch des *Let's-do-it-Fachmarkts Krautschneider und Eberhard,* auf dem der abgetrennte Frauenfuß und das Hundebein lagen. Gertrude Pixner wusste, dass sie das Badetuch nie mehr verwenden würde. Ein paar Schmeißfliegen hatten sich auf den Frauenfuß gesetzt, um dort ihre Eier abzulegen. Das Stillleben sah aus wie die Werbung für ein veganes Restaurant. Wegen der Hitze hatte Gstöttner seine an einigen Stellen bereits fadenscheinige Jacke aufgeknöpft, wodurch sein mächtiger Bauch noch deutlicher zum Vorschein kam. An der Leine hielt er seinen winselnden Langhaardackel Wastl, der unruhig mit dem Schwanz wedelte. Robert, der Junge, der den Frauenfuß und das Hundebein entdeckt hatte, verfolgte aufmerksam die Amtshandlung.

«Ja, das ist der Schuh von meiner Frau», sagte Gstöttner mit tränenerstickter Stimme. «Die Schuhe hat sie sich vor ein paar Tagen noch extra beim *Charles Vögele* in Stockham im Sonderangebot gekauft. Nur 19,90 haben sie gekostet, statt 25,90. Oder war es beim *Takko*? Jetzt bin ich ganz durcheinander.» Mit seinem rotkarierten Stofftaschentuch wischte er sich die Tränen aus den Augen. Dabei blieben ein paar Rotzreste an seinen buschigen Augenbrauen hängen. Bei näherer Betrachtung hätte man allerdings bemerkt, dass es sich bei der Substanz nicht um Rotz, sondern um Spermien handelte. Wie jeden Morgen hatte Gstöttner nämlich auf dem Hochstand in sein Taschentuch onaniert und mit seinem Gegrunze das ganze Wild verscheucht. Nur ein paar Wildschweine waren angetrabt gekommen, weil sie dachten, ein Artgenosse hätte etwas Interessantes entdeckt. Wastl, den Gstöttner im Rucksack hochgeschleppt hatte, saß währenddessen daneben und hechelte, als würde er gerade die Nachbarshündin besteigen.

«Wissen Sie, wann Ihre Frau das Haus verlassen hat?» Stallinger konnte dem Jäger nicht in die Augen schauen, weil ihm sonst das Mittagessen hochgekommen wäre.

«Ja, sie hat jeden Tag um sechs Uhr mit dem Hasso einen Spaziergang gemacht. Früher ist sie ja immer eine andere Runde gegangen, und zwar die Strecke vom Pfadfinderheim hinunter in die Scharten und dann hinauf zur Scheiben. Aber seitdem in der Scharten ein Wiener Künstler gebaut hat, wollte sie diesen Weg nicht mehr gehen. Der Wiener hat meine Frau nämlich immer beschimpft, wenn der Hasso in die Wiese – na ja, also wenn er halt müssen hat.»

Robert verjagte die Schmeißfliegen, die sich gleich wieder auf den Frauenfuß setzten, das Hundebein aber merkwürdigerweise verschmähten.

«Das ist unwichtig», sagte Stallinger gereizt. «Und Ihre Frau hat also heute um sechs Uhr gemeinsam mit dem Schäferhund das Haus verlassen?»

«Ja, und sobald sie losmarschiert ist, hat sie *Das Wandern ist des Müllers Lust* gesungen. Und zwar ganz laut. Sie war ja eine begeisterte Sängerin, auch wenn die Leute in der Nachbarschaft sich oft über sie beschwert haben. Aber die haben halt keinen Sinn mehr für die heimatverbundenen Lieder.»

«Ob Ihre Frau eine gute Sängerin war oder nicht, interessiert mich nicht», sagte Stallinger ungehalten. «Ihre Frau hat also jeden Tag in der Früh das Strandbad hier besucht?»

«Ja, die beiden sind immer auf den langen Holzsteg da hinausgegangen, damit der Hasso ins Wasser springen konnte. Der hat ja so gerne gebadet.»

«Dass im Strandbad aus sanitätspolizeilichen Gründen ein

ganzjähriges Hundeverbot besteht, wissen Sie aber schon?», mischte sich Inspektor Wegleitner in das Gespräch ein. «Die Verbotstafeln im Eingangsbereich sind doch unübersehbar.»

Gstöttner warf ihm einen abfälligen Blick zu. «Sind Sie vielleicht auch einer von diesen Hundehassern?»

«Nein, sicher nicht. Aber es ist halt nicht besonders angenehm, wenn man sich auf einer Liegewiese in einen Haufen Hundescheiße legt.»

Stallinger machte eine beschwichtigende Geste. «Das gehört jetzt nicht hierher. Ist Ihre Frau immer direkt ins Strandbad gegangen?»

Gstöttner überlegte kurz. «Ja, ich glaube schon. Ich war um diese Zeit ja meistens schon im Wald.»

«Wie lange braucht man von Ihrem Haus hierher?»

«Eine Viertelstunde oder zwanzig Minuten vielleicht. Wir wohnen oben, nicht weit vom Pfadfinderheim entfernt, in dem großen, schönen Haus mit den vier Säulen, den drei Erkern und den zwei Türmchen. Und mit der drei Meter hohen blickdichten Thujenhecke. Dort, wo am Gartentor zwei Schilder hängen: *Welcome to my Paradise* und *Beware of the Spicy Dogs.*»

«Hä?» Inspektor Wegleitner hatte keine Ahnung, wovon Gstöttner überhaupt sprach.

«Willkommen in meinem Paradies. Und: Bewahre uns vor den scharfen Hunden», klärte ihn Gstöttner auf.

«Das stimmt ja gar nicht», mischte sich Robert lautstark ein. «*Beware* heißt nicht bewahren, sondern, dass man sich in Acht nehmen soll.» Und stolz fügte er hinzu: «Ich habe in der Neuen Mittelschule nämlich einen Einser in Englisch.»

Langsam dämmerte Gstöttner, dass er nicht hergerufen worden war, um sich über Englisch-Vokabeln zu unterhalten. «Aber, was ist denn eigentlich genau passiert mit meiner Frau?» Beim

Anblick der abgetrennten Gliedmaßen begann Gstöttner erneut zu weinen, dazu sang er mit zitternder Stimme:

«Das Wandern ist des Müllers Lust,
das Wandern ist des Müllers Lust,
das Wahaandern …»

Dem Langhaardackel wurde das alles zu viel, und mit einem Ruck riss er sich los und schnappte sich den Fuß seines Frauchens. Wahrscheinlich war ihm dessen Geruch irgendwie bekannt vorgekommen. Die Schmeißfliegen flogen in alle Richtungen davon, ohne auch nur ein einziges Ei abgelegt zu haben. Und noch ehe jemand etwas unternehmen konnte, war der Hund samt dem Fuß im Maul schon über alle Berge. «Wastl, Wastl, da komm her!», rief Gstöttner verzweifelt, aber der Hund scherte sich einen Dreck um den Befehl seines Herrchens.

Badegäste begannen hysterisch zu schreien, Kinder liefen kreischend davon, und ein Betrunkener verfolgte Wastl, um ihn einzufangen, was ihm aber nicht gelang. Stattdessen stolperte er über eine Luftmatratze mit Einhornmotiv und fiel der Länge nach auf eine junge Frau, die wegen der Helene-Fischer-Lieder, die sie über ihr ultramodernes Headset in voller Lautstärke hörte, von dem ganzen Tumult gar nichts mitbekommen hatte. «Verdammte Scheiße, jetzt habe ich mir den Arm gebrochen», jammerte der Betrunkene. «Jemand muss die Rettung holen.»

«Hättest halt weniger gesoffen», rief ein Fettwanst mit einer Bierflasche in der Hand und lachte blöd. Seine Frau stand daneben und lachte noch blöder. Ihren aus Fettpolstern bestehenden Rücken zierte ein riesiges Tattoo, das entweder Ozzy Osbourne oder Madonna zeigen sollte, so genau war das nicht mehr zu erkennen. Beim Anblick dieser Frau drängte sich die Frage auf, weshalb im Strandbad von Sonnleiten nicht schon längst eine generelle Burkinipflicht bestand. Die Männer hätten sich ja in Erdäpfelsäcke hüllen können.

Die junge Frau, die von dem Besoffenen unsanft aus ihrem Helene-Fischer-Paradies vertrieben worden war, stieß einen gellenden Schrei aus und rief: «Hilfe, Hilfe, ein Ausländer will mich ausgreifen. Holt sofort die Polizei.»

«Ich bin kein Ausländer», antwortete der Betrunkene empört. «Und ausgreifen kann ich dich leider auch nicht mehr, weil ich mir ja den Arm gebrochen habe. Außerdem bin ich ein Inländer, und zwar bin ich aus Witzmanning, wenn du es genau wissen willst. Darum trinke ich auch nur Inländer-Rum.»

Ein junger Bursche im Che-Guevara-T-Shirt, der die Szene beobachtet hatte, ballte die Faust und rief: «Lieber Inländer-Rum als Ausländer raus.»

Wie von einer Tarantel gestochen sprintete der Hund über den Parkplatz auf die Straße, wo er prompt von einem schwarzen *Land Rover Jeep Grand Cherokee* mit 258 PS überfahren wurde. Offenbar wollte Wastl den Fuß seinem Frauchen nach Hause bringen. Dass er ausgerechnet deren Fuß im Maul hatte, konnte der Hund natürlich nicht wissen. So gescheit war er dann auch wieder nicht. Zum Glück war aber nur der Hund überfahren worden, und der abgetrennte Fuß von Anneliese Gstöttner war heil geblieben. Sonst hätten die Gerichtsmediziner ja nichts mehr zum Untersuchen gehabt. Polizeiinspektor Stallinger schlug die Hände über dem Kopf zusammen und fragte sich, weshalb er keinen anständigen Beruf erlernt hatte.

22.

Drei nahe Angehörige an einem Tag zu verlieren, war selbst für ein gestandenes Mannsbild wie Hans Gstöttner zu viel. Dabei traf ihn der Verlust seines geliebten Langhaardackels Wastl härter als der Verlust seiner Frau. Gramgebeugt schlurfte er nach Hause und gab sich seinem Schmerz hin, indem er einen halben Liter Magenbitter auf Ex austrank. Die Wirkung des Alkohols ließ nicht lange auf sich warten, und in seinem Dusel sehnte sich Gstöttner plötzlich nach einer zärtlichen Hand. Er dachte an Floriana Negrescu, die jeden Mittwoch das schmucke Gstöttner-Haus putzte, in dem der Jägersmann ohne seinen Wastl vor Einsamkeit bald vergehen würde.

Von Frau Negrescu wusste er nur, dass sie aus Rumänien stammte und als Putzfrau im Pfadfinderheim am Ende der Straße arbeitete. An ihrem freien Nachmittag putzte sie zusätzlich das Haus der Familie Gstöttner, das für zwei Personen und zwei Hunde viel zu groß war. Gstöttner schätzte ihr Alter auf vierzig (tatsächlich war sie fünfunddreißig), und da sie für einen Stundenlohn von acht Euro arbeitete, bildete sich Gstöttner in seinem Rausch ein, Frau Negrescu für ein kurzes Vergnügen einfach kaufen zu können. Also griff er nach dem Handy seiner Frau, das sie jetzt ohnehin nicht mehr brauchte, und suchte nach der Nummer, die er unter *P* wie *Putzfrau* auch tatsächlich fand. Ohne lange zu überlegen, drückte er mit seinem dreckigen Zeigefinger auf die Verbindungstaste.

«Grieß Gott, Frau Gstettner, Sie mich heite schon brauchen?»

«Äh, hier spricht Herr Gstöttner. Frau nix da. Du können jetzt gleich kommen putzen? Nur für eine Stunde. Ich dir geben fünfzig Euro.» Gstöttner wäre es gar nicht in den Sinn gekommen, mit Floriana Negrescu per Sie zu sein, schließlich war sie eine Putzfrau, und mit Putzfrauen war man grundsätzlich per Du.

«Finfzig Eiro? Fir eine Stunde?» Es folgte eine kurze Pause. «Was ich missen machen?», fragte Frau Negrescu misstrauisch.

«Möbel verrutschen und Kühlschrank putzen.» Eine bessere Antwort fiel Gstöttner nicht ein, aber da er sich von einer rumänischen Putzfrau keine Abfuhr holen wollte, verdoppelte er kurzerhand sein Angebot. «Hundert Euro, aber du kommen gleich.» Dabei kratzte er sich am Sack, wo sich allerdings nicht viel rührte.

«Frau auch da?» Floriana Negrescus Frage kam zögernd.

«Ja, Frau auch da, aber jetzt sein gerade im Keller.»

«Aber ich haben nur eine Stunde Zeit, dann ich missen wieder putzen in Pfadfinderheim.»

«In Ordnung. Du kommen gleich?»

«Ja.»

Gstöttner legte das Handy an seinen Platz auf der Kredenz zurück und holte aus seiner Geldtasche einen Hundert-Euro-Schein, den er achtlos auf den Tisch warf. Dann nahm er einen weiteren Schluck aus der Flasche. In seinem Kopf begann sich alles zu drehen, und er war außerstande, einen klaren Gedanken zu fassen. Er wankte ins Wohnzimmer und blieb vor dem Foto seiner Frau stehen. Die Aufnahme musste vor mindestens zwanzig Jahren gemacht worden sein, und plötzlich bekam Gstöttner einen unbändigen Hass auf seine Frau. Wutentbrannt schleuderte er das Foto auf den Boden, das Glas zersprang in tausend Scherben, und Gstöttner trampelte wie ein Verrückter auf dem Bild herum. Als das Gesicht zu einer widerlichen Fratze verkommen war, ließ sich Gstöttner ermattet auf die Couch fallen. Er starrte auf ein Gebinde aus Strohblumen, das seit Jahren in einer hässlichen Vase auf einem Beistelltischchen verstaubte. Mit einer abrupten Handbewegung stieß er die Vase vom Tisch und stierte auf das Stillleben aus Scherben, Trockenblumen und Porträtfratze. Er griff nach einer der Blumen und zerbröselte sie zwischen seinen Fingern.

Gstöttners Blick fiel auf die ausgestopften Tierköpfe an der Wand, die ihn anglotzten, als würden sie sich über ihn lustig machen. Er öffnete die Schublade des Beistelltischchens und holte sein Briefmarkenalbum aus rotem Kunstleder hervor. Er schlug die erste Seite auf: ein Bär aus der UdSSR (es war eine alte Marke aus den siebziger Jahren), ein Hirsch aus Rumänien, ein Wildschwein aus der ČSSR (auch das war eine alte Marke), ein Dachs aus Schweden und ein Steinbock aus Österreich – auch diese Tiere schienen ihn auszulachen. Er riss das kartonierte Blatt heraus und warf es auf den Boden. Als es an der Haustür klingelte, erhob er sich stöhnend. «Türe offen», rief er, während er ins Treppenhaus torkelte.

Frau Negrescu blieb in der Tür stehen. Sie trug eine graue Jogginghose, die ihr um zwei Nummern zu groß war, und ein ausgewaschenes T-Shirt – *Made in Bangladesh* – mit der Aufschrift *Don't worry, be happy*. In der Hand hielt sie eine Plastiktasche, in die sie ihren grauen Arbeitsmantel gestopft hatte. «Wo sein Frau?», fragte sie unsicher.

Gstöttner machte eine abfällige Geste und ging zurück ins Wohnzimmer. «In der Küche sein Geld», krächzte er. Er setzte sich wieder auf die Couch und wartete.

Kurze Zeit später tauchte Floriana Negrescu im Vorzimmer auf. Ohne ein Wort zu sagen, erhob sich Gstöttner und näherte sich der Putzfrau mit einem Blick, der ihr Angst machte. Ihr billiges Parfum konnte den beißenden Schweißgeruch, der sich unter ihren Achseln gebildet hatte, nicht überdecken. Instinktiv machte Frau Negrescu zwei Schritte zurück. «Was Sie wollen?», fragte sie mit zitternder Stimme.

«Du dich ausziehen. Hundert Euro.» Gstöttner deutete durch die offene Küchentür auf den Tisch, wo der Geldschein lag. Frau Negrescu ließ die Plastiktasche fallen und lief schreiend davon.

«Du Hure, du verdammte.» Gstöttner wollte Frau Negrescu nachlaufen, war aber viel zu betrunken, um sie einzuholen. Mehrmals griff er ins Leere, und erst, als er schwer atmend auf dem Treppenabsatz stand, wurde ihm bewusst, dass Frau Negrescu längst das Weite gesucht hatte. Plötzlich begann er hysterisch zu lachen und ging wie in Trance die Kellerstiege hinunter, wo er den Waffenschrank öffnete. Er griff nach seiner *Mannlicher Duett*, deren geölter Schaft aus Walnussholz sich immer noch gut anfühlte. Er klappte den Lauf nach unten und schob eine Försterpatrone 9,3 x 72 R in die Kammer. Aus dem Regal daneben holte er eine Dose Terpentin und ein Feuerzeug. Mit dem geschulterten Gewehr ging er hinauf in den ersten Stock, wo sich das Schlafzimmer seiner Frau befand. Er hob die Bettdecke und betrachtete angeekelt die mit Hundehaaren übersäte Mulde. Eingetrocknete Flecken auf dem Leintuch legten die Vermutung nahe, dass der Schäferhund neben seiner Frau des Öfteren ejakuliert hatte. Gstöttner öffnete den Verschluss der Terpentindose und schüttete den Inhalt über das Doppelbett. Den scharfen, durchdringenden Geruch empfand er als angenehm. Am Bettende zündete er die Decke an, die sofort Feuer fing.

Ohne sich umzudrehen, wankte er die Treppe hinunter und setzte sich im Wohnzimmer auf die Couch. Er stellte das Gewehr mit dem Kolben auf den Boden und betrachtete schwer atmend den Lauf, an dessen Mündung sich Rost gebildet hatte. Gstöttner wurde wütend, weil wieder einmal Feuchtigkeit in den Waffenschrank eingedrungen war. Er hätte seine Waffen ja lieber im Wohnzimmer aufbewahrt, aber seine Frau hatte darauf bestanden, dass er sie im Keller verstaute. Im Haus breitete sich

Rauch aus, und Gstöttner wusste, dass ihm nicht mehr viel Zeit blieb.

Er klemmte sich die *Mannlicher Duett* zwischen die Knie und steckte die Laufmündung in den Mund. Plötzlich wurde ihm übel, und er kotzte eine Ladung über das Gewehr, wobei ein Teil des Erbrochenen in den Lauf einsickerte. Notdürftig wischte er das Eisen mit seinem rotkarierten Taschentuch ab, dann steckte er sich den Lauf erneut in den Mund. Der Rost schmeckte nach Männlichkeit und weckte in Gstöttner eine diffuse Sehnsucht nach einem Zeitalter, in dem Eisen noch etwas bedeutete. Dann schloss er die Augen, entsicherte das Gewehr und drückte ab.

23.

Als das Telefon klingelte, strickte Stallinger gerade an seinem Socken und hörte auf YouTube den perlenden Gesang eines Rotkehlchens. Widerwillig legte er sein Strickzeug zur Seite. «Polizeikommissariat Bitterwasser, Stallinger am Apparat.»

«Der Gstöttner hat sich erschossen. Er wollte die Frau Negrescu ausgreifen. Dann hat er sich erschossen. Und das Ehebett angezündet hat er auch.»

«Was erzählen Sie für einen Unsinn? Wer spricht da überhaupt?»

«Hasengschwandtner am Apparat. Ich bin der Leiter des Pfadfinderheims, wo die Frau Negrescu als Putzfrau arbeitet, also ich meine, als Reinigungskraft. Und sie ist weinend zu mir gekommen und hat mir erzählt, dass sie der Gstöttner ausgreifen wollte. Das geht natürlich gar nicht.» Wenn die Frau Negrescu jemand ausgreift, dachte Hasengschwandtner, während er mit der Zunge über seine feuchten Lippen fuhr, dann ich.

«Also bin ich zum Gstöttner seinem Haus, um ihn zur Rede zu stellen, aber dort sind schon die ersten Nachbarn gestanden und haben gesagt, dass sie einen Schuss gehört haben und dass es im ersten Stock aus dem Fenster herausraucht. Ja, und nachdem die Haustür offen gestanden ist, bin ich halt hineingegangen. Der Anblick im Wohnzimmer war kein schöner. Überall an den Wänden ist Gstöttners Hirn gepickt, und in der Küche ist eine halbleere Flasche Magenbitter auf der Kredenz gestanden, die wird er ausgesoffen haben, der Saubeutel. Ausgreifen wollte er die Negrescu, diese Sau.» Dass er den Hundert-Euro-Schein einfach vom Tisch genommen und eingesteckt hatte, sagte Hasengschwandtner natürlich nicht.

«Und der Gstöttner ist tot, sagen Sie?»

«Ja, mausetot.»

Stallinger fragte sich, ob Gstöttners Selbstmord ein indirektes Geständnis für den Mord an seiner Frau war. «Von wo aus rufen Sie überhaupt an? Es darf niemand ins Haus, nichts darf am Tatort verändert werden. Haben Sie mich verstanden?»

«Ja, ja, ich stehe vor dem Haus, und ich sage den Leuten, dass sie nicht hineindürfen. Die sind natürlich fürchterlich neugierig, weil die ja noch nie …»

«Ist die Feuerwehr schon da?»

«Ja, die sind schon fast fertig mit dem Löschen. Es hat ja nur im ersten Stock gebrannt.»

Stallinger legte auf und fluchte. «So eine Scheiße, so eine verdammte.»

24.

Während der Dienstwagen der Innenministerin auf der Uferstraße im Stau steckte, bearbeitete Besendorfer-Kronreif wie ein Verrückter sein Smartphone. Seine Finger bewegten sich wie ferngesteuert und erinnerten an die Tentakel eines exotischen Meerestiers. Dietlinde Breitfurtner-Brandstätter hasste das geschäftige Getue ihres Pressesprechers und warf ihm einen abfälligen Blick zu. «Passen Sie auf, dass Sie nicht auch so eine Handy-Klaue bekommen.»

Besendorfer-Kronreif hielt kurz inne und betrachtete seine Finger. «Nein, nein, keine Angst, mit meinen Händen ist alles in Ordnung.»

Handy-Klaue hieß die neue Volkskrankheit, bei der die Mobiltelefone mit den Händen jener User zusammenwuchsen, die ihre Geräte Tag und Nacht fest umklammert hielten und weder beim Klogehen noch beim Geschlechtsverkehr zur Seite legten. Wenn man also bis zum Ende seines Lebens nicht mit einem eingewachsenen Handy herumlaufen wollte, blieb einem nichts anderes übrig, als sich das Mobiltelefon herausoperieren zu lassen.

Üblicherweise dauerte es dann Monate, bis man wieder ein Handy bedienen konnte, aber so schnell konnte man gar nicht *Tongue-Screen* sagen, und schon kamen Mobiltelefone auf den Markt, die problemlos mit der Zunge bearbeitet werden konnten. Also sah man immer mehr Jugendliche mit eingebundenen Händen, die ihre Smartphones mit der Zunge ableckten, was wiederum zu einem sprunghaften Anstieg von Geschlechtskrankheiten führte, weil beim Oralsex plötzlich Bakterien zu Stellen transportiert wurden, wo sie eigentlich nichts verloren hatten. Dass es einen Zusammenhang zwischen der Handy-

Klaue und der massiven Zunahme von Geschlechtskrankheiten gab, lag zwar auf der Hand beziehungsweise auf der Zunge, aber natürlich wiesen die Handybetreiber jede Schuld von sich und boten stattdessen Ungeborenen lebenslange Handy-Verträge zu megageilen Konditionen an. Aus einem solchen Vertrag konnte man nur aussteigen, wenn man tot war.

«Also? Was gibt es Neues?», fragte die Innenministerin in einem Ton, der nichts Gutes verhieß.

«Für die heutige Aussendung hätte ich folgenden Text-Vorschlag: *Wir gehören jetzt schon zu den Ländern mit den meisten Außerlandesbringungen. Wir werden aber die Schlagzahl noch weiter erhöhen und den steigenden Trend ausbauen. Mit 12 000 Abschiebungen pro Jahr können wir uns jedenfalls nicht zufriedengeben. Außerdem darf die Völkerrechtsgewohnheitsbindung …*»

«Nein, nein», winkte die Innenministerin ab. «Ich meine, was gibt es wirklich Neues?»

«Ach so.» Fast schon unterwürfig antwortete Besendorfer-Kronreif: «Nicht viel. Vor der libyschen Küste sind heute früh dreihundertfünfzig Flüchtlinge ertrunken, darunter zweihundert Frauen und Kinder.»

Dietlinde Breitfurtner-Brandstätter zuckte mit den Schultern. «Na und? Dreihundertfünfzig Wirtschaftsflüchtlinge weniger, die wir versorgen müssen.»

Besendorfer-Kronreif hielt sein Handy unauffällig in ihre Richtung. Am Vorabend hatte er sich noch davon überzeugt, dass die Aufnahme-App, die er sich eigens heruntergeladen hatte, auch tatsächlich funktionierte. «Wie meinen Sie das?», fragte er interessiert.

«Na, so wie ich es sage. Was glauben Sie, welche Vorschläge ich bei den Innenministertreffen in Brüssel schon zu hören bekomme habe, wenn die Mikrofone ausgeschaltet waren. Von gezielten Bootsversenkungen war da die Rede, und von der Internierung der Flüchtlinge in ehemaligen Konzentrationslagern. Und die Idee, muslimische Flüchtlinge zu kastrieren, habe ich in Brüssel schon vor einem Jahr gehört. Da hinkt die FPÖ weit hinterher.»

«Ja, schon, aber was halten *Sie* persönlich von diesen Vorschlägen?»

Die Innenministerin warf ihrem Pressesprecher einen prüfenden Blick zu. «Was ist das? Ein Verhör.»

Besendorfer-Kronreif lachte gekünstelt. «Nein. Ich meine nur, dass es besser wäre, wenn Sie das alles für sich behielten.»

«Ich bin doch nicht blöd», antwortete die Innenministerin aufbrausend. «Schicken Sie eine Erklärung raus, dass ich den Vorfall bedauere und zutiefst betroffen bin. Blablabla. Sie wissen doch, wie man so etwas macht.»

Besendorfer-Kronreif überlegte kurz. «Ich würde mich zu den ertrunkenen Flüchtlingen nicht äußern. Das soll lieber der Außenminister machen.»

«Na ja, wenn Sie meinen.» Die Innenministerin beugte sich zu ihrem Chauffeur vor, dessen Namen sie sich nicht merken konnte. Sie wusste nur, dass er mit -lić, -rić oder -tić endete. «Was ist denn los? Warum fahren wir nicht weiter?»

«Wir müssen leider warten», antwortete der Chauffeur stoisch. «Da vorne ist eine Ampel, die steht auf Rot, außerdem stehen wir im Stau.»

«Das sehe ich auch», brummte Dietlinde Breitfurtner-Brandstätter. Bis zum Abendessen in der Villa des Investors Prix waren es noch zwei Stunden. Zeit genug, um sich irgendwo am Ufer des Rottensees auf eine Bank zu setzen und ins Wasser zu schauen. Der Chauffeur konnte in der Zwischenzeit Besendorfer-Kronreif zum Bahnhof bringen, und sie könnte endlich in Ruhe über ein paar Dinge nachdenken, die ihr schon lange Kopfzerbrechen bereiteten.

Obwohl die Klimaanlage auf Hochtouren lief, öffnete Besendorfer-Kronreif das Fenster. Er verlagerte sein Gewicht von einer Arschbacke auf die andere, weil er das Gefühl hatte, bald einen Furz lassen zu müssen. Wahrscheinlich bildete er es sich nur ein, aber seitdem er von dieser merkwürdigen Suppe gekostet hatte, zwickte es ihn in den Gedärmen. Er hoffte, dass sich der Furz ohne großes Getöse aus dem Staub machte. Als der Wagen endlich die Brücke überquerte und von draußen der Motorenlärm der vorbeifahrenden Autos zu hören war, hob Besendorfer-Kronreif die linke Arschbacke und ließ den Furz ziehen. Zum Glück war es ein leiser Furz, der freilich den Nachteil hatte, dass er ziemlich stank. Denn wie hieß es schon so treffend in der Volksausgabe des Alten Testaments:

Salomon der Weise spricht:
Laute Schase stinken nicht.
Aber diese leisen, diese butterweichen,
die sich durch die Hose schleichen,
diese stinken fürchterlich.

Um keinen Verdacht aufkommen zu lassen, konzentrierte sich Besendorfer-Kronreif auf sein Smartphone, was aber nicht viel nützte, weil die Innenministerin offenbar bereits Wind von seinem Fauxpas bekommen hatte.

«Was stinkt denn da so?», fragte sie und öffnete das Fenster.

Besendorfer-Kronreif spielte den Unschuldigen: «Wahrscheinlich das Chemiewerk. Die blasen ja ständig den ganzen Dreck in die Luft.»

«Aha», antwortete Dietlinde Breitfurtner-Brandstätter, in deren Bauch es plötzlich ebenfalls zu rumoren begann. Ich hätte den grauslichen Brei dieses Nigerianers nicht essen sollen, dachte sie verzagt. Wer weiß, was da alles drinnen war. Vielleicht sogar Negerschweiß.

Sie fuhren an einem Wirtshaus vorbei, das sich neuerdings *Ristorante Giuseppe Pescatore* nannte, früher aber schlicht und einfach *Zum Fischer Sepp* hieß. Allerdings kamen die *frischen Rottenseefische*, die hier angeboten wurden, gar nicht aus dem Rottensee, sondern aus Zuchtanstalten in Tschechien oder Bayern. Sobald die Fische aber mit Rottenseewasser beträufelt wurden, durften sie in den Restaurants als *frische Rottenseefische* verkauft werden. So stand es im Gesetz, aber den Segelbootsbesitzern in ihren gefälschten und in Vietnam produzierten Ralph-Lauren-Klamotten war das ohnehin egal. Hauptsache, sie konnten bei einem *Forellenfilet an Meerrettichschaum* um zwanzig Euro ein bisschen angeben und einen auf mondän machen.

Kurz vor Schwarzbach hielt die Innenministerin Ausschau nach einem Platz, wo sie allein sein konnte. Aber entweder war das Ufer von monströsen Bootshütten verbaut, oder die wenigen freien Stellen waren von Badegästen belegt. Als sie an einem schmalen Uferstreifen vorbeifuhren, der von dichtem Gestrüpp bewachsen war, bat sie den Chauffeur, anzuhalten. Das Rumoren in ihren Eingeweiden wurde immer heftiger. «Ich steige hier aus. Bringen Sie Herrn Besendorfer-Kronreif zum Bahnhof und holen Sie mich dann hier ab.» Die Innenministerin stieg aus und sah sich um.

«Soll ich Sie heute noch anrufen wegen des Updates in Sachen *Kronen Zeitung*?», fragte Besendorfer-Kronreif durch das offene Fenster. Die Innenministerin hatte das Gefühl, dass es aus dem Wageninneren immer noch nach Chemie roch. Dietlinde Breitfurtner-Brandstätter schüttelte den Kopf. «Nur, wenn es unbedingt sein muss.»

Besendorfer-Kronreif nickte beflissen und rieb sich die Hände. Da der O-Ton der Innenministerin für seine weitere Karriereplanung von entscheidender Bedeutung war, durfte er nichts überstürzen. Und den Herrn Kabinettschef werde ich noch ein bisschen zappeln lassen, dachte er gut gelaunt.

Die Innenministerin wartete, bis die schwarze Mercedes-Limousine gewendet hatte, dann kletterte sie zwischen dem Gestrüpp die Böschung hinunter. Der mit großen Granitsteinen befestigte Uferstreifen war so schmal, dass sie hier gerade einmal sitzen konnte. Das war wahrscheinlich auch der Grund, weshalb sich in diesem Bereich keine Badegäste aufhielten. Ein Kondom, in dem sich Reste einer zähen, weißen Flüssigkeit befanden, legte allerdings die Vermutung nahe, dass dieser Ort sehr wohl von Liebespaaren frequentiert wurde.

Dietlinde Breitfurtner-Brandstätter schloss die Augen, aber die innere Anspannung wollte sich nicht lösen. «Lukas, pass auf, dass du nicht ins Wasser fällst», hörte sie einen Mann rufen. Unwillkürlich musste sie an den Nigerianer denken, dessen inniges Verhältnis zu seinen Kindern ihr sofort aufgefallen war. Wie sehr hätte auch sie sich einen Vater gewünscht, der sie beschützte und ihr Trost spendete. Und jetzt erwartete man von ihr, dass sie anderen Menschen Schutz gewährte. Wie komme ich dazu?, fragte sie sich empört. Als sie in der Ferne auch noch den Klang einer Blockflöte hörte, sank ihre Stimmung endgültig auf den Tiefpunkt.

Dietlinde Breitfurtner-Brandstätter musste an ihre Kindheit denken, als sie von ihren Eltern gezwungen wurde, in der Musikschule dieses verhasste Instrument zu lernen. Am Ende einer jeden Stunde musste sie sich auf den Schoß des Lehrers setzen, bis dieser zu zittern anfing und die Augen verdrehte. Sie hatte ihrer Mutter von diesen merkwürdigen Vorkommnissen erzählt, aber die hatte ihr nicht geglaubt und ihre Schilderungen als bloßes Hirngespinst abgetan. «Ich warne dich, wenn du deinem Vater diese Lügen auftischst, wirst du dein blaues Wunder erleben.» Und nachdem sie wusste, was ihr Vater unter einem *blauen Wunder* verstand, zog sie es vor, zu schweigen. Nach einem Jahr hatte sie ihr Lehrer schließlich gefragt, ob sie nicht Lust hätte, einmal auf einer anderen Blockflöte zu spielen. Ohne ihre Antwort abzuwarten, hatte er seinen Hosenschlitz geöffnet und sein Ungetüm herausgeholt. Obwohl sie panische Angst hatte, die feucht glänzende rote Spitze anzugreifen, tat sie, was der Flötenlehrer von ihr verlangte.

In ihrem Bauch begann es wieder zu rumoren, und Dietlinde Breitfurtner-Brandstätter verfluchte den Nigerianer, der ihr sicher nur vorgespielt hatte, wie sehr er um seine Kinder besorgt war. Aus ihrer Handtasche holte sie eine Mineralwasserflasche und nahm einen Schluck, aber das Rumoren hörte nicht auf. Hoffentlich bekomme ich keinen Durchfall, dachte sie panisch. Zum Glück habe ich Papiertaschentücher dabei. Das hätte mir gerade noch gefehlt, dass ich mit einer dreckigen Unterhose zum Prix gehe.

Die Innenministerin versuchte, ihre Gedanken in eine andere Richtung zu lenken, aber es gelang ihr nicht. Irgendetwas in ihrem Magen drängte mit aller Kraft nach oben. Ein säuerlicher Geschmack breitete sich in ihrem Mund aus, und ohne dass sie es verhindern hätte können, kotzte sie eine volle Ladung in den See. Sie würgte alles heraus, was sich in ihrem Magen befand, und bei genauerem Hinsehen waren im Wasser auch halbverdaute Fleischbrocken zu erkennen. Es waren die Überreste der Bisamratten, die Abayomi Nkwongu in der Egusi Soup mitgekocht hatte.

Auf ihrer Stirn bildeten sich Schweißperlen, und sie stöhnte und röchelte, als müsste sie jeden Augenblick sterben. Es dauerte lange, bis sie es endlich geschafft hatte, sich von der stinkenden Brühe abzuwenden. Angeekelt beobachtete sie, wie das Erbrochene langsam zu Boden sank. Mit einem Papiertaschentuch wischte sie sich den Mund ab. Erschöpft lehnte sie sich an einen Felsen, sie wollte nur noch schlafen.

Zum letzten Mal gekotzt hatte sie vor ein paar Jahren, als sie erfahren hatte, dass ihr großer Förderer der Tochter eines Mitglieds der Landesregierung ein Kind angehängt hatte. Und das, obwohl der große Mann verheiratet war und bei jeder Gelegenheit von Anstand und Moral sprach. Dass die Ehefrau des Landeshauptmanns angesichts der misslichen Lage, in der sie sich befand, immer häufiger zur Flasche griff, war allgemein bekannt. Dietlinde Breitfurtner-Brandstätter schockierte das Verhalten ihres Gönners zutiefst, aber nicht, weil die geschwängerte Frau um dreißig Jahre jünger war als sie, sondern weil sie sich insgeheim gewünscht hätte, von ihm genauso begehrt zu werden wie die Tochter des Parteikollegen.

Aber was soll's, dachte sie niedergeschlagen, das ist nun einmal der Lauf der Dinge. Immerhin hatte sie es ihrem Förderer zu verdanken, dass sie heute Innenministerin war. Dass sie von der Materie keine Ahnung hatte, war dabei völlig egal. Schließlich hatten das die anderen Parteigünstlinge, Arschkriecher und Schleimscheißer in der Regierung auch nicht.

Während sie so vor sich hin sinnierte, beobachtete sie einen Schwarm kleiner, silbrig glänzender Fische – es waren Lauben –, die sich gierig über ihre Kotze hermachten. Die Fische schwammen aufgeregt hin und her, und schon kurze Zeit später tauchte ein neuer Schwarm auf. Dietlinde Breitfurtner-Brandstätter war froh, dass sie nicht in Anwesenheit ihres Pressesprechers kotzen hatte müssen. Der hätte glatt noch ein paar Fotos gemacht und auf Facebook gestellt. Wie viele Likes diese Fotos bekommen hätten, wollte sie gar nicht wissen. Sie suchte in ihrer Handtasche nach einem Kaugummi, fand aber keinen. Ich muss mir dringend die Zähne putzen, bevor ich zum Prix gehe, dachte sie.

Beim Treffen mit Prix ging es um einen Auftrag für Wohncontainer für Flüchtlinge in zweistelliger Millionenhöhe, und es war das erste Mal, dass sie ernsthaft in Erwägung zog, sich eine Provision überweisen zu lassen. Bestechung klang zu ordinär. Wenn es alle machten, warum nicht auch sie? Aber zuvor musste sie wieder auf die Beine kommen. Sie fühlte sich kraftlos und matt, als hätte sie eine schwere Grippe. Besendorfer-Kronreif, dieser Idiot, hatte ihr den Fototermin mit diesem Nigerianer und seinen beiden Kindern eingeredet, und jetzt hatte sie den Salat.

Schuld an ihrer misslichen Lage war aber nicht Besendorfer-Kronreif, sondern der Nigerianer mit seinem Brei, und je mehr sie über ihn nachdachte, desto größer wurde ihr Hass auf ihn. Diese Leute kommen einfach zu uns, setzen sich ins gemachte Nest und erwarten, dass sie von vorne bis hinten bedient werden. Während ihr diese Gedanken durch den Kopf gingen, wurden ihre Gliederschmerzen immer heftiger. Ich lasse mir von diesen Leuten nicht mehr auf der Nase herumtanzen, dachte sie zornig. Ich muss wieder das Ruder in die Hand nehmen. Ich muss wieder Stärke zeigen. Ich muss wieder Entscheidungen treffen. Und sie traf eine Entscheidung, die sie umgehend ihrem persönlichen Referenten im Ministerium mitteilte. Der reagierte zwar ein wenig erstaunt, versprach aber, sich um die Angelegenheit zu kümmern.

Aber es war merkwürdig: Obwohl sie eine wichtige Entscheidung getroffen hatte, ging es ihr kein bisschen besser. Ganz im Gegenteil, das Schwächegefühl nahm zu, und Dietlinde Breitfurtner-Brandstätter überlegte, ob sie Besendorfer-Kronreif anrufen sollte, damit er ihr ein Hotelzimmer reservierte. Eigentlich wollte sie in der Nacht wieder nach Wien zurückzufahren, weil sie auf der Rückbank des Mercedes bequem schlafen konnte, aber nachdem sie sich derart elend fühlte, hielt sie es für klüger, am Rottensee zu übernachten. Sie wählte Besendorfer-Kronreifs Nummer, der sich aber nicht meldete. Wahrscheinlich fuhr der Zug gerade durch einen Tunnel, oder Besendorfer-Kronreif spielte den Beleidigten, weil sie ihn nach Wien zurückgeschickt hatte.

Ein Schwan mit vier Jungen im Schlepptau steuerte auf sie zu und fauchte sie aus unerfindlichen Gründen an. Dann tauchte er mit seinem langen Hals nach den Resten der Kotze, die am Boden lag. Die jungen Schwäne machten merkwürdige Geräusche und drängten sich um das Muttertier, das sich seinen orangeroten Schnabel am Gefieder abputzte. Nachdem ein Jungtier auf dem Rücken des erwachsenen Schwans Platz genommen hatte, paddelte die Gruppe gemächlich weiter. Dietlinde Breitfurtner-Brandstätter konnte die mächtigen schwarzen Flossen des erwachsenen Schwans sehen und atmete tief durch. Wie gerne wäre auch sie ein Muttertier gewesen.

25.

Die Innenministerin fühlte sich immer noch hundeelend, und zu allem Überfluss bekam sie jetzt auch noch stechende Kopfschmerzen. Bereits seit einer Stunde saß sie am Ufer, und ihr Chauffeur mit -lić, -rić oder -tić hinten hätte eigentlich längst wieder hier sein müssen. Auch Besendorfer-Kronreif hatte sich noch immer nicht gemeldet. Also schrieb sie ihm erneut eine SMS: *bitte EZ im BESTEN hotel am see reservieren.*

Von der Straße hörte sie lautes Hupen, dann rief jemand: «Frau Minister, ich kann hier nirgendwo parken.» Die Innenministerin rappelte sich hoch und merkte, dass sie ziemlich schwach auf den Beinen war. Sie kletterte die Böschung hinauf und schwitzte, als hätte sie einen Berg bestiegen. Der Dienstwagen stand halb auf der Straße, was für einige Autofahrer ein willkommener Anlass war, ihre üblichen Schimpftiraden loszulassen. Dietlinde Breitfurtner-Brandstätter achtete nicht weiter darauf und öffnete die hintere Wagentür. «Was ist denn hier passiert?», fragte sie angewidert.

«Es tut mir leid, aber Herrn Besendorfer-Kronreif ist plötzlich schlecht geworden, er musste sich übergeben.» Der Chauffeur machte eine bedauernde Geste. «Ich habe sauber gemacht, so gut es ging, aber ich hatte nicht genügend Zeit, alles zu putzen.»

Die Innenministerin schlug die Autotür wieder zu und stieg vorne ein.

«Wo ist der Besendorfer-Kronreif jetzt?»

«Ich nehme an, im Zug. Er hat gemeint, dass er sich wahrscheinlich den Magen verdorben hat.»

Den Magen verdorben? Also lag es doch an diesem Brei. Der Innenministerin wurde angst und bang. «Fahren Sie los», sagte sie im Befehlston.

«Wohin?», fragte der Chauffeur ruhig.

«Zur Villa von Alexander Prix. Hat Ihnen Besendorfer-Kronreif die Adresse nicht gegeben?»

«Nein. Das dürfte er in der ganzen Aufregung vergessen haben.»

Die Innenministerin wischte über das Display ihres Handys. «Schwarzbach Nummer fünfzehn.»

«Schwarzbach Nummer fünfzehn», wiederholte der Chauffeur beflissen und gab die Adresse in sein Navigationsgerät ein.

Im Wagen roch es säuerlich. Dietlinde Breitfurtner-Brandstätter war froh, dass sie nichts mehr im Magen hatte, sonst hätte sie glatt noch einmal kotzen müssen. Sie öffnete das Fenster und tupfte sich mit einem Papiertaschentuch den Schweiß von der Stirn. Hoffentlich habe ich mir mein Make-up nicht verschmiert, dachte sie niedergeschlagen. Sie klappte die Sonnenblende herunter und warf einen Blick in den Spiegel. Ich sehe ja fürchterlich aus. Sie hatte schwarze Ringe unter den Augen und war ganz grau im Gesicht. Ihre ohnehin schon schmalen Lippen waren nur noch ein Strich.

Sie überlegte, ob sie sich nicht doch im Krankenhaus untersuchen lassen sollte. Die digitale Uhr am Armaturenbrett zeigte 19 Uhr 07, bis zum Abendessen hatte sie also noch 53 Minuten Zeit. Aber die Idee mit dem Krankenhaus verwarf sie gleich wieder, weil die Presse sicher Wind davon bekommen würde, was ihrem Image abträglich wäre. Ich brauche dringend ein Hotelzimmer, dachte sie. Sie wählte erneut Besendorfer-Kronreifs Nummer, der sich aber wieder nicht meldete. Das wird noch ein Nachspiel haben. Widerwillig gab sie in das Suchfeld die Begriffe *Schwarzbach* und *Hotels* ein. Das *Hotel Paradies*, das direkt neben dem Friedhof lag, war wegen Renovierungsarbeiten geschlossen, und das *Seehotel* war ausgebucht. Und da sie keine Lust hatte, in der *Pension Vroni* oder beim *Hoandlbauern* zu übernachten, musste sie sich notgedrungen auf der Toilette eines Restaurants frisch machen. So, wie sie aussah, konnte sie Prix auf keinen Fall unter die Augen treten. Schließlich ging es bei diesem Treffen in erster Linie ums Geschäft.

Während sie das Ortsschild der *Klimabündnisgemeinde Schwarzbach, Grüß Gott* passierten, fragte der Chauffeur: «Soll ich gleich zu der angegebenen Adresse fahren?»

«Nein, fahren Sie weiter.» Vor dem *Forellenhof* bat sie den

Fahrer, anzuhalten. «Ich bin gleich wieder zurück.» Um nicht erkannt zu werden, setzte sie sich die Sonnenbrille auf, was aber gar nicht nötig gewesen wäre, weil ohnehin niemand Notiz von ihr nahm. Im Damen-WC holte sie ihre Utensilien aus der Handtasche und putzte sich rasch die Zähne. Zwei deutsche Touristinnen betraten das WC und puderten sich die Wangen. Dabei überlegten sie, ob sie als Nachspeise lieber einen *Mohr im Hemd* oder einen *Indianerkrapfen* essen sollten. «Ein Mohr *ohne* Hemd wäre mir zwar lieber», sagte die eine lachend und zwinkerte ihrer Freundin zu, «aber schon allein wegen des Namens werde ich einen *Indianerkrapfen* probieren.» Dann verließen die beiden wieder den Waschraum.

Dietlinde Breitfurtner-Brandstätter spülte sich noch einmal den Mund aus und versuchte, mit einem roten Lippenstift etwas Farbe in ihr graues Gesicht zu bringen. Aber es nützte nicht viel, und während sie ungläubig ihr Spiegelbild betrachtete, meldete ihr Handy den Eingang einer SMS. Die Nachricht kam von Besendorfer-Kronreif, der offenbar nicht ganz bei Trost war: *bni in brtnbg i spitl.* Was stand hier? *bni in brtnbg i spitl.* Was sollte das denn heißen? Wollte sich Besendorfer-Kronreif lustig über sie machen? Oder sie gar verarschen? Mit einer gehörigen Portion Wut im Bauch verließ sie die Toilette. Im Auto wählte sie Besendorfer-Kronreifs Nummer. Diesem Idiot werde ich …

«Doktor Merzinger am Apparat.»

«Mit wem spreche ich?» Die Innenministerin war verwirrt.

«Hier spricht Doktor Merzinger vom Krankenhaus in Breitenberg. Bevor Herr Magister Besendorfer-Kronreif ins Koma fiel, hat er uns noch gesagt, dass er der Pressesprecher der Innenministerin ist und dass wir unbedingt Kontakt mit Ihnen aufnehmen sollen. Gut, dass Sie sich gleich gemeldet haben, Frau Minister.»

«Wie bitte? Ich verstehe kein Wort.» Geistesabwesend fixierte Dietlinde Breitfurtner-Brandstätter zwei kleine Mädchen, die konzentriert ihre Eistüten abschleckten. Ständig fuhren sie mit der Zunge über die Tüten, damit ja kein Eis heruntertropfte. Eine junge Frau stand daneben und alberte mit den beiden Mädchen herum. Was hatte der Arzt soeben gesagt? Besendorfer-Kronreif war ins Koma gefallen? «Aber warum ist er ins Koma gefallen? Hat er einen Unfall gehabt?» Panik stieg in ihr auf.

«Nein. Soweit wir es zum jetzigen Zeitpunkt beurteilen können, dürfte sich Herr Magister Besendorfer-Kronreif eine äußert aggressive Virusinfektion zugezogen haben. Möglicherweise hat er sich mit dem EHEC-Erreger infiziert, die Symptome könnten auf ein hämolytisch-urämisches Syndrom hinweisen.»

Die Innenministerin zuckte zusammen und begann zu zittern. Aus den Augenwinkeln sah sie, wie sie ihr Chauffeur aufmerksam beobachtete.

«Die Untersuchungen sind noch im Gang», sagte der Arzt. «Haben Sie eine Ahnung, wo sich Herr Besendorfer-Kronreif angesteckt haben könnte?»

Dietlinde Breitfurtner-Brandstätter schüttelte den Kopf. «Nein, ich weiß nicht, wir haben im Flüchtlingsheim in Stockham eine Suppe, also einen Brei, gegessen, den ein nigerianischer Flüchtling zubereitet hat. Vielleicht war der ja verdorben.»

«Hm, schwer zu sagen. Was für eine Art Brei war das? Befand sich möglicherweise verdorbenes Fleisch in dem Brei?»

Die Innenministerin stockte. «Ja, vielleicht. Verdorben hat das Fleisch nicht geschmeckt, aber …» In Anwesenheit ihres Chauffeurs wollte sie auf keinen Fall sagen, dass sie kurz zuvor in den See gekotzt hatte.

«Wie fühlen *Sie* sich, Frau Minister?», fragte der Arzt förmlich. «Haben *Sie* irgendwelche Beschwerden?»

«Nein, nein, mir geht es gut. Was passiert jetzt mit Herrn Besendorfer-Kronreif?»

«Wir haben ihm Infusionen gegeben, um seinen Kreislauf zu stabilisieren. Die weitere Behandlung wird vom Ergebnis der virologischen Untersuchungen abhängen.»

«Wann wissen Sie denn Genaueres?»

«In etwa zwei Stunden, da bekommen wir die ersten Ergebnisse aus dem Labor. Aber bis zu einer endgültigen Diagnose kann es noch bis morgen dauern. Wir werden in der Zwischenzeit auf jeden Fall Kontakt mit dem Flüchtlingsheim in Stockham aufnehmen. Wir werden Sie anrufen, sobald wir Näheres wissen.»

«Ja, unbedingt. Sie haben ja meine Handynummer.»

«In Ordnung. Also, ich melde mich, Frau Minister. Auf Wiederhören.»

Dietlinde Breitfurtner-Brandstätter war zutiefst beunruhigt, weil sich ihre schlimmsten Befürchtungen zu bestätigen schienen. Jetzt tat ihr beim Schlucken auch noch der Hals weh. Wahrscheinlich habe ich mich im Auto beim offenen Fenster verkühlt, versuchte sie sich einzureden. Sie überlegte fieberhaft, was sie tun könnte. Für einen Besuch im Krankenhaus war die Zeit zu knapp, und das Treffen mit Prix wollte sie auf keinen Fall absagen, vor allem jetzt nicht, wo sie fest entschlossen war, die Sache mit der Provision offensiv anzugehen. Plötzlich stieg eine unbändige Wut in ihr auf. Dietlinde Breitfurtner-Brandstätter fühlte sich von allen Seiten im Stich gelassen und verraten. Wenn Flüchtlinge in LKWs erstickten, war es ihre Schuld. Und wenn afrikanische Frauen und Kinder im Mittelmeer ertranken, war es auch ihre Schuld. Dabei hatte sie mit diesen Dingen gar nichts zu tun. Ich bin nicht schuld, wenn …

Das Klingeln ihres Handys riss sie aus ihren Gedanken. Dass sie ihr Kabinettschef von seinem Privattelefon aus anrief, bedeutete nichts Gutes. «Dietlinde», sagte Corvin-Seitz mit seiner schnarrenden Stimme, «ich habe mehrmals versucht, den Besendorfer-Kronreif zu erreichen. Als er endlich abhob, war ein Arzt am Telefon, der mir sagte, dass er mir aus Datenschutzgründen keine Auskunft geben könne. Hast du eine Ahnung, was da …»

«Ach so.» Die Innenministerin bemühte sich, einen beiläufigen Ton anzuschlagen. «Der Besendorfer-Kronreif hat sich einen Virus eingefangen und liegt jetzt in Breitenberg im Krankenhaus. Ich habe mit dem behandelnden Arzt gesprochen, er hat gemeint, dass er ein paar Tage Schonung braucht. Es ist nichts Ernstes. Vielleicht ist er nur überarbeitet.»

«Aber, was hat er denn?» Der Kabinettschef klang besorgt. So engagiert hatte ihn die Innenministerin schon lange nicht mehr erlebt. «Und warum geht er nicht ans Telefon?»

«Weil er gerade Infusionen bekommt und deshalb wahrscheinlich nicht telefonieren kann.» Dietlinde Breitfurtner-Brandstätter fröstelte es erneut, obwohl die Außentemperatur laut Digitalanzeige 29 Grad betrug. Plötzlich war sie auch auf Corvin-Seitz wütend, der wahrscheinlich gerade im Garten seiner Familienvilla saß und an einem Campari Orange nippte. Das Modegetränk Aperol verachtete er, weil das etwas für die breite Masse war.

Als Sohn eines Diplomaten waren ihm schon immer alle Türen offen gestanden. Er hatte Rechtswissenschaften studiert, wurde Mitglied einer schlagenden Verbindung und trat nach Abschluss des mit Ach und Krach bestandenen Studiums in die Fußstapfen seines Vaters. Zufällig bekam er einen Job im Außenministerium, wurde später Botschafter in Vietnam und heuerte nach seiner Rückkehr als Kabinettschef im Innenministerium an. Dietlinde Breitfurtner-Brandstätter war sich sicher, dass er es schon lange auf ihren Posten abgesehen hatte. Sie wusste, dass sie vor ihm auf der Hut sein musste.

«Also Näheres weißt du auch nicht?», fragte er lauernd.

«Nein, aber das wird schon wieder.»

«Er soll halt das mit dem Titelfoto am Samstag auf keinen Fall vergessen», sagte Corvin-Seitz scheinheilig.

«Ja, ja.»

«Kannst du mich anrufen, sobald es etwas Neues gibt?»

«Ja.»

«Und er liegt in Breitenberg im Krankenhaus?»

«Ja.»

«Na gut, dann sehen wir uns morgen im Büro.»

«Ich komme aber erst gegen Mittag, weil ich am Rottensee übernachte. Ich habe am Abend noch einen Termin beim Prix wegen der Container.»

Nach einer Schrecksekunde sagte Corvin-Seitz: «Beim Prix?»

«Ja, in seiner Villa am See.»

«Ach so, ja, na gut.» Er atmete hörbar aus. «Dann noch einen schönen Abend. Servus.» In seiner Stimme lag ein Anflug von Verstörung, was der Innenministerin aber nicht auffiel, weil sie andere Sorgen hatte.

«Arschloch», murmelte sie.

Der Chauffeur tat so, als hätte er nichts gehört.

26.

Gloria deutete auf Franziskas Teller. «Ich habe dir ja gesagt, dass ich nicht kochen kann. Aber Spaghetti mit Tomaten aus der Dose schaffe ich gerade noch.»

«Wieso? Die schmecken doch hervorragend.» Franziska wickelte ein paar Nudeln über ihre Gabel und führte sie zum Mund. Sie musste aufpassen, dass die Spaghetti nicht gleich wieder auf den Teller fielen. «Danke für die Einladung», sagte sie und hob ihr Weinglas. Sie nahm einen Schluck und sah Gloria über den Rand ihres Glases hinweg an. Der Alkohol beruhigte sie ein wenig, und sie hoffte, dass Gloria das heftige Pochen ihres Herzens nicht hörte. «Du wolltest mir von einer Idee erzählen, auf die ich dich vorhin gebracht habe.»

«Ja, genau. Ich habe dir ja erzählt, dass seit ein paar Wochen der Uferbereich zwischen Schwarzbach und Bitterwasser systematisch nach Relikten aus der Zeit der Pfahlbauern abgesucht wird. Vielleicht ist es ja ein Blödsinn, aber falls dieses ominöse Pichler-Bild im Jahr 1939 tatsächlich in einem Eisenbehälter versenkt wurde, dann könnte es sein, dass es im Zuge dieser Arbeiten gefunden wird.»

Franziska verstand nicht, worauf Gloria hinauswollte. «Wie? Und du willst den Leuten sagen, dass sie nach diesem Bild suchen sollen?»

Gloria schüttelte den Kopf. «Nein, eben nicht. Ich müsste ihnen natürlich zuvorkommen. Ich habe ohnehin Lust, wieder einmal tauchen zu gehen. Und bei dieser Gelegenheit könnte ich mich gleich ein bisschen umsehen.»

Franziska lachte. «Aber diese Geschichte mit dem versenkten Gemälde glaubst du doch selbst nicht. Für mich klingt das alles völlig unglaubwürdig.»

Gloria zuckte mit den Schultern. «Warst du schon einmal tauchen?»

«Nein. Als Kind habe ich ein paar Mal geschnorchelt, aber das war's dann auch schon wieder.»

«Na ja, dann könnten wir ja gemeinsam einen kleinen Ausflug unternehmen. Ich borge mir die Ausrüstung vom Tauchclub aus, da kenne ich noch ein paar Leute von früher. Ich tauche, und du schaust mir vom Boot aus zu. Was hältst du davon?»

«Ist das dein Ernst? Aber darfst du denn überhaupt schon wieder tauchen?»

«Sicher», antwortete Gloria. «Ich darf ja auch schon wieder Wein trinken.» Sie prostete Franziska zu. Nachdem sie ihr Glas geleert hatte, fragte sie: «Sollen wir schwimmen gehen?»

«Äh, ja schon, aber ich habe gar kein Schwimmzeug dabei.»

«Ist doch egal. Es ist schon fast dunkel, und hier sieht uns ohnehin niemand.»

Franziska spürte, wie sie rot wurde. «Ja, warum nicht.»

«Ich hole noch etwas zu trinken.» Gloria stand auf und verschwand im Haus.

Franziska war froh, dass sie nicht mehr allzu klar denken konnte. Als Gloria mit einer neuen Flasche Wein zurückkam, hatte Franziska den Eindruck, dass sie wesentlich entspannter wirkte als noch vor ein paar Stunden. Gloria füllte die Gläser. «Der Krankenstand hat mir irgendwie gutgetan. Anfangs war ich ziemlich sauer, dass ich so lange nicht arbeiten kann, aber jetzt denke ich mir, dass Arbeit nicht alles ist. Ich weiß, das klingt wie ein blödes Klischee, aber – na ja, es ist schwer zu beschreiben.»

Franziska suchte krampfhaft nach einer geistreichen Antwort. «Ja, ich glaube, ich verstehe, was du meinst.»

«Vielleicht sind wir ja alle viel zu sehr auf den Erfolg programmiert und haben Angst davor, etwas Neues auszuprobieren.» Gloria seufzte.

«Ja, etwas Neues auszuprobieren ist sicher – ach, ich rede lauter Blödsinn.» Aus Verlegenheit griff Franziska nach der Weinflasche und studierte das Etikett.

«Ja, der Wein ist gut», sagte Gloria. «In Berlin sind die guten Weine leider sauteuer.»

Eins zu null für Österreich, dachte Franziska. «Und die Kanäle in Berlin sind wirklich so verdreckt, dass man sich dort jede Menge Krankheiten holen kann?»

«Na ja, dort siehst du ja nicht einmal die Hand vor deinem Gesicht. Und plötzlich greifst du nach etwas, wo du erst nach einiger Zeit feststellst, dass es ein abgetrennter Kopf ist.»

«Was? Du hast schon einen abgetrennten Kopf gefunden?»

«Na ja, nicht jeden Tag, aber einmal pro Monat fischen wir schon eine Leiche heraus. Und wenn eine Leiche ein paar Wochen im Wasser liegt, frage nicht, wie die dann aussieht.»

Franziska verzog den Mund. «Ich möchte mir das gar nicht vorstellen.» Sie nahm ihr Glas und stand auf. Sie merkte, dass sie bereits ziemlich betrunken war. Aber sie fühlte sich so gut wie schon lange nicht mehr.

«Ich glaube, du solltest deinen Großvater anrufen und ihm sagen, dass du heute bei deiner Freundin übernachtest.»

«Äh?» Franziska blieb fast das Herz stehen. «Ja, also, das finde ich total nett von dir», stammelte sie, während sie versuchte, Glorias Blick auszuweichen. Sie war sich zwar nicht sicher, ob die Einladung mehr bedeutete, aber immerhin würde sie die Nacht mit Gloria verbringen. Alles andere würde sich von selbst ergeben.

Franziska betrachtete den aufgehenden Mond, dessen Licht sich auf der Wasseroberfläche spiegelte. Warum konnte sie die

Zeit nicht einfach anhalten? Franziska war so in ihre Gedanken vertieft, dass sie gar nicht merkte, wie weit draußen am See eine riesige Schwanzflosse auftauchte und gleich wieder verschwand.

Gloria stellte ihr Glas ab und schaltete das Terrassenlicht aus. «Ich glaube, es ist dunkel genug. Komm, lass uns schwimmen gehen.» Gloria schlenderte zum Ufer und zog ihr T-Shirt und ihre Sporthose aus. Franziska stand auf der Terrasse und sah, dass Gloria jetzt nur noch einen Slip trug. Gloria wandte sich Franziska zu. «Na, was ist?»

«Ich komme schon.» Franziska war so nervös, dass sie ewig brauchte, um die Knöpfe ihrer Bluse zu öffnen.

«Na, los.» Gloria schob ihren Slip nach unten.

Aus den Augenwinkeln konnte Franziska Glorias dunkle Schambehaarung erkennen. Sie war überrascht, weil sie gelesen hatte, dass neunzig Prozent aller Frauen zwischen fünfzehn und dreißig im Intimbereich rasiert waren. Na gut, Gloria war bereits über dreißig, außerdem fiel ihr unpassenderweise das Bild von dem behaarten Seeschwein ein.

Franziska schob ihren Rock samt Unterhose nach unten. Sie war jetzt ebenfalls nackt. «Ich war schon ewig nicht mehr nackt baden», sagte sie, um irgendetwas zu sagen.

Gloria stand bereits bis zu den Hüften im Wasser. «Herrlich», rief sie und tauchte unter.

Franziska folgte Gloria ins Wasser, weil sie aber bereits ein bisschen betrunken war, wollte sie nicht zu weit hinausschwimmen. Sie legte sich auf den Rücken und sah zum Himmel. «Was für eine tolle Nacht!» Von Gloria kam keine Antwort.

«Gloria?» Franziska drehte sich auf den Bauch. «He, Gloria, wo bist du?» Wieder kam keine Antwort. «Gloria!» Plötzlich spürte sie etwas an ihren Beinen. «Hilfe!» Franziska strampelte und musste an die Ungeheuer denken, die sie im Buch von

Conrad Gessner gesehen hatte. Neben ihr begann das Wasser zu brodeln, aber es war kein Ungeheuer, das da auftauchte, sondern Gloria, die Wasser spuckte und heftig atmete. «Ich bin nicht mehr gut in Form», sagte sie lachend.

«Gloria, Wahnsinn, das kannst du nicht machen! Ich dachte schon, du bist untergegangen.» Instinktiv hielt sich Franziska an Gloria fest und drückte sie an sich. Sie spürte Glorias Brüste und hätte ihr am liebsten einen Kuss gegeben, traute sich aber nicht. Mit klopfendem Herzen watete sie zurück und setzte sich auf die Bank.

«Warte.» Gloria holte ein Badetuch und begann, Franziska damit abzutrocknen.

Am Himmel funkelten die Sterne, die auf der Wasseroberfläche zu gelblich glitzernden Streifen wurden. Träge schaukelten sie auf und nieder.

27.

Dietlinde Breitfurtner-Brandstätter hielt sich krampfhaft an der Polsterung ihres Stuhls fest. Immer wieder hatte sie Schwindelanfälle, und manchmal bekam sie gar nicht mit, worüber Alexander Prix gerade sprach. Das Essen, das auf einem ovalen Teller vor ihr lag, hatte sie noch nicht einmal angerührt.

«Das ist eine Reinanke aus dem Rottensee», sagte Prix und hob sein Glas. «Und das ist ein Pinot Grigio von meinem Weingut im Friaul.» Er nahm einen Schluck und nickte kennerhaft. «Knackig frisch mit zarten Bittermandelaromen und Noten von Akazien und Melonen.» Wie ein Wissenschaftler im Labor hielt er sein Glas gegen das Licht. «Wirklich bemerkenswert, dieses bernsteinfarbene Hellgelb.»

Durch das große Fenster beobachtete Dietlinde Breitfurtner-Brandstätter zwei Schwäne, die sich im Wasser einen brutalen Kampf lieferten. Die mit dem Ebola-Virus infizierten Tiere attackierten einander mit ihren Schnäbeln, und als einer der Schwäne am Hals zu bluten begann, setzte der andere nach und stieß mit seinem Schnabel so lange in die offene Wunde, bis der verletzte Schwan erschöpft zur Seite kippte. Dann drückte der siegreiche Schwan den Kopf des Rivalen unter Wasser.

Prix griff nach seinem mit Ornamenten verzierten Fischbesteck und zerlegte gekonnt seine Reinanke.

Die Innenministerin musste alle Kräfte mobilisieren, um nicht vom Stuhl zu fallen. Sie dachte an Besendorfer-Kronreif, der im Krankenhaus von Breitenberg im Koma lag. Und an ihren Kabinettschef Corvin-Seitz, der mit Sicherheit etwas gegen sie im Schilde führte. Vergeblich versuchte sie, mit der Gabel ein Stück Fisch aufzuspießen.

«Ich habe dem Koch ausdrücklich gesagt, dass er sich mit dem Knoblauch zurückhalten soll. Er stammt ja aus Kroatien und tendiert dazu, beim Fisch immer zu viel Knoblauch zu verwenden.» Prix sagte das einfach so dahin, um irgendetwas zu sagen. Er hatte sich das Essen vom *Ristorante Giuseppe Pescatore* liefern lassen, weil er wegen der drei Tage, die er in der Villa am See verbrachte, kein Personal mitnehmen wollte. Prix dachte an die beiden Russinnen und hoffte, dass die Innenministerin bald wieder verschwand.

Dietlinde Breitfurtner-Brandstätter griff nach dem Wasserglas aus Kristall, das wahrscheinlich genauso viel gekostet hatte wie ihre Handtasche. Und die war nicht gerade billig gewesen. Sie leerte das Glas in einem Zug und atmete tief durch. Hoffentlich hilft das Wasser gegen den aufkommenden Brechreiz. «Also, wegen der Container.» Die Innenministerin räusperte sich. «Wir beabsichtigen, fünftausend von diesen Einheiten anzuschaffen.»

«Ich weiß», sagte Prix mit einem routinierten Lächeln. Dabei zeigte er seine tadellosen Zähne. «Ich habe die Details ja bereits mit Ihrem Kabinettschef besprochen.»

Die Innenministerin holte ein Blatt Papier aus ihrer Handtasche. «Ja, laut meinen Aufzeichnungen beträgt der Quadratmeterpreis 1800 Euro, das heißt …»

«Entschuldigen Sie, wenn ich Sie unterbreche, Frau Ministerin, aber dieser Preis ist schon lange nicht mehr aktuell. Das habe ich doch mit Ihrem Kabinettschef bei unserem letzten Treffen besprochen, und er hat den neuen Preis akzeptiert.»

Die Innenministerin war mit einem Mal hellwach. «Wie? Ein neuer Preis? Davon hat er mir gar nichts erzählt.»

Prix machte eine bedauernde Geste. «Die Rohstoffpreise sind gestiegen, und da die Hersteller wegen der starken Nachfrage mit der Produktion kaum mehr nachkommen, müssen sie zusätzliches Personal einstellen, was natürlich enorme Kosten verursacht. Arbeit kostet Geld, und Geld ist teuer. Und vergessen Sie nicht, dass sich diese Container für den Staat letztlich doppelt bezahlt machen, weil sie ja so gebaut sind, dass kein Mensch darin lange bleiben möchte. Im Sommer ist es brütend heiß und im Winter bitter kalt, und die meisten Flüchtlinge werden sich denken, dass sie es zu Hause in ihren Lehmhütten ja doch besser haben als in diesen Containern hier. Ihr Kabinettschef hat bei unserem letzten Vieraugengespräch ja ausdrücklich den Wunsch geäußert, dass sich die Flüchtlinge darin fühlen sollen wie Hühner im Käfig. Oder wie Schweine im Koben. Und das sollte der Regierung schon 2400 Euro wert sein. Pro Quadratmeter, versteht sich. Und natürlich netto.»

Der Innenministerin blieb vor Staunen der Mund offen. Wie

sie so dasaß mit ihrem schmalen Gesicht und den dünnen Lippen, tat sie Prix fast ein bisschen leid. Blass und ohne jede Energie. «Aber …», stammelte sie.

«Schauen Sie, Frau Ministerin, wir sind unter uns, und ich möchte nicht lange um den heißen Brei herumreden.» Beim Wort *Brei* wurde der Innenministerin sofort speiübel. «Das wäre reine Zeitverschwendung. Aber Sie sollen wissen, dass mir die gute Gesprächsbasis mit Ihrem Kabinettschef sehr wichtig ist und dass ich mich deshalb auch mit einer Spende an den Verein *Wings for Life World Run* mehr als erkenntlich gezeigt habe.»

«*Wings for Life World Run?*» Die Innenministerin war verwirrt. «Aber das ist doch der Verein, den der Corvin-Seitz gegründet hat, und von dem keiner weiß, was der überhaupt macht.»

Prix zuckte mit den Schultern. «Laut Auskunft von Herrn Corvin-Seitz handelt es sich dabei um ein Charity-Event, dessen Reinerlös der Rückenmarkforschung zugutekommt.»

«Rückenmarkforschung? Aber was hat denn der Corvin-Seitz mit Rückenmarkforschung zu tun?» Die Innenministerin schluckte, weil sie wieder einen heftigen Brechreiz verspürte. «Wie viel …?»

«Fünfhunderttausend», antwortete Prix trocken, während er ein bereits kalt gewordenes Stück Fisch in den Mund schob.

«Fünfhunderttausend? Sie haben fünfhunderttausend Euro an diesen Verein gespendet?» Dietlinde Breitfurtner-Brandstätter konnte es nicht fassen. Allerdings war sie aufgrund ihres Zustands schon nicht mehr in der Lage, aus dieser Information die richtigen Schlüsse zu ziehen. Stattdessen sagte sie nur: «Fünfhunderttausend! Ich möchte auch fünfhunderttausend haben.»

Vor lauter Schreck biss sich Prix auf die Zunge. Mit dieser Reaktion der Innenministerin hatte er nicht gerechnet. Dass Corvin-Seitz bestechlich war, wusste er, dass aber auch die Innenministerin schamlos die Hand aufhalten würde, erstaunte ihn dann doch ein wenig.

«Welchem gemeinnützigen Verein stehen Sie denn als Präsidentin vor?», fragte Prix mit einem zynischen Unterton. In seinem Mund breitete sich ein unangenehmer Blutgeschmack aus.

«Es gibt keinen Verein. Das Geld ist für mich.»

«Bitte, was?» Schön langsam dämmerte Prix, dass mit der Innenministerin etwas nicht stimmte. Bisher hatte er ihr eigenartiges Verhalten ignoriert, weil er davon ausging, dass sie ohnehin bald verschwinden würde. Draußen war es bereits dunkel.

Abwesend starrte die Innenministerin auf ihren Teller. Sie griff nach der Stoffserviette und wischte sich den Schweiß von der Stirn. «Kann ich bei Ihnen übernachten?», fragte sie mit halb geschlossenen Augen.

«Äh, bitte was?» Prix glaubte, sich verhört zu haben. Was war los mit dieser Frau? Er hoffte inständig, dass sie ihm keine Schwierigkeiten machte. Dabei ging es ihm weniger um ihre absurde Forderung als vielmehr um das Treffen mit den beiden Russinnen. «Es tut mir sehr leid, Frau Ministerin, aber ich habe heute noch einen wichtigen Termin, und ich bin auch gar nicht vorbereitet …»

Dietlinde Breitfurtner-Brandstätter fixierte ihr Gegenüber und verengte die Augen zu schmalen Schlitzen. Dann stand sie langsam auf und ging wie in Trance mit ausgebreiteten Armen um den Tisch herum. Und noch während Prix überlegte, was hier überhaupt gespielt wurde, beugte sie sich zu ihm hinunter und küsste ihn auf die Lippen. Und zwar so heftig, dass Prix kurz aufschrie. Aber die Innenministerin ließ nicht locker und steckte ihm die Zunge ganz tief in den Mund. Angeekelt versuchte sich Prix zu befreien, was ihm aber nicht gelang. Und selbst wenn es ihm gelungen wäre, wäre es zu spät gewesen, weil die Ebola-Viren über die Schleimhäute bereits in seinen Körper eingedrungen waren. Entsetzt sprang Prix auf. «Verdammt, was machen Sie da?», fragte er.

Dietlinde Breitfurtner-Brandstätter stand mit hängenden Armen vor ihm und starrte ihn aus blutunterlaufenen Augen an. Sie sah aus, als hätte sie eine Bindehautentzündung. Hilflos zuckte sie mit den Schultern und begann zu heulen. Wie ein kleines Kind rieb sie sich die Augen und verwischte dabei ihre Schminke.

Als Prix die roten Tränen auf ihren Wangen sah, machte er unwillkürlich einen Schritt zurück. Verdammte Scheiße, was war mit dieser Frau los? «Soll ich einen Arzt rufen?», fragte er. Jetzt machte er sich ernsthafte Sorgen. Gleichzeitig wünschte er sich nichts sehnlicher, als diese Frau so schnell wie möglich loszuwerden, und zwar ohne jedes Aufsehen. Das Letzte, was er brauchte, war ein Eklat. Diskretion war einer der Grundpfeiler seines Erfolgs, Wirbel machten nur die Erfolglosen.

Während Prix hin und her überlegte, was er tun sollte, griff die Innenministerin nach ihrer Stoffserviette und spuckte ungeniert hinein. Der Schleim hatte eine hellrote Farbe, offenbar war er mit Blut vermischt. Prix verzog angewidert den Mund. Dabei spürte er wieder den Schmerz auf seiner Zunge. «In welchem Hotel wohnen Sie eigentlich? Oder wartet Ihr Chauffeur draußen auf Sie?»

Sie schüttelte den Kopf. Prix wusste gar nicht, wie die Innenministerin hergekommen war. Als er ihr das Eisentor geöffnet hatte, war sie einfach davorgestanden.

Plötzlich hielt die Innenministerin inne und senkte langsam den Kopf. Sie griff sich zwischen die Oberschenkel und betrachtete ungläubig das schmierige Blut, das an ihren Fingern klebte.

Erst jetzt sah Prix den dunkelroten Fleck, der sich auf ihrer Hose gebildet hatte. Die Blutungen in den Augen, im Mund und im Genitalbereich waren eine Folge der Gerinnungsstörungen, die das Ebola-Virus hervorrief. Aber das konnte die Innenministerin natürlich nicht wissen. Und Prix auch nicht.

«Vielleicht sollten Sie ein bisschen an die frische Luft gehen.» Prix wusste, dass das ein idiotischer Vorschlag war, aber ein besserer fiel ihm nicht ein. Nicht auszudenken, wenn die beiden russischen Statistinnen dieses Wrack hier sahen. Sie würden augenblicklich das Weite suchen. Prix musste sich jetzt genau überlegen, was er tat. Als Erstes musste er die Innenministerin ins Badezimmer verfrachten, damit sie ihm nicht den Boden versaute. Und zwar ins Gäste-Badezimmer. «Sie müssen sich umziehen», sagte er, ohne zu wissen, welche Kleider er ihr zum Wechseln geben sollte.

«Aber ich habe nichts bei mir.» Dietlinde Breitfurtner-Brandstätter sprach undeutlich, weil sich in ihrer Mundhöhle blutige Bläschen gebildet hatten, die beim Sprechen platzten.

Prix dachte angestrengt nach. «Hören Sie, ich gebe Ihnen einen Bademantel, dann bringe ich Sie in Ihr Hotel. Sie können ja sagen, dass Sie schwimmen waren. Niemand wird sich etwas dabei denken, wenn er an einem Tag wie heute einer Frau in einem Bademantel begegnet. Kommen Sie, ich zeige Ihnen, wo das Badezimmer ist.»

Prix nahm die Innenministerin an der Hand, die eiskalt war, und begleitete sie ins Badezimmer. Aus einem Schrank holte er einen weißen Bademantel. «Hier, den können Sie anziehen.»

Prix wartete vor der Tür, und als die Innenministerin ein paar Minuten später aus dem Badezimmer herauskam, bot sich ihm ein Bild des Jammers. Jetzt fragte sich Prix zum ersten Mal, welche Konsequenzen diese Geschichte für ihn haben könnte.

Immerhin war Dietlinde Breitfurtner-Brandstätter nicht irgendwer, und wenn eine Ministerin ausgerechnet in seiner Villa von einer mysteriösen Krankheit befallen wurde, ergab das kein gutes Bild. Prix stopfte die verschmutzten Kleider in einen Wäschesack. Besonders ekelte ihn vor der blutigen Hose, aber er musste sichergehen, dass keines ihrer Kleidungsstücke im Haus zurückblieb. «Kommen Sie!» Prix hakte sich bei der Innenministerin unter, die immer noch wackelig auf den Beinen war.

Als er sie endlich in seinen Jaguar verfrachtet hatte, war Prix froh, dass der Wagen getönte Scheiben hatte. Aus dem Wäschesack holte er ihre Handtasche hervor und legte sie auf ihren Schoß. Per Fernbedienung öffnete er das Garagentor. «In welchem Hotel wohnen Sie?», fragte er erneut, während er darauf wartete, dass sich das schmiedeeiserne Gartentor öffnete.

«Lassen Sie mich irgendwo aussteigen», antwortete die Innenministerin apathisch.

«Sie möchten in kein Hotel?» Prix hielt den Jaguar an.

«Alle Hotels sind ausgebucht. Ich finde mich schon zurecht.»

Prix wusste, dass es höchste Zeit war, diese Frau loszuwerden. Er sah auf die Uhr am Armaturenbrett. Es war bereits 21 Uhr 40, also musste er sich beeilen, schließlich kamen die beiden Russinnen schon in zwanzig Minuten. Prix wurde nervös und überlegte, in welche Richtung er fahren sollte. Er entschied sich für die südliche Richtung, weil es dort weniger Häuser gab. Prix hatte keine Ahnung, welche Konsequenzen sich aus seinem Handeln ergaben. Das Schicksal der Innenministerin war ihm egal, schließlich hatte er sie nicht eingeladen und war auch nicht schuld an ihrem Zustand. Er sah sie von der Seite an und dachte an ihre Forderung nach den fünfhunderttausend Euro, die ihm in diesem Augenblick besonders lächerlich vorkam.

Dort, wo ein Weg in den Wald führte, sagte die Innenministerin: «Lassen Sie mich hier aussteigen.»

Prix verlangsamte das Tempo und hielt am Straßenrand an. «Sie wollen hier aussteigen? Was wollen Sie hier?»

«Machen Sie sich um mich keine Sorgen», antwortete die Innenministerin kraftlos.

Erleichtert stellte Prix fest, dass nur wenige Autos unterwegs waren. Er warf einen Blick in den Rückspiegel, um sich zu vergewissern, dass nicht zufällig Fußgänger oder Radfahrer vorbeikamen.

Dietlinde Breitfurtner-Brandstätter öffnete die Tür und brauchte ewig, bis sie endlich ausgestiegen war.

«Alles Gute», sagte Prix.

Ohne nach links oder rechts zu schauen, überquerte sie die Straße. Wie sie in ihrem weißen Bademantel und mit dem Wäschesack in der Hand schwankend in den Waldweg einbog, sah sie aus wie eine verlorene Märchengestalt.

Prix blieb noch eine Weile im Wagen sitzen und wartete, bis Dietlinde Breitfurtner-Brandstätter im Wald verschwunden war. Dann drehte er um und fuhr zurück zu seiner Villa.

Dietlinde Breitfurtner-Brandstätter ging einen verwilderten Hohlweg entlang, an dessen Ende sich der Eingang zu einer Höhle öffnete. Man erzählte sich, dass dies der Eingang zu einem unterirdischen Stollen gewesen sei, der zu einem Schloss führte, in dem sich ein Goldschatz befand. Allerdings waren die Menschen, die nach diesem Schatz suchten, nie wieder aufgetaucht.

Apathisch bahnte sich die Innenministerin den Weg durch das unwegsame Gelände und versuchte, einen klaren Gedanken zu fassen. Aber es gelang ihr nicht, weil die Ebola-Viren bereits ihr Gehirn befallen hatten. Dietlinde Breitfurtner-Brandstätter spürte in ihrem Unterleib einen stechenden Schmerz, der sich sternförmig ausbreitete und in ein heftiges Brennen überging. Sie schleppte sich bis zur Höhle, wo sie den Wäschesack fallen ließ und auf den von Disteln, Brennnesseln und Kletten bedeckten Boden niedersank. Es roch nach Erde, Holz und Feuchtigkeit, aber das nahm die Innenministerin nur noch am Rande wahr. Sie dachte zurück an ihre Kindheit, und mit letzter Kraft kroch sie in den Höhleneingang, wo sie sich wie ein Embryo zusammenrollte und in einen traumlosen Schlaf fiel.

28.

Prix lehnte am Terrassengeländer und sah hinaus auf den See, den der Vollmond in ein glitzerndes Licht tauchte. Vom Nebenhaus, das wegen der hohen Büsche nur schemenhaft zu erkennen war, hörte er Stimmen. Wenn ihn nicht alles täuschte, waren es weibliche Stimmen. Er warf einen Blick auf sein Handy. Es war kurz vor zehn, also müssten die beiden Russinnen jeden Augenblick auftauchen. Beim Gedanken an die jungen Mädchen wurde ihm ganz warm ums Herz; er spürte, wie das Koks, das er sich kurz zuvor hineingezogen hatte, langsam sein Gehirn auf Touren brachte. Er liebte diese Wachheit, die ihn alles ganz klar sehen ließ. Dass er ausgerechnet jetzt an die Innenministerin denken musste, ärgerte ihn. Aber unbewusst hatte er Angst, dass sie ihm doch noch Schwierigkeiten bereiten könnte. Möglicherweise war es auch ein Fehler gewesen, sie mitten auf der Straße abzusetzen, ohne zu wissen, wohin sie gehen wollte. Und warum hatte er ihr erzählt, dass er Corvin-Seitz bestochen hatte? Auch das war vielleicht ein Fehler gewesen. Morgen musste er ein paar Telefongespräche führen, um wieder Herr der Lage zu sein. Wenn es ums Geschäft ging, war es wichtig, alles und jeden zu kontrollieren. Aber heute war vögeln angesagt. Er testete die Härte seines Schwanzes und grunzte zufrieden.

Um Punkt zehn läutete es. Auf dem Monitor der Gegensprechanlage sah Prix die beiden Russinnen vor dem eisernen Gartentor. Durch die oberhalb des Tors positionierte Kamera wirkten die Gesichter der beiden leicht verzerrt. Prix drückte den Knopf und hörte, wie sich das Tor knarrend öffnete. Beschwingt ging er die Treppe hinunter und wartete in der Haustüre. Als Rayana und Samira vor ihm standen, war er irritiert, weil die Augen der beiden Mädchen viel zu stark geschminkt waren. Aber er fasste sich gleich wieder und streckte ihnen die Hand entgegen. «Good to see you.» Weder Rayana noch Samira gaben ihm die Hand.

«Hello», antwortete Rayana.

Samira nickte bloß.

«Come in», sagte Prix mit einem aufgesetzten Lächeln. Mit einem kurzen Blick überzeugte er sich, dass sich das Gartentor wieder geschlossen hatte. Die beiden Mädchen folgten ihm die Treppe hinauf. «We can have a drink, if you want», sagte er.

«Why not», antwortete Rayana.

Sie betraten das Wohnzimmer. «Have a seat.» Prix deutete mit einer einladenden Geste auf die Couchlandschaft.

Die Mädchen setzten sich. Dass die Blonde derart dürr war, hatte Prix beim ersten Zusammentreffen gar nicht bemerkt. Aber er war experimentierfreudig und konnte es kaum erwarten, die beiden Russinnen endlich nackt zu sehen. «Is everything okay on the set?», fragte er, obwohl ihn die Antwort nicht wirklich interessierte.

«Yes.» Rayana nickte.

Auf dem Glastisch war in einem Eiskübel eine Flasche Wodka eingekühlt. Prix holte sie heraus und hielt sie in die Höhe. «Beluga Gold Super Premium Vodka, the best in the world.» Mit einem überlegenen Lächeln füllte er drei Gläser bis zum Rand. «Sa schénschschin», sagte er. Er hatte den russischen Trinkspruch *Auf die Frauen* eigens für den heutigen Abend gelernt. Prix stürzte sein Getränk in einem Zug hinunter. «Ah, very good.»

Rayana und Samira sagten nichts.

«Do you want some drugs?» Prix starrte die beiden Frauen mit glasigen Augen an. Ohne eine Antwort abzuwarten, öffnete er eine kleine, silberne Dose und legte eine Straße Koks. Er hielt ihnen ein goldenes Röhrchen hin.

Rayana lächelte. «Maybe later.»

Samira schüttelte den Kopf.

Prix nahm eine Prise und lehnte sich zufrieden zurück. «You want to see a movie?» Wenn ich die beiden nicht sofort ficke, drehe ich durch, dachte er. Prix war so high, dass ihm gar nicht auffiel, dass Samira noch kein einziges Wort gesagt hatte. Aber auch Rayana schien nicht sehr gesprächig zu sein. «It's a really bad gore movie», sagte er lachend. «But you will like it. It's called *Cannibal Holocaust*. Do you know it?»

Rayana zuckte mit den Schultern, Samira reagierte überhaupt nicht.

«Who of you is Maschenka?»

Rayana zeigte auf Samira. «She is Anastasia, I'm Maschenka.»

Samira nahm einen Schluck, um ihre innere Unruhe zu verbergen. Rayana hoffte, dass Samira keinen Fehler machte.

Auch wenn sich die beiden Frauen etwas eigenartig verhielten, war sich Prix sicher, dass sie wussten, was er von ihnen wollte. Sie waren gekommen, um sich von ihm, dem jungen, gut aussehenden, stinkreichen und unwiderstehlichen Investor – und neuerdings auch Filmproduzenten – ordentlich durchficken zu lassen. Schließlich hatte er nicht nur Geld wie Heu, sondern auch den härtesten Schwanz weit und breit. Ihm gehörte die Welt, also auch diese beiden russischen Flittchen, die in den Westen gekommen waren, um es sich hier gut gehen zu lassen. Von mir aus, dachte er belustigt. *Me too* war gestern, heute hieß das Motto: *Only me.*

«Maschenka and Anastasia», sagte Prix in einem geheimnisvollen Ton. «The TV set is in the sleeping room. What do you mean?»

Rayana merkte, wie sich Samiras Körper spannte und sie zu zittern anfing. Rayana strich beruhigend über Samiras Arm. Dann sagte sie mit einem falschen Lächeln: «Okay.» Prix stand auf und bewegte sich tänzelnd Richtung Schlafzimmer. Die beiden Mädchen folgten ihm, und Rayana sah, dass Prix sein Smartphone auf dem Tisch liegen lassen hatte. Er wartete, bis die beiden Mädchen das Zimmer betreten hatten, und schloss die Tür. Prix dimmte das Licht herunter und deutete auf das Bett. Dann griff er nach der Fernbedienung, drückte einen Knopf, und bereits nach wenigen Sekunden flimmerten zu einer aufpeitschenden Musik Bilder einer Dschungellandschaft über den riesigen Flachbildschirm. Der Name Ruggero Deodato wurde groß eingeblendet. Samira schmiegte sich ängstlich an Rayana. Prix machte ein erstauntes Gesicht. «You don't like this kind of movies?»

«Yes, yes», antwortete Rayana rasch.

Prix drehte den Ton leiser, Musik und Wortfetzen vermischten sich zu einem undefinierbaren Sound im Hintergrund.

Samira setzte sich erschöpft auf die Bettkante. Um Prix abzulenken, zog sich Rayana kurzerhand ihr T-Shirt über den Kopf. Samira warf ihr einen verwirrten Blick zu, aber Rayana wusste, dass sie keine Zeit verlieren durften.

Samira fuhr sich mit der Hand über den Mund, und Rayana konnte jetzt bei ihrer Freundin deutlich die Erhebungen der beiden Eckzähne sehen. Prix bekam davon nichts mit.

Der junge Investor atmete tief durch und warf sein Hemd achtlos auf den Boden. Er hatte es kürzlich um vierhundert Euro in einem Designerladen im *Hydra Shopping Paradise* in Wien gekauft, also quasi bei sich selbst, weil er ja der Besitzer dieses Einkaufszentrums war. Rayana lächelte ihn an und schob langsam ihren Rock nach unten, jetzt trug sie nur noch die Andeutung eines Slips. Samira starrte apathisch ins Leere. Während Prix aus seiner Hose schlüpfte, kniete sich Rayana aufs Bett. Sie musste sichergehen, dass sich Prix vor ihr auf den Rücken legte.

Prix war jetzt nackt, und er war sichtlich stolz auf seinen durchtrainierten Körper, den er Rayana und Samira wie ein Gesamtkunstwerk präsentierte. Sein harter Schwanz stand wie ein Pfahl in die Höhe. Als Rayana einen Blick auf den Bildschirm warf, wurde einer Frau gerade eine Machete in den Bauch gerammt. Ihre Eingeweide quollen aus ihr heraus wie blutige Schlangen, und zwei Männer stürzten sich auf sie, um sie zu vergewaltigen.

Prix kniete sich Rayana gegenüber aufs Bett und griff nach ihren kleinen Brüsten. Rayana schrie kurz auf, weil Prix sehr hart zugriff. Sie berührte ihn an der Schulter und drückte ihn sanft auf die blütenweiße Bettdecke. Dabei streifte sie beiläufig seinen Schwanz, der vor Geilheit auf und ab wippte. «Take off your slip», bettelte er mit einem gierigen Blick.

«No hurry», flüsterte Rayana und massierte kurz seinen Schwanz. Prix stöhnte auf und versuchte Rayana den Slip auszuziehen. Samira beobachtete mit einem verzweifelten Gesichtsausdruck die Szene. Prix' Eichel glänzte feucht und dunkelrot. Rayana beugte sich vor und saugte an ihr. Prix schloss die Augen und grunzte zufrieden. Samira atmete stoßweise und öffnete ihren Mund. Die langen Eckzähne waren jetzt nicht mehr zu übersehen. Um keine Zeit zu verlieren, setzte sich Rayana auf Prix' Brustkorb; als sie eine halbwegs stabile Position eingenommen hatte, gab sie Samira ein Zeichen. Prix sah Samira näher kommen und streckte die Hand nach ihr aus. Spielerisch hielt ihn Rayana an den Unterarmen fest. Sie nahm ihre ganze Kraft zusammen, weil sie wusste, dass sie jetzt keinen Fehler machen durfte.

«Take off your clothes», sagte er fast flehend zu Samira. Als sich Samira neben ihn kniete, lächelte sie zum ersten Mal. Aber noch bevor Prix verstand, warum sie lächelte, schlug ihm Samira schon ihre Eckzähne in den Hals. Sie gab ihm den *dunklen Kuss*. Prix stieß einen furchterregenden Schrei aus und versuchte sich loszureißen, aber Rayana stemmte sich mit ganzer Kraft gegen seinen zuckenden Oberkörper und presste ihre Hand auf seinen Mund. Irgendwie gelang es Prix, sich aus der Umklammerung zu befreien und nach Rayanas Gesicht zu greifen. Rayana schlug ihre scharfen Zähne ihn Prix' Hand, und ein feuriger Schmerz durchzuckte seinen Körper, der ihn fast ohnmächtig werden ließ. Rayanas Kiefer pressten sich zusammen wie ein Schraubstock, und bald spürte sie den Geschmack von Blut zwischen ihren Zähnen. Das Blut schmeckte irgendwie eigenartig.

«Was war das?» Gloria hielt den Atem an. «Das klang wie ein Schrei.»

Franziska horchte. «Ich weiß nicht, vielleicht war es eine Möwe.»

«Eine Möwe? Schreien Möwen in der Nacht?» Gloria schüttelte den Kopf. Sie blickte in die Richtung, aus der der Schrei gekommen war, aber nachdem sie nichts mehr hörte, gab sie sich mit Franziskas Antwort zufrieden.

Prix' Blut schoss in Samiras Mund, und mit jedem Schluck spürte sie, wie ihre Lebensgeister langsam zurückkehrten. Warmes Blut rann aus ihren Mundwinkeln. Prix machte noch ein paar schwache Befreiungsversuche, aber ohne Erfolg. Er hatte bereits zu viel Blut verloren, und bald bildete sich um seinen Kopf eine große, rote Lache. Samira saugte und saugte, und erst, als alles Leben aus Prix' Körper gewichen war, ließ sie von ihm ab. Der junge Investor lag mit weit aufgerissenen Augen auf der blutgetränkten Decke, in seinem Hals klafften zwei tiefe Wunden. Es waren Löcher, an deren ausgefransten Rändern das Blut bereits zu schwarzen Klumpen gestockt war.

Keuchend lehnte sich Samira an das gepolsterte Betthaupt und wischte sich den Mund ab. Die verschmierte Schminke ließ sie wie eine Kriegerin aussehen, die gerade einen blutigen Kampf ausgefochten hatte. Aber auch wenn Samira furchterregend aussah, stellte Rayana zufrieden fest, dass ihre Geliebte wieder von den Toten auferstanden war. Wie lange dieser Zustand anhalten würde, wusste sie nicht. Rayana kletterte von Prix' Brustkorb herunter und setzte sich schwer atmend neben Samira.

Plötzlich begann Rayana zu lachen. Sie deutete auf Prix' toten Körper. «Schau dir seinen Schwanz an. Der steht immer noch.»

Samira warf Rayana einen zweideutigen Blick zu. In ihren Augen flackerten rote Punkte, die wie winzige Blutstropfen aussahen. «Weißt du, dass ich ziemlich geschockt war, als ich gesehen habe, was du mit seinem Schwanz gemacht hast.» Dann legte sie ihren Kopf auf Rayanas Schulter.

«Ich habe es ja nur für dich getan», antwortete Rayana, die für den Bruchteil eines Augenblicks überlegte, ob sie sich auf den Schwanz des toten Investors setzen sollte. Irgendwie hätte sie es gereizt, ihn zu ficken, aber stattdessen griff sie nach der Fernbedienung und drückte die Off-Taste. Augenblicklich implodierten die blutrünstigen Bilder und verschwanden in einem schwarzen Loch.

Samira leckte sich über die Lippen und hielt inne. «Irgendetwas ist mit seinem Blut.»

«Ja, es schmeckt eigenartig.» Rayana kratzte mit dem Zeigefinger gestocktes Blut aus einer der offenen Wunden an Prix' Hals und kostete davon. «Du hast recht, und es ist nicht nur das Koks. Es ist noch etwas anderes in seinem Blut. Etwas Merkwürdiges.» Sie zuckte mit den Schultern. «Aber wir sollten uns nicht mehr allzu lange hier aufhalten. Wir haben noch einiges zu erledigen heute Nacht.»

Samira stand auf und holte aus ihrer kleinen Umhängetasche ein silbernes Skalpell. Es war dasselbe Skalpell, mit dem ihr im Krankenhaus von Argun die linke Niere entnommen worden war. Rayana stieg vom Bett und half Samira bei der Operation. Zuerst entfernte Samira Prix' Nieren, dann suchte Rayana in der Küche nach einer Geflügelschere, mit der sie den Brustkorb des Investors öffnete. Um keine Zeit zu verlieren, riss Samira Prix' Herz kurzerhand heraus. Die Entfernung dieser Organe verhinderte, dass der Investor in einen Vampir verwandelt wurde. Das Bett glich jetzt einer Schlachtbank, und der tote Prix ähnelte mehr einem ausgeweideten Tier als einer menschlichen Leiche. Ein fürchterlicher Gestank breitete sich im Zimmer aus, und Rayana musste die Zähne zusammenbeißen, um sich nicht zu übergeben.

«Kannst du mir einen Müllsack holen», bat Samira. «Dann sollten wir duschen und so schnell wie möglich von hier verschwinden.» Dass die Ebola-Viren, die von der Innenministerin auf Prix übertragen worden waren, bereits in Samiras und Rayanas Körper wüteten, konnten die beiden nicht wissen.

Eine halbe Stunde später saß Rayana am Steuer von Prix' Jaguar und inspizierte das Armaturenbrett. Samira saß am Beifahrersitz und kämpfte gegen den Schlaf. Immer wieder nickte sie ein, dabei kippte ihr Kopf zur Seite.

«So, ich glaube, ich weiß jetzt, wie der Wagen funktioniert.» Rayana drehte den Zündschlüssel und legte den ersten Gang ein. Nachdem sie mit der Fernbedienung das Gartentor geöffnet hatte, fuhr sie auf der Straße Richtung Süden.

«Mir ist kotzübel», murmelte Samira, «vielleicht hätte ich sein Blut doch nicht trinken sollen.»

«Alles wird gut, vozlyublennaya», versuchte Rayana ihre Geliebte zu beruhigen. Sie legte ihre Hand auf Samiras Oberschenkel, der ganz kalt war. Aber auch Rayana fühlte sich nicht gut.

«Können wir anhalten? Sonst kotze ich noch das Auto voll.» Samira hielt sich die Hand vor den Mund.

«In Ordnung.» Rayana drosselte das Tempo und sah im Scheinwerferlicht auf der linken Straßenseite einen Waldweg, in den sie einbog. Nach etwa fünfzig Metern stellte sie den Wagen ab. Samira öffnete die Tür und übergab sich noch im Sitzen. «Ich brauche frische Luft.»

Rayana stieg aus und sah sich um. «Ich glaube, dass der Weg hier zu Ende ist, außerdem wird das Gestrüpp immer dichter», sagte sie. «Wir sollten umkehren und so schnell wie möglich von hier verschwinden.» Rayana hatte keine Ahnung, wie es mit ihnen weitergehen sollte. Den Jaguar mussten sie noch in der Nacht loswerden, weil man wahrscheinlich in der Früh Prix' Leiche finden würde.

Samira spähte in die Dunkelheit und schloss die Augen. Sie atmete tief ein, dann ging sie wie in Trance einen verwilderten Weg entlang.

«Samira, was machst du? Wohin gehst du?», fragte Rayana besorgt.

Samira antwortete nicht, sondern folgte unbeirrt dem Pfad, an dessen Ende sich der überwucherte Eingang zu einer Höhle befand. Dort blieb Samira stehen.

Rayana hatte Mühe, mit Samira Schritt zu halten. «Was ist das?»

Samira deutete Richtung Höhleneingang. Jetzt sah auch Rayana, dass dort eine Gestalt am Boden lag, die einen weißen Bademantel trug. «Ich habe ihr Blut gerochen», sagte Samira.

«Lebt sie noch?», fragte Rayana.

«Ja.» Samira kniete sich nieder und schlug ihre Zähne in den Hals der Innenministerin. Nach wenigen Sekunden hielt sie inne und sah Rayana mit schreckgeweiteten Augen an. «Ihr Blut ist verseucht, genau wie das Blut des Mannes.» Samira spuckte aus.

«Was meinst du mit *verseucht*?» Rayanas Stimme zitterte.

Samira warf Rayana einen Blick zu, der alles sagte.

«Das würde ja bedeuten …» Rayana brach mitten im Satz ab.

Samira nickte. «Ja, das bedeutet, dass auch in unseren Adern verseuchtes Blut fließt.» Nach einer kurzen Pause fügte sie hinzu: «Rayana, wir können da draußen nicht mehr weiterleben.» Sie umarmte ihre Geliebte und drückte sie fest an sich. «Ich bin so müde», flüsterte sie. «Kommst du mit?» Es war keine Frage, es war ein Flehen.

Rayana legte ihren Kopf auf Samiras Schulter und begann zu weinen.

«Alles wird gut, vozlyublennaya.» Mit ihren blutverschmierten Lippen küsste Samira Rayana leidenschaftlich auf den Mund. Hand in Hand betraten die beiden Frauen die Höhle und verschwanden nach wenigen Augenblicken für immer in der Dunkelheit.

29.

George Romero war verzweifelt. Bereits vor einer Stunde hätten die Dreharbeiten zur finalen Schlacht zwischen Zombies und Vampiren beginnen sollen, aber von den beiden russischen Statistinnen fehlte jede Spur. Ihr Zelt war leer, und ihre Mobiltelefone waren tot. Niemand hatte sie gesehen oder konnte Angaben über ihren Verbleib machen. Ohne Maschenka und Anastasia konnte Romero aber die Kampfszenen nicht drehen, weil sie als Anführerinnen der Vampire tragende Rollen spielten.

Wieder spürte Romero diesen stechenden Schmerz in der Magengegend, der ihm fast den Atem raubte, und er fragte sich, ob es zwischen diesem Schmerz und Maschenka und Anastasia einen Zusammenhang gab. Romero war nicht abergläubisch, aber seit er den beiden Mädchen das erste Mal die Hand gedrückt hatte und es ihm dabei kalt den Rücken hinuntergelaufen war, hatte er das Gefühl, dass sich ein dunkler Schatten über ihn gelegt hatte. Er dachte an die *Alien*-Filme und hoffte, dass sich kein fremdes Wesen in seinem Körper eingenistet hatte. Romero wusste, dass das ein Ding der Unmöglichkeit war. Trotzdem hatte er Angst, und er sehnte sich nach seiner Frau Susan – und nach einem Arzt.

30.

Franziska hörte Glorias regelmäßigen Atem. Sie konnte nicht schlafen, weil sie zu viel getrunken hatte und weil ihr Kissenüberzug nach Weichspüler und ungelüftetem Schrank roch. Sie drehte sich von einer Seite auf die andere und hoffte, dass sie mit ihren ständigen Positionswechseln Gloria nicht aufweckte.

Irgendwann schmiegte sie sich an Glorias Rücken und schloss die Augen.

Es war schon eigenartig: Noch vor ein paar Tagen hatte sie nichts von Glorias Existenz gewusst, und jetzt lag sie nackt neben ihr und spürte ihren Herzschlag. Obwohl Gloria eine Fremde war, fühlte sich ihr Franziska in diesem Augenblick ganz nahe. Gemeinsam hatten sie eine Grenze überschritten und dabei Neues entdeckt. War das eine Allerweltsweisheit aus einer Frauenzeitschrift? Oder, noch schlimmer, ein esoterischer Blödsinn? Franziska war es egal, und sie drückte sich noch enger an Gloria, deren Nackenpartie nach Heu roch; Franziska liebte diesen Geruch, weil er sie an ihre Kindheit erinnerte. Auf dem Bauernhof ihres Großvaters hatte sie oft auf dem Heuboden gespielt, wo eine trockene Hitze herrschte und sie sich im Heu verstecken konnte. Nur einmal hatte sie es mit der Angst zu tun bekommen, als sie von ihrem Versteck aus durch die offene Luke hörte, wie sich ihr Großvater flüsternd mit einer Magd unterhielt, die daraufhin zu schreien begann. Franziska wusste damals nicht, was das zu bedeuten hatte, verhielt sich aber ruhig, um ja nicht entdeckt zu werden.

Gloria öffnete die Ventile ihrer Druckluftflaschen und ließ sich vom Rand des Bootes rückwärts ins Wasser fallen. Mit der Hand am Sicherungsseil glitt sie langsam in die Tiefe. Bald war sie umgeben von absoluter Dunkelheit. Gloria versuchte, ruhig zu atmen und sich auf das perlende Geräusch der Luftblasen zu konzentrieren. Je tiefer sie sank, desto hilfloser fühlte sie sich. Angestrengt spähte sie ins Dunkel, konnte aber nichts erkennen.

Wie aus dem Nichts tauchte plötzlich eine schwarze Felswand vor ihr auf. Die Wand war übersät mit leuchtenden Würmern, die sich in der Strömung langsam hin und her bewegten. Gloria spürte instinktiv, dass sie der Wand nicht zu nahe kommen durfte. Sie klammerte sich am Sicherungsseil fest, um den Aufstieg vorzubereiten, wurde aber von einem Sog in die Tiefe gezogen. Sie wollte mit den Flossen dagegenhalten, aber es nützte nichts. Erst jetzt schaltete sie die Stirnlampe ein, und als sich vor ihr der Eingang zu einer Höhle auftat, machte sich Panik in ihr breit. Das Wasser gurgelte, und trotz ihrer Gegenwehr wurde sie von der Strömung erfasst. Die Kraft des Wassers war so stark, dass sie mehrmals um die eigene Achse gedreht wurde. Dann wurde es ruhiger um sie herum. Langsam realisierte Gloria, dass sie sich in der Höhle befand. Hier war es so kalt, dass sie trotz des Neoprenanzugs fror. Dann machte sie eine Entdeckung, die ihr das Blut in den Adern gefrieren ließ.

«Nein, nein.» Gloria schlug mit den Armen um sich und setzte sich ruckartig auf. Franziska wurde wach und schaltete die Nachttischlampe ein. «Gloria», flüsterte sie. «Gloria, was ist los?» Sanft berührte sie ihre Schulter.

«Was?» Gloria öffnete die Augen und starrte Franziska an. Dann atmete sie tief ein und aus. «Oh, Mann, was für ein arger Traum.»

«Gegen wen hast du denn gekämpft? Du hast ganz wild um dich geschlagen.»

«Ich war tauchen und bin in eine Höhle hineingezogen worden. Irgendetwas Schreckliches war in dieser Höhle, ich weiß aber nicht mehr, was es war. Ich hab es nicht genau sehen können.» Gloria nahm Franziskas Hand und drückte sie gegen ihre Brust. «Spürst du, wie wild mein Herz schlägt?»

«Ja, ich spüre es.» Franziska schloss die Augen.

31.

Wie versteinert saß Oliver Kainrath an seinem Schreibtisch und hörte mit ungläubigem Staunen, was ihm seine Frau am Telefon erzählte. Geistesabwesend blickte er durch das Fenster seines Büros im *Observatorio del Teide* auf Teneriffa und beobachtete einen Finken mit graublauem Gefieder, der auf dem Ast eines Drachenbaums saß. Auch er schien nicht so recht zu wissen, was er tun sollte.

«Oliver, stell dir vor, ich habe heute die Ergebnisse der Untersuchung der Kinderwunschklinik bekommen. Mit deinen Spermien ist alles in bester Ordnung, sie sind von erstklassiger Qualität, und sie bewegen sich auch schnell genug. Das sind richtige Sprinter.» Astrid Kainrath lachte ausgelassen. «Das hat mir jedenfalls die Ärztin gesagt, mit der ich heute gesprochen habe. Bei der Untersuchung haben sie auch festgestellt, dass einer meiner Eileiter vernarbt ist und dass es wahrscheinlich deshalb mit einer Schwangerschaft bisher nicht geklappt hat. Das bekommen sie aber in den Griff, und ansonsten gäbe es auch noch die Möglichkeit der In-vitro-Fertilisation. Sie haben gemeint, wir sollen es vorher noch einmal auf konventionellem Weg probieren, bevor wir andere Möglichkeiten in Betracht ziehen.»

Oliver Kainrath erinnerte sich, wie er in der Kinderwunschklinik mit einem Plastikbecher in der Hand in einen Raum geschickt wurde, in dem auf einem Beistelltischchen unter einer Tageszeitung versteckt mehrere Pornohefte lagen. Es waren abgegriffene Hochglanzmagazine, vor denen sich Oliver ekelte. Aber da er wusste, dass er in dieser sterilen Umgebung ohne Hilfsmittel keine Erektion bekommen würde, blätterte er widerwillig in den Heften, bis er das Gefühl hatte, zumindest so weit erregt zu sein, dass er das abliefern konnte, was man von ihm erwartete. Er schob seine Hose hinunter und brauchte ewig, bis endlich die Spermien in den Becher tropften. Es war ein entwürdigender Vorgang, und als er wenig später einer Ordinationshilfe den Becher überreichte, schämte er sich in Grund und Boden. Seine Frau stand daneben und nickte anerkennend. Er fühlte sich wie ein Kind, das von seiner Mutter gelobt wurde.

«Ich freue mich so und kann es kaum erwarten, dass du endlich nach Wien kommst. Wann glaubst du denn, dass du dir frei nehmen kannst? Ich habe nämlich am Wochenende meinen Eisprung.»

Wenn es stimmte, dass Verzweiflung und Wahrheit ganz nahe beieinanderlagen, dann hatte für Oliver Kainrath jetzt die Stunde der Wahrheit geschlagen. Aber anstatt dieser Wahrheit ins Auge zu sehen, zog er es vor, den Kopf in den Sand zu stecken. Und zwar ganz tief. Dass in Katharina Landsteiners Bauch ein Baby heranwuchs, das jetzt zirka neunzig Gramm wog und zehn Zentimeter groß war, wusste er. Und natürlich wusste er auch, dass er der Vater dieses Babys war.

Oliver dachte an schwarze Löcher, und dabei fiel ihm ein Bild ein, das er lange Zeit verdrängt hatte. Seine Frau war im vierten Monat schwanger gewesen, als sie eines Tages nach dem Klogehen einen Blutklumpen in der Toilette entdeckt hatte. Oliver war mit Astrid sofort ins Krankenhaus gefahren, wo der Ultraschall bestätigte, dass der Embryo abgegangen war. Auf dem Bildschirm war dort, wo der Fötus hätte sein sollen, nur ein schwarzes Loch zu sehen.

Alles, was ihnen von ihrem Kind geblieben war, war die DVD von der Ultraschalluntersuchung im dritten Schwangerschaftsmonat. Die Aufnahme dauerte nicht länger als drei Sekunden, und erst nach der zehnten Wiederholung konnte man auf dem Monitor einen winzigen Fötus erkennen, der in einer abstrakten

Umgebung eine ruckartige Bewegung machte. Die Schwarz-Weiß-Aufnahme erinnerte an einen *Alien*-Film.

«Das ist Ihr Baby», hatte die Frauenärztin routiniert erklärt, «das Sie in einigen Monaten in Ihren Händen halten werden.» Hunderte Male hatte es die Ärztin schon erlebt, dass kurz nach der Geburt die stolzen Eltern mit ihren herausgeputzten Babys antanzten und ihr voll Freude das Produkt ihres gelungenen Beischlafs zeigten. Und stets hatte sie nach einem Blick auf das Baby gesagt: «So ein liebes Kind», auch wenn das Kind so hässlich war, dass man bei seinem Anblick fast vom Stuhl fiel. Aber die Ärztin wollte keine Spielverderberin sein. Nur ganz selten kam es vor, dass Eltern nichts mehr von sich hören ließen. Das waren dann die, denen die Natur einen Strich durch die Rechnung gemacht hatte, und bei denen am Ende eins und eins nicht drei, sondern nach wie vor nur zwei ergab.

«Das ist ja toll», sagte Oliver mit ausdrucksloser Stimme. «Ich werde sofort nachsehen, wann ich mir frei nehmen kann.» Er schluckte, weil er nicht die geringste Ahnung hatte, wie er sich Katharina gegenüber verhalten sollte. Oliver kam sich vor wie ein Kind, das beim Mühlespiel eine Doppelmühle übersehen hatte: Mühle auf (Stein weg), Mühle zu (Stein weg), Mühle auf (Stein weg), Mühle zu (Stein weg). Spiel aus.

«Freust du dich denn gar nicht? Du klingst so eigenartig. Ist alles in Ordnung mit dir, Oliver?»

Oliver rang sich ein gequältes Lachen ab. «Ja, ja, es ist alles in bester Ordnung.» Die Lüge war ihm längst zur zweiten Natur geworden. «Aber ich habe momentan im Observatorium sehr viel zu tun. Wir sind hier einem riesigen Asteroiden auf der Spur, der sich möglicherweise auf Kollisionskurs mit der Erde befindet.»

«Was? Davon hast du mir gar nichts erzählt. Ist es etwas Ernstes?» Astrid Kainrath klang besorgt.

Etwas Ernstes?, dachte Oliver niedergeschlagen. Mit Katharina ist es etwas Ernstes. «Wir wissen es noch nicht. Aber du bist natürlich die Erste, die es erfährt.»

«Du musst mich unbedingt auf dem Laufenden halten.» Nach einer kurzen Pause fragte sie: «Olli, was hältst du davon, wenn ich am Wochenende auf einen Sprung nach Teneriffa komme?» Ihre Stimme vibrierte vor Freude.

Oliver Kainrath wurde kreidebleich und begann am ganzen Körper zu zittern. Mit dem Kugelschreiber kritzelte er Hieroglyphen auf ein Blatt Papier. «Am Wochenende ist es ganz schlecht, weil wir da rund um die Uhr Bereitschaft haben; wegen dem Asteroiden. Da kann ich auf keinen Fall weg. Aber ich schaue, dass ich Mitte nächster Woche nach Wien kommen kann.»

«Aber Mitte nächster Woche ist es schon zu spät. Ich habe meinen Eisprung am Wochenende.»

«Astrid, ich tue mein Möglichstes. Sonst müssen wir halt noch einen Monat warten. Da können wir das Ganze auch besser planen. Und vielleicht können sie bis dahin ja deinen vernarbten Eileiter in Ordnung bringen.» Oliver hörte sich an wie ein Gynäkologe.

«Na gut. Ich schick dir eine Mail, sobald ich Näheres weiß.» Die Enttäuschung in ihrer Stimme war unüberhörbar.

«Ja, mach das. Wir sehen uns spätestens in einem Monat. Versprochen.»

«In Ordnung. Also, melde dich. Bussi.»

«Ja. Bussi.» Oliver legte auf und starrte auf das Gekritzel, das in gewisser Weise seine Gefühlslage widerspiegelte. Er sah zum Fenster hinaus, aber der Teidefink auf dem Drachenbaum war bereits weggeflogen. Im Gegensatz zu ihm hatte der wahrscheinlich einen Plan. Beim Anblick des Asts, auf dem der Vogel gesessen war, kam Oliver plötzlich ein Gedanke, der ihm kalte Schauer über den Rücken jagte. Er öffnete die Schublade und holte einen Zettel hervor, auf dem stand:

Wenn Sterne ihrem Ende entgegengehen, ändern sich abhängig von ihrer Größe die Vorgänge im Inneren. Das hat auch massive Auswirkungen auf ihre Umgebung. So wird sich unsere Sonne in einigen Milliarden Jahren zu einem Roten Riesen aufblähen und die inneren Planeten inklusive der Erde verschlucken.

32.

Mit einer Tasse Kaffee in der Hand stand Franziska im Wohnzimmer und betrachtete die Fotos an der Wand. Auf einem der Bilder war ein Mädchen in einem Badeanzug und mit einer viel zu großen Taucherbrille zu sehen. Neben ihr stand ein Junge, der durch ein Fernrohr schaute. Er war einen Kopf größer als sie. «Bist du das?», fragte Franziska.

Gloria holte gerade eine Butterdose aus dem Kühlschrank, dabei rutschte ihr das Badetuch von den Hüften. Sie lachte. «Ja, mit meinem Bruder.» Gloria band sich das Tuch wieder um.

«Hast du mehrere Geschwister?»

«Nein, nur einen Bruder. Oliver. Er ist Astronom und sucht nach irgendwelchen Planeten außerhalb unseres Sonnensystems. Er arbeitet zurzeit auf Teneriffa in einem Observatorium auf dem Teide, das sehr bekannt sein soll. Aber was er da genau macht, kann ich dir gar nicht sagen, weil ich mich im Weltall überhaupt nicht auskenne.» Sie lachte.

«Klingt jedenfalls interessant. Hast du Kontakt zu deinem Bruder?»

«Leider nur sporadisch. Er lebt mit seiner Frau in Wien, hat aber für zwei Jahre einen Forschungsauftrag in diesem Observatorium bekommen.»

Franziska deutete auf das Foto daneben, es war eine Schwarz-Weiß-Aufnahme. Eine junge Frau mit Kleiderschürze und Kopftuch stand vor einer mit Efeu bewachsenen Hauswand. «Wer ist das?»

«Das ist meine Urgroßmutter, von der ich dir erzählt habe. Das Foto ist vor der Villa aufgenommen worden, in der sie als Dienstmädchen gearbeitet hat.»

«Aha, bei dieser Familie, die das Pichler-Gemälde im See versenkt hat.» Der ironische Unterton in Franziskas Stimme war unüberhörbar.

«Ja, genau.» Gloria ging hinaus auf die Terrasse und stellte den Sonnenschirm so, dass der Tisch im Schatten lag. «Ich glaube, ich sollte mir lieber etwas anziehen, heute sind zu viele Segler unterwegs.» Gloria schnappte sich das T-Shirt, das zusammengeknüllt auf der Couch lag.

Franziska stellte ihre Tasse ab. «Und was ist damit?» Lächelnd hielt sie Glorias Slip in die Höhe. Ohne eine Antwort abzuwarten, löste sie das Badetuch von Glorias Hüften und drückte sie auf die Couch. Sie kniete sich auf den Boden und wunderte sich selbst über ihre Kühnheit. Auch Gloria wunderte sich, dass sie sich nicht wehrte und Franziska einfach gewähren ließ. Sie schloss die Augen und versuchte sich zu entspannen. Franziska schien genau zu wissen, was Gloria guttat. Als Gloria nach einem langen Vorspiel spürte, wie Franziska in ihr weiches, geschwollenes Fleisch biss, stöhnte sie laut auf. Gloria fühlte sich in diesem Augenblick leicht wie eine Feder.

Eine halbe Stunde später saßen die beiden Frauen auf der Terrasse beim Frühstück. «Hast du einen Zahnstocher?», fragte Franziska.

«Nein, warum?»

«Irgendwas ist mir zwischen den Zähnen hängen geblieben.» Sie fummelte mit den Fingern in ihrem Mund herum und hielt ein schwarzes Haar in die Höhe. Franziska konnte sich ein Lachen nicht verkneifen.

«Was ist denn?», fragte Gloria.

«Entschuldige, aber ich musste gerade an eine Szene in einem Buch denken, das ich kürzlich gelesen habe.»

«Ist das Haar von – mir?» Gloria beugte sich nach vorne, um das Haar zu inspizieren.

Franziska nickte. «Von wem denn sonst?»

Gloria strich sich verlegen über ihr Kinn.

«In dem Buch hat ein Typ in einem chinesischen Lokal gerade einen Hund gegessen. Und nachdem er zuvor mit seiner Freundin geschlafen hat, ist er sich nicht sicher, ob das Haar, das sich zwischen seinen Zähnen verfangen hat, vom Hund oder von seiner Freundin stammt.»

«Der hat einen Hund gegessen?»

«Na ja, die Keule eines Hundes, um genau zu sein.»

«Pfui Teufel. Spielt das Buch in China?»

«Nein, in Bad Fucking. Das Buch ist zwar geschmacklos, aber die Szene fand ich ganz lustig.»

«Ich weiß nicht. Ich habe ein paar Hunde aus Berliner Kanälen herausgeholt, und wenn ich jetzt daran denke, wie die ausgesehen haben, wird mir ganz schlecht.»

«Du hast recht, reden wir über etwas anderes. Wann hast du eigentlich Geburtstag?»

Gloria zögerte. «Am 12. September. Weißt du überhaupt, wie alt ich bin?»

Franziska schüttelte den Kopf.

«Heuer werde ich dreiunddreißig. Und du?»

«Ich bin im Frühjahr achtundzwanzig geworden.»

«Wann?»

«Am 17. Mai.»

«Ich habe dir ja gesagt, dass ich um einiges älter bin als du.» Gloria wirkte plötzlich nachdenklich.

«Fünf Jahre sind doch gar nichts.»

«Für dich vielleicht.» Gedankenverloren betrachtete sie die Butter, die langsam zu schmelzen begann.

In die Stille hinein fragte Franziska: «Warum hast du eigentlich keine Kinder?»

Gloria sah Franziska lange an. An ihrem Blick erkannte Franziska, dass sie soeben einen Fehler gemacht hatte.

«Ich hatte ein Kind, aber ich möchte nicht darüber reden.»

«Es tut mir leid, Gloria, ich wusste nicht …»

«Schon gut», antwortete Gloria kühl.

«Es tut mir leid, ich weiß auch nicht, warum ich das gefragt habe.» Plötzlich hatte Franziska Angst, dass mit Gloria alles vorbei sein könnte, noch bevor es richtig begonnen hatte.

«Schon gut.»

«Soll ich gehen?» Franziska warf Gloria einen verzweifelten Blick zu.

«Nein, natürlich nicht. Ich bin nur nicht in der Stimmung, darüber zu reden. Vielleicht ein andermal.»

Franziska zupfte verlegen an ihrem T-Shirt; sie ärgerte sich maßlos über ihre blöde Frage. «Ich muss aufs Klo.» Franziska hoffte, damit etwas Zeit zu gewinnen. In der Toilette blätterte sie gedankenverloren in einem Bildband, der mit anderen Büchern in einem Weidenkorb lag. Es war ein Buch mit historischen Ansichten vom Rottensee. Auf einem der Gemälde war ein Bär zu sehen, der gerade ein Kalb riss. Unter dem Bild stand:

Dieser Bär hat sich 20 Jahr in hiesiger Gegend aufgehalten, und durch Reißen des Hornviehs um viel tausend Gulden Schaden zugefügt. Anno 1778 aber ist er von den Landjägern Sonner Martin und Flachberger Mathias im Auwald beym Auerkar durch 5 Kugelschuß erlegt, und die Gemeinde von diesem Schadenthier befreit worden. Hat eine starke Wiener Klafter in der Länge und 3 Schuh hoch gemessen, hat 5 Zentner 25 Pfund gewogen.

Flachberger? Obwohl Franziska gar nicht gepinkelt hatte, betätigte sie die Spülung. Sie verließ das WC und versuchte, einen entspannten Ton anzuschlagen. «Kennst du einen Gernot Flachberger, der früher einmal Bürgermeister von Schwarzbach war?»

«Nein, warum?»

Sie hielt den Bildband in die Höhe. «Weil ich in diesem Buch den Namen Flachberger gelesen habe, und weil mir mein Großvater eine irre Geschichte erzählt hat von einem Gernot Flachberger, der in Schattenwang kurz vor Kriegsende einen amerikanischen Piloten gelyncht hat. Dieser Gernot Flachberger war nach dem Krieg Bürgermeister von Schwarzbach.»

«Was?» Gloria sah Franziska mit großen Augen an. «Woher weiß das dein Großvater?»

«Weil er dabei war.»

«Weil er dabei war?» Gloria griff nach dem Buch. «Zeig her.»

«Nein, das Buch hat damit nichts zu tun. Ich habe darin nur den Namen Flachberger gelesen und wollte wissen, ob dir der Name etwas sagt.»

Gloria schüttelte den Kopf. «Ich verstehe nicht ganz. Dein Großvater war Zeuge, wie ein amerikanischer Soldat gelyncht wurde?»

«Na ja, das Thema passt gar nicht zu diesem wunderschönen Tag. Aber blöderweise muss ich bald aufbrechen, weil ich meinem Großvater versprochen habe, dass ich spätestens zu Mittag wieder zu Hause bin. Er ist ja schon fünfundachtzig.»

«Und diese Geschichte hat dir dein Großvater erzählt?»

«Ja, gestern. Und er hat mich gebeten, die Angehörigen des Piloten ausfindig zu machen, damit er ihnen die Erkennungsmarke zurückgeben kann, die er aufbewahrt hat.»

«Was für eine Erkennungsmarke?»

«Mein Großvater hat die Erkennungsmarke des hingerichteten Piloten an sich genommen. Er hat zum ersten Mal seit Kriegsende darüber gesprochen.»

«Wahnsinn.»

«Ja, aber der größere Wahnsinn ist, dass dieser Flachberger noch lebt und demnächst seinen neunzigsten Geburtstag feiert. Mit allem Pomp, den man sich vorstellen kann.»

«Was? Das gibt es ja alles gar nicht.»

«Aber so ist es», antwortete Franziska. «Ich hoffe jedenfalls, dass ich meinem Großvater da irgendwie helfen kann. Ich habe das Gefühl, dass ihn die ganze Sache ziemlich mitnimmt. Was ja auch kein Wunder ist.»

«Flachberger, sagst du? Nein, der Name sagt mir nichts. Aber ich bin ja auch höchstens drei Wochen im Jahr hier. Ansonsten habe ich mit den Leuten in Schwarzbach praktisch nichts zu tun. Ich kenne ja nicht einmal meine Nachbarn.» Nach einer kurzen Pause fragte sie: «Was machst du heute Abend?»

«Ich weiß nicht.»

«Möchtest du vorbeikommen?»

Franziska lächelte. «Ja, gerne. Komm, ich helfe dir beim Abräumen. Die Butter wird ja sonst noch ranzig.»

«Ranzig ist gut», sagte Gloria.

«Wie sagt man in Berlin zu ranzig?»

«Weiß ich gar nicht. Wenn du früher kommst, können wir eine Runde tauchen gehen. Schnorchelzeug habe ich hier. Was meinst du?»

«Puh, aber nur, wenn du mir versprichst, dass du mich nicht wieder so erschreckst wie gestern Abend.»

Gloria hielt Zeige- und Mittelfinger der rechten Hand in die Höhe. «Ich schwöre.»

«Und wenn du das Pichler-Bild findest, bin ich dann mit fünfzig Prozent am Finderlohn beteiligt?»

«Klar, ich setze gleich einen Vertrag auf», sagte Gloria feixend.

Franziska stellte die Butterdose in den Kühlschrank und umarmte Gloria. «Danke für die wunderschöne Nacht. Und entschuldige noch einmal, dass ich zuvor … Es tut mir echt leid. Ich wusste nicht …»

«Schon entschuldigt.» Gloria hielt Franziska lange in den Armen. «Bis später», flüsterte sie.

33.

Polizeiinspektor Stallinger saß mit dem Telefonhörer am Ohr an seinem Schreibtisch und starrte auf den Bildschirm seines Computers. Wie von Zauberhand tauchten in langsamen Überblendungen Bilder von weißen Sandstränden, Bambushütten, Palmen und Delphinen auf. Beim Anblick der fröhlich aus dem Wasser springenden Delphine bekam Stallinger eine Gänsehaut.

«Also, der rechte Fuß von Anneliese Gstöttner und das linke Hinterbein ihres Schäferhundes Hasso sind mit an Sicherheit grenzender Wahrscheinlichkeit von einem Fisch abgetrennt worden. Und zwar von einem großen Fisch.» Der Gerichtsmediziner, er hieß Dr. Rudolf Casagrande, sagte das so, als würde er jeden Tag Opfer obduzieren, die von Fischen verstümmelt wurden.

«Bitte, was haben Sie gesagt?» Stallinger konnte mit dieser Information nichts anfangen.

«Den Spuren nach zu schließen, hat der Fisch den Frauenfuß und das Hundebein mit einem einzigen Biss abgetrennt.»

«Mit einem einzigen Biss?»

«Nicht auf einmal, natürlich. Er hat zwei Mal zugebissen. Einmal bei der Frau, einmal beim Hund. Trotzdem muss das Maul des Fisches eine bestimmte Größe gehabt haben, sonst hätte er den jeweiligen Körper ja nicht fressen können. Korrekterweise müsste man ja sagen, dass der Fisch die Körper der Frau und des Hundes abgetrennt hat und den Fuß beziehungsweise das Bein übrig gelassen hat.» Dr. Casagrande machte eine Pause.

Stallinger war verwirrt und wartete darauf, dass der Gerichtsmediziner weitersprach, aber Dr. Casagrande zog es vor, zu schweigen.

«Ich verstehe nicht ganz …»

«Ich möchte damit sagen, dass die Bissspuren gewisse Rückschlüsse auf die Körperlänge des Fisches zulassen.» Offenbar liebte es Dr. Casagrande, seine Gesprächspartner auf die Folter zu spannen.

Erst langsam dämmerte Stallinger, worauf Dr. Casagrande hinauswollte. «Sie meinen …»

«Ich bin kein Ichthyologe, aber nach meinen Berechnungen muss der Fisch eine Länge von mindestens fünf Metern haben.» Und wieder folgte eine Kunstpause. «Wahrscheinlicher ist aber eine Länge von sieben Metern.»

«Was? Fünf Meter? Sieben Meter.» Stallinger blieb vor Schreck der Mund offen. Auf dem Bildschirm wurde in Zeitlupe auf ein Foto überblendet, das eine Rifflandschaft mit bunten Fischen zeigte. Irgendwo im Hintergrund lauerte sicher ein riesiger Haifisch. «Das … das ist ein Ding der Unmöglichkeit», stammelte Stallinger. «In diesem See gibt es Hechte und Waller, aber soviel ich weiß, haben Waller gar keine Zähne.»

«Waller?»

«Welse.»

«Ich kann Ihnen nur sagen, was ich herausgefunden habe.» Dr. Casagrande klang fast ein wenig beleidigt, weil es jemand wagte, seine Untersuchungsergebnisse anzuzweifeln.

«Und was, wenn die beiden gar nicht im Wasser getötet wurden, sondern man ihre Überreste später in den See geworfen hat? Bei den Leichen in Grimmberg war das doch auch so. Außerdem hat der Mann von Frau Gstöttner Selbstmord begangen, was möglicherweise als Schuldeingeständnis gewertet werden könnte.» Stallinger wusste, dass diese Hypothese auf schwachen Füßen stand.

«Also, die beiden sind mit hundertprozentiger Sicherheit im Wasser getötet worden. Ich möchte Sie nicht mit Details langweilen, aber wir haben an unserem Institut eine spezielle Methode für Wasserleichen entwickelt, mit der wir den Zeitpunkt des Todes genau bestimmen können. Wegen der kurzen Zeit, die die Leichenteile im Wasser gelegen sind, ist noch keine Fäulnis aufgetreten. Und auch die Messung der Körpertemperatur schied durch die Auffindung der Körperteile im See aus. Bei den abgetrennten Extremitäten konnte auch die Totenstarre nicht geprüft werden. Aus diesem Grund haben wir den Abbauprozess der Proteine im Skelettmuskel untersucht. Diese Proteine bauen sich nach einem bestimmten Muster ab. Durch den Vergleich des Degradationszustandes der Muskelproteine sowohl des weiblichen Fußes als auch des Hinterbeines des Hundes haben wir feststellen können, dass der Tod der Frau und des Hundes zur gleichen Zeit eingetreten ist, und zwar zwischen 5 Uhr 45 und 6 Uhr 15, und dass die Extremitäten mit hundertprozentiger Sicherheit im Wasser abgetrennt wurden. Und zwar von einem Tier mit sehr vielen, sehr langen und sehr scharfen Zähnen.

Einen Teil von einem Zahn haben wir übrigens gefunden und ihn zur weiteren Untersuchung an das Zoologische Institut geschickt. Vielleicht finden die ja etwas.»

Stallinger brauchte ein paar Sekunden, um sich über die Tragweite dieser Informationen klar zu werden. «Sie würden also behaupten, dass es zurzeit im Rottensee einen Raubfisch gibt, der Menschen und Hunde frisst?»

«Wenn Sie mich so fragen, würde ich sagen: Ja. Theoretisch könnte es sich natürlich auch um ein anderes Tier handeln. Aber nachdem die beiden im Wasser getötet wurden, gehe ich davon aus, dass es sich bei dem Verursacher der tödlichen Bisse um einen Fisch handelt, der natürlich – wie ich bereits ausgeführt habe – eine entsprechende Größe haben muss.»

Stallinger schluckte. «Schicken Sie mir bitte sofort die Ergebnisse. Ich glaube, dass morgen am Rottensee die Hölle los sein wird.»

«Das ist ein realistisches Szenario», antwortete Dr. Casagrande emotionslos. «Haben Sie sonst noch Fragen?»

Stallinger schüttelte den Kopf. «Nein, das reicht. Danke und auf Wiederhören.»

«Nichts zu danken.»

Stallinger starrte ins Leere und begann am ganzen Körper zu zittern. Wenn es stimmte, was Dr. Casagrande soeben gesagt hatte, dann war sein schlimmster Albtraum wahr geworden. Ich weiß, warum ich diesen verdammten See so hasse, dachte er entsetzt. Aber wie konnte es sein, dass im Rottensee ein fünf oder sieben Meter langer Monsterfisch sein Unwesen trieb, ohne dass ihn bisher jemand gesehen hatte? Oder waren diejenigen, die ihm begegnet waren, bereits alle tot? Eigentlich war es ein Ding der Unmöglichkeit. Aber den abgetrennten Fuß von Frau Gstöttner und das Hinterbein ihres Hundes hatte er mit eigenen

Augen gesehen. Und was der Gerichtsmediziner gesagt hatte, klang ebenfalls einigermaßen plausibel.

Stallinger wählte die Nummer der Wasserrettung, die gemeinsam mit Tauchern der Feuerwehr immer noch das Gebiet um das Strandbad in Sonnleiten absuchte. «Habt ihr noch gar nichts gefunden?», fragte er Erich Baldinger, den Einsatzleiter, vorsichtig.

«Nein, nichts. Es gibt keine Spuren. Sehr eigenartig, das Ganze.»

«Ich habe soeben mit dem Gerichtsmediziner gesprochen, der die Leichenteile untersucht hat. Er meinte, dass es vielleicht doch ein großer Hecht gewesen sein könnte. Bevor wir nichts Genaueres wissen, schlage ich vor, dass ihr die Suche einstellt. Ich halte das mit dem Hecht zwar für einen Blödsinn, aber man sollte die Taucher nicht unnötig gefährden.»

«Was? Ein Hecht?» Baldinger lachte sarkastisch. «Den Gerichtsmediziner nehme ich einmal zum Hechtfischen mit, dann zeige ich ihm die Salzstangerln, die heutzutage im Rottensee herumschwimmen. Die können nicht einmal ein kleines Kind ins Wadl zwicken.»

«Na ja, ich meine ja nur.» Stallinger zögerte. «Trotzdem würde ich an eurer Stelle aufpassen.»

«Tun wir eh immer», antwortete Baldinger. «Sobald wir etwas gefunden haben, melde ich mich.»

«In Ordnung.» Stallinger legte auf und dachte über die weiteren Schritte nach. Als Erstes musste er mit den Bürgermeistern aller Seegemeinden sprechen und ihnen klarmachen, dass für den Rottensee umgehend ein Badeverbot verhängt werden musste. Und das mitten in den Ferien, wo für die nächsten Tage schönstes Wetter vorausgesagt wurde. Ein Albtraum. Er wählte Habringers Nummer.

«Servus Alfons, gut, dass du anrufst.» Der Bürgermeister von Bitterwasser war hörbar aufgeregt. «Vorhin war der Weißengruber da und hat mir erzählt, dass der Anneliese Gstöttner angeblich ein Waller den Fuß abgebissen hat. Weißt du da Näheres?»

«Du, Gottfried, hast du kurz Zeit?»

«Ja, ja, sicher, jetzt red schon.»

«Also, das klingt wahrscheinlich nicht sehr glaubwürdig, was ich dir sage, aber ich habe soeben mit dem Gerichtsmediziner Dr. Casagrande telefoniert, und er hat gesagt, dass die Frau Gstöttner und ihr Schäferhund von einem – also, wie soll ich mich ausdrücken, na ja, dass die beiden von einem riesigen Fisch getötet worden sind.»

«Also stimmt das mit dem Waller?» Der Bürgermeister klang fast erleichtert.

«Nein, nein, das war kein Waller. Laut Auskunft des Gerichtsmediziners muss der Fisch mindestens sieben Meter lang gewesen sein. Das war ein richtiges Monster.»

Am anderen Ende der Leitung wurde es kurz still, dann hörte Stallinger ein heiseres Lachen. «Fonsi, du spinnst ja. Das ist der größte Blödsinn, den ich je gehört habe. Ich bin am See aufgewachsen. Genau wie meine Eltern und Großeltern, und der größte Hecht, der je im Rottensee gefangen wurde, war einen Meter fünfzig lang. Ja, okay, heuer haben sie einen Waller mit zwei Metern gefangen. Von dem gibt es sogar Fotos auf Facebook, die kannst du dir anschauen.»

«Mich interessiert Facebook nicht, und ich kann nur das weitergeben, was der Gerichtsmediziner gesagt hat. Und wenn das stimmt, muss ab sofort ein generelles Badeverbot für den Rottensee verhängt werden.»

«Alfons», krächzte der Bürgermeister, «du kommst jetzt sofort her. Ich möchte das mit dir von Angesicht zu Angesicht besprechen. Nur so viel: Ein Badeverbot am See wird es nur über meine Leiche geben. Denke an die Seeüberquerung und an das Konzert, das längst ausverkauft ist. Wenn ich diese Events absage, bin ich meinen Posten los. Die FPÖ lauert eh schon darauf, dass ich einen Fehler mache, aber diesen Gefallen werde ich ihr nicht tun. Und noch etwas, Alfons: Kein Wort zu niemandem. Hast du mich verstanden?» Dann legte er auf.

Stallinger wischte sich den Schweiß von der Stirn. «So eine verdammte Scheiße, so eine verdammte.» Plötzlich fiel ihm ein, dass seine Tochter Martina zu Mittag an den See fahren wollte. Er wählte ihre Nummer, aber sie meldete sich nicht. Umgehend rief er seine Frau an.

«Alfons, was gibt's denn?», fragte sie überrascht, weil er sie sonst nie anrief. «Ist etwas passiert?»

«Du, Helga, wo ist denn die Martina? Ist sie schon zum See gefahren?»

«Ja, wieso? Was ist denn los? Ist etwas passiert?» Stallingers Frau klang besorgt.

«Nein, noch nicht, aber ich habe sie nicht erreicht. Sie darf auf keinen Fall ins Wasser gehen. Wohin wollte sie denn fahren?»

«Nach Sonnleiten ins Strandbad. Mit ihren Freundinnen. Was ist denn los? Jetzt rede schon.»

«Auch das noch. Im Rottensee gibt es einen riesigen Fisch, der Menschen tötet. Und Hunde auch. Und die Martina …»

«Alfons, sag einmal, ist alles in Ordnung mit dir?» Stallingers Frau lachte, aber ihr Lachen klang gekünstelt.

«Ich weiß, es hört sich absurd an, aber wir haben von der Gerichtsmedizin gerade die Obduktionsergebnisse hereinbekommen.»

«Was für …»

«Ich melde mich später noch einmal.»

«Aber, Alfons, was ist denn überhaupt los? Ich verstehe kein Wort.»

«Ist jetzt auch egal, ich muss mich beeilen.»

Stallinger legte auf und wählte noch einmal Baldingers Nummer. «Du Erich, ich bin's noch einmal. Sag, könnt ihr im Strandbad meine Tochter ausrufen lassen? Es ist sehr dringend, und ich erreiche sie gerade nicht am Handy.»

«Fonsi, wir haben hier gar keine Lautsprecheranlage, das müsstest du doch wissen.»

«Was, ihr habt gar keine Anlage?»

«Nein.»

Stallinger griff nach seiner Dienstmütze und rannte nach draußen. Er wusste, dass er damit gegen die Vorschriften verstieß, aber das war ihm jetzt auch egal. Im Auto rief er Wegleitner an, der gerade die Daten von drei jungen Burschen aufnahm, die auf eine halb verfallene Holzhütte das Wort BUMSEN gesprayt hatten und dabei prompt vom Besitzer erwischt worden waren. Stallinger war froh, dass er sich nicht mit solchen Blödsinnigkeiten herumschlagen musste. «Du, Andi, ich muss dringend ins Strandbad nach Sonnleiten fahren, kannst du zum Posten zurückkommen? Der ist nämlich nicht besetzt.»

«Ich bin noch nicht fertig mit den Burschen. Der Besitzer von dieser windschiefen Hütte steht hinter seiner Thujenhecke und schaut, ob ich eh alles richtig mache. Es ist zum Kotzen. Was ist denn los?»

«Das erzähle ich dir später.»

«Und was soll ich mit den Sprayern machen?»

«Nimm sie halt mit oder schick sie nach Hause.» Stallinger schaltete das Blaulicht ein und raste wie ein Verrückter über die Brücke, musste aber bereits auf Höhe der *Tierbestattung*

Jupiter eine Vollbremsung hinlegen, weil einer dieser verblödeten Schwäne über die Straße trottete. Wäre es nach ihm gegangen, hätte er die Schwanenkolonie in der Rotfedernbucht schon längst ausgerottet. Aber kaum äußerte man einen solchen Vorschlag, wurde man sofort als Tierquäler beschimpft. Dass sich wegen der tonnenweisen Verfütterung von altem Brot an die Schwäne auch die Ratten explosionsartig vermehrten, war den Leuten natürlich egal. Hauptsache, die kleinen Kinder und die alten Weiber waren glücklich, wenn sie diese dummen Tiere mit verschimmeltem Brot füttern konnten.

Wäre Stallinger nicht so in Eile gewesen, hätte er den Schwan kurzerhand überfahren, aber da seine Tochter in höchster Gefahr war, durfte er keine Zeit verlieren. Er umkurvte den Schwan, der nicht nur aus dem Schnabel, sondern auch aus dem hinteren Loch blutete. Es war ein grässlicher Anblick, aber es liefen ohnehin bereits ein paar Schwanenretter zusammen, die sich um das verletzte Tier kümmerten.

Stallinger gab Gas, und dass er auf seiner Fahrt zum Strandbad keinen Unfall baute, grenzte fast an ein Wunder. Mit quietschenden Reifen bog er in den Parkplatz ein, wo er seinen Dienstwagen auf dem Behindertenparkplatz abstellte. Stallinger hüpfte aus dem Auto und wurde sofort von Dutzenden Neugierigen angegafft. Scheiße, was soll ich jetzt tun?, fragte er sich, als ihm bewusst wurde, dass er gar keinen Plan hatte. Er konnte ja schlecht zwischen den Halbnackten über die *Fleischwiese* laufen und «Martina! Martina!» rufen. Also blieb er neben dem Wagen stehen und wählte noch einmal ihre Nummer. Dieses Mal hatte er Glück. «Martina, wo bist du denn?»

«Im Strandbad. Warum?»

«Wo genau?»

«Was ist denn los? Ist etwas mit der Mama?»

«Nein. Ich stehe am Behindertenparkplatz beim Buffet. Kannst du bitte kurz herkommen?»

«Du bist hier im Strandbad?»

«Ja, komm bitte kurz her, ich muss dringend mit dir reden, es ist aber nichts Schlimmes.»

«Muss das wirklich sein? Wir haben gerade …»

«Ja, es muss sein», antwortete Stallinger mit Nachdruck.

«Na gut, warte, ich komme.» Martina war hörbar genervt.

Fünf Minuten später tauchte Martina auf. Sie trug einen knappen Bikini, und zu Stallingers großer Überraschung war sie auf der Schulter tätowiert. Warum hatte sie ihm das nicht gesagt?

«Dein Auftritt ist ziemlich peinlich. Was ist denn los?» Dass sie sauer auf ihren Vater war, war nicht zu übersehen.

«Martina, hör mir bitte zu. Ich möchte, dass du nicht mehr ins Wasser gehst. Im Rottensee schwimmt nämlich ein riesiger Fisch, der bereits einige Menschen gefressen hat, und …»

Martina begann zu lachen. «Deswegen kommst du her, um mir einen solchen Unsinn zu erzählen?»

Ein paar Neugierige blieben stehen und schauten blöd aus der Wäsche. Martina fühlte sich überhaupt nicht wohl in ihrer Haut und hoffte, dass ihr Vater so schnell wie möglich verschwand.

«Martina, bitte geh einfach nicht mehr ins Wasser. Oder schwimm zumindest nicht zu weit hinaus. Ich kann dir später alles erklären. Aber gestern sind hier im Freibad Teile einer Leiche und eines toten Hundes angeschwemmt worden.»

«Das weiß ich doch. Steht ja auch in der Zeitung. Was habe ich damit zu tun? Ich habe sie nicht umgebracht.»

Stallinger senkte seine Stimme. «Nein, es war ein riesiger Fisch, der die beiden getötet hat.»

Martina sah ihren Vater forschend an. «Ist alles in Ordnung mit dir?»

«Ja, der Monsterfisch hält sich vielleicht immer noch in der Nähe des Strandbads auf, das heißt, dass er jederzeit wieder zuschlagen kann.»

Martinas Gesichtsausdruck wurde hart. «Und das soll ich meinen Freunden erzählen?»

«Nein, ich sag's nur dir. Du kannst ja sagen, dass du nicht ins Wasser gehen kannst, weil du – ich weiß auch nicht ...»

«Weil ich die Regel habe?»

Stallinger wurde rot.

«Und wenn meine Freunde vom Monsterfisch gefressen werden, ist dir das egal?»

Stallinger erkannte seine Tochter nicht wieder. Gleichzeitig musste er sich eingestehen, dass er wenig über sie wusste. Warum hatte sie ihm das mit dem Tattoo nicht erzählt? Er nahm sich vor, bei nächster Gelegenheit einmal ein ausführliches Gespräch mit ihr zu führen. Ohne eine Antwort abzuwarten, drehte sich Martina um. Jetzt sah Stallinger, dass sie auch am Rücken tätowiert war. Das Tattoo zeigte einen Drachen, der Feuer spuckte.

Als Stallinger wenig später wieder bei der *Tierbestattung Jupiter* vorbeikam, winkte ihm ein wütender Passant zu. «Bleiben Sie stehen», rief der Mann, «der Schäferhund von der Tierärztin hat einen Schwan totgebissen.»

Stallinger kurbelte das Fenster hinunter. Er wollte keinesfalls in diese Sache hineingezogen werden, weil er ohnehin schon genug Ärger am Hals hatte. «Was ist denn passiert?»

Das Gesicht einer jungen Frau tauchte in der Fensteröffnung auf. «Ich bin die Tierärztin. Der Schwan hat meinen Hund angegriffen, und Rambo hat sich natürlich gewehrt. Aber der Schwan war schwer krank und hätte ohnehin eingeschläfert werden müssen.»

«Na, dann ist ja alles in bester Ordnung.» Stallinger gab Gas und hätte beinahe einen Angler überfahren, der in Gedanken versunken die Straße überquerte. Der Angler hatte lange weiße Haare und trug eine zerschlissene Kniehose sowie hellblaue Flipflops. Er war deprimiert, weil er außer ein paar Lauben wieder einmal nichts gefangen hatte. Aber der harte Biss zuvor, der war doch sicher von einer riesigen Seeforelle, dachte er bedrückt. Warum hatte sie den Blinker nicht genommen? Morgen würde er es wieder versuchen, gemäß dem Angler-Motto: *There is always another day.*

Dass die Lauben vom Erbrochenen der Innenministerin gefressen hatten, konnte der Angler natürlich nicht wissen. Woher auch? Und wenn er die Lauben am Abend tatsächlich aß, wovon auszugehen war, würde bald auf seinem Grabstein stehen: *An old fisherman never dies.*

34.

Auf dem Weg nach Hause schwirrte Franziska der Kopf. Sie spürte immer noch die Nachwirkungen des Alkohols, die aber harmlos waren, verglichen mit dem Gefühlschaos, das Gloria in ihr ausgelöst hatte. Eigentlich hätte sie ja an ihrer Diplomarbeit über Iwan Turgenjew schreiben sollen, aber ihre Gedanken kreisten nur um Gloria. Und um die traumhafte Nacht, die sie miteinander verbracht hatten. Die Ausgangslage war zwar alles andere als ideal, aber was hätte sie tun sollen? Am liebsten hätte sie die Zeit angehalten. Goethe fiel ihr ein, den sie nicht besonders mochte: *Zum Augenblicke sagen: Verweile doch! Du bist so schön!* In diesem Fall musste sie dem alten Geheimrat aber recht geben.

Um sich abzulenken, schaltete Franziska das Autoradio ein. *Every woman needs a man*, sang – natürlich – ein Mann. Als sich der Typ auch noch als der große Frauen-Beschützer aufspielte – *to protect her and to hold her* –, drehte Franziska gleich wieder ab. Sie musste an Glorias Reaktion auf ihre Frage nach dem Kind denken und spürte, wie sich ihr Herz zusammenkrampfte. Dabei wusste sie gar nicht, weshalb Gloria so abwehrend reagiert hatte. Hatte sie ein Kind verloren? Oder war es gestorben?

Franziska war froh, dass sie sich auf der engen Uferstraße auf den Verkehr konzentrieren musste. Wegen der vielen Radfahrer fuhren die Autos nur im Schritttempo, und kurz vor Bitterwasser stand sie dann im Stau. Sie öffnete das Fenster, und als ihr Blick auf ein mit Efeu bewachsenes Bauernhaus fiel, stutzte sie. Die Fenster im oberen Stockwerk standen offen, und Franziska überlegte, woran sie das Bild erinnerte. Da fiel ihr das Foto ein, das sie in Glorias Wohnzimmer gesehen hatte. Irgendetwas war eigenartig an diesem Foto, aber Franziska wusste nicht, was es war. Endlich setzte sich die Kolonne wieder in Bewegung.

Franziska hoffte, dass ihr Großvater nicht böse auf sie war, weil sie ihn nicht angerufen hatte. So durcheinander, wie sie war, hatte sie sogar vergessen, mit dem Namensvetter des gelynchten Piloten in Ramstein Kontakt aufzunehmen. Auch wegen Turgenjew musste sie sich etwas überlegen. Als sie an dem Park vorbeikam, in dem es zur ersten Begegnung mit Gloria gekommen war, überlegte sie, ob sie Gloria eine Sonnenbrille kaufen sollte. Dabei hätte sie beinahe das Polizeiauto übersehen, das ihr mit überhöhter Geschwindigkeit entgegenkam. Idiot, schimpfte Franziska.

Vor der *Tierbestattung Jupiter* musste Franziska erneut das Tempo drosseln. Ein paar Schaulustige standen um einen Schwan herum, der blutverschmiert am Fahrbahnrand lag. Ein

Schäferhund, der von einer Frau am Halsband festgehalten wurde, bellte wie verrückt. Franziska verzog das Gesicht. Es hätte sie zwar interessiert, wie der tote Schwan hierhergekommen war, aber da sie keine Zeit mehr verlieren durfte, gab sie Gas.

Die Straße war gesäumt von Werbeplakaten, die mehr über das Wesen des hier ansässigen Menschenschlags aussagten als jede wissenschaftliche Studie:

Karibik-Party
Blondinen-Treff
50-Plus-Party
Stadl-Gaudi
Wigwam-Party
Disco-Inferno
Sautrog-Rennen
Stoppelfest
Biker-Frühschoppen (gesponsert vom örtlichen Bestatter)
LKW-Segnung
Soccer-Rock-Party
Rock the Lake

Außerdem fand in jeder Ortschaft mit mehr als zwanzig Einwohnern ein mehrtägiges Feuerwehrfest statt, was besonders die FPÖ freute, denn je mehr Leute hirnkrank wurden, desto mehr Zulauf bekam sie. Einmal war Franziska mit ihrem Großvater beim *Maibaum-Schmeißen* gewesen, was ihr gereicht hatte, weil sie kollektiven Besäufnissen wenig abgewinnen konnte. Und am Ende des Tages wurde bei all diesen Festen die inoffizielle Landeshymne gesungen, die da lautete:

I und mei Rausch,
mia lebn im Tausch.
Oamoi hot da Rausch mi,
donn hob den Rausch i.

Damit auch die anwesenden Touristen aus der BRD und der ehemaligen DDR den Text verstanden, wurde ihnen ein vom Fremdenverkehrsverband produzierter Zettel mit der hochdeutschen Übersetzung dieses Volkslieds in die Hand gedrückt:

Ich und mein Rausch,
wir leben im Tausch.
Einmal hat der Rausch mich,
dann hab den Rausch ich.

«Da bist du ja endlich. Ich habe mir schon Sorgen um dich gemacht. Wo warst du denn so lange?» Franziskas Großvater kam gerade aus dem Hühnerstall, wo er Eier eingesammelt hatte. Das Körbchen in seiner Hand zitterte.

«Opa, entschuldige bitte, dass ich mich nicht mehr gemeldet habe, aber der Akku von meinem Handy war leer, und ich habe dir ja gesagt, dass ich bei meiner Freundin in Schwarzbach übernachte.» Franziska hoffte, dass ihr Großvater das Wörtchen *meiner* überhört hatte.

«Was ist denn das für eine Freundin? War sie schon einmal hier?»

«Nein, aber ich habe dir ja erzählt, dass sie als Polizeitaucherin in Berlin arbeitet. Ihre Großeltern haben in den fünfziger Jahren in Schwarzbach ein Sommerhäuschen gebaut, und dort verbringt sie gerade ihre Ferien. So, was machen wir jetzt wegen dem Lester? Hast du dir das noch einmal überlegt?»

Ablinger warf seiner Enkelin einen erstaunten Blick zu. «Ich dachte, du hättest dich schon darum gekümmert. Von meiner Seite aus gibt es nichts mehr zu überlegen. Wenn das in Deutschland wirklich ein Verwandter von ihm ist, dann schicken wir ihm die Erkennungsmarken. Wenn nicht, kannst du ja schauen, ob du irgendwelche Nachkommen in Amerika findest.»

«Okay, ich werde es versuchen.»

«Wenn du willst, kann ich zu Mittag eine Eierspeise machen. Die Hühner legen gut zur Zeit.»

«Ja, in Ordnung. Oder soll ich die Eierspeise machen, dann kannst du dich ein bisschen ausrasten?»

Ablinger machte eine müde Handbewegung. «Nein, nein, das schaffe ich schon noch.»

«Na gut, dann schau ich jetzt einmal, was ich über diesen Lester aus Ramstein herausfinde.» Franziska ging auf ihr Zimmer und öffnete das Fenster. Am liebsten hätte sie sich den Feldstecher ihres Großvaters ausgeborgt und das jenseitige Ufer des Sees nach Glorias Haus abgesucht. Aber wahrscheinlich war die Entfernung viel zu groß, um irgendwelche Details erkennen zu können.

Sie setzte sich an den Schreibtisch und ordnete zunächst einmal die Karteikarten mit den Zitaten aus Turgenjews Romanen. Die meisten hatten bereits Eingang in ihre Diplomarbeit gefunden, bei einigen wusste sie aber gar nicht mehr, weshalb sie sie aufgeschrieben hatte, so auch bei diesem:

Es kommt mitunter vor, daß sich jemand beim Erwachen, unwillkürlich erschrocken, fragt: Bin ich denn wirklich schon dreißig – vierzig – fünfzig Jahre alt? Wie ist das Leben bloß so schnell vergangen? Wie kommt es, daß der Tod mir schon so nahe gerückt ist? Der Tod ist wie ein Fischer, der den Fisch schon im Netz hat, ihn aber noch eine Weile im Wasser läßt – der Fisch schwimmt noch umher, doch das Netz hält ihn gefangen, und der Fischer holt ihn heraus, wann es ihm gefällt.

Vorabend hieß der Roman, aus dem dieses Zitat stammte. In zwei Jahren bin ich auch schon dreißig, dachte Franziska wehmütig. Außerdem hatte sie Angst, dass ihr Großvater bald sterben würde. Sie wunderte sich über ihre melancholische Anwandlung, aber die Nacht mit Gloria und die Erzählungen ihres

Großvaters hatten sie doch mehr mitgenommen, als sie sich eingestehen wollte. Ja mehr noch: Die Vorstellung, dass Gloria bald nach Berlin zurückkehren würde, machte sie richtiggehend traurig. Vielleicht sollte ich die Sache lockerer nehmen und das Ganze einfach als Urlaubsflirt betrachten. Genieße den Augenblick, versuchte sie sich einzureden. Gleichzeitig musste sie an Jelena denken, die in *Vorabend* den todkranken bulgarischen Freiheitskämpfer Insarow heiratet, obwohl sie weiß, dass sie mit ihm keine Zukunft hat. Habe ich mit Gloria auch keine Zukunft?, fragte sie sich ängstlich.

Sie klappte ihren Laptop auf und überlegte, ob sie Glorias Namen in die Suchmaschine eingeben sollte. Vielleicht finde ich ja Informationen über ihr Privatleben oder über ihr Kind. Im selben Moment kam sie sich schäbig vor. Nein, ich darf ihr nicht nachspionieren, dazu habe ich kein Recht.

Franziska räusperte sich und streckte ihren Rücken durch. Sie gab in die Suchmaschine den Ortsnamen *Ramstein* ein. Der dritte Eintrag war der, nach dem sie gesucht hatte: *Ramstein Air Base. Home of the 86th Airlift Wing, and Headquarters of US Air Forces Europe.* Auf der Startseite gab es auch eine Telefonnummer. Sie holte den Zettel mit den Informationen über Andrew P. Lester hervor und wählte die Nummer. Bereits nach dem dritten Klingeln meldete sich eine weibliche Stimme. «Ramstein Air Base, operator, how can I help you?»

Franziska brauchte einige Zeit, um zu erklären, worum es ging. Die Frau am anderen Ende der Leitung hörte geduldig zu, auch wenn sich Franziska nicht sicher war, ob sie ihr Anliegen überhaupt verständlich vorgebracht hatte.

«I see.» Nachdem sich die Frau Andrew P. Lesters Daten und Franziskas Handynummer notiert hatte, sagte sie: «I will see what I can do for you and we will get back to you as soon as possible.»

Franziska war überrascht, wie problemlos das Gespräch verlaufen war. Sie fragte sich, was passieren würde, wenn dieser Lester tatsächlich ein Verwandter des gelynchten Piloten war. Irgendwie wurde ihr bei diesem Gedanken unbehaglich zumute. Während sie nachdachte, fiel ihr Blick auf ein Exzerpt aus Turgenjews Roman *Väter und Söhne*:

«Außerdem ist die Liebe ja nur eine Selbsttäuschung.»

«Tatsächlich? Das freut mich zu hören.»

Also sprach Anna Sergejewna, und also sprach Basarow; beide vermeinten, sich nichts vorzumachen, aber machten sie sich wirklich nichts vor? Sie selber wußten es nicht, und der Autor weiß es schon gar nicht. Dem Gespräch nach sah es allerdings so aus, als glaubten sie, was sie sagten.

Und auf einer anderen Karteikarte stand:

Anna Sergejewna hat kürzlich, weniger aus Liebe denn aus Vernunft, einen der kommenden Männer Rußlands geheiratet, einen ungemein klugen Rechtsgelehrten mit scharfem nüchternem Verstand, festem Willen und brillanter Redegabe, noch jung an Jahren, von redlicher Gesinnung und eiskalt.

«Franzi, die Eierspeise ist fertig. Beeil dich, bevor sie kalt wird.»

Franziska ging ans Fenster und deutete ihrem Großvater, der mit zwei Tellern in der Hand vor dem Haus stand. «Ja, ich komme.» Sie klappte den Laptop zu und eilte nach unten. Ihr Großvater saß bereits unter dem Apfelbaum am Tisch und wartete, bis sich seine Enkelin zu ihm gesetzt hatte.

«Mahlzeit», sagte er.

«Mahlzeit, und danke fürs Kochen.»

«Rühreier mit Speck kann ja jeder machen, das hat mit Kochen nichts zu tun.»

«Sie schmecken aber trotzdem sehr gut.»

«Bioeier», sagte Ablinger, während er ein Stück Speck aufspießte, «aber um das Zertifikat zu bekommen, hätte ich so viele Auflagen erfüllen müssen, dass ich dafür den Traktor hätte verkaufen müssen. Also sind es nur normale Eier.»

Die Krähen auf den abgestorbenen Eschen begannen zu krächzen. «Diese verdammten Vögel», sagte Ablinger.

«Lass sie doch, sie tun uns ja nichts.» Franziska griff nach einem Stück Brot. «Ich habe übrigens bereits Kontakt mit der amerikanischen Militärbasis in Ramstein aufgenommen. Wenn wir Glück haben, erfahre ich vielleicht schon morgen, ob dieser William Lester tatsächlich mit unserem Lester verwandt ist.»

Ablinger legte seine Gabel zur Seite und verjagte eine Wespe. «Das wäre natürlich …» Er strich sich nachdenklich über sein Kinn. «Ich wäre schon froh, wenn ich das noch erledigen könnte, bevor ich …»

Franziska tat so, als hätte sie die Bemerkung nicht gehört.

«Nach siebzig Jahren ist es an der Zeit», murmelte er.

«Wie meinst du das?»

«Na ja, so, wie ich es sage. Übrigens habe ich über den Flachberger nachgedacht. Ich glaube, ich werde diese Feier besuchen.»

Franziska hätte sich beinahe verschluckt. «Bitte, was? Du willst nach Schwarzbach zu Flachbergers Geburtstagsfeier fahren?»

Ablinger nickte.

«Aber – du kannst dich doch da nicht einfach reinsetzen und zuschauen. Was ist, wenn dich der Flachberger erkennt?»

«Erkennen tut er mich sicher nicht mehr, aber ich werde ihn ansprechen.»

«Ansprechen worauf?»

«Auf sein Verbrechen.»

Franziska war verwirrt. «Aber, du hast doch selbst gesagt, dass es keine Zeugen gibt. Opa, mach dich nicht unglücklich. Lass uns darüber noch einmal in Ruhe reden.»

«Ich muss mich jetzt hinlegen, ich bin müde.» Ablinger zupfte zerstreut an den Hosenträgern seiner viel zu großen Arbeitshose.

«Opa, bitte überleg dir das noch einmal. Der Flachberger ist neunzig Jahre alt, diese Sache – dieses Verbrechen ist längst verjährt. Es reicht doch, wenn du Lesters Erkennungsmarken an seine Familie zurückgibst.»

«Reden wir am Abend weiter.» Ablinger stand auf und hielt sich sein Kreuz.

«Äh, Opa, ich bin am Abend nicht da.»

«Ach so, wo bist du denn?» Ablingers Enttäuschung war unüberhörbar.

«Ja, also, ich treffe mich wieder mit meiner Bekannten, der Polizeitaucherin. Aber ich fahre erst um drei.» Franziska hatte ihrem Großvater gegenüber ein schlechtes Gewissen, wollte aber keinesfalls auf das Treffen mit Gloria verzichten.

Ablinger nahm seinen Teller.

«Lass ihn stehen», sagte Franziska. «Ich kümmere mich um den Abwasch.»

35.

Oliver Kainrath holte den Brief hervor, den ihm seine Schwester Gloria vor fünf Jahren geschrieben hatte. Es war ein handgeschriebener Brief. Und es war ein trauriger Brief.

Plötzlicher Kindstod. Klassifikation nach ICD-10: R 95 ist auf dem Totenschein gestanden. Ich habe mir darunter nichts vorstellen können, und selbst wenn ich gewusst hätte, warum Mika zu atmen aufgehört hat, wäre es kein Trost für mich gewesen. Es war auch kein Trost für mich, dass sie mir in der Klinik gesagt haben, dass nur 0,17 Promille der Babys am plötzlichen Kindstod sterben. Mika war eines dieser Babys, das ist alles, was für mich zählt. Es ist trostlos, und seitdem das passiert ist, bin ich krank. Angina, Herzbeklemmung, Atembeschwerden und Harnwegsinfekte. Die Ärzte experimentieren an mir herum, aber ich habe das Gefühl, dass sie gar nicht wissen, was sie eigentlich behandeln sollen. Mika wird dadurch auch nicht mehr lebendig. Ich verstehe es nicht, ich verstehe es nicht.

Wenn Oliver diese Zeilen las, schnürte es ihm die Kehle zu, und er empfand das Leben als große Ungerechtigkeit. Wie sehr hatte sich Gloria über das Kind gefreut, und wie grausam hatte das Schicksal zugeschlagen.

Ich wollte mit Aki eine Familie gründen, aber es hat nicht geklappt. Die Familie wäre vielleicht ein sicherer Hafen für mich gewesen, aber nach Mikas Tod wurde ich wieder hinausgetrieben in die offene, stürmische See. Ich hoffe, dass bald ein Rettungsboot kommt oder ich eine Insel finde. Oder wenigstens sicheren Boden unter den Füßen. Ich bin eine verlorene Seele.

Gloria hatte das Kind bekommen, das sie sich so sehr gewünscht hatte, aber das Kind war gestorben. Und in einigen Monaten würde nicht seine Frau Astrid, sondern seine Geliebte

Katharina ein Kind von ihm bekommen, das er nicht wollte. Die Lage war aussichtslos, und der Schatten, der sich über sein Gemüt legte, wurde immer dunkler.

Was bin ich?, fragte sich Oliver Kainrath. Ein Betrüger? Ein Lügner? Ein Feigling? Ein Verräter? Ein Mensch ohne jede Verantwortung? Welche Antwort auch zutraf, sie war in jedem Fall niederschmetternd.

Er spürte das heftige Pochen seines Herzens und stand auf. Vor dem Fenster blieb er stehen und starrte hinaus auf die karge Landschaft, aber die Landschaft blieb stumm. Sie schwieg genauso wie der Blutmond, dessen fahle Silhouette vom Observatorium aus mit freiem Auge gut zu erkennen war. Oliver fragte sich zum wiederholten Male, weshalb er die Stimmen in seinem Inneren ignoriert hatte, die ja nicht zu überhören gewesen waren. *Tu es nicht, Oliver, lass die Finger von dieser Frau, du machst dich nur unglücklich.* Aber eine Stimme ganz weit hinten in seinem Kopf hatte ihm zugeflüstert: *Oliver, stürz dich in dieses Abenteuer, das Abwechslung in dein langweiliges Leben bringt. Lass dir diese einmalige Chance nicht entgehen.* Dass dies die Stimme des Saboteurs war, hatte Oliver gewusst, trotzdem war er ihrem Rat gefolgt.

36.

Barbara Thaler saß an ihrem Schreibtisch und dachte über den aus ihrer Sicht völlig missglückten Besuch der Innenministerin nach. Sie war beunruhigt, weil sie befürchtete, dass er negative Auswirkungen auf die im Flüchtlingsheim anstehenden Investitionen haben könnte. Die sanitären Einrichtungen waren das letzte Mal vor mindestens zwanzig Jahren erneuert worden, und wenn die Heizkosten nicht wieder in astronomische Höhen steigen sollten, mussten auch die undichten Fenster noch vor dem Winter ausgetauscht werden. Für diese Vorhaben brauchte Barbara Thaler Geld vom Innenministerium. Der Besitzer des ehemaligen Gasthofs *Zum braunen Bären* hatte ja mehrmals erklärt, dass er sich für allfällige Reparaturen nicht zuständig fühle.

Aber weil die Initiative zu diesem Treffen nicht von ihr, sondern von Magister Besendorfer-Kronreif ausgegangen war, fühlte sich Barbara Thaler schuldlos. Sie hatte nach anfänglichem Zögern dem Treffen ja auch nur zugestimmt, weil sie darin eine Möglichkeit sah, die Innenministerin an Ort und Stelle für ihre Anliegen zu gewinnen. Unter anderen Umständen hätte sie keinen allzu großen Wert auf eine Begegnung mit ihr gelegt.

Sie zerknüllte das FPÖ-Flugblatt, das vor dem Flüchtlingsheim verteilt worden war, und warf es in den Papierkorb. «Diese Idioten», murmelte sie. Dann fiel ihr Blick auf den handgeschriebenen Text Nkwongus, der die Innenministerin so erzürnt hatte:

... Die Haussa im Norden massakrierten die Igbo im Osten. Etwa 30 000 Menschen fanden den Tod, etwa eine Million flüchtete ...

Entsprachen diese Informationen den Tatsachen? Sie wusste es nicht. Barbara Thaler mochte Nkwongu und seine beiden Kinder. Aber diese Aktion hätte er sich sparen können oder zumindest im Vorfeld mit ihr absprechen müssen. Sie dachte an die Egusi Soup, die Nkwongu für die Innenministerin zubereitet hatte. Irgendwie verstand sie nicht, weshalb Nkwongu so ein großes Geheimnis um diese Speise gemacht hatte. Jetzt war sie allerdings froh, dass sie die Egusi Soup nicht angerührt hatte. Hatten Nkwongu und seine Kinder eigentlich von dem Brei gegessen?

Barbara Thaler überlegte, ob sie im Bericht an ihre vorgesetzte Dienststelle den Disput mit der Ministerin überhaupt erwähnen sollte, als sie von draußen aufgebrachte Männerstimmen hörte. Es waren die Stimmen der afghanischen Flüchtlinge, die in einem der Sechsbettzimmer am Gang wohnten. Seufzend verließ Barbara Thaler das Büro.

Vor dem Zimmer, in dem die Auseinandersetzung stattfand, hatten sich bereits ein paar Neugierige versammelt. Es war nicht das erste Mal, dass es unter den afghanischen Männern Streit gab. Da reichte es schon, wenn einer die falsche Musik hörte oder das Morgengebet verschlief. Wurde allerdings der Prophet beleidigt, dann flogen die Fäuste wie bei einem Boxkampf.

Sie wollte es sich nicht eingestehen, aber insgeheim hatte Barbara Thaler eine Abneigung gegen die meisten afghanischen Männer in ihrer Unterkunft. Es gab zwar ein paar positive Ausnahmen, aber generell schienen ihr diese Männer ungebildet, aggressiv und anmaßend zu sein. Mithilfe eines jungen Afghanen namens Amir, der seinen Deutschkurs bereits mit Erfolg absolviert hatte, und der unbedingt Elektriker werden wollte, versuchte Barbara Thaler herauszufinden, was dieses Mal der Auslöser für den Streit war. Nach längerem Hin und Her erklärte Amir schließlich, dass Jamal sich abfällig über Adnans Schwester geäußert hatte, was dieser aber in Abrede stellte. Weil sich Jamal aber trotzdem nicht bei Adnan entschuldigen wollte, habe dieser begonnen, auf Jamal einzuschlagen. «Um ihn zu züchtigen und wieder auf den rechten Weg zu bringen», wie Amir Jamals Rechtfertigung übersetzte.

Barbara Thaler wurde wütend. «Ich dulde in diesem Haus keine Streitereien dieser Art und erwarte mir auch von den Bewohnern dieses Zimmers, dass sie die Spielregeln einhalten.» Mit einem strengen Blick Richtung Amir sagte sie: «Bitte übersetzen Sie genau, was ich gesagt habe.»

Amir zögerte, bevor er sich an seine Landsleute wandte. Die Betroffenen sahen zu Boden oder warfen Barbara Thaler verächtliche Blicke zu. Nachdem Amir geendet hatte, fügte Barbara Thaler hinzu: «Und sagen Sie ihnen bitte auch noch, dass ich beim nächsten Mal eine Meldung an das Innenministerium mache und sie sich dann ein neues Quartier suchen können. – Oder gleich nach Afghanistan abgeschoben werden.» Ohne eine Antwort abzuwarten, drehte sie sich um und verließ das Zimmer.

Um sich zu beruhigen, nahm Barbara Thaler einen Schluck kalten Kaffee. Sie atmete tief durch und setzte sich wieder an ihren Schreibtisch. Aber sie konnte sich nicht konzentrieren, weil im Zimmer über ihr jemand Möbel verrückte und ein Baby schrie. Außerdem wurde irgendwo im Haus ganz laut orientalische Musik gespielt. Sie hatte das Gefühl, dass im Moment von allen Seiten Druck auf sie ausgeübt wurde. Wie auf ein Auto in einer Schrottpresse. Das Geld wurde immer knapper, die Flüchtlinge wurden immer mehr, und die Anforderungen, die an sie und ihre Mitarbeiterinnen gestellt wurden, waren de facto nicht mehr zu erfüllen. Wenn es so weiterging, würde das System bald kollabieren. Die Folgen eines solchen Zusammenbruchs wollte sich Barbara Thaler gar nicht vorstellen.

Das Klingeln des Telefons holte Barbara Thaler zurück in den Büroalltag. Sie räusperte sich und hob ab. «Flüchtlingsheim Stockham, Barbara Thaler am Apparat.» Am anderen Ende meldete sich eine männliche Stimme. Den Namen hatte sie nicht verstanden, als sich der Anrufer aber als persönlicher Referent der Innenministerin vorstellte, wurde Barbara Thaler sofort hellwach. Verdammt, dachte sie, jetzt gibt es einen Anschiss wegen des gestrigen Besuchs. Und als auch noch der Name Abayomi Nkwongu fiel, war ihr klar, dass es für die nötigen Renovierungen kein Geld geben würde. Aber es gab gar keinen

Anschiss, sondern nur eine Mitteilung, die sie fast vom Stuhl gehauen hätte. «Bitte, was?», fragte Barbara Thaler fassungslos.

Seelenruhig wiederholte der persönliche Referent der Innenministerin: «Abayomi Nkwongu und seine beiden Kinder Anikulapo und Ayesha werden morgen um vier Uhr früh von einer Cobra-Einheit abgeholt und anschließend in Schubhaft genommen.»

«Um vier Uhr früh? In Schubhaft?»

«Ja, aber Sie brauchen sich keine Sorgen zu machen, Frau Thaler, die Cobra-Leute kommen mit Zivilfahrzeugen, und die Beamten werden weder eine Uniform tragen, noch werden sie mit gezückten Waffen das Flüchtlingsheim stürmen. Wie immer wird eine solche Abschiebung diskret über die Bühne gehen, und selbstverständlich erwartet sich das Ministerium, dass Sie mit den Beamten kooperieren und dafür Sorge tragen, dass die Delinquenten keine Schwierigkeiten machen.»

Delinquenten? Ging es hier um eine Hinrichtung? «Aber, warum?», fragte Barbara Thaler aufgelöst. «Ich kenne die Geschichte von Herrn Nkwongu. Wenn Sie den nach Nigeria abschieben, wird er mit Sicherheit umgebracht. Und seine Frau befindet sich immer noch in den Händen von Boko-Haram-Kämpfern. Das können Sie doch nicht machen.»

«Frau Thaler», antwortete der Referent ruhig, «wer sagt denn, dass wir die drei nach Nigeria abschieben? Wir schicken sie gemäß dem Dubliner Abkommen nach Italien zurück. Sie kennen doch den Akt, und Sie wissen genauso gut wie ich, dass Herr Nkwongu bei seinem Asylantrag falsche Angaben gemacht hat. Er hat gelogen, wie die meisten anderen auch, aber darum geht es jetzt nicht. Die Beamten der Sondereinheit Cobra werden Ihnen morgen die nötigen Papiere aushändigen, alles Weitere ist dann eine reine Formsache. Haben Sie noch Fragen?»

Barbara Thaler war so perplex, dass es ihr im wahrsten Sinn des Wortes die Sprache verschlug. «Nein, nein», stammelte sie.

«Dann ist ja alles in bester Ordnung. Ich wünsche Ihnen noch einen schönen Tag, auf Wiederhören.»

«Das darf doch nicht wahr sein.» Barbara Thaler spürte, wie sich ihr Magen verkrampfte. Warum ausgerechnet Nkwongu und seine Kinder? Nur weil er einen harmlosen Text vorgelesen hatte, den ohnehin niemand verstand? Oder war es wegen der Egusi Soup, die der Innenministerin nicht geschmeckt hatte?

Und wieder einmal hatte Barbara Thaler das Gefühl, dass sie mit ihrer Arbeit an einem toten Punkt angelangt war. Was hatte es für einen Sinn, Menschen zu betreuen, die absolut keine Chance hatten, sich hier eine neue Existenz aufzubauen? Eigentlich leitete sie kein Flüchtlingsheim, sondern ein Durchgangslager für Flüchtlinge. Natürlich war sie froh, dass Nkwongu und seine Kinder nicht nach Nigeria, sondern *nur* nach Italien abgeschoben wurden. Aber was passierte dort mit ihnen? Sie kamen in ein Lager, und wenn sie Glück hatten, konnten sie von dort flüchten und sich in den nächsten Jahren als Illegale durchschlagen – oder durchgeschlagen werden. So wie Zehntausende andere auch.

In Italien war das System längst zusammengebrochen, da fiel ein Nigerianer mit zwei Kindern nicht weiter ins Gewicht. Als Barbara Thaler daran dachte, dass in Italien und Griechenland in den letzten Jahren etwa zehntausend unbegleitete Flüchtlingskinder spurlos verschwunden waren, wurde ihr übel. Sie sah die Gesichter von Anikulapo und Ayesha vor sich, und plötzlich wusste sie, dass sie mit ihren zweiundvierzig Jahren nicht mehr länger Teil eines Systems sein wollte, das Kinder wie Anikulapo und Ayesha einfach ihrem grausamen Schicksal überließ.

Sie brauchte ein paar Minuten, um sich über ihre weiteren

Schritte klar zu werden. Sie holte ihr Notizheft aus der Schublade und schloss das Büro ab. An die Tür klebte sie einen Zettel: *Bin kurz weg.* Sie stieg in ihren Wagen und fuhr zum Postamt, wo es noch die letzte öffentliche Telefonzelle im Umkreis von fünf Kilometern gab. Die Telefonnummer, die sie anrufen wollte, hatte sie sich vor ein paar Jahren in das Heft mit wichtigen Passwörtern, Bankdaten und so weiter notiert. Es war eine Festnetznummer, und Barbara Thaler hoffte inständig, dass sie immer noch aktiv war. Sie warf zwei Fünfzig-Cent-Münzen in den Schlitz.

Dass sie den Anruf von einem öffentlichen Fernsprecher aus führte, war eine reine Vorsichtsmaßnahme, aber sie wollte auf keinen Fall, dass man die Nummer, die sie gerade wählte, zu ihrem Handy oder ihrem Büro-Apparat zurückverfolgen konnte. Vielleicht war ihr Plan ohnehin zum Scheitern verurteilt, aber wenn sie nichts unternommen hätte, wäre sie sich schäbig vorgekommen.

Mit klopfendem Herzen stand Barbara Thaler in der Telefonzelle, in der es nach kaltem Rauch roch, und wartete darauf, dass sich endlich jemand meldete. Nach dem zehnten Klingelton knackste es, und eine männliche Stimme sagte müde: «Ablinger.»

Sie schluckte. «Ja, hallo, ich bin's, die Barbara.»

Das Einzige, was Barbara Thaler hörte, war ein schweres, fast verzweifeltes Atmen.

37.

«Und was ist mit dem Konzert auf der Seebühne? Rock se Leck.» Der Bürgermeister hob triumphierend die Faust. Hinter ihm hingen, flankiert von verstaubten Topfpflanzen, die Porträts des Bundespräsidenten, des Landeshauptmanns und des Bezirkshauptmanns. Wäre auch noch ein Bild von Kim Jong Un dort gehangen, es wäre niemandem aufgefallen.

«Was?» Stallinger warf dem Bürgermeister einen verwirrten Blick zu.

«Rock se Leck.»

Nach einer kurzen Nachdenkpause antwortete Stallinger: «Du meinst: Rock the Lake?»

«Ist doch egal. Was glaubst du, wie lange wir gebraucht haben, bis wir den Andreas Mastwächter und den Herbert von Scheuchham zu einem gemeinsamen Auftritt überreden konnten?»

Er griff nach einem bunten Flyer, der vor ihm lag, und setzte seine Lesebrille auf. «Hier steht's: *Volks-Rock'n'Roller trifft Weltmusiker. Take a break and Rock … äh.* Das Konzert ist schon längst ausverkauft, zu diesem Event kommen dreitausend Leute. Davon sind mindestens zwei Drittel Frauen, die es kaum erwarten können, dem Mastwächter ihre BHs und Unterhosen auf die Bühne zu werfen. Soll ich die alle nach Hause schicken?»

«Solange es nicht ihre dreckigen Unterhosen sind, wird sich der Mastwächter sicher darüber freuen», antwortete Stallinger sarkastisch.

«Was?»

«Ach, nichts.» Stallinger machte eine wegwerfende Geste. «Ich gebe ja nur das weiter, was mir der Gerichtsmediziner gesagt hat. Das ist ja nicht auf meinem Mist gewachsen, Gottfried. Aber eines sage ich dir, und das gebe ich dir schriftlich: Ich übernehme keine Verantwortung.»

Der Bürgermeister sah Stallinger angriffslustig an. «Willst du mir drohen?»

«Gottfried, verschließ doch nicht die Augen vor der Realität. Die Frau Gstöttner ist tot, der Kerschbaumer ist aus seinem Boot verschwunden, ein Urlauber wird vermisst, dann die zwei Toten in Grimmberg – das sind doch alles keine Zufälle.»

Gottfried Habringer begann hysterisch zu lachen. «Der Monsterfisch hat also den Kopf einer Frau in Beton gegossen und in eine Reisetasche gesteckt. Und dann hat er dem Mann die Hände mit Kabelbinder an die Tasche gebunden.» Er schüttelte so energisch den Kopf, dass sein Toupet leicht verrutschte.

«Ja, okay, was die beiden Toten in Grimmberg betrifft, da hast du recht. Die haben mit dem Monster nichts zu tun. Aber auch die anderen Fälle reichen aus, um ein sofortiges Badeverbot für den See zu verhängen.»

«Und der Monsterfisch hat auch den Gstöttner in seinem Haus erschossen.» Der Bürgermeister machte eine Pause, bevor er weiterredete. «Sag einmal, Alfons, hast du nicht vor ein paar Jahren auch behauptet, dass dieser Steuerberater von einem riesigen Hecht in den Hals gebissen worden ist? Und in Wirklichkeit hat ihn der Weidinger Lorenz aus Rache für seinen ertrunkenen Zwillingsbruder umgebracht.»

Stallinger hob entnervt die Hände. «Ja, da haben wir uns geirrt. Aber trotzdem kannst du diesen Fall nicht mit den aktuellen Todesfällen vergleichen.«

Der Bürgermeister verengte die Augen. «Alfons, arbeitest du am Ende für die FPÖ? Willst du mir vielleicht eine Falle stellen?»

«Spinnst du jetzt vollkommen?» Stallinger schrie den Bürgermeister an. «Was glaubst du eigentlich …»

Ohne anzuklopfen, betrat die Sekretärin Angela Putzgruber das Büro. Sie war korpulent und erinnerte in ihrem giftgrünen Kostüm an einen exotischen Frosch, den die Evolution im Stich gelassen hatte. «Ist alles in Ordnung, Friedl? Oder soll ich die Polizei rufen?»

«Was?» Stallinger sah den Frosch entgeistert an.

«Nein, nein, Anschi, passt schon.» Habringer nickte ihr beschwichtigend zu.

Nach kurzem Zögern verließ Angelika Putzgruber wieder das Büro. Dass sie das Gespräch hinter der geschlossenen Tür weiter belauschen würde, war klar.

«Kennst du den Film *Der weiße Hai?*», fragte Stallinger.

«Ja, sicher. Wer kennt den nicht?»

«Dann weißt du ja, was auf dich zukommt.» Damit erhob sich Stallinger und setzte sich seine Dienstmütze auf. «Um wie viel Uhr beginnt die Seeüberquerung?»

«Um vier, ich muss mich eh schon beeilen. Und das Konzert fängt morgen um 21 Uhr an. Was glaubst du, was uns allein das Bühnenschiff gekostet hat? Und mit den Sponsoren haben wir auch Verträge, aus denen wir gar nicht mehr aussteigen können.» Dass *Bled Bull* als Gegenleistung für einen sehr geringen Sponsorenbeitrag von der Gemeinde die Ausschanklizenz für alle öffentlichen Veranstaltungen in den nächsten fünf Jahren bekommen hatte, sagte der Bürgermeister natürlich nicht. Das ging ja auch niemanden etwas an.

Stallinger schlich zur Tür und öffnete sie ruckartig. Angelika Putzgruber wäre beinahe auf ihn gefallen. «Äh, hmm, ja», murmelte sie und richtete sich verlegen ihre Dauerwelle.

«Und? Genug gehört?» Kopfschüttelnd verließ Stallinger das Gemeindeamt. Draußen war es immer noch unerträglich heiß, und der Polizeiinspektor wusste nicht, was er tun sollte.

Wieder in seinem Büro, klickte er die Homepage des Vereins an, der die Seeüberquerung organisierte:

2520 Meter liegen zwischen Sommerau und Schwarzbach, die es zu bezwingen gilt. 400 Schwimmerinnen und Schwimmer aller Altersklassen stellen sich jährlich der Herausforderung und durchqueren mit Mut, Kraft und Ausdauer den See. Ob Profi oder Hobbysportler, ob Neoprenanzug oder Badekleidung: Mitmachen kann jeder! Die Begleitboote der Wasserrettung und der Feuerwehr sorgen für die höchstmögliche Sicherheit auf dem Wasser.

Stallinger stieß langsam Luft aus. Vierhundert Schwimmerinnen und Schwimmer? In einer *Universum*-Sendung hatte er einmal gesehen, wie ein Hai einen riesigen Fischschwarm angegriffen hatte. Der Hai brauchte nur sein Maul aufzureißen und wie ein Torpedo in den Schwarm hineinzuschießen. Genauso stellte er sich den Angriff des Monsterfischs auf die Schwimmer vor. Stallinger suchte auf der Homepage nach einer Telefonnummer und stellte zu seiner Verblüffung fest, dass diese mit der Nummer des Gemeindeamts ident war. Der Grund war rasch gefunden: Der Obmann des Vereins, der die Seeüberquerung organisierte, hieß Gottfried Habringer, seines Zeichens Bürgermeister von Bitterwasser. Stallinger hätte jetzt gerne weiter an seinem Socken gestrickt, musste sich aber notgedrungen um andere Dinge kümmern.

Er wusste, dass am nächsten Tag der Landeshauptmann nach Schwarzbach kommen würde, um an den Feierlichkeiten zum neunzigsten Geburtstag von Gernot Flachberger teilzunehmen. Außerdem hatte er gelesen, dass der Landeshauptmann bei dieser Gelegenheit für die Presse ein Glas Rottenseewasser trinken würde. Im Internet war nämlich eine heftige Debatte darüber entbrannt, ob der Rottensee wegen der Fäkalien der unzähligen

Wasservögel überhaupt noch Trinkwasserqualität habe. Um den Zweiflern allen Wind aus den Segeln zu nehmen, hatten die Bürgermeister der Rottenseegemeinden den Landeshauptmann um seine Unterstützung gebeten.

Stallinger fragte sich, ob es sinnvoll wäre, den Landeshauptmann über die Lage zu informieren. Er konnte ja nicht einfach untätig herumsitzen und warten, bis der Monsterfisch wieder zuschlug. Widerwillig griff er zum Telefonhörer.

«Büro des Landeshauptmanns, Cornelia Schwingenschlögl am Apparat, was kann ich für Sie tun?»

Stallinger brachte sein Anliegen vor, aber Cornelia Schwingenschlögl schien ihn nicht verstehen zu wollen. «Da müssen Sie sich an den Herrn Hofrat Hager von der Abteilung für Anlagen-, Umwelt- und Wasserrecht wenden. Der kann Ihnen sicher weiterhelfen.»

«Hä? Ich brauche keine Genehmigung für einen Kanal. Es geht um einen sieben Meter langen Monsterfisch im Rottensee, der bereits einige Menschen getötet hat.»

Es folgte kurzes Schweigen. «Und Sie rufen vom Polizeikommissariat Bitterwasser an?», fragte die Frau argwöhnisch. «Oder sind Sie am Ende ein Umweltschützer?»

«Ein was?» Stallinger hatte keine Ahnung, worauf die Sekretärin hinauswollte.

«Ein Umweltschützer», sagte sie mit einem gehässigen Unterton. «Die erzählen doch auch immer so einen Blödsinn.»

«Ich bin kein Umweltschützer», antwortete Stallinger erbost, «ich bin der Polizeiinspektor von Bitterwasser am Rottensee, und ich muss unbedingt mit dem Herrn Landeshauptmann sprechen, der morgen nach Schwarzbach kommt.»

«Ich glaube, es ist am besten, wenn Sie sich zuerst mit der Landespolizeidirektion in Verbindung setzen. Die sollen dann mit dem Herrn Landeshauptmann Kontakt aufnehmen. Auf Wiederhören.»

Stallinger knallte den Hörer auf die Gabel. «Blöde Kuh, blöde», schimpfte er.

«Was ist denn los?» Andreas Wegleitner blieb in der offenen Bürotür stehen.

«Ach, nichts. Du, Andi, kennst du zufällig jemanden von diesem Verein, der die Rottenseeüberquerung organisiert?»

«Nein, aber der Rupert schwimmt da auch mit. Der trainiert schon seit ein paar Wochen dafür.»

«Was? Dein Sohn?»

«Ja.»

«Und du lässt ihn da trotz der Geschichte mit dem Monsterfisch mitmachen?»

Wegleitner lachte. «Geh, Fonsi, bitte. Mach dich doch nicht lächerlich. Das glaubst du doch selber nicht, dass da draußen ein weißer Hai herumschwimmt.»

«Aber du weißt doch, was der Gerichtsmediziner gesagt hat. Und den abgetrennten Fuß hast du mit eigenen Augen gesehen. Ich verstehe dich nicht.»

«Das gebe ich schon zu, dass das mit dem Fuß von der Frau Gstöttner ein bisschen eigenartig ist. Das heißt aber noch lange nicht, dass sie tatsächlich ein Fisch getötet hat. Wer weiß, was da am Ende herauskommt. Vielleicht hat sie ja ihr Mann zerstückelt und die Teile in den See geworfen. Wie in Grimmberg, da hat man ja auch Leichenteile gefunden. Aber ein Fisch hätte sich mit dem Einbetonieren von einem abgetrennten Kopf schwergetan.»

Stallinger winkte verärgert ab. «Ja, das hat mir der Bürgermeister auch gerade gesagt. Andi, das ist das erste Mal in meinem Berufsleben, dass ich hoffe, dass ich mich irre.» Erneut klingelte das Telefon. «Geh du ran, mir reicht es für heute.»

Wegleitner hob ab und hörte schweigend zu. «Frauenschlag?» Wegleitner verdrehte die Augen. «Aha, die *Hell's Angels*. Und ihr braucht Verstärkung? Ich glaube nicht, dass wir da helfen können. Wir sind ja momentan auch nur zu zweit. Tut mir leid.» Er legte auf.

«Wer war das denn?»

«Bei der Motorradsegnung in Frauenschlag ist es zwischen den *Hell's Angels of Schattenwang* und den *Red Devils of Unterfrauschenberg* zu einer Massenschlägerei gekommen. Es hat einige Schwerverletzte gegeben, und die Kollegen von Frauenschlag haben gefragt, ob wir jemanden vorbeischicken können. Ein paar Deppen vom Fremdenverkehrsamt haben nach der Motorradsegnung einen Bikerfrühschoppen veranstaltet. Dabei ist natürlich ordentlich gesoffen worden, und irgendwann haben sich die Rocker gegenseitig die Schädel eingeschlagen.»

«Motorradsegnung? Das wird ja immer absurder.» Stallinger gab in die Suchmaschine seines Computers das Stichwort *absurd* ein. Er bekam daraufhin vier Auswahlmöglichkeiten:

Absurd: rechtsextreme deutsche Metal-Band

Absurd: italienischer Horrorfilm

Absurdität: Unsinn

Reductio ad absurdum: Widerspruchsbeweis

Niedergeschlagen griff Stallinger nach seinem Strickzeug, und noch bevor er eine Masche aufnehmen konnte, klingelte erneut das Telefon. «Das darf doch nicht wahr sein.» Wütend hob er ab. «Was ist denn jetzt schon wieder los?», brüllte er in den Hörer. Dann verstummte er. «Ein Ritualmord? – Die Nieren und das Herz. – Ja, ja, kein Aufsehen. Ich verstehe. – Die Innenministerin? – Nein, aber sobald wir etwas hören, melden wir uns natürlich.»

Wegleitner machte ein fragendes Gesicht.

«In Schwarzbach haben sie in der Villa die Leiche eines Millionärs gefunden. Man hat ihm das Herz und die Nieren herausgeschnitten. Aber es darf nichts an die Öffentlichkeit dringen, weil er irgendwie mit der Innenministerin verbandelt war und sie ihn an dem Abend, an dem er ermordet wurde, noch besucht hat. Dann verliert sich ihre Spur.»

«Was?» Wegleitner riss die Augen auf. «Die Innenministerin hat ihn umgebracht.»

«Nein.» Stallinger schüttelte den Kopf. «Die ist ja verschwunden. Niemand weiß, wo sie ist.» Er dachte kurz nach. «Das heißt, natürlich könnte sie ihn umgebracht haben. Ach, was weiß ich. Strikte Geheimhaltung wurde angeordnet, aber wir müssen die Augen offen halten.»

«Vielleicht ist sie ja untergetaucht», sagte Wegleiter, «oder sie liegt mit jemandem im Bett.»

«Was?» Stallinger verzog den Mund. «Der Mann, der mit dieser Frau ins Bett geht, muss schon ziemlich verzweifelt sein. Oder er …»

Wegleitner lachte. «Wie heißt denn der Millionär?»

«Prix. Oder so ähnlich.»

«Prix?» Wegleitner kratzte sich am Kopf. «Das ist doch der Produzent von dem Film, bei dem die beiden russischen Statistinnen verschwunden sind. Glaubst du, dass es da einen Zusammenhang gibt?»

Stallinger stand auf und schnappte nach Luft. «Drehen jetzt alle durch? Ein Monsterfisch, der wahllos Leute tötet. Ein Millionär, der einem Ritualmord zum Opfer fällt. Zwei russische Statistinnen, die vermisst werden. Eine Innenministerin, die auf mysteriöse Weise verschwindet. Wer denkt sich denn sowas aus? Bin ich am Ende in einem schlechten Film?»

«Nein, schlimmer», antwortete Wegleitner.

«Ich glaube, ich suche mir einen anderen Job.» Stallinger ließ sich erschöpft in seinen Stuhl fallen.

«Du könntest ja einen Strickladen eröffnen», sagte Wegleitner mit einem gemeinen Grinser. «Stricken soll wieder in sein.»

38.

Ablingers Knie zitterten. Er nahm den Telefonapparat und ging damit zum Küchentisch. Den Hörer hielt er dabei an sein Ohr gepresst. Er setzte sich.

«Ich brauche deine Hilfe.» Barbara Thalers Worte trafen ihn wie ein Blitz aus heiterem Himmel.

«Meine Hilfe?» Ablinger war wie gelähmt.

«Ich arbeite immer noch im Flüchtlingsheim in Stockham. Ich glaube, ich habe dir das erzählt. In der Zwischenzeit bin ich zur Leiterin aufgestiegen.» Barbara Thaler bezweifelte zwar, dass es sich tatsächlich um einen *Aufstieg* handelte, aber das war jetzt nebensächlich.

Ablinger beobachtete eine Fleischfliege, die sich auf ein Stück Speck gesetzt hatte, das vor ihm auf dem Jausenbrett lag. Der Geruch des Specks erinnerte ihn an seine Kindheit. Wenn er Speck roch, fühlte er sich irgendwie zu Hause.

«Es ist dringend», hörte er Barbara sagen.

Warum tauchten ausgerechnet jetzt die Geister der Vergangenheit auf und ließen ihm keine Ruhe? Zuerst Flachberger und der erhängte Pilot. Und jetzt Barbara. War es eine Strafe? Aber wofür?

Kurz nach dem Tod seiner Frau waren sie plötzlich vor seiner Türe gestanden. Die ehemalige Dienstmagd Frieda und ihre Tochter Barbara. Frieda hatte bis zum Tod von Ablingers Frau gewartet, bis sie sich bei ihm meldete. Barbara war damals bereits zweiunddreißig Jahre alt und hatte nach ihrer Ausbildung zur Sozialarbeiterin im Flüchtlingsheim in Stockham zu arbeiten begonnen. «Ich will kein Geld von dir», hatte Frieda gleich gesagt. «Ich möchte dir nur deine Tochter vorstellen.»

Ablinger war aus allen Wolken gefallen und hatte keine Ahnung, wie er auf diese Nachricht reagieren sollte. Natürlich hatte er sich sofort an diesen *Zwischenfall* mit Frieda erinnert. Seine Frau war wegen einer *Unterleibsgeschichte* bereits seit einem Monat im Krankenhaus gelegen, und er war ausnahmsweise einmal ins Wirtshaus gegangen, wo er zu viel getrunken hatte. Als er auf den Hof zurückkam, hatte Frieda gerade in der Scheune gearbeitet. Wegen der großen Hitze hatte sie unter ihrem blauen Arbeitsmantel nur noch ihre Unterwäsche getragen. Ablinger war damals knapp über vierzig, Frieda vielleicht fünf Jahre jünger. Die beiden waren ins Reden gekommen, und Ablinger hatte Frieda auf einen Schnaps in die Küche eingeladen. Und irgendwann ist es dann passiert. Am nächsten Tag konnte sich Ablinger an nichts mehr erinnern, und als zwei Wochen später Ablingers Frau vom Krankenhaus nach Hause gekommen war, hatte Frieda von einem Tag auf den anderen gekündigt. Einerseits war Ablinger froh, dass Frieda weg war, andererseits bedauerte er ihre Entscheidung, weil er insgeheim gehofft hatte, mit ihr ein Verhältnis beginnen zu können. Aber daraus wurde nichts. Viele Jahre später hatte Ablinger erneut versucht, eine Magd zu bedrängen, allerdings ohne Erfolg. Wie Frieda hatte auch sie kurze Zeit später den Hof verlassen.

Ablinger musste wieder daran denken, wie in seiner Kindheit hinter vorgehaltener Hand über das *schwachsinnige* Baby einer Magd getuschelt wurde, das man ins Waisenhaus nach Schwarzbach gebracht hatte. Jetzt war sich Ablinger sicher, dass sein

Vater die Magd geschwängert hatte. Bei dem Gedanken, dass er offenbar eine unselige Familientradition weitergeführt hatte, wurde ihm ganz übel. Natürlich wusste Ablinger tief in seinem Inneren, dass er Schuld auf sich geladen hatte. Gleichzeitig versuchte er, sein Verhalten zu rechtfertigen. Ja, er hatte einen Fehler gemacht. Aber wenn es stimmte, dass der Mensch ein Fehler der Natur war – woran Ablinger keine Sekunde zweifelte –, dann gehörten Fehler zum Wesen der menschlichen Existenz. Mein Gott, war es auf den Höfen damals nicht üblich, dass Bauern ihre Mägde bestiegen? Und hieß es nicht schon in der Bibel, wer ohne Schuld sei, der werfe den ersten Stein? Ablinger war jetzt in seinem Denken an einem Punkt angelangt, wo er nicht mehr weiterwusste. Aber vielleicht war auch nur der Augenblick gekommen, wo er Farbe bekennen musste.

«Welche Hilfe brauchst du?», fragte Ablinger. «Brauchst du Geld? Ich weiß, dass ich dir noch etwas schuldig bin.»

«Nein, ich will kein Geld von dir.» Barbaras Antwort klang zornig. «Die Mama hat auch nie Geld von dir verlangt. Darum geht es nicht.»

«Wie geht es der Frieda?»

«Deshalb rufe ich nicht an.» Barbara Thaler musste jetzt aufpassen, dass sie nicht die Fassung verlor.

«Worum geht es dann?», fragte Ablinger, der sich langsam von seinem ersten Schock erholte.

«Ich brauche einen Platz für einen afrikanischen Flüchtling und seine beiden Kinder. Ich muss sie für ein paar Tage verstecken. Du hast doch genug Platz auf deinem Hof. Du bist meine letzte Hoffnung. Wenn du mir nicht hilfst, werden die drei nach Nigeria abgeschoben und der Mann wird dort sofort umgebracht.» Barbara fand, dass diese kleine Notlüge angesichts der dramatischen Lage gerechtfertigt war.

Ablinger schluckte. Vor seinem geistigen Auge sah er einen riesigen *Neger*, der mit den Händen aß und auf dem Fußboden schlief. Und im Zimmer ein Lagerfeuer machte und den Hof abfackelte. Wie sollte er sich mit einem Afrikaner und seinen beiden Kindern überhaupt verständigen?

«Du hast keine andere Möglichkeit, die drei zu verstecken? Warum ausgerechnet ich?»

Barbara Thaler atmete tief durch. «Weil du mein Vater bist, und weil ich finde, dass es an der Zeit ist, dass du endlich Verantwortung übernimmst.»

Verantwortung? Er sah plötzlich das Bild des erhängten schwarzen Piloten vor sich, und mit einem Schlag wurde ihm bewusst, dass ihm von seiner Tochter eine einmalige Chance geboten wurde. Den schwarzen Piloten hatte er nicht retten können, aber vielleicht hatte er jetzt die Möglichkeit, einen anderen Schwarzen und seine beiden Kinder zu retten. Und gleichzeitig seiner Tochter zu helfen. Jetzt war tatsächlich die Stunde gekommen, Verantwortung zu übernehmen.

«Ja, also, was ist, wenn ...», stammelte Ablinger, der nicht wusste, wie er seine Zustimmung zum Ausdruck bringen sollte. Stattdessen sagte er: «Wer kümmert sich um den Afrikaner und seine Kinder? Wer macht ihnen das Essen? Ich kann mich doch mit denen gar nicht unterhalten.»

«Ich kümmere mich darum. Ich nehme mir eine Woche frei und werde in dieser Zeit bei dir am Hof wohnen. Und dann werden wir eine Lösung finden.» Barbara Thaler war verblüfft, weil sie noch vor ein paar Minuten nicht im Traum daran gedacht hatte, auf den Hof ihres Vaters zu ziehen. Und sei es nur für ein paar Tage.

«Aber was ist mit Franziska?»

«Wer ist Franziska?», fragte Barbara Thaler beunruhigt,

während sie eine weitere Fünfzig-Cent-Münze in den Schlitz einwarf.

«Meine Enkelin, die in den Ferien am Hof wohnt.»

«Enkelin?» In der ganzen Aufregung hatte Barbara keine Sekunde daran gedacht, dass außer ihrem Vater noch jemand am Hof leben könnte. Jetzt ärgerte sie sich maßlos über ihre Blauäugigkeit. Aber noch mehr ärgerte sie, dass wieder einmal die Schreibtischtäter am längeren Ast saßen.

«Sie muss etwas für ihr Studium schreiben, aber ich rede mit ihr. Es wird sicher keine Probleme geben.» Ablinger hatte plötzlich Angst, dass es sich seine Tochter noch einmal anders überlegen könnte. «Das Haus ist ja groß genug. Wann kommst du denn mit dem Neger?»

Barbara Thaler zuckte beim Wort *Neger* kurz zusammen, entschied sich aber, nichts zu sagen. «Heute Nacht um zirka zwei Uhr. Und deine Enkelin wird keine Schwierigkeiten machen?»

«Du kannst dich auf mich verlassen», antwortete Ablinger, der das Gefühl hatte, dass in seinem Leben gerade etwas Bedeutendes passierte.

Als Barbara Thaler den Telefonhörer eingehängt hatte, schwitzte sie am ganzen Körper. Erst jetzt wurde ihr bewusst, dass sie im Begriff war, etwas Illegales zu tun. Etwas, was sie ihren Job kosten konnte und sie auch mit dem Gesetz in Konflikt bringen würde. Aber gleichzeitig wusste sie, dass es keine Alternative zu ihrer Entscheidung gab.

39.

Franziska versuchte sich auf ihre Diplomarbeit zu konzentrieren, dachte stattdessen aber nur an Gloria. An Gloria, die bereits in zwei Wochen wieder in Berlin sein würde. Sie sah auf die Uhr. Halb drei, in einer halben Stunde würde sie losfahren, und vielleicht lag sie schon um vier wieder mit Gloria im Bett. Der Gedanke daran machte sie glücklich und traurig zugleich. Warum konnte Gloria nicht hierbleiben?, grübelte Franziska. Oder ich könnte nach Berlin ziehen und dort meine Diplomarbeit fertig schreiben. Das wäre doch eine vernünftige Lösung. Aber wie würde Gloria auf diesen Vorschlag reagieren? Würde sie überhaupt wollen, dass ich bei ihr wohne? Und was würden ihre Freunde sagen, wenn sie erfuhren, dass Gloria mit einer Frau zusammenlebte?

«Franziska!», hörte sie ihren Großvater rufen. «Franziska, hast du ein paar Minuten Zeit?»

«Ja, ich komme.» Franziska war froh, dass sie abgelenkt wurde.

Ihr Großvater saß am Küchentisch und sah ziemlich müde aus. «Setz dich.»

«Was gibt es denn?»

«Ich muss dir etwas sagen.»

Schon wieder eine Beichte, dachte Franziska.

«Heute Nacht bekommen wir Gäste. Ein Neger und seine beiden Kinder werden für ein paar Tage bei uns am Hof wohnen, aber du darfst niemandem etwas davon erzählen, auch deiner Freundin nicht.»

«Bitte, was? Ich verstehe kein Wort. Welcher Neger? Außerdem sagt man nicht mehr Neger. Opa, ist alles in Ordnung mit dir?»

«Ja, mit mir ist alles in Ordnung. Hörst du mir zu? Die Leiterin des Flüchtlingsheims von Stockham braucht dringend einen Platz für einen – wie sagt man statt Neger?»

«Schwarzer.»

«Na gut, also: Die Leiterin des Flüchtlingsheims von Stockham braucht dringend einen Platz für einen Schwarzen und seine beiden schwarzen Kinder, die abgeschoben werden sollen. Deshalb müssen wir sie am Hof eine Woche lang verstecken. Aber meine Tochter wird auch da wohnen.»

«Deine Tochter? Welche Tochter?» Franziska war völlig verwirrt. «Meine Mutter?»

«Nein, nicht deine Mutter.»

«Du hast noch eine Tochter?»

«Ja, aber das ist eine lange Geschichte. Wichtig ist, dass du weißt, dass die drei, also die vier, eine Woche lang bei uns wohnen werden, und dass niemand davon etwas erfahren darf.» Ablinger konnte vor Erschöpfung kaum mehr sprechen.

«Opa, bitte erkläre mir das noch einmal: Du hast eine Tochter? Weiß die Mama davon?»

«Nein.»

«Und deine Tochter ist Leiterin des Flüchtlingsheims in Stockham?»

Ablinger nickte.

«Und sie bringt einen afrikanischen Flüchtling und seine beiden Kinder hierher, um sie am Hof zu verstecken?»

«Ja.»

«Das ist doch völlig absurd. Wie soll das denn gehen, ohne dass das jemand mitbekommt? Ich verstehe überhaupt nichts mehr.»

«Franzi, bitte, ich muss mich ausruhen, aber ich habe meiner Tochter versprochen, dass ich ihr helfe.» Und nach einer Verschnaufpause fügte er hinzu: «Sie heißt übrigens Barbara.»

Franziska war sprachlos und wusste nicht, was sie zu all dem sagen sollte. Gloria, Lester, Flachberger, Barbara. Schön langsam wurde ihr alles zu viel.

«Franzi, draußen am Gang stehen alte Flaschen und ein Kanister mit Altöl. Kannst du die bitte im Altstoffsammelzentrum entsorgen? Nicht, dass die schwarzen Kinder noch darüber stolpern.»

«Ja, ja.» Franziska nickte abwesend.

«Aber du brauchst eine Berechtigungskarte dafür.»

«Was?» Franziska war mit ihren Gedanken ganz woanders. «Eine Berechtigungskarte? Wofür brauche ich eine Berechtigungskarte?»

«Dort steckt sie, in der Kredenz.»

Franziska stand auf und griff nach der Karte. Sie überflog den Text auf der Rückseite. «*Security-Mitarbeiter überprüfen, ob Sie berechtigt sind, Ihren Müll im Altstoffsammelzentrum zu entsorgen, weil es in der Vergangenheit zu massiven Fehlwürfen und auch zu Fehlanlieferungen durch auswärtige Nutzer gekommen ist.* Das darf doch alles nicht wahr sein. Sind jetzt alle verrückt geworden?»

Ablinger zuckte mit den Schultern. «Nimm die Karte, damit du keine Schwierigkeiten bekommst.»

«In Ordnung. Kann ich dich ein paar Stunden allein lassen? Ich bin um spätestens acht wieder zu Hause. Okay?»

«Ja, ja.» Ablinger nickte schwach.

Franziska brauchte einige Zeit, um sich zu sammeln. Ihr Großvater hatte eine Tochter, die das Flüchtlingsheim in Stockham leitete. Und ihre Mutter wusste nichts davon? Warum hatte er ihr nie davon erzählt? Warum hatte er die ganze Angelegenheit geheim gehalten? Und dann wollte er seine Tochter samt einer afrikanischen Flüchtlingsfamilie am Hof verstecken? Es war völlig absurd, und auch wenn sie ihr Großvater gebeten hatte, niemandem davon zu erzählen, war klar, dass sie mit Gloria darüber sprechen musste. Allerdings war Gloria Polizistin, und Franziska fragte sich, ob sie ihr das mit den afrikanischen Flüchtlingen überhaupt erzählen durfte. Tiefe Sorgenfalten bildeten sich auf ihrer Stirn.

40.

Als Stallinger mit Blaulicht und Folgetonhorn in Sommerau eintraf, ging es dort bereits drunter und drüber. Der Parkplatz war wegen Überfüllung gesperrt, und die aus Ostdeutschland stammenden Hilfssheriffs versuchten vergeblich, Autofahrer davon abzuhalten, ihre Fahrzeuge einfach am Straßenrand abzustellen.

Zwischen den Autos liefen erwachsene Männer in pinken Neoprenanzügen herum und erinnerten in ihrer Aufmachung eher an verkleidete Aliens als an Freizeitsportler. Stallinger stellte seinen Dienstwagen in der Parkverbotszone vor dem Buffet ab. *Schartner Bombe, die Bombenerfrischung* stand auf einem Werbebanner, und Stallinger hoffte, dass sich keine Terroristen hierher verirrt hatten, die diese Werbung allzu wörtlich nahmen. An einem Holzzaun hing ein handgeschriebenes Plakat: *Morgen um 10 Uhr: Frühschoppen mit Power-Yoga. Treffpunkt unter dem großen Kastanienbaum neben der Sandkiste.* Womit der Beweis erbracht war, dass die Yoga-Seuche selbst vor Kastanienbäumen und Sandkisten nicht Halt machte.

Stallinger stieß einen tiefen Seufzer aus und holte seinen Feldstecher aus dem Handschuhfach. Er blieb neben dem Wagen stehen, um sich einen Überblick zu verschaffen. Das sind also die vierhundert Wahnsinnigen, die es nicht erwarten können, freiwillig einen See zu überqueren, in dem ein Monsterfisch sein Unwesen treibt. Stallinger bekam eine Gänsehaut, und vor seinem geistigen Auge sah er, wie der Monsterfisch aus der Tiefe auftauchte und wie ein Torpedo in den Menschenschwarm hineinschoss. Der Fisch brauchte nur noch sein Maul aufzureißen und zuzuschnappen. Wie in der *Universum*-Sendung. Aber Stallinger wusste, dass er keine Chance hatte, die Menschen von ihrem verrückten Unterfangen abzuhalten.

Die Wiese, die für die Schwimmerinnen und Schwimmer reserviert war, glich einem Ameisenhaufen; mit dem Unterschied, dass ein Ameisenhaufen weniger bunt war. Dabei hätte Stallinger nicht einmal sagen können, welche Farben die Badehosen, Bodys, Bikinis und Neoprenanzüge der Sportfanatiker hatten. Dasselbe galt für die mit dem Logo von *Bled Bull* und einer Nummer versehenen Bademützen. Die meisten hatten ihre schmalen Schwimmbrillen nach oben geschoben, einige ließen sie lässig um den Hals baumeln. Mädchen in Miniröcken verteilten Getränkedosen, nach denen die durchtrainierten Männer und Frauen freudig griffen. Die Selfies mit einer Dose *Bled Bull* in der Hand stellten sie unverzüglich auf ihre Facebook-, Instagram-, Pinterest- und Tumblr-Seiten. Schließlich musste die Menschheit ja unbedingt wissen, dass in Sommerau gerade jemand eine Dose *Bled Bull* in der Hand hielt.

Stallinger ging Richtung See und kam sich dabei vor wie bei einem Kriegseinsatz. Beim Container der Wasserrettung gab Erich Baldinger den Zivildienern letzte Anweisungen: «Ihr haltet hier die Stellung, weil in den Begleitbooten ja nur geschultes Personal mitfahren darf. Ist das klar?»

Die Zivildiener nickten abwesend, weil sie mit ihren Gedanken ganz woanders waren. Viel lieber hätten sie nämlich die jungen Schwimmerinnen mit Sonnenöl eingecremt, als sich zu merken, wie viele Notfalltropfen ein Schwimmer bei einem Schwächeanfall bekam. Ein Karton mit fünf Liter Notfalltropfen war für das Konzert des Volks-Rock'n' Rollers Andreas Mastwächter im Strandbad Sonnleiten reserviert, bei dem zu erwarten war, dass vor allem Frauen in den Wechseljahren reihenweise in Ohnmacht fielen.

Während die Zivildiener Mullbinden, Leukoplast und Altbestände von Cibazol auspackten, kam ein Kampfschwimmer in einem Neoprenanzug dahergehumpelt.

«Was ist denn passiert?», fragte Baldinger ungehalten.

«Eine Wespe hat mich gestochen», antwortete der Mann weinerlich. «Ich bin Allergiker.»

Der Allergiker setzte sich auf einen Campingstuhl und jammerte.

«Halb so schlimm», sagte Baldinger. «Ein bisschen Kortison, und es geht schon wieder. Gebt ihm eine Infusion, Kortison 250 Milligramm, das sollte reichen.»

«Hast du eine Ahnung, wie das geht?», flüsterte ein Zivildiener dem anderen zu. Dieser schüttelte den Kopf. Die beiden machten sich an die Arbeit.

Stallinger schwitzte und warf immer wieder ängstliche Blicke Richtung See. «Erich, kann ich dich kurz sprechen?»

Baldinger drehte sich um. «Alfons, servus. Was gibt es denn?»

«Du fährst ja auf einem der Begleitboote mit, und du weißt ja, was mit der Frau Gstöttner passiert ist.»

«Ja, und?»

«Na ja, der Gerichtsmediziner vermutet ja, dass ihr ein riesiger Fisch den Fuß abgebissen hat.»

Baldinger lachte. «Das hast du mir schon erzählt. Alfons, wir sind hier am Rottensee und nicht am Loch Ness. Für so einen

Blödsinn habe ich jetzt keine Zeit, aber sobald ich das Ungeheuer sehe, rufe ich dich an. Du bist der Erste, den ich verständige. Mein Handy habe ich ja bei mir. Tut mir leid, aber ich muss mich jetzt um wichtigere Dinge kümmern.»

Stallinger fragte sich, ob es nicht klüger wäre, zurück ins Büro zu fahren und das Strickzeug auszupacken. Aber solange nicht geklärt war, wer Frau Gstöttner und ihren Hund getötet hatte, konnte er doch nicht einfach zur Tagesordnung übergehen. Und was war mit dem verschwundenen Schwimmer? Und mit Otto Kerschbaumer? Sein leeres Boot hatte man gefunden, aber von ihm fehlte nach wie vor jede Spur. Nein, nein, da gab es zu viele offene Fragen.

Unter Sonnenschirmen mit dem Logo von *Bled Bull* standen zwei Heurigentische, hinter denen die Offiziellen Platz genommen hatten. Sie überprüften Listen, kassierten das Startgeld und gaben Anweisungen. Sobald die Teilnehmer ihren Beitrag bezahlt hatten, mussten sie ein Formular unterschreiben. Stallinger wartete, bis der Bürgermeister, der sich als Vereinsobmann besonders wichtigmachte, gerade nichts zu tun hatte. Als er Stallinger erblickte, begann er zu lachen. «Fonsi, was ist? Willst du auch mitschwimmen? Da musst du dir aber eine Badehose anziehen. Mit der Uniform gehst du nämlich gleich unter.» Die Hand, die der Bürgermeister Stallinger entgegenstreckte, war klein, rosarot und feucht.

«Was müssen denn die Leute unterschreiben?», fragte Stallinger gereizt. «Dass sie die Seeüberquerung auf eigenes Risiko machen und dass euer Verein für allfällige Attacken des Monsterfischs nicht haftet?» Stallinger wischte sich seine Hand an der Uniformjacke ab.

«Hör doch auf, Fonsi, mach die Leute nicht verrückt», zischte der Bürgermeister.

«Was für ein Monsterfisch?» Die junge Frau, die sich gerade die Startnummer 351 auf ihre Bademütze klebte, warf Stallinger einen verunsicherten Blick zu. Ihr Körper war über und über mit Tattoos verziert, deren Betrachtung länger gedauert hätte als ein Rundgang durch das Kunsthistorische Museum. Ihrer athletischen Figur nach zu schließen, verbrachte sie aber definitiv mehr Zeit im Fitnessstudio als in einem Museum.

«Der Monsterfisch, der bereits ein paar Menschen im See getötet hat», antwortete Stallinger trocken.

Habringer lachte. «So ein Blödsinn, der Herr Inspektor macht nur einen Witz.»

Die Schwimmerin zuckte mit ihren muskulösen Schultern und verschwand wieder in der Menge.

Habringer packte Stallinger am Arm und zog ihn zur Seite. «Alfons, was soll der Schmarrn? Willst du, dass hier eine Panik ausbricht? Schau dich um, alle freuen sich. Das ist ein ganz wichtiger Event für unseren Ort. Denk an die Arbeitsplätze.»

«Event? Sind wir jetzt bei einer Wahlveranstaltung?»

Der Bürgermeister rieb sich seine feuchten Hände. «Und erst das Konzert! Ich habe heute schon drei Interviews fürs Fernsehen gegeben. Das wird eine unbezahlbare Werbung, das sage ich dir. Und morgen in der Früh gibt es hier einen Frühschoppen mit Bauern-Yoga.»

«Bauern-Yoga? Du meinst wohl Power-Yoga?»

«Bauern-Yoga oder Power-Yoga, ist doch alles dasselbe. Hauptsache, die Leute sind gut drauf.»

Stallinger seufzte. «Gottfried, da sind Söhne und Töchter von deinen Verwandten und Bekannten dabei, da kann es dir doch nicht egal sein, wenn einer von ihnen bei diesem Event, wie du es nennst, ums Leben kommt.»

Für einen kurzen Moment blitzte in den Augen des Bürgermeisters so etwas wie Verunsicherung auf. Er kratzte sich am Kinn und schien nachzudenken. Und tatsächlich dachte er über das Telefonat nach, das er am Vormittag mit einem Manager von *Bled Bull* geführt hatte. Dieser hatte ihm nämlich klipp und klar zu verstehen gegeben, dass der Konzern die Gemeinde Bitterwasser bei einer Absage der Seeüberquerung oder des Konzerts auf Schadenersatz in Millionenhöhe verklagen würde.

Habringer atmete hörbar aus. «Blödsinn, Alfons, das wird alles gutgehen. Solange ich denken kann, ist bei der Seeüberquerung noch nie etwas passiert. Ja, ein paar haben einen Krampf gekriegt, aber das war's dann auch schon wieder. Mit dieser Geschichte vom Monsterfisch würden wir uns doch nur lächerlich machen. Kein Mensch hat diesen Fisch je gesehen, und alles andere beruht auf Spekulationen und Gerüchten. Und darauf habe ich mich noch nie verlassen, sonst hätte ich als Bürgermeister keine zwei Tage überlebt.»

Stallingers Miene verfinsterte sich. «Na gut, ich kann ohnehin nichts mehr machen. Vielleicht haben wir ja Glück, und der Fisch hat sich schon in einem anderen Teil des Sees vollgefressen.»

«Ja, genau.» Habringer nickte zufrieden.

Stallinger suchte sich einen Platz im Schatten und sah hinaus auf den See. Er spürte, wie sich dabei seine Nackenhaare aufstellten. Einige Schwimmerinnen und Schwimmer standen bereits im Wasser, um sich abzukühlen, aber in einer halben Stunde, wenn sich vierhundert Verrückte in den See stürzten, würde hier die Hölle los sein. Stallinger ging zur Buffet-Terrasse, die sich gut als Beobachtungsposten eignete.

«Die Terrasse ist geschlossen.»

Stallinger hatte die beiden Security-Leute gar nicht bemerkt. In ihrer schwarzen Uniform sahen sie aus wie Mitglieder einer paramilitärischen Kampfgruppe.

«Ich habe dienstlich hier zu tun.»

«Also eigentlich ist die für VIPs reserviert, die ein Prosecco-Package gekauft haben.»

«Wer hat was gekauft?»

«Na ja, ein Prosecco-Package und einen Power-Snack.»

«Power-Snack?» Stallinger wurde wütend. «Jetzt passen Sie einmal auf. Das hier ist eine Amtshandlung. Und der Einzige, der diese Terrasse betreten darf, bin ich. Ist das klar? Wenn nicht, lasse ich sofort Verstärkung kommen, und Sie können sich einen neuen Job suchen.»

«In Ordnung.» Die beiden Hilfssheriffs verzogen sich wieder.

Stallinger hob das Absperrband hoch und bezog seinen Posten. Er ließ den Blick über den See schweifen. In der Nähe planschten Kinder im Wasser, einige trugen Schwimmflügerln, andere plagten sich mit Schwimmreifen herum. Der See war ruhig, aber welche Gefahren unter seiner Oberfläche lauerten, wusste niemand. Was, wenn der Monsterfisch nur darauf wartete, dass endlich die Seeüberquerung begann?

Durch seinen Feldstecher sah Stallinger weit draußen ein Schiff, auf dem Arbeiter gerade mit dem Aufbau von Scheinwerfern und Boxen beschäftigt waren. Das Schiff hieß *Moby Dick* und war das Bühnenschiff für das Konzert am nächsten Tag.

Moby Dick? War das nicht der Name des weißen Wals, der das Schiff des Kapitäns zum Kentern gebracht hatte, der Jagd auf ihn machte? Und wenn es einem Wal gelang, einen riesigen Walfänger zum Kentern zu bringen, weshalb sollte es dann einem Monsterfisch nicht gelingen, ein viel kleineres Schiff anzugreifen?

«Und auf die Plätze.» Stallinger schreckte hoch. Es war 16 Uhr. Habringer brüllte in das rote Megafon, das er sich von der Feuerwehr ausgeborgt hatte, und sofort machten sich 413 Männer und

Frauen zwischen elf und fünfundsiebzig startklar für die Seeüberquerung. Und wozu das Ganze? Um irgendwann an einem devastierten Uferstreifen erschöpft aus dem Wasser zu kriechen und darauf zu warten, dass man mit dem Auto wieder zurück zum Ausgangspunkt gebracht wurde. Das ergab doch alles keinen Sinn.

Soweit Stallinger erkennen konnte, gab es drei Gruppen von Schwimmern: Die erste Gruppe bestand aus den sogenannten Neopren-Profis, die die Elite bildeten. Zur zweiten Gruppe gehörten die Halbprofis. Sie hätten zwar auch gerne so durchtrainierte Körper wie die Neopren-Profis gehabt, konnten aber den Extrawurstsemmeln und Cremeschnitten nicht widerstehen. Da halfen auch die Saft-, Rosinen- und Krautdiäten nichts, die zwar Blähungen verursachten, aber nichts zur Muskelbildung beitrugen. Auf diese Leute traf der Spruch aus dem *Evangelium nach Lothar Matthäus* zu: *Das Fleisch ist willig, aber der Geist ist schwach.* Aus demselben Evangelium wurde auch gerne das Mantra zitiert: *Wir dürfen den Sand nicht in den Kopf stecken.* Die letzte Gruppe bildeten die Hobbysportler, die nach dem Motto handelten: Dabei sein ist alles.

Die Neopren-Profis warteten gespannt auf Habringers Signal, und sobald sein: «Fertig, los!» ertönte, stürzten sie sich mit einem Hechtsprung in die Fluten. Bald sahen sie aus wie ferngesteuerte Maschinen, die mit präzisen Kraulbewegungen verbissen um jeden Zentimeter kämpften. Die Boote der Wasserrettung begleiteten sie, um im Notfall sofort zur Stelle zu sein.

Habringer wartete, bis die Profis weit genug vom Ufer entfernt waren; dann forderte er die zweite Gruppe auf, sich bereitzumachen. Nachdem die Schwimmerinnen und Schwimmer Aufstellung genommen hatten, führte er wieder sein Megafon zum Mund: «Gruppe zwei. Achtung. Und fertig. Und los.» Die

Massen stürzten sich in den See, und Stallinger wunderte sich, dass nicht bereits beim Start einige ertranken oder durch Fußtritte verletzt wurden. Auch war ihm nicht ganz klar, wie die Begleitboote der Wasserrettung bei diesem Durcheinander den Überblick behalten sollten.

Durch den Feldstecher beobachtete Stallinger, wie die Profis weit draußen roboterhaft durch das Wasser pflügten. Wie auf ein geheimes Kommando hin tauchten einmal die rechten, dann die linken Ellenbogen aus dem Wasser auf.

Im Verhältnis zu den Profis bewegten sich die Halbprofis wie in Zeitlupe. Da sich diese auf keinen einheitlichen Schwimmstil einigen konnten, schwamm jeder, wie es ihm gefiel. Gemeinsam war allen, dass sie ordentlich herumspritzten.

Als letzte Gruppe folgten endlich die Hobbysportler, denen es in erster Linie um die Urkunde ging, die sie im Wohnzimmer an die Wand hängen konnten. Um das gegenüberliegende Ufer zu erreichen, waren sie viel zu schwach – oder zu feige. Entsprechend lustlos klang auch die Durchsage des Bürgermeisters: «So, ihr könnt's jetzt reingehen ins Wasser, aber passt's halt auf, dass ihr nicht untergeht's.» Es gab Teilnehmer, die weit über siebzig waren, und die, je nach Versehrtengrad, von ihren Enkeln oder Urenkeln gestützt werden mussten. Ab und zu rutschte einem seine altmodische Badehose runter. Es war kein schöner Anblick.

41.

Als Franziska beim Altstoffsammelzentrum eintraf, gab es nur noch einen freien Parkplatz, und der befand sich vor dem Container der Tierkörperverwertung. Sie stieg aus und holte die Leerflaschen und den Altölkanister aus dem Kofferraum.

Bei der Deponie für Grünabfälle standen mehrere PKWs, auf deren Anhängern sich frisch geschnittene Thujenhecken türmten. Ein Uniformierter kontrollierte, ob die Thujenabfälle auch tatsächlich in die richtige Mulde geworfen wurden. Ein zweiter Security-Mitarbeiter überwachte die Entsorgung der Buchsbaumhecken, die Opfer des *Zünslers* geworden waren, jener Raupe aus Südostasien, die den Buchsbaumhecken seit einigen Jahren so sehr zusetzte. Den meisten Buchsbaumheckenbesitzern war das freilich gar nicht so unrecht, weil sie nun endlich auch Thujenhecken pflanzen konnten.

Die Menschen hier liebten Thujenhecken, weil sie nicht nur schnell wuchsen und für blickdichten Schutz sorgten, sondern weil sie auch giftig und hässlich waren. Genauso wie die Hausbesitzer, die sich in ihren Einfamilienhäusern mit Doppelgaragen, Alarmanlagen und ausgewaschenen Eternitdächern verbarrikadierten und alles draußen hielten, was ihnen fremd war. Für sie waren Türen nicht dazu da, um geöffnet, sondern um geschlossen zu werden.

Aber selbstverständlich waren die Thujenverbrecher auch fanatische Mülltrenner. Deshalb konnte man im Altstoffsammelzentrum übergewichtige Männer in fleckigen Hosen und verschwitzten T-Shirts dabei beobachten, wie sie Betonreste von Styroporplatten kratzten und Klebebänder von Verpackungskartons lösten, um anschließend jedes Teil in die dafür vorgesehenen Mulden, Tonnen, Boxen und Container zu werfen.

Hartkunststoffe, textile Reststoffe, Altholz, Alteisen, mineralischer Bauschutt, Nichteisen-Metalle, Asbestzement, Eternit, Speisefette, Kunststoff-Hohlkörper, Kartonagen und Gasentladungslampen – alles musste vorschriftsmäßig getrennt werden, und wehe, es warf ein Unkundiger einmal eine Buntglasflasche irrtümlicherweise in den Weißglascontainer, dann konnte es passieren, dass der Übeltäter von den Trennungsnazis mit nassen Fetzen davongejagt wurde. Bei besonders gravierenden Verstößen gegen die Bestimmungen des Abfallwirtschaftsgesetzes schritt auch schon einmal das Sicherheitspersonal ein, was für den Abfallsünder ziemlich schmerzhaft sein konnte.

Wurzelstöcke mussten frei von Erde und Steinen sein und durften nur entsorgt werden, wenn sie kleiner als fünfzig Zentimeter waren. Zweige und Äste hingegen mussten im Durchmesser größer als ein Finger dick sein, wobei unklar war, an wessen Finger sich der Gesetzgeber hier orientiert hatte. An den Wurstfingern eines Metzgers oder an den knorrigen Fingern einer alten Hexe? Ein Plakat klärte auch darüber auf, was unter einem Heckenschnitt zu verstehen war: *Unter einem Heckenschnitt ist nur das regelmäßige Rückschneiden von Hecken aus Thujen, Buchsbaum, Hainbuche, Liguster usw. zu verstehen. Wenn eine Hecke zur Gänze entfernt wird, kann sie in die Strauchschnittbox gegeben werden. Zuwiderhandlungen gegen das richtige Trennen werden entsprechend geahndet.*

Kein Wunder, dass sich die pflichtbewussten Bürger über die Mülltrennung hier genauso gerne unterhielten wie über Flüchtlinge. «Eine SS-Kompanie, dann wär' eine Ruh' mit dem Gesindel,» wie es ein tätowierter Sozialhilfeempfänger mit fetten Haaren und Krampfadern, dick wie Blindschleichen, auf den Punkt brachte. Dass die FPÖ im Bezirk noch nicht die absolute Mehrheit hatte, verwunderte ein bisschen.

Da Franziska Angst vor den Trennungsnazis hatte, war sie froh, als sie nach ordnungsgemäßer Entsorgung des Altöls und der Flaschen wieder bei ihrem Auto angekommen war. Während sie ihren Wagen aufsperrte, holte eine Frau eine tote Katze aus einer Plastiktasche und öffnete die Klappe der Kadaver-Box. Sofort breitete sich ein bestialischer Gestank aus. Die Frau hielt die Katze an den Hinterbeinen in die Höhe und sagte: «Pfiat di Gott, Schnurrli.» Es war eine kurze, aber umso ergreifendere Verabschiedungszeremonie. Franziska hielt die Luft an und wartete, bis die Katze in der Kadaver-Box verschwunden war. Dann stieg sie in ihr Auto und gab Gas.

Sie fuhr vorbei an der windschiefen *Schmankerl-Box (Snacks and more),* in der kettenrauchende Männer am Tresen standen und in ihre halbvollen Biergläser stierten. Ab und zu hörte man ein Murmeln, das ungehört in der von Alkoholdunst und Rauch geschwängerten Luft verhallte. Derweilen saßen die Frauen mit ihren zuckerkranken Kindern in den hoffnungslos überschuldeten Rohbauten und fragten sich, ob es nicht gescheiter gewesen wäre, sich gleich in der Hochzeitsnacht die Kugel zu geben.

Franziskas Blick fiel auf ein Graffiti am Straßenrand: *Stainusless FW 237.* Sie konnte mit dieser Information nichts anfangen, überlegte aber, ob sie für Gloria auch eine Botschaft auf eine Wand sprayen sollte: *I love you.* In der Volksschule hatte sie einmal einem Mitschüler einen Zettel mit einem roten Herzen auf seinen Platz gelegt. Allerdings war sie zu feige gewesen, sich als Absenderin zu erkennen zu geben. Natürlich hatte sich der Bub in ein anderes Mädchen verliebt.

Wusste ihre Mutter etwas von der Existenz dieser Barbara? Sie konnte es sich nicht vorstellen. Franziska fragte sich, wie ihre Mutter wohl auf diese frohe Botschaft reagieren würde, zumal das ja bedeutete, dass sich ihr Erbe halbierte. Sie stellte sich das entsetzte Gesicht ihrer Mutter vor und musste lachen.

Als Franziska beim Titus-Pichler-Zentrum vorbeifuhr, fiel ihr wieder das versenkte Gemälde ein. Sie stellte ihr Auto ab und ging in den Museumsshop. Vielleicht gab es ja ein Buch, in dem ein verschwundenes Gemälde erwähnt wurde. Im Bücherregal wurde sie fündig. *Titus Pichler. Sommerfrische am Rottensee 1910–1926*. Franziska überflog den Klappentext:

… präsentiert sich der Rottensee als einzigartige Wirkungsstätte von Titus Pichler. Der weltberühmte Maler verbrachte die Sommermonate zwischen 1910 und 1926 regelmäßig in dieser Region. Hier am Rottensee entstand der überwiegende Teil seiner Landschaftsgemälde, die bis heute von Kunstliebhabern aus aller Welt so geschätzt werden.

Franziska zahlte zwanzig Euro für das Buch, und als sie zu ihrem Wagen zurückkam, fand sie unter dem Scheibenwischer einen Strafzettel. Ein Glatzkopf in einer schwarzen Uniform stand in der Nähe unter einem Baum und fingerte an seinem Handy herum. Franziska ging zu ihm und hielt ihm den Strafzettel unter die Nase. «Entschuldigen Sie, aber wieso bekomme ich hier einen Strafzettel?»

«Für den Parkplatz brauchen Sie einen Parkschein. Steht ganz groß angeschrieben.» Der Uniformierte hielt seinen Blick auf das Handy gerichtet.

«Wo?», fragte Franziska.

«Dort», antwortete der Mann träge. Noch immer würdigte er Franziska keines Blicks.

«Arschloch», murmelte Franziska, während sie zu ihrem Auto zurückging. Sie parkte aus und rief dem Fahrer vor ihr durch das offene Fenster zu: «He, du Arsch, was ist los mit dir? Bist du eingeschlafen?»

Je näher sie Schwarzbach kam, desto nervöser wurde sie. Sie merkte, dass sie unter den Achseln schwitzte. Was, wenn es sich Gloria in der Zwischenzeit anders überlegt hatte? Aber wie hieß es so treffend bei Turgenjew? *Nur Narren fackeln lange oder Neunmalkluge.* Und da sie weder eine Närrin noch neunmalklug sein wollte, beschloss sie, sich Hals über Kopf in das Abenteuer mit Gloria zu stürzen. Koste es, was es wolle.

Vor Schwarzbach stockte der Verkehr, und Franziska hatte Zeit, die Verbotsschilder an den Sicherheitszäunen, Gartentüren und Garagentoren zu studieren:

Privatstraße. Zufahrt verboten, ausgenommen Anrainer!

Achtung! Privatgrund. Parken verboten!

Kein Zugang zum Uferbereich! No Access to the Shore Area!

Achtung! Dieser Weg wird bei Schneelage NICHT gesäubert und bei Glatteis NICHT bestreut. Die Benützung erfolgt AUF EIGENE GEFAHR.

Achtung: Scharfer Hund!

Privatgrund! Zugang frei halten!

Parkverbot! Zuwiderhandlungen werden strafrechtlich geahndet!

Ausfahrt Tag und Nacht frei halten!

PRIVATBESITZ! Zugang nur für Berechtigte!

Kein Wunder, dass eine der größten Villen am See dem Besitzer jenes Unternehmens gehörte, das diese Schilder herstellte.

Endlich hatte Franziska ihr Ziel erreicht. Sie stellte den Wagen ab und roch unter ihren Achseln. Sie räusperte sich und drückte den Klingelknopf.

«Komm rein.» Der Klang von Glorias Stimme beruhigte sie. Gloria trug ein kurzes Sommerkleid und ein ausgewaschenes T-Shirt mit dem Aufdruck *Discovery Divers Koh Samui.* Lächelnd kam sie auf Franziska zu. «Schön, dass du da bist.»

«Ja, ich freue mich auch.» Franziska überreichte Gloria das Pichler-Buch. «Hier, das ist für dich. Nichts Besonderes. Ich dachte nur, dass es dich vielleicht interessiert.»

«Du meinst wegen dem Bild, das im See versenkt wurde?» Gloria lachte.

«Ja.»

«Danke.» Gloria warf einen flüchtigen Blick hinein. «Scheint interessant zu sein. Magst du etwas trinken? Einen Weißwein oder lieber einen Aperol?»

«Äh, ja, ein Aperol wäre nicht schlecht.» Sie hielt kurz inne. «Ich meine: Ein Aperol wäre eine feine Sache. Ohne doppelte Verneinung.»

Gloria brauchte ein paar Sekunden, um Franziskas Hinweis zu verstehen. «Ach so, klar. Wie war dein Tag? Was hast du gemacht?»

Franziska freute sich über Glorias Interesse, auch wenn sie sich wie eine Ehefrau vorkam, die von ihrem Mann ausgefragt wurde.

«Ich habe mit der Militärbasis in Ramstein telefoniert, und vielleicht erfahre ich schon morgen, ob dieser Lester mit dem gelynchten Soldaten verwandt ist. Keine Ahnung, was das bedeuten würde.»

«Auf jeden Fall wäre es ziemlich irre.» Gloria füllte zwei Gläser mit Aperol, Weißwein und Mineralwasser.

«Mein Großvater hatte heute plötzlich die Idee, die Geburtstagsfeier vom Flachberger zu besuchen.»

«Puh.» Gloria reichte Franziska ein Glas. «Cheers.»

«Cheers.» Franziska nahm einen Schluck und ging zu dem Foto, auf dem Glorias Urgroßmutter zu sehen war. Sie beugte sich vor. «Hm», murmelte sie.

«Ist irgendwas mit dem Foto?», fragte Gloria.

«Moment einmal.» Franziska stellte ihr Glas ab. «Schau einmal genauer hin. Im ersten Stock sind die Fenster offen. Und hier, durch das linke Fenster sieht man ins Zimmer.»

Gloria zuckte mit den Schultern. «Ja, und?»

«Schau genau hin. Auf der hinteren Wand ist doch der Teil eines Gemäldes zu sehen.»

Gloria ging näher an das Foto heran. «Du musst gute Augen haben. Ich kann da keine Details erkennen.»

«Auf dem Ausschnitt sieht man Wasser. Und Berge.»

Gloria ging ganz nahe heran, dann machte sie einen Schritt zurück. «Ich weiß nicht. Ich kann jedenfalls nicht viel erkennen.»

«Hast du eine Lupe?»

«Ja, warte.» Gloria kramte in einer Lade und holte eine kleine Lupe hervor. «Die ist zwar nicht besonders stark, aber vielleicht …»

Franziska betrachtete das Foto durch die Lupe. «Für mich ist auf dem Gemälde im Vordergrund eindeutig Wasser zu erkennen. Und im Hintergrund der Ausläufer eines Gebirges.»

Gloria nahm die Lupe und schüttelte ungläubig den Kopf. «Leck mich am Arsch.»

Gerne, dachte Franziska und lächelte in sich hinein.

Gloria war plötzlich aufgeregt. «Das wäre ja … Glaubst du …?» Gloria ließ ihre Frage in der Luft schweben.

Franziska holte das Pichler-Buch und blätterte darin. «Wenn du die Bilder vergleichst, würde ich sagen, dass die Chancen nicht schlecht stehen, dass es sich dabei tatsächlich um ein Pichler-Bild handelt. Es kann natürlich auch sein, dass das Gemälde nicht von Pichler ist, oder dass es ein Pichler-Bild ist, das man ohnehin kennt. Aber nach dem, was du mir erzählt hast …»

Gloria starrte Franziska an und strich sich über die Stirn. «Komm, lass uns anstoßen. Auf den Fund des Jahrhunderts!»

«Auf den Fund des Jahrhunderts!» Franziska lachte und leerte das halbe Glas. Sie spürte, wie der Alkohol sie entspannte.

Gloria setzte sich auf die Couch. «Ich überlege mir gerade, was das bedeutet.»

Franziska setzte sich neben sie. «Na ja, es gibt drei Möglichkeiten: Entweder du lässt die Finger davon. Oder du beginnst auf eigene Faust nach dem Bild zu suchen. Oder du übergibst die Angelegenheit dem Pichler-Zentrum. Und wenn sie etwas finden, sollen sie dir zwanzig oder dreißig Prozent Finderlohn geben.»

Gloria stand auf und holte das Buch. «Irgendwie würde es mich schon reizen, nach dem Bild zu suchen. Die Frage ist nur, ob es einen Sinn hat, einfach drauflloszutauchen.»

«Was ist mit einem Metalldetektor? Wenn das Gemälde tatsächlich in einen Eisenbehälter eingeschweißt wurde, müsste doch ein Metalldetektor anschlagen.»

Gloria wurde hellhörig. «He, das ist eine gute Idee. Und es gibt ja tatsächlich Detektoren, die auf Metall reagieren, selbst wenn es unter einer Schlammschicht vergraben ist. Ich werde mich erkundigen, ob sie bei der Wasserrettung solche Detektoren haben.»

Franziska war sich nicht sicher, ob sie sich über ihren Tipp freuen sollte. Eigentlich wollte sie mit Gloria ein paar schöne Stunden verbringen und sich nicht über Metalldetektoren unterhalten. «Gloria, ich wollte …»

Gloria sah Franziska an.

«Ich wollte dich fragen, ob du mich zur Geburtstagsfeier von diesem Flachberger begleiten würdest, wenn ich meinen Großvater nicht davon abhalten kann, dorthin zu gehen?» Eigentlich wollte sie Gloria ja etwas anderes fragen, traute sich aber nicht.

«Wäre es nicht besser, ihm den Besuch dieser Geburtstagsfeier auszureden?»

«Ja, sicher, aber ich befürchte, dass er sich diese Chance nicht entgehen lassen wird.» Franziska leerte ihr Glas.

«Möchtest du noch einen?»

«Gerne, aber ich darf nicht zu viel trinken. Ich muss heute unbedingt noch nach Hause fahren.»

«Schade.»

«Meinem Großvater geht es nicht gut.» Franziska zögerte. «Außerdem hat er mir vorhin gerade erzählt, dass er noch eine Tochter hat, von der niemand etwas weiß.»

Gloria machte große Augen. «Was? Eine Tochter? Das ist ja irre. Wie alt ist sie?» Sie reichte Franziska ihr Glas.

«Danke. Keine Ahnung. Ich kenne sie nicht. Ich finde es total arg, dass er das so lange für sich behalten hat.»

«Und warum hat er es dir ausgerechnet heute erzählt?»

«Ich glaube, weil sie ihn heute Abend besuchen will.»

«Heute Abend? Ach so, und da möchte er, dass du dabei bist.»

«Ja, wahrscheinlich.» Franziska beschloss, Gloria nichts von den afrikanischen Flüchtlingen zu erzählen. Vielleicht entpuppte sich das Ganze ja ohnehin als Hirngespinst. Dann würde sie sich vor Gloria nur blamieren. Franziska ärgerte sich jetzt über ihren Großvater, der schuld daran war, dass sie den Abend nicht mit Gloria verbringen konnte. Aber vielleicht war es auch besser so, weil ihr sonst die Trennung noch schwerer gefallen wäre. Ihre Gedanken bewegten sich im Kreis.

«Woran denkst du?», fragte Gloria.

Franziska fühlte sich ertappt. «Ich habe darüber nachgedacht, wie … Nein, ich habe mich gefragt, was eigentlich dein schlimmstes Erlebnis als Polizeitaucherin war?»

Gloria runzelte die Stirn. «Willst du das wirklich wissen?»

«Ja, sicher.» Franziska war froh, dass sie das Thema gewechselt hatte.

«Ich weiß nicht, ob ich …»

«Sicher! Jetzt musst du es mir sagen.»

«Na, gut. Aber das ist wirklich eine ganz, ganz schlimme Geschichte. Soll ich wirklich?»

Franziska nickte.

«Vor drei Jahren sind wir in den Görlitzer Park gerufen worden. Es war Sommer, und Spaziergänger hatten im Landwehrkanal einen großen Jutesack entdeckt, der an einem Brückenpfeiler hängen geblieben war und aus dem angeblich eine Hand herausschaute. Ich bin mit zwei Kollegen hingefahren, und noch während wir den Sack ans Ufer zogen, ist uns aufgefallen, dass er ziemlich schwer war. Ich dachte zuerst, dass jemand vielleicht Steine zum Beschweren hineingegeben hatte. Als wir den Sack öffneten, hätte uns fast der Schlag getroffen. Im Sack befand sich nämlich nicht nur die Leiche einer jungen Frau, sondern auch die Leiche eines Babys und der Kadaver eines Hundes. Die Obduktion hatte ergeben, dass alle drei noch am Leben waren, als sie ins Wasser geworfen wurden. Der Hund dürfte in seiner Panik das Baby totgebissen haben. Die Frau hat vor ihrem Tod möglicherweise noch mitbekommen, was mit ihrem Baby passiert ist.»

Franziska wurde kreidebleich. «Ein Wahnsinn», murmelte sie. «Und hat man herausgefunden, wer die Frau war?»

«Ja. Es war eine junge Türkin, die von ihren eigenen Brüdern mehr oder weniger zum Tod verurteilt wurde, weil sie ein Kind von einem Mann bekommen hatte, der einer verfeindeten Familie angehörte. Im Mittelalter hat man übrigens in Deutschland und Österreich Kindsmörderinnen auf dieselbe Weise getötet. Man hat die verurteilten Frauen mit Hunden, Schlangen oder

Hähnen in einen Sack gesteckt und sie ins Wasser geworfen. Grauenhaft.»

«Und was ist mit den Brüdern passiert?»

«Die fanden das alles ganz normal. Die kamen aus Anatolien, wo solche Ehrenmorde angeblich täglich passieren. Außerdem beriefen sie sich auf den Koran, der ihrer Meinung nach Selbstjustiz ausdrücklich erlaubt. Allerdings erzählte mir eine türkische Kollegin, dass die entsprechenden Formulierungen im Koran genauso schwammig sind wie die im Alten Testament. Du weißt schon: Aug um Auge, Zahn um Zahn.» Gloria nahm einen Schluck. «So, das reicht jetzt. Genug Horrorgeschichten gehört. Lass uns lieber überlegen, wie wir … Ich glaube, dein Handy klingelt.»

Franziska holte ihr Mobiltelefon hervor, die Nummer auf dem Display war ihr unbekannt. «Hallo?» Franziska hörte gespannt zu. «Yes, that's my grandfather. Yes, he has the identification tags with the name Andrew P. Lester on it. – Rottensee, yes. – I really don't know. – Yes, I will talk to my grandfather and I will call you back tomorrow morning. – Yes. – Thank you very, very much.» Franziska wischte über das Display und erstarrte für einen Augenblick. «Ich glaub es nicht.»

«War das der …?»

«Ja. Dieser Lester aus Ramstein. Er ist tatsächlich der Enkel des gelynchten Piloten. Er war völlig fertig und möchte so schnell wie möglich herkommen, um meinen Großvater zu treffen. Am liebsten schon morgen.»

Gloria legte ihren Arm um Franziskas Schulter. «Ich habe eine Idee: Was hältst du davon, wenn dein Großvater in Lesters Begleitung zur Geburtstagsfeier vom Flachberger geht?»

«Was?» Franziska verstand nicht. «Aber …»

«Wir könnten ja der Presse einen Tipp geben.»

Dass Gloria *wir* gesagt hatte, war Franziska gar nicht aufgefallen. «Der Presse? Ich weiß nicht. Das müsste ich auf jeden Fall vorher mit meinem Großvater besprechen. Ob das nicht alles zu viel ist für ihn? Soll ich ihn gleich anrufen?»

«Nein, auf keinen Fall. Du musst ihm das unbedingt persönlich sagen.» Gloria blickte auf die Uhr. «Aber zuvor statten wir noch rasch der Wasserrettung einen Besuch ab.»

42.

Als Gloria und Franziska die Einsatzzentrale der Wasserrettung betraten, testeten zwei Taucher gerade die Ventile ihrer Druckluftflaschen. Vor ihnen auf dem Tisch lagen Neoprenanzüge, Flossen und Taucherbrillen.

«Hallo Dominik», sagte Gloria mit einem freundlichem Lächeln. «Lange nicht gesehen.»

Der Angesprochene legte seine Druckluftflasche zur Seite und kam freudestrahlend auf Gloria zu. «Gloria, dass du dich auch wieder einmal blicken lässt. Bernhard hat mir erzählt, dass er mit dir telefoniert hat. Wegen der toten Frau und dem Hund.»

Gloria nickte. Die beiden umarmten einander, und Franziska hatte den Eindruck, dass die Umarmung länger dauerte, als nötig gewesen wäre.

«Das ist Franziska, eine Freundin von mir», sagte Gloria, nachdem sie sich von Dominik gelöst hatte. Dass sie von Gloria als *eine Freundin* und nicht als *meine Freundin* vorgestellt wurde, kränkte Franziska. Dominik reichte ihr die Hand. «Hallo.» Er deutete auf seinen jüngeren Kollegen. «Das ist Stefan, er ist seit einem Jahr bei uns.»

Stefan nickte höflich. «Grüß euch», sagte er.

«Was gibt es Neues in Berlin? Viele Leichen herausgeholt?» Dominik lachte.

«Wahrscheinlich nicht so viele wie ihr.»

«Dominik, ich wollte dich etwas fragen: Franziska ist beim Rudern ihr Armreifen ins Wasser gefallen. Ihr habt doch sicher Metalldetektoren?»

«Ja, klar.»

«Glaubst du, dass wir uns einen ausborgen könnten? Das Wasser ist nicht sehr tief an der Stelle. Sechs oder sieben Meter, schätze ich. Aber es ist ziemlich schlammig dort.» Dominik ging zu einem Regal und griff nach einem gelben Ding, das an eine Kinderschaufel erinnerte. «Dann ist der *Deteknix Scuba Tector* genau der richtige. Der ist auch für Schlammböden bestens geeignet.» Er deutete auf ein anderes Gerät, das wesentlich größer war. «Der *Minelab Excalibur* ist zwar noch präziser, weil er mit siebzehn verschiedenen Frequenzen gleichzeitig arbeitet, aber er ist auch komplizierter zu bedienen. Du weißt doch, wie der Metalldetektor funktioniert?»

«Ja, sicher.»

«Ist wirklich keine Hexerei. Und zur Ortung des Armreifens musst du nicht einmal das Boot verlassen.» Er drückte einen Knopf. «Der Akku ist voll, also könnt ihr sofort loslegen.» Dominik überlegte. «Oder sollen wir den Armreifen für euch herausholen?»

Stefan schien von diesem Vorschlag nicht besonders begeistert zu sein, weil er wahrscheinlich gegen die Dienstvorschriften verstieß.

Gloria schüttelte den Kopf. «Dominik, das ist wirklich sehr nett von dir, aber wir haben Franziskas Großvater versprochen, dass wir ihm beim Einkaufen helfen.» Sie sah auf die Uhr. «Wir sind ohnehin schon spät dran. Bis wann braucht ihr den Detektor wieder?»

«Wenn du ihn morgen oder übermorgen zurückbringst, reicht das. Warte, ich gebe dir meine Handynummer. Ruf mich an, bevor du kommst.»

Franziska wertete Dominiks Angebot als versteckte Anmache und ging demonstrativ ein paar Schritte Richtung Ausgang.

«Hier.» Dominik reichte Gloria einen Zettel und gab ihr einen Kuss auf die Wange. «Also, bis dann. Und viel Glück bei der Schatzsuche.»

«Danke, alles klar.»

Nachdem die beiden Frauen den Stützpunkt wieder verlassen hatten, fragte Franziska: «Ist das nicht ein Risiko, dass diese beiden Typen jetzt wissen, dass du dir einen Metalldetektor ausgeborgt hast? Es ist zwar unwahrscheinlich, aber gesetzt den Fall, du würdest tatsächlich auf diesen Metallbehälter stoßen, dann würden die doch sofort verstehen, was los ist.»

«Das glaube ich nicht. Ich finde die Geschichte mit dem verlorenen Armreifen sehr plausibel. Hast du überhaupt einen silbernen Armreifen?», fragte Gloria.

«Nein.»

«Dann gebe ich dir meinen, sobald wir zu Hause sind. Nur für den Fall des Falles.»

«Darf ich ihn wenigstens behalten?» Lachend öffnete Franziska den Kofferraum. Gloria legte den Metalldetektor hinein.

«Ja, klar. Aber ich weiß nicht einmal, ob er aus echtem Silber ist.»

«Solange er von dir ist.»

43.

Fast eine Stunde hatte Barbara Thaler gebraucht, um Abayomi Nkwongu klarzumachen, was ihm und seinen beiden Kindern in der Nacht bevorstand. Da Nkwongu weder Englisch noch Deutsch verstand, hatte ihm Barbara Thaler mit Händen und Füßen zu erklären versucht, dass sie ihn und seine Kinder in wenigen Stunden mit dem Auto wegbringen würde. Nkwongus Landsmann Chukwuma, der ebenfalls im Flüchtlingsheim wohnte, sprach zwar Deutsch, allerdings wollte ihn Barbara Thaler nicht in diese Geschichte hineinziehen. Außerdem wäre das Risiko, dass er sich verplapperte, zu groß gewesen.

Jetzt saßen Nkwongu und die verängstigten Kinder im Fond ihres Wagens und duckten sich, sobald ihnen ein anderes Fahrzeug entgegenkam. Als sie eine halbe Stunde später in die Schotterstraße einbogen, die zum Hof ihres Vaters führte, atmete Barbara Thaler erleichtert auf. Der Hof lag abgeschieden, und da es in Sichtweite keine anderen Häuser gab, war die Gefahr, von Nachbarn gesehen zu werden, gering. Barbara Thaler stellte das Auto vor der Scheune ab, und bereits eine Minute später kam ihnen Ablinger in Begleitung einer jungen Frau entgegen. Ablinger warf einen neugierigen Blick in das Wageninnere. Barbara Thaler stieg aus und umarmte ihren Vater, der nach Speck roch. «Danke, dass du uns hilfst», sagte sie und drückte ihm einen Kuss auf die Wange.

Mit einer ungeschickten Bewegung befreite sich Ablinger aus der Umarmung. Er zeigte auf seine Enkelin. «Das ist die Franziska.»

«Hallo Franziska.» Trotz der spärlichen Beleuchtung erkannte Barbara Thaler sofort, dass sie sich auf Franziska verlassen konnte. «Ich bin die Barbara.» Sie öffnete die hintere Autotür und reichte Ayesha die Hand. Nkwongu sagte ein paar aufmunternde Worte zu seiner Tochter, die mit hochgezogenen Schultern ausstieg. Nkwongu und Anikulapo folgten ihr. Die Kleinen umklammerten sofort die Beine ihres Vaters. «Das ist Abayomi, das ist Ayesha, und das ist Anikulapo», stellte Barbara Thaler die drei vor.

«Hallo», antwortete Franziska.

«Haben die Afrikaner Hunger?», fragte Ablinger seine Tochter.

Sie schüttelte den Kopf. «Ich glaube, sie wollen jetzt erst einmal schlafen. Sie haben einen ziemlich anstrengenden Tag hinter sich.» Barbara Thaler sah auf ihre Armbanduhr. «Ich muss zurück in mein Büro, ich komme morgen in der Früh vorbei, und dann besprechen wir alles Weitere.» Sie wandte sich an Nkwongu. «You stay here. Sie bleiben hier. Everything is okay.»

Nkwongu nickte und sagte ein paar Worte zu seinen Kindern. Ayesha und Anikulapo schmiegten sich noch enger an seine Beine. Nkwongu strich beruhigend über ihre Haare, dann holte er die beiden Plastiktaschen mit seinen Habseligkeiten vom Rücksitz.

«Ich zeige Ihnen Ihr Zimmer. I show you your room.» Franziska lächelte den beiden Kindern zu, die aber immer noch viel zu durcheinander waren, um zu verstehen, was hier gerade passierte.

Franziska verschwand mit Nkwongu und seinen Kindern im Haus.

Ablinger und seine Tochter standen einander gegenüber. «Danke», sagte Barbara mit zitternder Stimme.

«Ich hoffe, dass alles gutgeht», antwortete ihr Vater und sah dabei auf den Boden.

«Ja, das hoffe ich auch.» Jetzt merkte Barbara Thaler, wie erschöpft sie war.

«Du brauchst dir keine Sorgen zu machen, wir kümmern uns um sie.» Ablinger umarmte seine Tochter.

44.

Oliver Kainrath saß im *Observatorio del Teide* auf Teneriffa an seinem Schreibtisch und wunderte sich, dass er so ruhig war. Draußen war es dunkel, nur eine kleine Lampe warf einen schwachen Lichtstrahl auf das leere Blatt Papier, das vor ihm lag. Oliver Kainrath griff nach seiner Füllfeder und schrieb:

Drei Sonnen sah ich am Himmel stehn,
Habe lange und fest sie angesehn.
Und sie auch standen da so stier,
Als wollten sie nicht weg von mir.
Ach, meine Sonnen seid ihr nicht!
Schaut andern doch ins Angesicht!
Ja, neulich hatt ich auch wohl drei;
Nun sind hinab die besten zwei.
Ging nur die dritt erst hinterdrein!
Im Dunkel wird mir wohler sein.

Oliver konnte das Gedicht von Wilhelm Müller auswendig, und auch wenn es alles zum Ausdruck brachte, was ihm am Herzen lag, schrieb er noch ein paar Zeilen darunter. Dann schaltete er die Lampe aus und horchte hinein in die Dunkelheit.

45.

Seit einer halben Stunde hatte Barbara Thaler ihren Blick starr auf die Wanduhr gerichtet. Sie saß wie auf Nadeln und spürte das heftige Pochen ihres Herzens. Immer wieder war sie im Geiste die möglichen Szenarien durchgegangen, und am Ende musste sie sich eingestehen, dass sie wahrscheinlich eine viel zu schlechte Lügnerin war, um die Beamten der Einsatzgruppe täuschen zu können. Im Augenblick hatte sie alles vergessen, was sie sich an Erklärungen zurechtgelegt hatte.

Irgendwo im Haus schrie ein Baby. Es nützt nichts, sagte sich Barbara Thaler und stand auf. Sie richtete sich ihr Kleid und ging ins WC, wo sie einen Kontrollblick in den Spiegel warf. Ich sehe ja fürchterlich aus, dachte sie deprimiert. Um Punkt vier verließ sie ihr Büro und ging leise die Treppe hinunter. Sie öffnete die Haustüre, weil sie dachte, dass es besser wäre, die Beamten gleich hier über das Verschwinden Nkwongus und seiner Kinder zu informieren. Auf den weiteren Verlauf des Geschehens würde sie ohnehin keinen Einfluss mehr haben.

Der Vollmond leuchtete hell, und Barbara Thaler fragte sich, ob Nkwongus Frau, sofern sie noch am Leben war, ebenfalls diesen Mond sehen konnte. Es war bereits fünf nach vier, und in einem Anflug von Euphorie dachte Barbara Thaler schon, dass die Behörden vielleicht auf Nkwongu vergessen hatten. Aber diese Hoffnung erfüllte sich nicht, denn drei Minuten später bogen zwei Fahrzeuge mit getönten Scheiben von der Straße ein und blieben direkt vor dem Flüchtlingsheim stehen. Barbara Thalers Knie begannen zu zittern, und sie war sich sicher, dass die Beamten sie sofort verhaften würden. Aber noch war es nicht so weit. Aus dem ersten Wagen stiegen ein Mann und eine Frau aus. Beide trugen Zivilkleider, und beide waren unbewaffnet, wie vom persönlichen Referenten der Innenministerin angekündigt. Das Fenster des zweiten Wagens wurde auf der Fahrerseite geöffnet, weil der Lenker eine Zigarette rauchen wollte.

Die Beamtin und ihr Begleiter waren erstaunlich jung. Wahrscheinlich hatten sie ihre Ausbildung gerade erst beendet und waren deshalb für diesen eher unspektakulären Einsatz ausgewählt worden. Sicher hätten sie sich lieber von einem Hubschrauber abgeseilt und ein paar Terroristen erschossen, statt einen nigerianischen Flüchtling mit zwei kleinen Kindern in Gewahrsam zu nehmen.

«Karin Nowak», stellte sich die junge Frau vor. Ihr Händedruck war lasch und unverbindlich. Ihr Kollege, der sich mit Peter Schubert vorstellte, hatte einen festen Händedruck, der wahrscheinlich zum Ausdruck bringen sollte, dass er alles fest im Griff hatte.

Karin Nowak reichte Barbara Thaler eine Klarsichtfolie, in der sich mehrere Formulare befanden. «Hier sind die Papiere, bitte kontrollieren Sie, ob die Angaben stimmen.»

Barbara Thaler holte das erste Blatt heraus und stutzte. Der Name des Flüchtlings, der abgeholt werden sollte, war auf dem Formular mit *John Kwongo* angegeben. Natürlich wusste sie aus eigener Erfahrung, dass es wegen der verschiedenen Schreibweisen der Namen von Flüchtlingen aus arabischen und afrikanischen Ländern immer wieder zu Verwechslungen kam und dass einzelne Personen wegen falsch transkribierter Namen vom System auch gar nicht erfasst wurden, aber dass man aus Abayomi Nkwongu einen John Kwongo gemacht hatte, überraschte sie dann doch einigermaßen.

Aber nicht nur sein falsch geschriebener Name, auch Nkwongus Geburtsdatum irritierte Barbara Thaler. Es war mit 1. Januar 1990 angegeben. Es war allgemein bekannt, dass Flüchtlinge ohne Papiere oft behaupteten, an einem 1. Januar geboren zu sein, weil man sich dieses Datum besser merken konnte als zum Beispiel einen 17. März oder einen 28. September. Von einem 30. Februar ganz zu schweigen. Meist machte man sich bei dieser Gelegenheit auch gleich um ein paar Jahre jünger, weil man als jugendlicher Flüchtling mehr Chancen auf die Gewährung von Asyl hatte.

Barbara Thaler war sich sicher, dass sie Nkwongus Namen und Geburtsdatum korrekt in das System eingegeben hatte, und sie konnte sich nicht erklären, wie die falschen Angaben zustande gekommen waren.

Karin Nowak deutete auf eine Zeile am unteren Rand des Formulars. «Hier müssten Sie die Übergabe der drei Personen bestätigen. Ich hoffe, dass sie kooperativ sind und keine Schwierigkeiten machen.»

Barbara Thaler räusperte sich. «Also, es ist so, dass Herr Kwongo und seine beiden Kinder spurlos verschwunden sind. Eine halbe Stunde, bevor Sie gekommen sind, wollte ich Herrn Kwongo und seine Kinder aufwecken, aber ihr Zimmer war leer.» Sie entschied sich, den Namen Kwongo zu verwenden, um keine Verwirrung zu stiften.

Auf Karin Nowaks Stirn bildeten sich tiefe Falten. «Was soll das heißen, sie sind spurlos verschwunden? Sie können sich doch nicht in Luft aufgelöst haben.»

«Ich habe Herrn Kwongo gestern Abend natürlich darüber informiert, dass er heute Nacht in Schubhaft genommen wird, und nachdem er die Nachricht sehr ruhig aufgenommen hat, habe ich nicht damit gerechnet, dass es irgendwelche Probleme geben könnte.»

«Aber, warum haben Sie …»

Hier fehlt ein Teil des Manuskripts, und das kam so:

Im Februar 2018 hielten sich meine Frau und ich für mehrere Wochen im Dorf Sizindeni an der Wild Coast in Südafrika auf. Wir wohnten in einer der dort üblichen Rundhütten aus Lehm, die eine Aussteigerin aus Durban an uns vermietet hatte. Unser Verbindungsmann zu den Bewohnern von Sizindeni hieß Bongonaku, weil er einer der wenigen im Dorf war, die Englisch konnten. Wie fast überall an der Wild Coast wurde auch in Sizindeni isiXhosa gesprochen. isiXhosa ist eine wunderschöne Sprache mit vielen Klicklauten, die allerdings sehr schwer zu lernen ist. Bongonaku versuchte uns ein paar Grundbegriffe beizubringen, aber die einzigen Wörter, die wir beherrschten, waren: Bitte. Danke. Brot und Fisch.

Kurz vor unserer geplanten Abreise Ende Februar setzten um Sizindeni plötzlich heftige Regenfälle und Stürme ein. Es waren die gefürchteten Unwetter, die vom Meer kamen. «Not good», sagte Bongonaku, als er die schwarzen Wolken sah, die sich über dem Meer zusammenbrauten. Bereits nach dem zweiten Regentag war die einzige Schotterstraße, die Sizindeni mit der Außenwelt verband, unpassierbar geworden. Die nächsten zwei Wochen saßen wir sozusagen in der Falle, und ich nutzte die Zeit, um weiter an meinem Roman zu schreiben, auch wenn die äußeren Umstände alles andere als angenehm waren. Aber immerhin erklärte sich unsere Nachbarin Ntombi bereit, für uns einen großen Laib Xhosa-Brot zu backen, mit dem wir eine Woche über die Runden kamen. Und nachdem es im einzigen Spaza der Umgebung Kartoffeln, Eier und Erbsenkonserven gab, war unser Überleben gesichert.

Am 3. März besuchte uns Bongonaku, um uns mitzuteilen, dass für den Abend ein schweres Gewitter vorausgesagt wurde. Er gab uns den dringenden Rat, das Haus nicht zu verlassen und Kerzen bereitzuhalten, weil mit Stromausfall zu rechnen war.

In den Tagen vor dem Unwetter hatte ich das Kapitel über das Schicksal Abayomi Nkwongus und seiner Kinder beendet, und ich hatte das Gefühl, dass dieser Abschnitt richtig gut geworden war. Lange Zeit wusste ich nicht, wie es mit Nkwongu und seinen Kindern weitergehen sollte, bis ich endlich die Lösung gefunden hatte. Auf meinem iPad hatte ich die sieben Manuskriptseiten in einem eigenen Pages-Dokument mit dem Namen «Nkwongus Schicksal» abgespeichert. Da wir keine Internetverbindung hatten, konnte ich das Dokument auch nicht anderweitig sichern, indem ich es zum Beispiel an meine E-Mail-Adresse geschickt hätte. Natürlich gab es in der Lehmhütte auch keinen Drucker. Auf die Idee, die Seiten zu fotografieren, bin ich leider nicht gekommen.

Als am Abend des 3. März das Unwetter einsetzte, dachte ich zunächst, Bongonaku hätte maßlos übertrieben. Drei Stunden später dachte ich das nicht mehr. Blitze zerrissen die Dunkelheit, und aus den zerfetzten Wolken ergossen sich Wassermassen, die von einem orkanartigen Sturm horizontal über das Land gepeitscht wurden. Durch das einzige Fenster, das aus guten Gründen dem Meer abgewandt war, sahen wir, wie Blitze im Sekundentakt in der Umgebung einschlugen und sogar die Reetdächer von drei Hütten in Brand setzten. Aufgrund des heftigen Regens konnten sich die Feuer aber zum Glück nicht ausbreiten, eine Hütte brannte allerdings komplett nieder. Begleitet wurden die Blitze von Donnerschlägen, die so gewaltig waren, dass unsere Hütte bis in die Grundfesten erzitterte. Obwohl es draußen stürmte, schien sich das Unwetter über Sizindeni festgesetzt zu haben. Je länger das Gewitter dauerte, desto näher kamen die Blitze, und schön langsam bekamen wir es mit der Angst zu tun.

Gegen 21 Uhr wurde es plötzlich still, und wir dachten schon, das Unwetter wäre abgezogen. Ich öffnete die Tür, um nachzusehen, ob der Sturm an der Hütte irgendwelche Schäden angerichtet hatte, als ein Donnerschlag ertönte, der so klang, als hätten sich mehrere Donnerschläge zu einem gewaltigen Donner vereint. Sofort ging ich wieder in die Hütte zurück, und in dem Augenblick, in dem ich die Tür schloss, schlug neben mir ein Blitz ein.

Für den Bruchteil einer Sekunde war mir, als hätte ich das Bewusstsein verloren. Meine Frau behauptete später, mein Kopf wäre von einem Heiligenschein umgeben gewesen. Wir waren wie erstarrt, weil wir nicht wussten, was als Nächstes passieren würde. Wie lange wir in dieser Position verharrten, kann ich nicht sagen, aber etwa eine halbe Stunde später zog das Unwetter tatsächlich ab, und als Verehrer der heiligen Maria betete ich im Stillen ein «Gegrüßet seist du, Maria».

Als ich am nächsten Tag mein iPad öffnete, war das Dokument mit dem Namen «Nkwongus Schicksal» verschwunden. Ich dachte zuerst, dass ich es möglicherweise unter einem anderen Namen oder vielleicht als PDF-Dokument unter iBooks oder unter Fotos abgespeichert hätte, aber dem war nicht so. Sosehr ich auf meinem iPad auch suchte, das Dokument war nicht mehr zu finden.

Ich war deprimiert, weil ich sehr lange an diesem Kapitel geschrieben hatte und weil ich wusste, dass mir diese Passage wirklich gelungen war. Ich setzte mich hin, um mir Notizen zu machen, aber ich hatte keine Erinnerungen mehr an diese Textpassage. Es war offensichtlich, dass das Kapitel «Nkwongus Schicksal» durch den Blitzschlag nicht nur von meinem iPad, sondern auch aus meinem Gedächtnis gelöscht worden war.

Ich berichtete Bongonaku von den dramatischen Ereignissen, und er schlug vor, im Nachbardorf einen Sangoma aufzusuchen, der mir sicher sagen könne, was bei diesem Gewitter tatsächlich passiert war. Natürlich war ich skeptisch, aber nachdem der Sangoma für eine Kurzdiagnose nur fünfzig Rand, also etwa drei Euro fünfzig verlangte, willigte ich ein.

Auf dem Weg erzählte mir Bongonaku, dass die Mutter des Sangoma bei dessen Geburt vom Blitz erschlagen worden war und er aus diesem Grund ein Spezialist in Sachen Blitzschlag sei. Mir lief es kalt den Rücken hinunter.

Mit einem mulmigen Gefühl im Bauch betrat ich die Hütte, in der es säuerlich roch. Es war der typische Geruch des Umqombothi, des traditionell gebrauten Xhosa-Biers, das in einer blauen Plastikkanne neben dem Sangoma stand. Der Sangoma war ein alter Mann, der mit geschlossenen Augen am Lehmboden saß und dessen Oberkörper mit einem Ziegenfell bedeckt war. Nachdem ich mich ihm gegenüber auf den Boden gesetzt hatte, öffnete er die Augen und sah mich lange prüfend an. Ich fühlte mich nicht wohl in meiner Haut, weil ich nicht wusste, was ich machen sollte.

Aus einer kleinen Holzkiste holte der Sangoma einen Lederbeutel hervor und deutete mir, meine Hände zu öffnen. Er leerte den Inhalt des Beutels auf meine Handflächen, und ich konnte Muscheln, Vogelkrallen, einen Würfel, eine winzige Puppe, Federn und Steine erkennen, bestimmte Objekte konnte ich nicht identifizieren. Der Sangoma murmelte mit geschlossenen Augen eine Beschwörungsformel, und Bongonaku flüsterte mir zu, ich müsse die Gegenstände anhauchen, um sie mit meinem Geist zu beseelen. Dann sollte ich sie auf das Stück Stoff werfen, das der Sangoma vor sich ausgebreitet hatte. In der Mitte der Hütte sah ich auf dem Boden einen schwarzen Fleck, und ich fragte mich, ob er vom Blitzschlag stammte, der die Mutter des Sangoma bei dessen Geburt getötet hatte.

Ich folgte Bongonakus Anweisungen und leerte die Gegenstände auf den Stoff. Die schönste Muschel und die kleine Puppe fielen daneben. Mit halb geschlossenen Augen betrachtete der Sangoma das Bild, dann griff er nach meinen Händen. Seine Hände waren rau, aber so, wie er meine Hände hielt, wusste ich, dass ich ihm ver-

trauen konnte. Es dauerte lange, bis er zu sprechen begann. Ich sah, dass der Sangoma kaum noch Zähne hatte. Bongonaku übersetzte:

«Die Muschel bedeutet, dass du kürzlich etwas verloren hast, was nur von materiellem Wert ist und keine weitere Bedeutung hat. Die kleine Puppe aber bedeutet, dass du einmal etwas Unwiederbringliches verloren hast, das dir immer noch großen Schmerz bereitet.»

Ich dachte an unseren toten Sohn und begann zu weinen. Tränen liefen über meine Wangen, während der Sangoma leise einen Sprechgesang intonierte. Dabei bewegte er seinen Oberkörper langsam vor und zurück. Nachdem ich mich wieder einigermaßen beruhigt hatte, zahlte ich dem Sangoma die vereinbarten fünfzig Rand, und Bongonaku und ich verließen die Hütte.

Was aus Abayomi Nkwongu und seinen Kindern Ayesha und Anikulapo geworden war, konnte mir der Sangoma aber auch nicht sagen.

46.

Franziska saß in ihrem Wagen und wartete. Es war 14 Uhr 50. Wenn Lester nicht im Stau steckte, müsste er innerhalb der nächsten Minuten hier auftauchen. Sie hatte als Treffpunkt den Supermarkt in der Nähe der Autobahnabfahrt gewählt, weil er leicht zu finden war. «How will I know you?», hatte sie Lester am Telefon gefragt und sich im selben Augenblick auf die Zunge gebissen.

Und während sich Franziska über ihre dumme Frage ärgerte, beobachtete sie übergewichtige Mütter dabei, wie sie ihre bis oben hin beladenen Einkaufswägen zu ihren Mittelklasseautos schoben und dabei von ihren wohlstandsverwahrlosten

Kindern tyrannisiert wurden. Die Männer waren derweil – im besten Fall – arbeiten oder saßen – im schlechtesten Fall – im Wirtshaus. Wenn sich Franziska den Tagesablauf dieser Frauen vorstellte, war sie froh, keine Kinder zu haben. Und auch keinen Mann.

Um kurz nach drei bog ein weißer Mercedes mit deutschem Kennzeichen in den Parkplatz ein. Am Steuer saß ein Schwarzer. Franziska stieg aus und strich reflexartig ihren Rock glatt. Sie hob die Hand und lächelte. Lester entdeckte sie, ohne das Lächeln zu erwidern. Franziska fühlte sich unwohl, weil sie nicht wusste, wie man einen Soldaten ansprach. Und schon gar nicht einen amerikanischen.

Lester kam ihr entgegen und gab ihr die Hand. Obwohl er einen festen Händedruck hatte, schien er Franziska gegenüber reserviert zu sein. «William Lester. Pleased to meet you.»

Franziska war überrascht, dass Lester nicht älter war. Sie wusste gar nicht, warum, aber sie hatte einen alten Mann in Uniform erwartet. Stattdessen stand jetzt ein vielleicht fünfzigjähriger, durchtrainierter Mann vor ihr, der ein weißes Hemd und eine Sommerhose trug und gar nichts Soldatisches an sich hatte. Abgesehen davon, dass es Lester verboten gewesen wäre, in Armeeuniform ins Ausland zu reisen, wäre es angesichts der weltweiten Verwicklung der USA in kriegerische Auseinandersetzungen auch äußerst unklug gewesen, sich in der Öffentlichkeit in einer Uniform der US-Armee zu zeigen.

«Franziska. I am Mister Ablingers granddaughter. We talked on the phone.» Aus den Augenwinkeln sah Franziska, wie sich einige Köpfe nach ihnen umdrehten.

«I know, and I cannot tell you, how grateful I am, that you got in touch with me. I can imagine, how difficult it must have been for your grandfather.» Seine Stimme zitterte leicht.

«Yes, it was not easy, but now I think he is glad, that he can give you back your grandfather's identification tag.»

Lester wischte sich mit einem Stofftaschentuch die Schweißperlen von der Stirn. «I am sorry, but my German is not very good. I am in Ramstein only for one year.»

«Where have you been before?» Franziska hoffte, dass sie mit ihrer Frage nicht schon wieder in ein Fettnäpfchen getreten war.

«In Iraq», antwortete Lester. Er blickte auf seine Armbanduhr. «Where are we going now?»

«Flachbergers birthday party starts at five, so we have still some time. A friend of mine will bring my grandfather to the event, so I don't have to go back to the farm. You could follow me in your car and if it's okay for you, we could have a cup of coffee somewhere down by the lake.»

«Sounds good», sagte Lester und lächelte.

47.

Im Festsaal der Gemeinde Schwarzbach herrschte – im wahrsten Sinn des Wortes – dicke Luft. Diese bestand aus einer Mischung aus Schweiß, billigem Parfum, noch billigerem Rasierwasser und einem geringen Anteil an Sauerstoff. Im *Let's-do-it-Fachmarkt Krautschneider und Eberhard* hatte man beim Aufräumen im hintersten Winkel des Lagers noch zwei Kartons mit *Kölnisch Wasser 4711 (beliebt bei Alt und Jung)* und *Pitralon (eine Marke mit Tradition, Qualität und kühler Sachlichkeit)* gefunden. Es waren Artikel, die kein Ablaufdatum hatten, weil es das in den sechziger Jahren noch nicht gegeben hatte. Also bot man die Ware unter der Hand den umliegenden Gemeinden zum halben Preis an. Und weil der Bürgermeister von Schwarzbach den Damen von der Goldhaubengruppe und den alten Haudegen vom Kameradschaftsbund ohnehin noch ein Weihnachtsgeschenk schuldig war, kaufte er das alte Zeug und verteilte es an die verdienten Traditionsbewahrer und -innen, die davon natürlich reichlich Gebrauch machten.

Franziska und Gloria hätte es beim Betreten des Saals beinahe umgehauen, aber die Einheimischen schienen an Gerüche dieser Art gewöhnt zu sein. Franziska hielt den Atem an und versuchte, sich einen ersten Überblick zu verschaffen. Die meisten Gäste hatten ihre Plätze bereits eingenommen, und Franziska bedauerte, dass sie notgedrungen wieder einatmen musste. Also sog sie die Luft durch den Mund ein. Welche Substanzen auf diese Weise in ihr Inneres gelangten, wollte sie gar nicht wissen.

Vor der Bühne standen einige ältere Herren, unter denen sich auch der Landeshauptmann befand. Er hatte den Oberkörper nach vorne gebeugt und sprach mit einem weißhaarigen Mann in einem Rollstuhl. Dieser hatte zwei dünne Plastikschläuche in der Nase, die zu einem Beatmungsgerät führten, das auf der Rückseite des Rollstuhls befestigt war.

Franziska tippte Lester an. «Over there, in the wheelchair, I think this is Gernot Flachberger.»

Lester verengte die Augen, in seinem Blick lag etwas Hartes.

«Wie geht es dir?», fragte Franziska ihren Großvater, der ganz grau im Gesicht war.

«Es geht schon», antwortete er schwach.

«Der Flachberger hat ein Beatmungsgerät, dem scheint es nicht besonders gut zu gehen.»

«Ich sehe es», antwortete Ablinger.

«Ich glaube, wir sollten uns hinsetzen. We should take a seat.» Franziska fühlte sich gar nicht wohl in ihrer Haut.

Franziska, Gloria, Ablinger und Lester suchten sich freie Plätze in der letzte Reihe. Franziska achtete darauf, dass es Plätze am Rand waren, damit sie im Notfall jederzeit flüchten konnten. Auf den Stühlen lag ein gefalteter Zettel mit der Programmabfolge. Beim Hinsetzen merkte Franziska, dass sich immer wieder Leute nach ihnen umdrehten. Einmal glaubte sie, das Wort *Neger* gehört zu haben.

«Die stecken schon ihre Köpfe zusammen», sagte Gloria.

«Ich hab's gesehen. Kannst du mir bitte die Wasserflasche geben?»

Der Bürgermeister von Schwarzbach betrat die Bühne, und die Gespräche verstummten. Er stellte sich ans Rednerpult und hantierte am Mikrofon herum, bis er es endlich in die richtige Position gebracht hatte. Als Erstes begrüßte er die zahlreichen Ehrengäste, von denen jeder einen Einzelapplaus bekam. Die Zeremonie erinnerte stark an die Parteitage der KPdSU. Dann machte er eine Kunstpause, ehe er mit zitternder Stimme fortfuhr: «Aber ein besonders herzliches Grüß Gott gilt natürlich unserem Jubilar, dem lieben, hoch geschätzten und geehrten Altbürgermeister Professor Doktor Gernot Flachberger.» Im Saal brandete Applaus auf, und gestützt von seinen Töchtern Wilbirg und Erdmute erhob sich Flachberger und nickte schwach den Festgästen zu. Erdmute hielt die Sauerstoffflasche, und Wilbirg achtete darauf, dass die Schläuche nicht aus der Nase ihres Vaters rutschten. Flachberger war wackelig auf den Beinen und zitterte am ganzen Körper. Vielleicht hatte er Parkinson.

Nachdem der Bürgermeister dem Altbürgermeister die Goldene Ehrenbürgerschaft der Gemeinde Schwarzbach verliehen hatte, betraten Mitglieder des Kameradschaftsbundes die Bühne. Wie es die Vorschriften verlangten, waren sie alle einheitlich gekleidet: dunkelbrauner Trachtenanzug, weißes Hemd mit schwarzer Krawatte, braune Schuhe und Trachtenhut. Die ganz Alten waren mit Schärpen, Schulterbändern und Orden geschmückt. Einige trugen Fahnen, und sobald sie in Reih und Glied Aufstellung genommen hatten, begann der Obmann des Kameradschaftsbundes, Herbert Gramlinger, mit seiner Rede:

«Geschätzte Kameraden, sehr geehrter Herr Landeshauptmann, lieber Herr Bürgermeister, lieber Herr Altbürgermeister, geschätzte Goldhauben, verehrte Mitglieder des Gesangsvereins Franz Schubert und der Wandergruppe Berg Heil.»

«Heil», antworteten ein paar Schwerhörige im Saal und hoben die rechte Hand.

«Der Kameradschaftsbund ist eine bedeutende überparteiliche Institution, die aus dem gesellschaftlichen Leben nicht mehr wegzudenken ist. Er verfolgt ideelle, soziale und humanitäre Ziele, ist konfessionell ungebunden und für Neues stets aufgeschlossen. Aus diesem Grund haben wir uns heute hier versammelt, um einen Kameraden zu ehren, dessen gesamtes Leben den Traditionen einer christlichen und toleranten Wertegemeinschaft verpflichtet war. Unser geschätzter Kamerad, Professor Doktor Gernot Flachberger, hat die Schrecken des Krieges am eigenen Leib erfahren, und er weiß daher, was es heißt, sich für seine Ideale aufzuopfern. Sein ganzes Leben hat er soziale und humanitäre Ziele verfolgt, so, wie es den Grundsätzen des Kameradschaftsbundes entspricht.»

Gramlinger wischte sich den Schweiß von der Stirn, seinen Blick hielt er starr auf seine Aufzeichnungen gerichtet. «Jedenfalls möchten wir dir, lieber Kamerad Flachberger, zu deinem neunzigsten Geburtstag aus vollstem Herzen gratulieren und dir danke sagen für alles, was du für unsere Gemeinschaft geleistet hast. Nur wenn wir selbst imstande sind, eine friedfertige und kameradschaftliche Gesinnung zu leben, ist auch der Friede im Großen möglich.» Es folgte freundlicher Applaus. Gramlinger schlug die Hacken zusammen und salutierte, dann gesellte er sich zu seinen fahnentragenden Kameraden auf der Bühne.

«What did he say?», fragte Lester.

«It's hard to translate», sagte Franziska, «but he said that …»

«Pscht», zischte eine stark übergewichtige Frau mit einer Dauerwelle, die wie betoniert aussah. Wenn man mit einem Hammer darauf geschlagen hätte, wäre sie vermutlich in tausend Stücke zersprungen.

«I will tell you later», flüsterte Franziska.

Als Nächster trat der Generaldirektor der Raiffeisenlandesbank, Richard Hattenberger, ans Rednerpult. Er holte einen Zettel aus der Innentasche seines Sakkos: «Traditionelle Werte wie Sicherheit, Freiheit, gesellschaftliches Engagement und gelebte Eigenverantwortung sind für das Funktionieren unserer Gesellschaft entscheidend. Für die Wahrung dieser Werte setzt sich der Kameradschaftsbund in vorbildlicher Weise ein. Dabei steht die Raiffeisenbankengruppe als wichtigster finanzieller Nahversorger dem Kameradschaftsbund gerne partnerschaftlich zur Seite. Ich wünsche Ihnen alles Gute.»

Da man dem Generaldirektor offenbar nicht gesagt hatte, dass es bei dieser Feier nicht um den Kameradschaftsbund im Allgemeinen, sondern um Gernot Flachberger im Besonderen ging, erwähnte er den Jubilar mit keinem Wort.

Um die Stimmung etwas aufzulockern, betrat ein junger Trompeter die Bühne. Er trug eine speckige Knickerbocker aus Leder, ein kurzärmeliges, rotkariertes Hemd, rote Stutzen und klobige Halbschuhe. Sein gedrungener Körper und die Bürstenfrisur verliehen dem Bläser etwas Brutales. Dass er tätowiert war und einen Ohrring trug, passte nicht so ganz zu seinem Trachten-Outfit. Franziska schnappte in ihrer Umgebung die Worte

Enkerl und *ein ganz ein Tüchtiger* auf, und sie fragte sich, ob es zwischen Tracht und Niedertracht einen direkten Zusammenhang gab. Laut Programmzettel hieß der Trompeter Siegfried Wienerroither und war offenbar Flachbergers Enkel.

Während der Trompeter *Ich hatt' einen Kameraden* in den Saal schmetterte, kippte ein alter Kamerad wie ein Kartoffelsack um. Der Trompeter hatte Glück, dass er von der massiven Fahnenstange des Umgefallenen nicht erschlagen wurde.

Nachdem man den Ohnmächtigen hinausgetragen hatte, betrat der Landeshauptmann die Bühne. Wegen seiner doch eher kleinen Größe musste er sich auf die Zehenspitzen stellen. Die Stellung war zwar unbequem, aber da er im Zehenspitzenstehen Übung hatte, machte ihm diese Haltung nicht viel aus. In seiner Rede betonte er die Wichtigkeit von *Tradition, Volkskultur, Scholle, Herrgott, Brauchtum, Familie, Kirche, Vaterland, Verbundenheit, Gemeinschaft, Christentum* und *Gesinnung*.

Gloria flüsterte Franziska zu: «Bitte sag mir, dass wir im 21. Jahrhundert leben und man uns nicht ins Mittelalter zurückgebeamt hat.»

«Ist alles in Ordnung?», fragte Franziska ihren Großvater. Der hatte seinen Blick starr auf die Bühne gerichtet. Seine Halsschlagader pulsierte, und der Schweiß rann ihm von der Stirn. Hoffentlich bleibt sein Herz nicht stehen, dachte Franziska besorgt.

«Ich halte das nicht mehr aus», murmelte er. Der Landeshauptmann sprach immer noch von *Christentum, deutscher Sprache* und dem *lieben Herrgott*.

Franziska wurde unruhig. «Die Feier ist bald zu Ende, dann können wir ja versuchen, mit Flachberger ins Gespräch zu kommen.» Sie wusste, dass dieser Vorschlag ein Unsinn war, weil ein solches Gespräch nie zustande kommen würde.

«Kameradschaft ist ein zeitlich ungebundener Wert, das hat uns Professor Doktor Gernot Flachberger auf vorbildliche Weise vorgelebt», sagte der Landeshauptmann, «und darum wollen wir dir, lieber Gernot …»

In diesem Augenblick erhob sich Ablinger und schrie: «Und was ist mit dem amerikanischen Piloten, den der Flachberger am 22. April 1945 vor dem Bahnhof von Schattenwang aufgehängt hat?» Er hielt die Kette mit der Erkennungsmarke in die Höhe. «Hier habe ich den Beweis. Lester hat er geheißen, und sein Enkerl ist heute hierhergekommen. Aufgehängt hat er ihn …»

Im Saal entstand augenblicklich ein Tumult, und alle schrien durcheinander: «Unerhört.» «Ein Skandal.» «Wer ist das eigentlich?» «Was hat er gesagt, mein Hörgerät ist ausgefallen?» «Polizei.» «Schweinerei.»

Franziska und Gloria sahen einander entsetzt an. Der Damm war gebrochen, und Franziska hatte keine Ahnung, wie sie ihren Großvater wieder beruhigen sollte. «Opa, bitte», sagte sie flehend und hielt ihn am Arm fest. Aber Ablinger war nicht mehr zu bremsen und riss sich los. Er stürmte Richtung Bühne.

Die Leute starrten ihn an, aber niemand wagte es, sich ihm in den Weg zu stellen. Die Kameras und Fotoapparate waren alle auf ihn gerichtet. Keuchend stieg Ablinger die Stufen zur Bühne hoch. Der Landeshauptmann wich vom Rednerpult zurück, um Ablinger Platz zu machen. Er war Profi genug, um zu wissen, dass er nichts machen durfte, was ihm hinterher schaden könnte. Also wartete er ab und lächelte.

Um Flachberger kümmerten sich in der Zwischenzeit seine Töchter Wilbirg und Erdmute. Mit einer Mischung aus Verblüffung und Entsetzen starrte Flachberger auf die Bühne. «Wer ist das?», fragte er verwirrt.

Ablinger hielt erneut die Kette mit der Erkennungsmarke

in die Höhe. «Hier, das ist die Erkennungsmarke des amerikanischen Piloten Lester, dem der SS-Mann Gernot Flachberger am 22. April 1945 vor dem Bahnhof von Schattenwang eigenhändig den Strick um den Hals gelegt hat. Ich kann das bezeugen, weil ich dabei war.»

Flachbergers Blick irrte unruhig hin und her. «Das ist, das ist …», stammelte er.

Der Bürgermeister zeigte mit dem Finger auf Ablinger: «Das ist ja eine unerhörte Anschuldigung.»

Plötzlich wandten sich alle Blicke Lester zu, der mit energischen Schritten nach vorne marschierte und mit einem Satz auf die Bühne sprang.

«Was macht denn ein Neger hier bei uns?», fragte mit hochrotem Gesicht eine Goldhaubenträgerin, deren Blutdruck in den letzten Minuten gefährlich angestiegen war. Wenn sie nicht umkippen wollte, musste sie sofort drei *Ramipril* auf einmal schlucken.

«Franzi, bitte tu etwas», sagte Gloria flehend.

«Aber was?»

«Versuche die Lage zu beruhigen. Geh auf die Bühne und … Schau, jetzt nimmt der Lester das Mikro.»

«My name is William S. Lester, I'm the grandson of Andrew P. Lester, who was a member of the legendary *Tuskegee Airmen* during World War Two.»

«Was redet der?» Ein alter Mann, der sich sogar noch im Sitzen auf seinen Stock stützen musste, stieß seinen Sitznachbarn an, der trotz des Wirbels eingeschlafen war. Der Mann schreckte hoch. «Wo bin i denn?», fragte er verwirrt. «Gibt's schon a Jausn?»

«Beim Flachberger seiner Feier. Was sagt denn der Neger da vorne?»

Der Angesprochene hob verzagt die Hände, ließ sie aber gleich wieder fallen. Dann schlief er weiter.

«As Mister Ablinger told me, this man» – dabei deutete er auf Flachberger – «lynched my grandfather with his own hands.»

Als der Landeshauptmann realisierte, dass die Sache aus dem Ruder laufen könnte, zog er sich unauffällig zurück. Er wollte auf keinen Fall mit einem Mann mit schwarzer Hautfarbe fotografiert oder gefilmt werden, weil das seinem Image bei den Stammtischbrüdern, die ja seine treuesten Wähler waren, nur geschadet hätte. Also versteckte er sich hinter einer Fahne des Kameradschaftsbundes. Groß genug war sie ja.

«Red Deitsch», rief jemand von hinten.

Franziska hatte in der Zwischenzeit ihren Platz verlassen und die Bühne betreten. Die Kleidung ihres Großvaters war von Schweiß durchnässt, und sie hatte Angst, dass er augenblicklich tot umfallen könnte. Sie vermutete, dass die Leute im Saal gar nicht wussten, worum es überhaupt ging. Franziska hätte jetzt viel gegeben, wenn sie am Hof unter dem Apfelbaum oder mit Gloria auf der Terrasse am See hätte sitzen können.

Schon in der Volksschule war sie ungern vor die Klasse getreten, um einen Aufsatz vorzulesen oder ein Referat zu halten. Am schlimmsten war es im Musikunterricht gewesen, wenn sie mutterseelenallein *Alle Vöglein sind schon da* oder *Kuckuck, Kuckuck ruft's aus dem Wald* singen musste. Trotzdem hätte sie jetzt lieber ein Lied geträllert, als zu dieser aufgestachelten Menschenmenge zu sprechen. Aber da sie ihren Großvater nicht im Stich lassen wollte, hatte sie gar keine andere Wahl, als tief durchzuatmen und das Wort zu ergreifen: «Herr Lester ist der Enkel des amerikanischen Piloten Andrew P. Lester, der gegen Ende des Zweiten Weltkriegs über Schattenwang abgeschossen wurde. Mein Großvater war damals beim Volkssturm in

Schattenwang, und er hat mir erzählt, dass er Zeuge des Lynchmordes an Andrew P. Lester geworden ist.»

Franziska schluckte und sah sich hilfesuchend um. Jetzt erst merkte sie, dass es im Saal ruhig geworden war und dass sämtliche Kameras und Fotoapparate auf sie gerichtet waren. Nur jetzt nicht schlappmachen, dachte sie. Sie hielt sich mit beiden Händen am Rednerpult fest. «Ich weiß nicht, ob es stimmt, aber ich kann nur wiederholen, was mir mein Großvater erzählt hat, nämlich dass Herr Gernot Flachberger für diesen Mord verantwortlich ist.» Sie machte eine Pause. «Vielleicht kann sich Herr Flachberger ja zu diesen Anschuldigungen äußern.»

Flachbergers Tochter Erdmute wurde ganz rot im Gesicht, und ihre Stimme bebte vor Zorn. «Das ist eine unglaubliche Schweinerei», schrie sie und stürmte auf die Bühne. Sie schubste Franziska zur Seite und krächzte ins Mikrofon. «Ich bin die Tochter von Professor Flachberger, und ich bin entsetzt über diese Anschuldigungen. Ich kann nur sagen, dass wir Sie» – dabei deutete sie auf Franziska, Lester und Ablinger – «wegen Verleumdung vor Gericht bringen werden.» Die Leute standen auf und applaudierten so heftig, dass selbst die Schwerhörigen mitbekamen, dass gerade etwas Ungewöhnliches passierte. «Ihr alle kennt unsere Familie, und vor allem die Alten wissen, dass mein Vater immer nur seine Pflicht getan hat.» Beim letzten Satz kippte ihr Stimme.

«Und was ist mit der Erkennungsmarke?», rief Franziska. «Fragen Sie doch Ihren Vater, ob er sich an einen schwarzen Piloten erinnert, dem er vor dem Bahnhof von Schattenwang eigenhändig den Strick um den Hals gelegt hat.»

Flachberger war in sich zusammengesunken und glich einem Häufchen Elend. Franziska war sich nicht sicher, ob er die Anschuldigungen überhaupt gehört hatte. Plötzlich hob er den Kopf und murmelte etwas Unverständliches.

«Was willst du sagen, Vati?», fragte Erdmute und lächelte scheinheilig.

«Der Neger hat die Bomben abgeworfen und musste bestraft werden», sagte Flachberger halblaut.

«Haben Sie das gehört?» Franziska konnte sich nicht mehr beherrschen. «Herr Flachberger hat soeben zugegeben, dass der Neger, wie er sich ausdrückte, bestraft werden musste, weil er die Bomben abgeworfen hat.»

«So eine gemeine Lüge», konterte Erdmute vom Rednerpult aus, während Wilbirg ihren Arm um die abgezehrten Schultern ihres Vaters legte. «Das hat mein Vater nicht gesagt. Schämen Sie sich nicht? Mein Vater ist neunzig Jahre alt, und er braucht jetzt Ruhe. Für ihn ist das alles zu viel. Für diesen haltlosen Rufmord werden Sie sich vor Gericht verantworten müssen.» Mit diesen Worten verließ Erdmute die Bühne und strich dem alten Mann heuchlerisch über sein ausdrucksloses Gesicht. Sollte die ganze Welt sehen, wie sehr sie ihren Vater liebte.

«Aber …», war alles, was Matthias Ablinger noch herausbrachte.

48.

Stallinger hielt ein Blatt Papier in der Hand und schüttelte ungläubig den Kopf. «Und der Pfarrer glaubt allen Ernstes, dass wir uns jetzt auf die Suche nach dem Übeltäter machen?»

Wegleitner nahm den Zettel, auf dem mit schwarzem Filzstift stand: *Steig runter vom Kreuz, du Arsch, wir brauchen das Holz.* Wegleitner lachte. «Das erfüllt doch nie und nimmer den Tatbestand der Religionsbeleidigung. Ja, okay, nachdem der Zettel an dem Kruzifix vor der Kirche befestigt worden ist, kann der

Pfarrer eine Anzeige wegen Sachbeschädigung machen. Aber das ist doch lächerlich.»

Stallinger wollte gerade etwas sagen, als das Telefon klingelte. Er griff nach dem Hörer. «Polizeikommissariat Bitterwasser, Stallinger am Apparat.» Stallinger hörte schweigend zu. «Aha, eine Schlägerei bei einer Geburtstagsfeier. – Der Landeshauptmann ist auch anwesend. – Ja, das heißt, nein, wir können niemanden vorbeischicken, weil wir kein Personal haben. Das können Sie ja dem Landeshauptmann ausrichten. Auf Wiederhören.» Er knallte den Hörer auf die Gabel.

49.

Ablinger, Franziska, Gloria und Lester saßen am Tisch unter dem Apfelbaum und hingen ihren Gedanken nach. Die schwarze Katze lag zusammengerollt im Schatten und schlief. Von den nahe gelegenen Wiesen und Feldern hörte man das monotone Rattern der Traktoren und Mähdrescher. Franziska fühlte sich hundeelend und hoffte, dass sie sich nicht übergeben musste. Lester lockerte seine Krawatte und kratzte sich am Hals. Ablinger zupfte an den Hosenträgern seiner Anzughose. Franziska hatte den Eindruck, dass er durch die ganze Aufregung noch dünner geworden war. «Können die uns tatsächlich vor Gericht bringen?», fragte sie in die Stille hinein.

Gloria, die einen imaginären Punkt in der Wiese fixierte, schüttelte den Kopf. «Das glaube ich nicht. Die werden doch nicht so blöd sein und diese alte Geschichte wieder aufwärmen.»

«Alte Geschichte?» Ablinger lachte sarkastisch. «Der hat einen umgebracht, das ist keine alte Geschichte.»

«So hat sie es nicht gemeint.» Franziska griff nach der Hand ihres Großvaters. «Gloria wollte nur sagen, dass sich der Flachberger hüten wird, den Mord von einem Gericht untersuchen zu lassen.»

Lester atmete hörbar aus. «I'm very glad that I know what happened to my grandfather. And I appreciate that you got in touch with me. But I have to come back, to find out, were my grandfather is buried.»

«And what about Flachberger?», fragte Franziska.

Lester hatte seinen Blick auf die Erkennungsmarken in seiner Hand gerichtet. «I don't know. I don't want revenge, I simply want to bring back my grandfather's body to Selma.»

«Was hat er gesagt?», fragte Ablinger seine Enkelin.

«Dass es ihm nicht um Rache geht, dass er aber den Leichnam seines Großvaters nach Amerika zurückbringen möchte.»

«Wie soll das denn gehen?» In Ablingers Frage schwang Unmut mit. «Ich kann mir nicht vorstellen, dass überhaupt noch jemand weiß, wo sie den Piloten begraben haben.»

«Ich befürchte», schaltete sich Gloria in das Gespräch ein, «dass das eine ziemlich komplizierte Angelegenheit werden könnte. Wo will man denn zu suchen beginnen? Außerdem glaube ich, dass in diesem Fall die Behörden eingeschaltet werden müssen.»

«I don't understand», sagte Lester mit Blick auf Franziska.

«Gloria says that it will be very, very complicated, to search for your grandfather's grave. And that you will have to contact the authorities.» Irgendwie wunderte sie sich, dass Lester überhaupt kein Deutsch verstand, wo er doch schon seit einem Jahr in Ramstein lebte. Aber wahrscheinlich hatte er es dort nur mit Amerikanern zu tun.

Gloria überlegte. «Der entscheidende Punkt ist aber, dass zuerst auch von offizieller Seite anerkannt werden muss, dass der

Mord überhaupt passiert ist. Solange Flachberger seine Teilnahme an diesem Verbrechen leugnet und solange es keine Zeugen für die Tat gibt, wird sich keine Behörde in die Nesseln setzen.»

«Und was ist mit der amerikanischen Botschaft?», fragte Franziska.

Gloria winkte ab. «Die Amerikaner werden sich schon gar nicht einmischen. Das ist denen doch viel zu heikel.»

Ablinger stand auf. Er taumelte und hielt sich an der Banklehne fest. «Ich muss mich hinlegen», sagte er.

«Ist alles in Ordnung, Opa?», fragte Franziska besorgt. «Warte, ich begleite dich ins Haus.»

«Nein, nein, ich schaffe das schon. Wie lange bleibt denn Herr Lester noch?»

Lester warf Ablinger einen besorgten Blick zu.

«My grandfather asks, how long you will stay?»

«I have to leave within the next hour.» Lester erhob sich und reichte Ablinger die Hand. «First of all, I would like to thank you that you had the courage to tell me the truth about my grandfather's death. And of course, I would like to thank you for giving my grandfather's identification tag back to our family.» Lesters Stimme zitterte, und auch Ablinger kämpfte mit den Tränen.

«Ich bin froh, dass ich die Erkennungsmarken zurückgeben konnte, auch wenn ich bedaure, dass Flachberger für den Mord immer noch nicht zur Rechenschaft gezogen wurde.»

«Opa, ich glaube, du solltest dich jetzt ausruhen. Das war alles zu viel für dich.» Und an Lester gewandt, sagte sie: «Mister Lester, my grandfather needs a rest. We will stay in contact and if there are any news, we will let you know immediately.»

Alle Bemühungen ihres Großvaters, Flachberger zur Verantwortung zu ziehen, waren vergebens gewesen. Aber Franziska wusste, dass die Sache noch nicht zu Ende war.

50.

Franziska lag im Bett und starrte an die Wand. Sie konnte nicht schlafen und ließ immer wieder die Ereignisse des Tages Revue passieren. Vor allem Lesters Erzählungen über die lange Tradition von Lynchmorden in den USA hatten sie geschockt. So waren allein in Alabama, wo Lesters Großvater geboren wurde, bis Mitte der 1960er Jahre mindestens vierhundert Schwarze Opfer von Lynchmorden geworden. Man hatte diese Menschen auf dieselbe Art getötet, wie man Andrew P. Lester in Schattenwang umgebracht hatte. Franziska drehte es den Magen um, wenn sie an diese Parallelen dachte. Sie hatte im Internet recherchiert und herausgefunden, dass in den USA im Zeitraum von etwa achtzig Jahren fünftausend Menschen gelyncht wurden, wobei die Dunkelziffer wesentlich höher war. Zwei Drittel der Opfer waren Schwarze. Franziska musste an das Lied *Strange Fruit* von Billie Holiday denken:

Blut auf den Blättern und Blut an den Wurzeln.
Schwarze Körper baumeln im Wind.
Seltsame Früchte hängen an den Pappeln.

Ein Schrei riss Franziska aus ihren Gedanken. Wahrscheinlich lieferte sich die schwarze Katze wieder einmal einen Kampf mit einem Marder. Franziska horchte, aber schlagartig verstummte das Geräusch. Eigentlich war Franziska auf den Hof ihres Großvaters gekommen, um in Ruhe ihre Diplomarbeit über Turgenjew schreiben zu können, aber stattdessen hatte sie sich Hals über Kopf in Gloria verliebt. Und als wäre das nicht schon Aufregung genug, wurde sie von ihrem Großvater auch noch in diese grausame Geschichte rund um den Lynchmord an Andrew P. Lester hineingezogen.

Franziska lag noch lange wach, und als sie um sechs Uhr aus

einem wilden Traum aufschreckte, konnte sie sich gar nicht mehr erinnern, wann sie eingeschlafen war. Es war ein gewalttätiger Traum gewesen, in dem sie ein Kind geschlagen und einen Hügel hinuntergestoßen hatte. Weshalb träume ich solchen Unsinn?, fragte sie sich. Ihre Brutalität machte ihr Angst, auch weil sie das Gefühl hatte, dass in diesem Traum jede Vernunft ausgeschaltet war.

Franziska stand auf, um zu lüften. Wegen der vielen Fliegen und Gelsen hatte sie bei geschlossenem Fenster geschlafen. Die Vögel zwitscherten, und der wolkenlose Himmel versprach einen weiteren schönen Sommertag. Franziska rieb sich die Augen und gähnte. Während sie überlegte, ob sie mit dem Frühstück auf ihren Großvater warten sollte, fiel ihr Blick auf einen schwarzen Gegenstand, der am Apfelbaum hing. Zuerst dachte sie, eine Krähe würde dort sitzen, aber für eine Krähe war das Ding zu groß, außerdem bewegte es sich sanft in der morgendlichen Brise hin und her. Franziska kniff die Augen zusammen und glaubte, zwischen den Blättern ein zusammengeknülltes T-Shirt zu erkennen. Allerdings besaßen weder sie noch ihr Großvater ein schwarzes T-Shirt.

Franziska zog ihren Bademantel an und ging leise die Treppe hinunter. Sie wollte ihren Großvater auf keinen Fall wecken. Nach der Aufregung des gestrigen Tages brauchte er dringend seinen Schlaf. In der Wiese spürte sie den Tau auf ihren nackten Füßen; die winzigen Tropfen glänzten auf den Grashalmen und glitzerten auf den Spinnennetzen. Franziska verlangsamte ihre Schritte, weil sie ein eigenartiges Gefühl überkam. Als sie endlich beim Apfelbaum angekommen war, blieb sie wie vom Blitz getroffen stehen. «Das gibt es ja gar nicht», stammelte sie und hielt sich vor Schreck die Hand vor den Mund. Franziska brauchte ein paar Sekunden, um das Bild, das sich ihr bot, überhaupt richtig deuten zu können: Jemand hatte der schwarzen Katze einen Strick um den Hals gebunden und sie an einem Ast aufgehängt.

Franziska erinnerte sich an den Schrei, den sie in der Nacht gehört hatte. Ungläubig betrachtete sie den schlaffen Katzenkörper, und ohne, dass sie es gewollt hätte, stiegen ihr Tränen in die Augen. Franziska hatte zu der schwarzen Katze keine besondere Beziehung gehabt, aber jetzt fühlte sie tiefstes Mitleid mit ihr. Die schmale rosa Zunge hing ihr seitlich aus dem Maul, und die trüben Augen waren weit aufgerissen, so, als könnte sie nicht glauben, was mit ihr geschehen war. Auf dem Rücken klaffte eine Wunde, die wahrscheinlich von einer der Krähen stammte, die am Wiesenrand auf den nackten Eschen saßen und die Szene aufmerksam beobachteten.

Franziska warf einen Blick zum Haus und überlegte fieberhaft, was sie tun sollte. Ihr Großvater durfte unter keinen Umständen erfahren, was passiert war. Wenn sie ihm erzählte, auf welch bestialische Weise man die Katze umgebracht hatte, würde er wahrscheinlich zusammenbrechen. Wer war zu einer solchen Tat fähig? Und auch wenn sie es nicht glauben wollte, kam für Franziska als Täter nur jemand aus Gernot Flachbergers Umfeld in Frage. Erst jetzt sah Franziska, dass das Gras vom Apfelbaum Richtung Straße niedergetreten war. Nicht erklären konnte sie sich allerdings, wie der Täter überhaupt an die Katze herangekommen war. Als sie sich bildlich vorstellte, wie die Katze am Hof gefangen wurde, bekam sie eine Gänsehaut. Sie blickte sich ängstlich um, obwohl es unwahrscheinlich war, dass sich der Katzenmörder noch in der Nähe aufhielt.

Franziska versuchte ihre Gedanken zu ordnen. Klar war, dass sie die Katze so schnell wie möglich verschwinden lassen musste. Allerdings brauchte sie auch Beweisfotos, also lief sie zurück ins Haus und holte ihr Handy. Sofort begannen die Krähen wieder zu schreien. Franziska beschleunigte ihre Schritte. Als sie zurückkam, kreisten die ersten Vögel bereits um den Apfelbaum. Nachdem Franziska die Fotos gemacht hatte, schnitt sie das Seil durch und ließ den Kadaver in einen Plastiksack fallen. Die Krähen kehrten zur Esche zurück. Franziska verstaute die Tasche mit der toten Katze im Kofferraum und fragte sich, wie sie reagieren sollte, wenn sie ihr Großvater auf das Verschwinden der Katze ansprach.

Franziska kopierte die Fotos von ihrem Handy auf den Laptop und schüttelte immer wieder ungläubig den Kopf. Die Symbolkraft der erhängten schwarzen Katze war unübersehbar, aber Franziska war sich nicht sicher, ob sie der Täter nur warnen oder ob er ihnen drohen wollte. Die Botschaft könnte demnach lauten: Als Nächstes hängen wir euch auf, wenn ihr nicht die Finger von Gernot Flachberger lasst.

Auch wenn Franziska im Augenblick keinen Plan hatte, wusste sie, dass sie nicht klein beigeben würde. Das war sie ihrem Großvater schuldig. Sie überlegte, ob sie zur Polizei gehen sollte, wobei in diesem Fall die Gefahr bestand, dass ihr Großvater vom Tod der Katze erfuhr. Sie wollte Gloria anrufen, aber für einen Anruf war es wohl noch zu früh.

Je länger Franziska die Fotos betrachtete, desto klarer wurde ihr, dass die Katze es nicht verdient hatte, achtlos in die Kadaver-Box der Tierkörper-Sammelstelle geworfen zu werden. Also ging sie in den Schuppen und holte einen Ampferstecher, der ihr für ihr Vorhaben am besten geeignet erschien. Mit der Plastiktasche in der einen und dem Ampferstecher in der anderen Hand schlich sie hinauf zum Wald, wo sie die Katze bei den Brombeersträuchern begrub, und zwar an der Stelle, wo sie als Kind so gerne gespielt hatte.

Dass dort einmal ein Galgen stand, konnte Franziska nicht wissen. Auch nicht, dass der Schinder die Hingerichteten gleich an Ort und Stelle verscharrte. Das war auch der Grund, weshalb die Beerenpflückerinnen diesen Platz mieden. In den Raunächten sollen sich hier auch schwarze Katzen mit glühenden Augen herumgetrieben haben. Und sogar die *Wilde Jagd* soll hier vorübergezogen sein. Zum Schutz vor bösen Geistern hatte man später Vogelbeerbäume gepflanzt, die aber längst wieder verschwunden waren. Geblieben waren nur die von Schlingpflanzen überwucherten Brombeersträucher, die nach alter Überlieferung den Waldhexen als Nachtlager dienten.

51.

Zwei Stunden später hörte Franziska ihren Großvater in der Küche hantieren. Sie war immer noch aufgelöst und fühlte sich hilflos. Sie atmete tief durch und öffnete die Tür, um augenblicklich zu erstarren. Auf dem Stuhl lag eine schwarze Katze, die sie sofort anfauchte.

«Guten Morgen», sagte Ablinger müde.

Franziska hielt sich am Türstock fest. «Aber das ist ja …», stammelte sie. «Das kann nicht …»

«Was ist denn?», fragte Ablinger.

Die Katze machte einen Buckel. Franziska wich einen halben Schritt zurück und deutete auf die Katze. «Ist das die …?»

«Was ist denn los, Franzi?»

Franziska näherte sich vorsichtig der Katze, und auch wenn sie auf dem Rücken keine Wunde sehen konnte, bekam sie es mit der Angst zu tun. «Wo hast du die Katze gefunden?», fragte sie mit zitternder Stimme.

Ablinger sah seine Enkelin erstaunt an. «Ich habe die Katze nicht gefunden. Das ist doch unsere Katze. Ist dir nicht gut, Franzi?»

«Schon, schon. Es ist nur … Ich weiß auch nicht. Bist du dir sicher, dass das unsere Katze ist? Es gibt ja viele schwarze Katzen. Vielleicht ist es ja eine streunende Katze, die zufällig vorbeigekommen ist.»

Ihr Großvater lachte. «Warum soll das denn eine andere Katze sein?»

Das kann nicht sein, dachte Franziska panisch. Sie musste an Stephen Kings *Friedhof der Kuscheltiere* denken. Aber sie hatte die Katze nicht auf einem alten Indianerfriedhof begraben, sondern oben am Waldrand bei den Brombeersträuchern. Es war ein Ding der Unmöglichkeit, dass die Katze noch lebte.

Zufrieden streichelte Ablinger die Katze, die Franziska nicht aus den Augen ließ. Für einen kurzen Moment glaubte Franziska, dass die Augen der Katze sogar glühten. Kopfschüttelnd verließ sie die Küche. Mit dem Ampferstecher in der Hand eilte sie erneut zum Waldrand, und als sie die gesuchte Stelle erreicht hatte, traute sie ihren Augen nicht. Dort, wo sie die Katze vergraben hatte, war ein Loch, vom Kadaver fehlte jede Spur. Franziska ging näher heran und entdeckte Kratzspuren im Erdreich. Das muss ein Fuchs gewesen sein, versuchte sie sich zu beruhigen. Das war hundertprozentig ein Fuchs, der die Katze ausgegraben hat. Ich spinne doch nicht, das ist doch völlig absurd. Es gibt schließlich Dutzende schwarze Katzen in der Umgebung, und eine dieser streunenden Katzen wird halt zufällig am Hof vorbeigekommen sein. Aus, basta. Alles andere wäre doch kompletter Irrsinn.

Als Franziska zurückkam, stand ihr Großvater vor dem Scheunentor und schärfte mit dem Wetzstein die Klinge der

Sense. «Was hast du denn mit dem Ampferstecher gemacht?», fragte er.

«Ach, nichts, ich habe nur geschaut, ob ich einen wilden Efeu finde, den ich ausgraben könnte. Ich wollte ihn meiner Freundin für ihren Garten schenken.» Ohne eine Antwort abzuwarten, stellte sie den Ampferstecher an seinen Platz zurück. «Wo ist denn die Katze?», fragte sie.

«Die ist unterwegs. Du kennst sie ja, sie streunt halt gerne herum.»

52.

Franziska wollte sich gerade an ihren Schreibtisch setzen, als sie auf dem Buchdeckel des Turgenjew-Romans *Väter und Söhne* einen Ohrring entdeckte. Es war ein Ohrring, der nicht ihr gehörte. Wer hatte ihn hierhergelegt? Der Einzige, der dafür in Frage kam, war ihr Großvater. Aber warum sollte er ihr einen Ohrring schenken? Zögernd griff sie nach dem Ring und betrachtete ihn eingehend. Sie hielt ihn in die Höhe und wusste, dass sie ihn schon einmal gesehen hatte. Aber wo? Franziska dachte lange nach, und plötzlich schoss es ihr durch den Kopf: Einen solchen Ohrring hatte der Trompeter bei der Geburtstagsfeier von Gernot Flachberger getragen. Franziskas Herz begann wie wild zu schlagen. War das nach der toten Katze eine weitere Warnung? Beunruhigt ging sie nach unten, wo sich ihr Großvater in der Küche gerade ein Speckbrot zubereitete.

«Opa, hast du diesen Ohrring auf meinen Schreibtisch gelegt?», fragte Franziska, die gleichzeitig Ausschau nach der schwarzen Katze hielt, die sie aber nirgendwo sehen konnte.

Ihr Großvater nickte. «Ja, den habe ich unter dem Apfelbaum gefunden. Es war reiner Zufall, weil er direkt neben einem verfaulten Apfel lag, den ich aufklauben wollte.»

Franziska schluckte und rang sich ein Lächeln ab. «Danke», sagte sie, «ich habe ihn eh schon gesucht.»

«Mit dem Mähen muss ich noch warten, weil ich mit der Sense das zusammengetretene Gras nicht so gut erwische.»

«Ja, ja», sagte Franziska und verließ verwirrt die Küche.

Wieder in ihrem Zimmer, rief sie sofort Gloria an. «Gloria, du glaubst es nicht, aber ich habe jetzt einen handfesten Beweis dafür, dass der Enkel vom Flachberger die Katze getötet hat. Du erinnerst dich doch an diesen Trompeter bei der Feier, der hatte einen Ohrring getragen, und diesen Ohrring hat mein Großvater jetzt zufällig unter dem Apfelbaum gefunden. Das Ganze ist der reine Wahnsinn. Aber ich weiß nicht, was ich tun soll.»

«Äh, Moment, ich verstehe kein Wort. Wer hat was gefunden?»

«Ich habe heute früh im Apfelbaum unsere schwarze Katze gefunden. Tot. Jemand hat ihr einen Strick um den Hals gebunden und sie aufgehängt. Und mein Großvater hat direkt an der Stelle, wo die Katze getötet wurde, in der Wiese einen Ohrring gefunden. Er hat ihn auf meinen Schreibtisch gelegt, weil er dachte, er gehört mir. Natürlich habe ich ihm nicht gesagt, dass der Ohrring Flachbergers Enkel gehört, sonst hätte er sicher Angst bekommen. Außerdem weiß er ja noch immer nicht, dass die Katze tot ist. Ich habe sie heimlich im Wald verscharrt.» Franziska überlegte, ob sie Gloria von ihrer unheimlichen Begegnung erzählen sollte, ließ es aber bleiben. Die ganze Geschichte war ohnehin schon verwirrend genug. «Die wollten uns warnen. Da gibt es doch eindeutig einen Zusammenhang zwischen dem schwarzen Piloten, der erhängt wurde, und der schwarzen Katze, die man jetzt ebenfalls erhängt hat.»

«Puh, das ist ja eine wilde Sache. Aber ich würde nicht vorschnell reagieren. Die Frage ist, ob der Ohrring wirklich ein Beweis ist. Flachbergers Enkel wird natürlich abstreiten, dass das sein Ohrring ist, und wer weiß, wie viele solcher Ohrringe es gibt.»

Franziska hielt kurz inne. «Wie, du glaubst, dass man ihn damit nicht überführen kann?»

«Ich glaube, dass du dir genau überlegen solltest, was du machst. Lass uns doch erst einmal in Ruhe darüber reden. Vergiss nicht, dass dein Großvater nicht weiß, was mit der Katze passiert ist.»

«Ja, vielleicht hast du recht. Daran habe ich jetzt gar nicht gedacht.»

«Hast du Zeit? Kannst du kommen?»

«Ja, aber erst um die Mittagszeit. Ich muss mich noch ein bisschen um meinen Großvater kümmern.»

53.

Gloria schenkte Franziska ein Glas Wein ein. Franziska sah auf die Uhr. «Zwölf. Ist es nicht ein bisschen zu früh dafür?»

«Ich bin auf Kur», sagte Gloria lachend.

«Dann bin ich also dein Kurschatten», feixte Franziska.

Ein Handy klingelte. «Das bin ich.» Gloria warf einen Blick auf das Display und verdrehte die Augen. «Meine Mutter. Ich mache es kurz.»

Franziska hob ihr Glas. Sie nahm einen Schluck und deutete Gloria, sich zu beeilen. «Der Wein wird sonst warm», flüsterte sie. Wegen der toten Katze war sie immer noch angespannt.

«Hallo Mama, was gibt es denn?» Es wurde ruhig im Raum,

und Franziska konnte Glorias Atem hören. Je länger Gloria zuhörte, desto bleicher wurde sie. «Bitte sag, dass das nicht wahr ist. Sag, dass das nicht wahr ist. Bitte sag, dass das nicht wahr ist.» Gloria sank auf die Couch und wirkte plötzlich ganz klein. Geistesabwesend massierte sie ihr Knie. «Welche Frau? – Das gibt es doch gar nicht. Bist du dir sicher?» Gloria hatte ihren Blick starr auf den Boden gerichtet. «Astrid hat davon nichts gewusst? Aber das kann doch gar nicht sein. Das kann nicht sein. Ich glaub es einfach nicht.»

Franziska stellte ihr Glas ab und rührte sich nicht. Vielleicht hatte jemand aus Glorias Familie einen Unfall gehabt? Franziska hoffte, dass es nichts Schlimmes war.

«Im Observatorium? Und sie sind sich ganz sicher, dass es Oliver ist?»

Jetzt wusste Franziska, dass doch etwas Schreckliches passiert sein musste. Oliver? Das war doch der Name von Glorias Bruder.

«Und das steht alles im Abschiedsbrief?»

Franziska zuckte zusammen. Glorias Bruder ist tot, schoss es ihr durch den Kopf. Sofort geriet sie in Panik, weil sie Angst hatte, Gloria zu verlieren. Sie hörte fast auf zu atmen.

«Das ist ja eine Katastrophe, eine totale Katastrophe.» Glorias Stimme bebte. «Ist der Papa bei dir?» Nach einer kurzen Pause sagte sie: «Ja, natürlich. In spätestens zwei Stunden. Ich muss nur noch packen, dann fahre ich gleich los. Aber ich glaube das alles nicht.» Sie nickte. «Ja, ich passe auf mich auf.»

Gloria war wie erstarrt und schien ganz weit weg zu sein. Franziska wagte es nicht, sie aus ihren Gedanken zu reißen. Unsicher machte sie einen Schritt auf Gloria zu. Erst jetzt schien Gloria zu realisieren, dass sie nicht allein war. Mit einem merkwürdigen Gesichtsausdruck sah sie Franziska an. «Mein Bruder ist tot. Er hat sich umgebracht. Im Observatorium hat er sich erhängt.»

«Aber …» Mehr brachte Franziska nicht heraus.

Gloria schüttelte den Kopf. «Ich glaube es einfach nicht. Angeblich war eine Arbeitskollegin von ihm schwanger, und er hat keinen Ausweg mehr gesehen. Das ist in seinem Abschiedsbrief gestanden. Und irgendein Gedicht über drei Sonnen. Ich verstehe es nicht. Das ist eine riesige Katastrophe. Vor zwei Wochen war er in Wien, und er hat mich angerufen und gefragt, ob wir uns sehen können, und ich habe gesagt, ich habe keine Zeit.»

Franziska stand mit hängenden Armen da und wusste nicht, was sie sagen sollte. «Kann ich irgendetwas für dich …»

«Nein, nein.» Gloria vergrub ihr Gesicht in den Händen. «Ich kann nicht einmal weinen», murmelte sie.

Franziska holte ein Glas Wasser. «Hier.»

Mit zitternden Fingern griff Gloria nach dem Glas. Sie nahm einen Schluck und hielt inne. Dann schüttelte sie erneut den Kopf. «Das kann nicht sein. Warum hat er das gemacht?» Gloria sah Franziska an, als würde sie von ihr eine Antwort erwarten.

Franziska zuckte hilflos mit den Schultern.

Ganz langsam stand Gloria auf. «Ich muss packen, meine Eltern warten auf mich.» Sie reichte Franziska das Wasserglas. «Sie wollen morgen nach Teneriffa fliegen. Ich muss sie begleiten. Olivers Frau kommt auch mit. Ein Albtraum.»

«Soll ich dich zu deinen Eltern fahren? Du bist doch viel zu durcheinander, um …»

«Nein, nein, das schaffe ich schon. Vielleicht ist es ganz gut, wenn ich abgelenkt bin.»

«Aber ich könnte dich …»

«Nein, Franziska, das ist nicht nötig. Außerdem würden meine Eltern fragen …» Sie brach mitten im Satz ab und machte eine wegwerfende Geste. «Ach, ist doch egal.» Gloria wich Franziskas Blick aus.

Für Franziska brach in diesem Augenblick eine Welt zusammen, weil sie wusste, dass es mit Gloria zu Ende war. Gloria würde in den nächsten Wochen nur mit dem Tod ihres Bruders beschäftigt sein, und irgendwann würde sie Franziska vergessen haben. Franziska hatte panische Angst davor, ins Auto zu steigen und nach Hause zu fahren. Sie spürte die Angst geradezu körperlich. Alles hatte so schön begonnen, und jetzt endete der Traum in einem Albtraum. Ihr war zum Heulen zumute, aber sie wollte keine Szene machen, weil Glorias Lage noch viel schlimmer war als ihre. Zum Weinen würde sie in den nächsten Tagen noch Zeit genug haben.

Wie ferngesteuert stopfte Gloria ihre Kleider in eine Reisetasche. Franziska kam sich überflüssig vor und sagte mit zitternder Stimme: «Ich glaube, es ist besser, wenn ich jetzt gehe.» Natürlich hatte sie gehofft, dass Gloria sagen würde, sie solle bleiben, aber Gloria zuckte bloß mit den Schultern.

«Ja, wahrscheinlich hast du recht. Es tut mir leid, aber ich muss diesen Schock erst einmal verarbeiten. Sind noch Sachen von dir im Haus?» Gloria sah aus, als wäre alles Leben aus ihrem Körper gewichen.

Kaum hörbar antwortete Franziska: «Ja, im Bad, ich hole sie.» Als sie zurückkam, hoffte sie immer noch, dass es sich Gloria anders überlegt hatte. Aber sie hatte vergeblich gehofft.

Gloria streckte ihr die Hand entgegen, als wäre sie eine Fremde. Ihr Händedruck war kraftlos und schlaff. «Auf Wiedersehen, Franziska, ich melde mich. Es tut mir wirklich leid, aber ich …»

Franziskas Herz bekam einen Stich. «Ja, in Ordnung. Alles Gute, Gloria.» Ihre Antwort war kaum hörbar. Um nicht loszuheulen, biss sie sich auf die Lippen und verließ wie in Trance das Sommerhäuschen, in dem sie so viele schöne Stunden erlebt hatte. *Zum Augenblicke sagen: Verweile doch! Du bist so schön!* Beim Wagen drehte sie sich noch einmal um, und ihr wurde schmerzlich bewusst, dass sie nie wieder hierher zurückkommen würde. Sie begann hemmungslos zu weinen, und ihre Tränen hinterließen schwarze Mascarastreifen auf ihren Wangen. Franziska fühlte sich genauso elend wie an ihrem siebzehnten Geburtstag, als sie von ihrem damaligen Freund verlassen worden war. Dieser Geburtstag lag zwar schon lange zurück, aber an eines konnte sie sich noch genau erinnern: an das Bedürfnis nach Trost.

Zu Hause legte sich Franziska ins Bett und heulte stundenlang weiter. Und das Leben besaß die Frechheit, einfach weiterzugehen, statt den Atem anzuhalten und sich um Franziskas Schmerz zu kümmern. Sie empfand eine tiefe Trauer darüber, weil nichts im Leben so wurde, wie sie es sich erträumt hatte. Als Franziska am späten Nachmittag aufstand, fühlte sie sich matt und kraftlos. Ihr Körper schmerzte, als hätte man ihn durch einen Fleischwolf gedreht.

Natürlich hatte ihr Großvater mitbekommen, dass mit seiner Enkelin etwas nicht stimmte, aber er hütete sich, die falschen Fragen zu stellen.

Lustlos stocherte Franziska in ihrem Essen herum. Sie hatte keinen Appetit, und ihr war immer noch hundeelend zumute. Am liebsten hätte sie sich wieder ins Bett gelegt, gleichzeitig hatte sie Angst vor dem Alleinsein. Franziska beobachtete ihren Großvater, wie er mit der Gabel umständlich ein Stück Kartoffel aufspießte und in den Mund steckte. Sie sah seine abgearbeiteten Hände mit den geschwollenen Gelenken und bekam plötzlich einen unglaublichen Hass auf Gernot Flachberger und seine widerwärtige Gefolgschaft.

Franziska dachte an den Ohrring. Ich kann dieses fette Dreckschwein, das unsere Katze umgebracht hat, doch nicht so einfach davonkommen lassen, dachte sie wütend. *Rache nimmt man nur in Romanen*, hatte Turgenjew einmal geschrieben. Aber damit lag Turgenjew falsch. Zumindest in Franziskas Augen. «Opa, entschuldige, aber mir ist gerade eingefallen, dass ich noch einen dringenden Anruf erledigen muss. Es ist wegen meiner Diplomarbeit. Ich bin gleich wieder da.» Ohne eine Antwort abzuwarten, verließ Franziska die Küche.

In ihrem Zimmer holte sie den Programmzettel von Flachbergers Geburtstagsfeier hervor. Siegfried Wienerroither, so hieß also der trompetenspielende Enkel. Jetzt erinnerte sie sich wieder. Sie öffnete ihren Laptop und gab den Namen *Siegfried Wienerroither* in das Suchfeld ein. Es gab dazu achtzig Einträge und drei Fotos. Sie klickte die Seite *Siegfried Wienerroither im Telefonbuch finden* an und notierte sich die Handynummer, die einem Siegfried Wienerroither aus Schwarzbach gehörte. Franziska ging ans Fenster, ihr Blick fiel auf den Apfelbaum, und ihr Magen verkrampfte sich. Wie gerne hätte sie jetzt Gloria um Rat gefragt, aber Gloria war nicht mehr erreichbar für sie. Franziska empfand das Leben als große Ungerechtigkeit. Gleichzeitig war für sie die Vorstellung, dass Flachberger und seine Brut für ihre Verbrechen nicht zur Rechenschaft gezogen wurden, unerträglich. Gegen den alten Flachberger konnte sie im Augenblick nichts unternehmen, aber diesen Wienerroither würde sie sich vorknöpfen.

Franziska atmete tief durch und griff nach ihrem Handy. Sie deaktivierte die Rufnummernanzeige und hoffte, dass sie beim Gespräch mit Wienerroither nicht die Nerven verlor. Wie in Zeitlupe tippte sie die Nummer ein, dann hielt sie ihr Handy ans Ohr. Insgeheim hoffte sie, dass Wienerroither nicht abhob, aber bereits nach dem zweiten Klingeln meldete sich eine männliche Stimme: «Hallo?»

Franziska schluckte. «Spreche ich mit Siegfried Wienerroither?»

«Ja, worum geht es denn?»

«Sie haben bei der Geburtstagsfeier Ihres Großvaters Trompete gespielt?»

Wienerroither machte eine Pause. «Warum fragen Sie?» Und nach einer weiteren Pause: «Wer sind Sie?»

«Vermissen Sie nicht einen Ohrring?»

«Einen Ohrring?» Seine Verunsicherung war unüberhörbar. «Was soll das? Wer sind Sie?»

«Das spielt keine Rolle. Ich weiß, wo Sie Ihren Ohrring verloren haben, ich habe ihn nämlich gefunden.»

Wienerroither schluckte. «Ich habe keinen Ohrring verloren. Was soll der Scheiß?»

«Es gibt ein Foto, auf dem Sie denselben Ohrring tragen, den Sie verloren haben, als Sie die schwarze Katze aufgehängt haben. Sie wissen genau, wovon ich spreche.»

Franziska hörte Wienerroithers stoßweisen Atem. Er schwieg. Plötzlich sagte er: «Du kannst mich am Arsch lecken, du blöder Trampel.» Und legte auf.

Franziska war so perplex, dass sie einfach weiterredete: «Ja, aber …», stammelte sie. Erst als sie einen Blick auf das Display warf und ihr klar wurde, dass Wienerroither das Gespräch einfach beendet hatte, setzte sie sich auf die Bettkante und starrte an die Wand. Was bin ich für eine Idiotin, dachte sie wütend. Der Typ weiß jetzt genau, dass ich angerufen habe. Und er weiß, wo ich wohne. Womöglich rächt er sich an mir. Franziska stand auf und schloss das Fenster. Sie überlegte fieberhaft, was sie tun sollte. Wenn ich zur Polizei gehe, werden sie mich auslachen. Ein

Ohrring ist kein Beweis für die Tötung einer Katze, werden sie mir sagen. Außerdem würde dann ihr Großvater vom Tod der Katze erfahren. Franziska war verzweifelt und vergrub ihr Gesicht in den Händen. Sie fühlte sich einsam und verlassen. Am liebsten hätte sie diesem Schwein mit einem Prügel den Schädel eingeschlagen. Erneut betrachtete sie den Ohrring. Das Bild von der toten Katze tauchte vor ihrem geistigen Auge auf, und sie dachte an ihren Großvater. Dann fasste sie einen Entschluss.

Sie öffnete ihren Laptop und sah sich Wienerroithers Facebookseite an. Dass dieser Idiot Helene-Fischer-Fan war, überraschte sie ebenso wenig wie die Tatsache, dass Schweinsbraten (durchzogen) mit Knödel und Sauerkraut zu seinen Lieblingsspeisen gehörte. Genau so sah dieser Typ auch aus. Auf seiner Facebookseite stand auch, dass er als Schlosser im Chemiewerk arbeitete.

Franziska griff nach ihrem Handy und wählte erneut Wienerroithers Nummer.

54.

Stallinger stellte sich am Parkplatz neben seinen Dienstwagen. Hier fühlte er sich sicher, auch wenn der Gestank aus den mobilen Toiletten und den überquellenden Mistkübeln nicht zum Aushalten war. Aber immer noch besser, als die Ausdünstungen von dreitausend schwitzenden Andreas-Mastwächter-Fans einatmen zu müssen.

Geschäftstüchtige Bauern hatten bereits vor Tagen die umliegenden Wiesen gemäht und durch Zäune in provisorische Parkplätze umgewandelt. Für jedes geparkte Auto verlangten sie zehn Euro, steuerfrei natürlich, weil die Landwirte ja pauschaliert waren und sich auf die *Kalte-Hände-Regelung* des Finanzministeriums berufen konnten: *Bei Umsätzen auf öffentlichen Straßen und Plätzen ohne Verbindung mit fest umschlossenen Räumlichkeiten gilt bis zu einem Jahresumsatz von 30 000 Euro netto die einfache Losungsermittlung; die Einzelaufzeichnungs-, Registrierkassen- und Belegerteilungspflicht gelten nicht.*

Während Stallinger den Blick über die Menschenmassen schweifen ließ, sagte ihm sein Gefühl, dass der heutige Abend kein gutes Ende nehmen würde. Dass Wischenbart und Stocker noch immer im Krankenstand waren, empfand er angesichts der prekären Lage als besondere Frechheit. Burn-out und gebrochener Fuß hin oder her. Tachinierer, schimpfte er innerlich.

Stallinger warf einen Blick durch den Feldstecher. Er wusste, dass sich seine Tochter unter den Konzertbesuchern befand, konnte sie aber nicht finden. Er richtete den Feldstecher auf das Schiff und glaubte, hinter einem der Boxentürme den Bürgermeister zu erkennen. Wahrscheinlich bereitete er sich gerade auf seinen großen Auftritt vor und überlegte, wie man *Rock the Lake* richtig aussprach. *Rock se Leck? Rock die Lacke?* Stallinger war gespannt.

Das Schiff lag ruhig im Wasser, nur der Bühnenbereich war von bunten Scheinwerfern beleuchtet. Aus Nebelmaschinen stieg Rauch auf und hüllte die Bühne in eine ungesunde Farbe, die an giftigen Smog erinnerte. Instinktiv begann Stallinger zu husten. Noch war kein Musiker zu sehen, dafür dröhnte zur Einstimmung das berühmte *Augenlied* von Andreas Mastwächter über den See:

Ich schau dir in die Augen,
Die mir fürchterlich taugen.
Ich hab dich so gern
Wie den hellsten Himmelsstern.

Der leuchtet in der Nacht
Und mein Herz, das lacht, lacht, lacht.

Die Leute sangen begeistert mit, und der Alkohol, der bereits reichlich geflossen war, heizte die Stimmung noch zusätzlich an.

Bei der Vorstellung, dass im Falle einer Panik dreitausend Menschen reflexartig nach vorne ins Wasser drängen würden, bekam Stallinger trotz der brütenden Hitze eine Gänsehaut. Er hatte das Polizeiauto so geparkt, dass er im Notfall jederzeit die Flucht ergreifen konnte, obwohl er wusste, dass er das nicht tun würde, weil er ja seine Pflicht zu erfüllen hatte und weil auch seine Tochter unter den Konzertbesuchern war. Natürlich hatte er versucht, Martina vom Konzertbesuch abzuhalten, aber wie immer hatte sie ihn nur ausgelacht. Dass ihm dabei auch seine Frau in den Rücken gefallen war, hatte ihn besonders hart getroffen.

Stallinger hielt inne und lauschte, weil in unmittelbarer Nähe eine Klappergrasmücke ein Liedchen trällerte. Oder war es eine Dorngrasmücke? Zu Hause hätte er gleich die Schallplatte *Stimmen der Vögel Mitteleuropas* aufgelegt, um herauszufinden, welche Grasmücke es denn war. Aber mitten im Lied hörte der Vogel plötzlich auf zu singen. Vielleicht war ihm zu viel los, und er hatte kurzerhand das Weite gesucht. Wäre Stallinger nicht im Dienst gewesen, hätte er es dem Vogel gleichgetan. Stattdessen schaute er auf die Uhr. 20 Uhr 57. Vor zehn Minuten war die Sonne hinter den Bergen verschwunden, und am gegenüberliegenden Ufer ging über Schwarzbach langsam der Vollmond auf. In drei Minuten würde das Konzert beginnen.

Um Punkt 21 Uhr brach die Hintergrundmusik ab, und auf der Bühne wurde es dunkel. Die Massen begannen zu brüllen, weil sie dachten, dass Andreas Mastwächter auftreten würde. Stattdessen trat aber nur der Bürgermeister vor das Mikrofon, auf das ein lausiger Scheinwerfer gerichtet war. Habringer machte ein paar hektische Handbewegungen, um die Nebelschwaden zu vertreiben. Er begann zu husten und krächzte: «Da stinkt's ja wie im Scheißhaus von der Futhäuslwirtin.» Dass das Mikrofon bereits eingeschaltet war, hatte er vergessen. Der Bürgermeister räusperte sich: «Nicht nur der berühmte Maler Titus Pichler liebte den Rottensee, sondern auch der Komponist Karl Weber, der aber nicht mit dem Erfinder des Weber-Grills verwandt ist.» Er machte eine Kunstpause, aber niemand lachte, weil die Leute ohnehin nicht zuhörten. «Womit wir schon bei der Musik angekommen waraten – äh, wären. Von Titus und Karl ist es nicht weit zu den beiden Musikern Andreas und Herbert, die heute zum ersten Mal gemeinsam auftreten werden. Volks-Rock'n' Roller trifft Weltmusiker. Darauf sind wir besonders stolz. *Rock sä Läck* ist eröffnet. Und mein besonderer Dank gilt natürlich *Bled Bull*. Danke.»

Stallinger sehnte sich nach seinem Strickzeug. Jetzt in Ruhe einen Socken stricken, das wär's gewesen. Wolle statt Wasser, Socken statt *Rock sä Läck*.

Von bombastischer Musik und einer imposanten Lichtshow begleitet, betrat nun Andreas Mastwächter die Bühne. Seine Friseusen hatten wieder einmal ganze Arbeit geleistet, und als er sich in der Pose des Triumphators an den Bühnenrand stellte, um die Huldigungen des Publikums entgegenzunehmen, begannen die Frauen so laut zu kreischen, dass einige von ihnen einen Hörsturz bekamen. Noch bevor Mastwächter etwas sagen konnte, flogen schon die ersten Unterhosen Richtung Bühne, die aber wegen der großen Distanz allesamt im Wasser landeten, wo sie bald wie verwelkte Seerosen aussahen. Als Mastwächter das Konzert mit seinem Hit *Ohne dich geh ich nirgendwohin* eröffnete, drehten die Massen völlig durch. Sechstausend Hände – einige davon eingebunden – streckten sich dem Star entgegen wie Schlangen aus der Grube, und dreitausend leuchtende Displays bewegten sich wie riesige Glühwürmchen im Rhythmus der Musik. Stallinger beobachtete die Szene mit offenem Mund.

Vielleicht gab es vor 65 Millionen Jahren, als das Becken des Rottensees durch den Einschlag eines Asteroiden entstanden war, ja tatsächlich riesige Glühwürmer hier.

… nicht einmal ins Paradies geh ich ohne dich, mein Baby …

Vor sechstausend Jahren hatten sich die ersten Pfahlbauern am See angesiedelt. Was hätten sie sich beim Anblick dieses Spektakels wohl gedacht? Hätten sie schreiend die Flucht ergriffen, oder hätten sie Andreas Mastwächter als neuen Gott verehrt? So, wie es die dreitausend Verrückten hier taten, die ihrem Gott nicht nur einhundert Euro opferten, sondern auch Unterhosen – einige mit Bremsspuren – und BHs.

55.

Es gibt Tage, an denen es besser wäre, einfach im Bett liegen zu bleiben und sich krankzumelden. Heute war ein solcher Tag, und hätte sich Siegfried Wienerroither im Bett verkrochen, hätte er das kommende Unglück vielleicht noch abwenden können. Aber so nahmen die Dinge ihren Lauf, und für Wienerroither sah es gar nicht gut aus.

Mit wutverzerrtem Gesicht saß er am Steuer seines alten Opel und schlug mit der Faust mehrmals auf das Lenkrad. Gerade noch im letzten Moment konnte ihm ein entgegenkommendes Fahrzeug ausweichen. Aber Wienerroither war derart mit seinen Rachephantasien beschäftigt, dass er das Ausweichmanöver des anderen Fahrers gar nicht mitbekam. Mit zitternden Fingern zündete er sich eine Zigarette an und gab Gas. Dass er viel zu schnell unterwegs war, kümmerte ihn nicht. Als sich eine Wolke vor den Vollmond schob und es schlagartig dunkel wurde, schaltete er reflexartig das Aufblendlicht ein.

Im Geiste befand sich Wienerroither bereits auf Ablingers Hof und beobachtete sich dabei, wie er mit der Eisenstange, die neben ihm auf dem Beifahrersitz lag, die Haustüre aufbrach. Er hörte, wie er Franziskas Namen brüllte und wie im Haus Türen aufgerissen wurden. Der alte Bauer war ihm egal, wenn der auftauchte, würde er ihm einfach einen Stoß versetzen, und fertig. Ihn interessierte nur diese verdammte Hure, die sein Leben zerstört hatte. Nur, weil sie studierte, bildete sich dieses Miststück ein, dass sie ihn fertigmachen konnte. Da hatte sie sich aber getäuscht. Bevor er sie mit der Eisenstange erschlug, würde er sie noch einmal ordentlich durchficken. Dann würde er sie um ihr Leben betteln lassen, und anschließend würde er Schluss mit ihr machen. Wienerroither konnte es kaum erwarten, endlich am Hof anzukommen. Dort kannte er sich aus.

Natürlich hätte es auch der Direktor verdient, umgebracht zu werden, aber die Hauptschuldige war dieses Weib, das Fotos von der erhängten Katze auf ihrer Facebookseite veröffentlicht hatte. *Siegfried Wienerroither ist ein Katzenmörder* war neben den Fotos gestanden, samt seiner Telefonnummer und einem Link zu seiner Facebookseite. Der *shitstorm* war so gewaltig gewesen, dass ihn der Direktor noch am Abend von seiner fristlosen Entlassung informiert hatte. Auch die ersten Medienvertreter hatten bereits bei ihm angerufen.

Von einer Minute auf die andere war eine Welt für ihn zusammengebrochen, und Wienerroither war nicht einmal in der Lage gewesen, sich dagegen zu wehren. Aber er wusste, dass er die Verantwortliche für diese Katastrophe zur Rechenschaft ziehen würde, koste es, was es wolle.

56.

Der Vollmond stand über dem See und tauchte die Umgebung in ein magisches Licht. Stallinger richtete den Feldstecher auf das Wasser, als ihm ein Schwarm großer schwarzer Vögel auffiel, die über der Oberfläche kreisten. Als Vogelkenner wusste er, dass es sich dabei um Kormorane handelte. Die Vögel, die ihre Köpfe nach unten gerichtet hatten, mussten im Wasser etwas entdeckt haben, was ihre ganze Aufmerksamkeit erregte. Stallinger beobachtete die Szene – und plötzlich stockte ihm der Atem. Er holte sein Handy hervor und wählte mit zitternden Fingern die Nummer seiner Tochter. Aber sie meldete sich nicht. Er versuchte es bei seiner Frau – auch sie hob nicht ab. Stallinger atmete durch und rief seinen Kollegen Wegleitner an.

«Ich verstehe dich nicht», brüllte dieser ins Telefon, obwohl Stallinger noch gar nichts gesagt hatte. «Hier ist es so laut, dass man sein eigenes Wort nicht versteht.»

«Andi», schrie Stallinger, «in ein paar Minuten ist da unten die Hölle los. Ich bin mir ziemlich sicher, dass der Monsterfisch Richtung Schiff unterwegs ist und einen Angriff plant.»

«Alfons, spinnst du? Wie soll ein Fisch dieses Schiff angreifen? Das ist doch ein kompletter Unsinn. Hier ist alles in bester Ordnung. Die Leute drehen halt ein bisschen durch und saufen sich an. Es ist fast so lustig wie bei einem Feuerwehrfest.»

«Aber irgendetwas nähert sich dem Schiff. Schau auf die schwarzen Vögel auf der linken Seite.»

«Ich sehe keine schwarzen Vögel», antwortete Wegleitner. «Aber vielleicht siehst du schon weiße Mäuse. Bei der Seeüberquerung hast du dich ja auch getäuscht.»

Stallinger überhörte den Vorwurf. «Wenn der Fisch angreift,

werden die Leute automatisch Richtung Wasser drängen, und dann gnade uns Gott.»

«Alfons, hier ist der See total seicht. Da kannst du zwanzig Meter rausgehen, und das Wasser reicht dir höchstens bis zum Bauch. Das ist die Kinderzone, da kann nichts passieren.» Dann legte Wegleitner auf.

«Andi …», es war sinnlos. Stallinger sah durch den Feldstecher. Wegen der fortgeschrittenen Dämmerung hatte er Probleme, die Kormorane zu lokalisieren. Außerdem verstellte ihm das Schiff die Sicht. Aber es dauerte nicht lange, da tauchten die Vögel auf der anderen Seite auf.

Um die kreischende Masse zu übertönen, musste Mastwächter ins Mikrofon brüllen. «Als Nächstes singe ich für euch das *Schwarzbacher Lied*. Eine Schwarzbacherin hat mir extra für das heutige Konzert diese Stutzen gestrickt.» Mastwächter hielt ein Bein in die Höhe. Stallinger traute seinen Augen nicht. Er hatte seiner Frau die selbst gestrickten Stutzen quasi als Liebespfand geschenkt, auch wenn sie zu groß geraten waren, und jetzt trug diese Stutzen ein anderer! Dass seine Frau ein Mastwächter-Fan war, wusste er, dass sie ihm aber ihre Stutzen schenken würde, empfand er als Verrat. Und dreitausend Konzertbesucher wurden Zeugen dieses Verrats.

Noch während Stallinger seinen trüben Gedanken nachhing, merkte er, dass mit Mastwächter etwas nicht stimmte. Er senkte kurz die Stimme und warf einen irritierten Blick in Richtung der Kormorane, die jetzt in unmittelbarer Nähe des Schiffs einen wilden Tanz aufführten. Ein Kormoran stieß mit dem Schnabel mehrmals auf ein Objekt ein, das sich knapp unter der Wasseroberfläche befinden musste. Plötzlich war der Kormoran verschwunden, und die anderen Vögel flogen panisch in alle Richtungen davon.

Stallinger hatte nicht erkennen können, was genau passiert war, als das Schiff langsam zu schwanken begann. Die Zuschauer jubelten, weil sie dachten, dass diese Einlage ein Teil der Show wäre. Mastwächter versuchte sich seine Unsicherheit nicht anmerken zu lassen und feuerte seine Musiker mit der typischen Attitüde eines Rockstars an. «Oans, zwoa, drei.»

Dreitausend Konzertbesucher hielten ihre Handys auf das schwankende Schiff gerichtet, als die blutige Tragödie ihren Lauf nahm. Während Andreas Mastwächter über ein altes Ehepaar sang, das von Rheuma geplagt auf der Bank vor dem Haus saß und sich an die Sommerfrische in Schwarzbach erinnerte, geriet das Schiff in eine gefährliche Schräglage. Einer der Boxentürme kippte um und traf den Bassgitarristen an der Schulter. Vor Schreck ließen auch die anderen Musiker ihre Instrumente fallen und liefen nach vorne, um sich an der Reling festzuhalten. Die Techniker folgten ihrem Beispiel, und als Herbert von Scheuchham wie ein Gespenst aus dem Bühnennebel auftauchte, hatte er einen riesigen Joint in der Hand. Er grinste, weil er dachte, dass er sich auf einem ziemlich wilden Trip befand.

Fassungslos starrte Stallinger durch seinen Feldstecher; es war wie in einem Albtraum.

Bis ins Innerste erbebte das Schiff, als würden unsichtbare Kräfte an ihm zerren. Als Andreas Mastwächter zu Boden geschleudert wurde, schien einem Teil der Zuschauer langsam zu dämmern, dass diese Einlage doch nicht Teil der Show war. Das Schiff schwankte, und Mastwächter rutschte wie in Zeitlupe über die Planken, wo er sich im letzten Moment noch an einem Seil festhalten konnte, das zur Verankerung des Schiffs diente. Aber seine Beine befanden sich bereits im Wasser, und hilflos musste er mit ansehen, wie Wasser in seine Trachten-Schuhe drang und sich die Stutzen mit Wasser vollsogen, wodurch er immer weiter nach unten gezogen wurde. Jetzt gelang es ihm auch nicht mehr, seine sündteure Hirschlederhose vor der Nässe zu schützen.

Immer noch waren Tausende Handys auf das Schiff gerichtet, und die Zuschauer schickten im Sekundentakt Fotos und Kurzfilme über Facebook, Instagram, Twitter, Pinterest und Tumblr hinaus in die große weite Welt des Internets. Plötzlich färbte sich das Wasser um Mastwächters Beine blutrot, und die Schmerzensschreie, die aus dem Mund des Volks-Rock'n' Rollers drangen, waren so laut, dass sie sogar noch Stallinger hören konnte. Auch wenn Herbert von Scheuchham ziemlich eingeraucht war, reichte er seinem Musikerkollegen geistesgegenwärtig die Hand und zog ihn auf das Schiff zurück. Der Anblick, der sich den Zuschauern bot, war grauenhaft. Unterhalb der Lederhose hingen von Mastwächters Oberschenkeln blutige Fleischfetzen, Knochen, Muskeln und Sehnen herab, und es dauerte keine Minute, bis sich auf Facebook die ersten Gruppen gebildet hatten, die zu Spenden für den nunmehr beinlosen Volks-Rock'n' Roller aufriefen. Und bereits zwei Minuten später hatten die ersten Prothesenerzeuger zugesagt, Mastwächter gratis mit den entsprechenden Gehhilfen zu versorgen, wenn sie mit dem Star-Musiker Werbung machen dürften. Auch Produzenten von Rollstühlen mit umweltschonenden E-Motoren boten ihre Dienste an.

Von all dem bekam Mastwächter natürlich nichts mit, weil er sofort in Ohnmacht fiel. Durch den Feldstecher konnte Stallinger sehen, wie sich ein Boot der Wasserrettung dem Schiff näherte, um Mastwächter an Bord zu nehmen. Trotz der Proteste der Sanitäter flüchteten sich als Erste der Bürgermeister und Herbert von Scheuchham auf das Boot. Erst danach konnten die

Ärzte Mastwächter auf einer Bahre ins Boot legen. Der Weltmusiker zog an seinem Joint und gab ihn an den Bürgermeister weiter, der sich beim Anblick von Mastwächters Verletzungen angeekelt abwandte und in den See kotzte. Dabei verlor er sein Toupet, das kurz auf dem Erbrochenen hin und her schaukelte, bevor es unterging. Herbert von Scheuchham legte tröstend seine Hand auf Mastwächters Schulter. Er war so bekifft, dass er gar nicht merkte, dass Mastwächter ohnmächtig war. «Ja, das ist arg, Andi», sagte er, «aber du musst dein Schicksal schon auch annehmen, gell. Jeder Nachteil kann auch ein Vorteil sein, habe ich einmal gelesen. Und jeder Rückschlag kann sich auch in eine Chance verwandeln. Glaube ich.» Er hielt Mastwächter seinen Joint hin. «Da, magst einen Zug? Das beruhigt.»

In der Zwischenzeit wurden Hunderte Zuschauer ins Wasser gedrängt, wo sie schreiend nach links und rechts auszuweichen versuchten. Viele von ihnen verloren den Halt unter den Füßen und wurden von den Nachkommenden unter Wasser gedrückt. Das Schiff stand jetzt wieder ruhig, und vom Monsterfisch fehlte jede Spur. Auch die Kormorane waren verschwunden.

Als die ersten hysterischen Konzertbesucher den Parkplatz erreichten, sperrte sich Stallinger in seinem Wagen ein. Hätte er versucht, hier einzugreifen, wäre er von der Meute sicher über den Haufen gerannt worden. Ob und wie viele Menschen im See ertrunken waren, wusste er nicht. Auch nicht, wie viele in der allgemeinen Panik von anderen niedergetrampelt wurden. Er wählte Wegleitners Nummer, aber der hörte entweder das Klingeln seines Handys nicht, oder er war gar nicht mehr in der Lage, den Anruf anzunehmen.

Stallingers Gehirn war leer, und er konnte keinen klaren Gedanken fassen. Apathisch beobachtete er die um sich schlagenden Männer und Frauen, die keinerlei Rücksicht aufeinander nahmen. Sie führten sich auf wie wilde Tiere und waren wahrscheinlich noch gefährlicher als der Monsterfisch, der ja nur seinen Instinkten folgte. Vielleicht war es ja überhaupt erst Mastwächters Musik gewesen, die den Fisch so aggressiv gemacht hatte. Auch Stallinger mochte Mastwächters Musik nicht, aber zum Mörder wäre er deshalb nicht geworden.

57.

«Lasst mich in Ruhe! Nein, nein, ich bin unschuldig.» Ein lauter Donner riss Gernot Flachberger aus seinem albtraumhaften Schlaf. Um die bösen Geister zu vertreiben, schlug er mit den Armen um sich und riss dabei die beiden Plastikschläuche aus seiner Nase. Er begann zu röcheln, und mit einem Handstreich fegte er auch die Tabletten vom Nachtkästchen, die ihm der Arzt wegen seiner vielen Leiden verschrieben hatte. Ein Glas Wasser mit seinem falschen Gebiss darin fiel ebenfalls zu Boden und zersprang in tausend Scherben. Flachberger schrie um Hilfe, aber niemand hörte ihn, weil das Haus leer war. Sein Blick fiel auf den Rollator, und er versuchte aufzustehen, was ihm aber nicht gelang. Er setzte sich auf die Bettkante und konnte sich nicht mehr rühren.

Draußen herrschte eine eigenartige Lichtstimmung, aber Flachberger hätte gar nicht sagen können, ob es früher Morgen oder später Abend war. Oder gar Nacht. Walpurgisnacht?

Wer heute sich nicht heben kann,
Ist ewig ein verlorner Mann.

Goethe hatte doch die *Walpurgisnacht* unter der riesigen Eiche geschrieben, die in Buchenwald in der Mitte des Lagers stand. Aus Ehrfurcht vor dem großen Dichter hatten die SS-Leute die Gefangenen außerhalb des Lagers im Wald aufgehängt. Und zwar zu Dutzenden. In etwa fünfzig Baumstämme hatte man starke Nägel eingeschlagen, an denen die Häftlinge erhängt wurden. Oder man hatte sie gefoltert, indem man ihre Hände auf den Rücken fesselte und sie an den Armen hochzog. So hingen sie dann stundenlang und brüllten vor Schmerzen.

Auch Flachberger war einige Male bei diesen Hinrichtungen dabei gewesen, und plötzlich erinnerte er sich wieder an die junge französische Widerstandskämpferin, die sich konsequent geweigert hatte, im Lager Deutsch zu sprechen. Auch wenn ihr Flachberger mit dem Tod gedroht hatte, hatte sie stets nur mit: «Oui, Monsieur» oder «Non, Monsieur» geantwortet. Dabei zeigte sie ein spöttisches Lächeln, das Flachberger zur Weißglut trieb. Eines Tages, als er mit einigen SS-Kameraden in der Offiziersmesse gefeiert hatte, holten sie die junge Frau aus der Baracke und schleppten sie in den Wald, wo sie sie der Reihe nach vergewaltigten.

Da seh ich junge Hexen, nackt und bloß.
Die Müh ist klein, der Spaß ist groß.

Dann wurden ihr die Hände auf den Rücken gebunden und die Arme mit einem Strick hochgezogen. Stundenlang hing sie am Baum, bis Flachberger das Seil durchschnitt und sie wie ein Sack zu Boden fiel. Durch den Aufprall hatte es ihr die Lungen zerrissen.

Flachberger krallte sich am Leintuch fest, weil er keine Luft mehr bekam. Die Sauerstoffflasche war unerreichbar, und die Schläuche lagen am Boden. Vor seinem geistigen Auge tauchte das Bild des erhängten schwarzen Piloten auf, und in seinem Inneren breitete sich Panik aus. Er hörte eine weibliche Stimme, die «Oui, Monsieur» sagte, und eine männliche, die «Please, not» flehte.

Er versuchte, in die Lungen zu atmen, aber es war sinnlos. Flachberger hatte das Gefühl, langsam zu ersticken. Die Geräusche, die er von sich gab, klangen schrecklich in seinen Ohren und verstärkten das Grauen, das ihn mit harter Hand packte.

Wie rast die Windsbraut durch die Luft!

Mit welchen Schlägen trifft sie meinen Nacken!

Seine Finger verkrampften sich, und sein zahnloser Mund verzerrte sich zu einer Fratze. Ermattet kippte er zur Seite und starrte mit aufgerissenen Augen ins Leere. Noch einmal schnappte er nach Luft, aber sein Körper gehorchte ihm nicht mehr. Das Letzte, was er hörte, war ein dunkles Grollen, das von der Seeseite kam. Es war, als würden sich die Pforten der Hölle öffnen.

58.

Das Klingeln seines Handys riss Stallinger aus seiner Apathie. Es war die Nummer seiner Tochter, und erst jetzt wurde ihm wieder bewusst, dass auch sie sich unter den Konzertbesuchern befand. Er betete zu Gott, dass man ihm keine Hiobsbotschaft überbrachte, und als er die Stimme seiner Tochter hörte, hätte er am liebsten geweint. Martina redete so schnell, dass er sie kaum verstand: «Ich habe gesehen, dass du angerufen hast, und wollte dir nur sagen, dass es mir gut geht. Wir sind über den Zaun der alten Villa geklettert und haben uns dort in Sicherheit gebracht. Was ist denn eigentlich passiert? Plötzlich ist unter den Leuten eine Panik ausgebrochen, weil es geheißen hat, dass der Mastwächter mit den Beinen in eine Schiffsschraube gekommen ist und es ihm die Füße abgerissen hat.»

Während Stallinger Luft holte, sah er, wie ein älterer Mann einer Frau durch das offene Autofenster einen Kinnhaken versetzte, weil sie ihm den Weg versperrte. Die Frau stieg aus und gab dem Mann einen Fußtritt, dass dieser zu Boden fiel. «Martina, ich bin ja so froh, dass ich deine Stimme höre. Das war keine Schiffsschraube, die dem Mastwächter die Beine abgetrennt hat, das war der Monsterfisch, von dem ich dir erzählt habe. Aber auf mich hat ja niemand gehört.»

Nach einer kurzen Pause fragte Martina hörbar verwirrt: «Bist du dir sicher? Das ist ja …»

«Ja, da bin ich mir hundertprozentig sicher. Wo ist denn eigentlich die Mama?»

«Die Mama? Die ist doch auch beim Konzert.» Dann riss die Verbindung ab.

Plötzlich verdeckte eine schwarze Wolke den Vollmond und verdunkelte die Umgebung. Stallinger warf einen irritierten Blick zum Himmel, weil es so aussah, als hätte jemand einen Lichtschalter umgelegt. Die düstere Stimmung glich jener auf dem Heiligenbild, das im Schlafzimmer seiner Großeltern über dem Ehebett hing. Darauf war Jesus zu sehen, wie er in der Nacht vor seiner Kreuzigung am Fuß des Ölbergs im Garten Gethsemane betete. Auch auf diesem Bild hatte sich eine schwarze Wolke vor den Vollmond geschoben.

Stallinger war nicht der Einzige, dem die veränderten Lichtverhältnisse auffielen. Für einen kurzen Augenblick hielten die Menschen inne und blickten ebenfalls zum Himmel. Aber es dauerte nicht lange, dann kämpften sie wieder weiter, jeder gegen jeden.

Seine Frau war beim Konzert? Wieso hatte sie sich noch nicht gemeldet? Mit pochendem Herzen wählte Stallinger ihre Nummer. Aber ihr Handy war tot. «Was ist denn da los?», fragte er panisch. «Das darf doch nicht wahr sein. Warum funktioniert denn ausgerechnet jetzt ihr Handy nicht?»

Der folgende Donnerschlag war so heftig, dass sogar die Erde bebte.

59.

Kurz, bevor der Monsterfisch seine Höhle erreichte, stoppte er abrupt in seiner Vorwärtsbewegung und drehte ab. Im selben Augenblick kollabierte die Schwarze Wand und stürzte in sich zusammen. Hunderttausende Tonnen Gestein lösten einen gigantischen Felssturz aus und brachten das Wasser zum Kochen. Begleitet wurde der Felssturz von einem dunklen Grollen wie bei einem fernen Donner. Die Gesteinsmassen verdrängten das Wasser, das den See schlagartig zum Überlaufen brachte.

60.

Während Wienerroither seinen Rachephantasien nachhing, begann sein Wagen plötzlich zu vibrieren, als würde er auf einer Wellblechpiste unterwegs sein. Wienerroither verengte die Augen, konnte aber nicht erkennen, was die Ursache für dieses eigenartige Verhalten seines Wagens war. Dass in der Zwischenzeit die Wellen am See immer höher wurden und das Wasser zu brodeln und zu kochen begann, hatte er gar nicht mitbekommen.

War ein Reifen geplatzt, oder hatte der Opel einen Motorschaden? Verdammte Scheiße, fluchte er, das hätte mir gerade noch gefehlt. Er stieg auf die Bremse, aber statt langsamer zu werden, wurde der Wagen ordentlich durchgerüttelt und schlitterte von einer Seite auf die andere. Und erst jetzt sah Wienerroither, dass mit dem Straßenbelag etwas nicht stimmte. Der Asphalt war an einigen Stellen aufgerissen und wölbte sich nach oben.

Zuletzt hatte Wienerroither eine solche Straße in einem Katastrophenfilm gesehen. In dem Film war es um ein gigantisches Erdbeben gegangen, das die halbe Menschheit ausrottete. Aber das hier war kein Film, das war Wirklichkeit. Wienerroither sah die Brücke vor sich und gab Gas. Instinktiv griff er sich ans Ohr, aber der Ring, an dem er sich festhalten wollte, war nicht mehr da. Als er endlich die Brücke erreicht hatte und dachte, das Schlimmste überstanden zu haben, hörte er ein dumpfes Grollen, das von der Seeseite kam.

Wienerroither sah nach links und war wie gelähmt, weil er einfach nicht glauben konnte, was er sah. Was da auf ihn zuraste, war nämlich keine Welle, sondern eine schwarze Wand aus Wasser, die mindestens fünf Meter hoch war. Mit schreckgeweiteten Augen beobachtete er das Naturschauspiel, ohne auch nur ansatzweise zu verstehen, was hier gerade vor sich ging. Und noch während er versuchte, einen halbwegs klaren Gedanken zu fassen, stürzte die Brücke in sich zusammen, und die Straße unter ihm brach weg.

Das kann es gar nicht geben, dachte er. Vor mir müsste doch eine Brücke sein, und im See hat es noch nie Wellen gegeben, die höher als fünfzig Zentimeter waren. Und noch während Wienerroither davon überzeugt war, dass es sich bei allem, was er sah, um einen grundlegenden Irrtum handelte, wurde sein Wagen von einer unsichtbaren Kraft in das Loch geschleudert, das sich vor ihm aufgetan hatte. Es war eine Kraft, gegen die jeder Widerstand zwecklos war. War er in einem Tunnel gelandet? Aber hier gab es keinen Tunnel. Hier hatte es nie einen Tunnel gegeben. Wozu auch? Es gab ja die Brücke.

Wienerroithers Kopf knallte gegen das Lenkrad, und das Wort *Airbag* fiel ihm ein, obwohl der alte Opel gar keinen Airbag hatte. Und selbst wenn er einen gehabt hätte, hätte er ihm nichts genützt. In seinem Mund spürte er etwas Warmes, aber er hatte keine Zeit, sich Gedanken darüber zu machen, ob es sich dabei um Wasser oder um Blut handelte. Er wusste nur, dass sich sein Wagen und damit auch er selbst an einem Ort befanden, wo sie nicht sein sollten.

Ein eigenartiger Geruch breitete sich aus, und im selben Augenblick wusste Wienerroither, dass er sterben würde. Es war der Geruch nach dreckigem Wasser, Schotter, Öl und Eisen. Natürlich hatte er keine Ahnung, wie sich der Tod anfühlte. In Filmen hatte er Tausende Menschen sterben sehen, aber diese Toten hatten nichts mit ihm zu tun gehabt. Jetzt wurde der Tod zu einer persönlichen Angelegenheit, und für den Bruchteil einer Sekunde durchzuckte ihn fast so etwas wie Stolz, dass ausgerechnet er das Privileg hatte, jene Grenze zu überschreiten, von der niemand wusste, was hinter ihr lag. War es der Himmel, oder war es die Hölle?

Dann passierte alles gleichzeitig. Vor seiner Windschutzscheibe tauchte ein verbogener T-Träger auf, was Wienerroither wunderte, weil dieser T-Träger viel zu massiv war, um überhaupt verbogen werden zu können. Er hörte das Knirschen von Eisen, das sich in die Karosserie seines Autos bohrte, und das Geräusch von zerschmetterndem Glas. Und als er einen Blick nach links warf, glaubte er, in die grünen Augen eines Monsters zu starren. Aber auch das war ein Ding der Unmöglichkeit, weil es Monster ja in Wirklichkeit gar nicht gab.

61.

Das Wasser breitete sich mit rasender Geschwindigkeit aus, und mit einem fürchterlichen Tosen begruben die Fluten Trauer und Schmerz, Habgier und Eitelkeit, Liebe und Hoffnung, Niedertracht und Stumpfsinn sowie Güte und Großmut unter sich. Alles menschliche Streben war nur noch eine blasse Erinnerung. Zwischen leckgeschlagenen Fässern und Tanks mit Treibstoffen und Chemikalien trieben Leichen von Menschen und Tieren im See. Ein weißer Bademantel tauchte kurz auf, verschwand aber gleich wieder in der Tiefe. Genauso wie ein Ölgemälde, auf dem nur noch schemenhaft der Rottensee und die Natternberge zu erkennen waren.

62.

Und das Land lag öd und leer, und die Zeit war endlos und schwarz.